红恋

邹 平——著

上海社会科学院出版社
SHANGHAI ACADEMY OF SOCIAL SCIENCES PRESS

本书获上海市2020年度第二期重大文艺创作项目资助

目录

CONTENTS

第一部

第二部

第三部

第四部

第五部

第六部

第一部

1. 黑色雪佛莱

人生常常因为一个意外的发生而完全改变它的原有轨迹，圣约翰大学的校花陈慧梅就再一次证实了这个人生哲理。

一九三〇年初夏的一个早晨，陈慧梅急匆匆地推开窗户，朝着楼下喊道：“Dad！ Wait！”她正在大学接受独立自由女性的西式教育，准备成为上流社会的名媛。

光耀火柴公司老板陈光宗像往常一样出门，听见女儿叫自己，抬头看她闺房的窗口没人影，只听见梧桐树上的新蝉“知了，知了”地叫着，心烦地咕噜了一句：“知了什么？”哐当坐进自家的黑色福特车，摇下车窗玻璃，朝站在门口送他的太太田淑芬挥挥手，吩咐司机孙孝山等一下。

这时，陈慧梅从洋楼里飞奔出来，扎着头箍的长发也飘散开来，一路嚷道：“等等！我要回学校！”

陈光宗疑惑地对坐进车的女儿说：“你不是说下午回圣约翰吗？”她在圣约翰大学快毕业了，还常匆匆回家又匆匆去学校。

陈慧梅呼哧呼哧喘着气，说：“我刚想起，今天上午有个读书会活动。”

陈光宗随意问一声：“都读些什么书？”

陈慧梅炫耀地说：“俄国大文豪托尔斯泰的《安娜·卡列尼娜》。”

陈光宗不满地说：“有时间还是读读法国巴尔扎克的《高老头》。”

陈慧梅娇嗔地答道：“知道啦。我不会忘了老爸的。”

那个法国高老头宠爱两个女儿却被她们搜刮殆尽的故事，陈光宗不止一次地在陈慧梅面前提起过，陈慧梅知道父亲的用意，故意一直不读这部小说。

轿车像往常一样向霞飞路开去，这一路段没什么商店，显得冷落，车也开得很快。陈慧梅拿出镜子，梳理刚才被风吹乱了的头发，昨天被韩天强邀请参加学校读书会的情景浮现在镜子里，不由得翘起嘴角笑，惹得司机孙孝山用眼睛余光瞄了她一下。陈光宗心神不定地坐在后座，想着自己的心事，完全没有注意到女儿的心情变化。昨晚公司经理王忠信打电话来，说华光一分厂、二分厂有职员暗中鼓动工人闹事，这两家分厂是刚收购的两家火柴厂改牌的，计划裁撤原厂部分职员，再从总厂抽调骨干来管理，没想到还没动手就出事了。陈光宗想了一夜也没有好对策。如今上海市民无论生煤球炉，还是抽香烟燃蚊香，点香烛拜菩萨，都用上了火柴，只要拿一根洋火盒里的火柴往侧面涂层一划，“蓬”一下火就来了，上海人因此叫它自来火，可见这个市场有多大，却让瑞典、日本的火柴商抢占了一大半，剩下的虽是中国火柴商的市场，却有好几家工厂相互压价争抢，日子自然就不好过，这才有了光耀公司收购小厂、裁撤冗员的大动作。

车子到了位于江西路的公司门口停下，陈光宗习惯地朝马路两边扫了一眼，行人不多，来去匆匆，没什么可疑，便关照一声：“送小姐去圣约翰。”见司机点头答应，就从车上下来。

此时，路旁的黑色雪佛莱车上突然冲出两个黑衣人，快步围了上来，没等陈光宗反应过来就拧住他左右胳膊，用手枪顶住他的后腰，低声喝道：“别喊！出声就一枪崩了你。”陈光宗脑袋嗡地一下炸了，知道遇上了绑匪，想回头看一眼女儿，却被一股蛮力推进了黑色雪佛莱轿车，旋即向西绝尘而去。

车里的陈慧梅看着爸爸被人绑走，眨眼车子就不见了，惊吓地大叫：“爸爸！爸爸！”又转头朝司机喊道：“快追呀！快去救我爸爸！”

司机孙孝山胆小，嗫嚅地说：“大小姐，他们有枪。还是赶快报告经理。”

正说着，光耀火柴公司经理王忠信已经下楼跑到车旁，急吼吼地问司机：“怎么回事？董事长呢？”

孙孝山浑身哆嗦，说不出一句话，陈慧梅还能语无伦次地说：“爸爸那辆车。快救他！”

王经理怕有人再来绑架大小姐，一边安慰她：“大小姐，你先上楼。”一边责问司机：“看清那些人的脸了吗？”

孙孝山还没有从刚才的惊吓中回过神来，一个劲地摇头。陈慧梅不肯下车，手指着前方的路，坚持要追绑匪的车，王经理没法，只得如实相告：“大小姐，绑匪有枪，这么追有危险。再说，如果追得紧，绑匪急了会撕票，董事长的安全就难保了。”陈慧梅一听爸爸会被撕票，这才哭哭啼啼地跟着王经理去了公司写字间。

陈光宗被推搡上车，眼睛就被蒙上一块黑布，布上有一股刺鼻的大蒜味，直冲脑门，知道遇上的这伙绑匪是彪悍的北方人，一时乱了方寸。难道扩大公司得罪了人，对方请了黑道的人来绑票报复他？心里像一锅热粥噗噗地冒泡，猛然又想到女儿和自己同一辆车，会不会也被绑了票？冷静！仔细回想一下，刚才被推进车里之前，瞥见匪徒有几辆车？好像只有这一辆，雪佛莱轿车在上海也不好找。身体有意左右动一动，立刻招来呵斥声，来自副驾驶座，意识到自己左右都坐着绑匪，没座位给女儿坐了，这才稍稍放下心来。绑匪又不说话了，显然很谨慎，只听见汽车引擎发出的轰鸣声，车速很快，还老是急转弯，人就在车厢里晃来晃去，晃得脑子乱哄哄的，但还能感觉到两边绑匪的手牢牢钳挟住他的双臂。不可能有机会从这飞驰的汽车逃脱，除非车门莫名其妙地脱落，连绑匪一起从车里滚落地上。这两年上海的绑票案层出不穷，租界巡捕房也没破获几个，淞沪警备司令部侦缉处在华界虽破了一件案子，但被害人受到的惊吓着实不轻，破案费竟比给绑匪的赎金还多。又是一个急转弯，这下三个人挤成一堆，压得气都喘不过来。为了实业救国拼力扩大生产规模，买下那两家火柴厂也是你情我愿的事情，自己出价公道，他们断不会做出这么下作的事来。他一向满意自己的投资眼光，虽说是做煤炭生意起的家，但不局限在这一行，而是看准机会接连投资建火柴厂，建水泥厂，甚至把对儿女的培养也看作是一种长期投资，送儿子慧松去英国剑桥，连女儿慧梅也进了圣约翰，期望他们成为家族企业的继承人。只是这次厄运来得太突然，也不知慧松在英国学得怎么样。万一自己不行了，他能回来独力支撑起破残的局面吗？实业救国说到底首先还是要搞好实业，慧松毕竟还太年轻，自己本应该稳扎稳打，不该一下子买进两家厂让外人看了眼红，以为自己富得流油。是这才招来歹人绑票？有这种可能，也不知是江湖上哪个帮派干的，听说去年绑票荣德生的就是杜月笙。自己素来与上海滩这几个大流氓没有交往，这次绑架难道会和他们有关？车速很快，只要不急转弯也不是很颠簸，看来路况不坏，车子很可能还在租界里兜圈子。不管是哪种情况他都遇到了麻烦，看来只能让家里人拿钱来赎他了，也不知绑匪要多少赎金。因为买厂花了不少钱，现在公司头寸很紧，家里也没有多少现钱，若是绑匪要价太高，根本就拿不出来。

车子忽然颠簸得厉害，一定是道路坑坑洼洼，布满了大大小小的石头，陈光宗坐不稳，两边的绑匪紧紧地夹住他，但还是东摇西晃，蒙眼的黑布稍稍松了下来，看见了左边绑匪的脸，络腮胡子，马脸上有道疤痕，戴一副圆墨镜，正想再看清些，绑匪发觉了，把黑布使劲扎紧。什么也看不见，反倒静下心来，感觉这路不平，应该是出了市区，大概是往乡下去了，这是要把他关在犄角旮旯里，让巡捕房找不到。不过，从时间上推算车子还不会出市区太远，乡下也属于淞沪警备司令部管辖范围，家人可能会请他们出手相救吧。

王经理已经打电话给董事长太太田淑芬，怕她一下子受不了，吞吞吐吐地说着，田淑芬一听丈夫被绑架了，急得直哭。王经理连忙劝道："太太别哭！现在最好请些亲朋好友来帮忙出主意，看怎么办好。"

田淑芬这才猛然想到，忙问："梅梅怎么样了？没……"

王经理连忙说："没有。太太放心，她就在边上坐着。"

陈慧梅听他说到她，忙扑过去抢下电话，哭着说："妈！爸爸被土匪绑票了！你快救救他！"

田淑芬心如刀绞，还要安慰女儿："你别哭，把电话给王经理，我跟他还有话要说。"

陈慧梅抹着眼泪把电话交给王经理，见他对着电话连连点头，也听不清妈妈说了什么。

王经理挂断了电话，对她说："我先送大小姐回家。"

陈慧梅这才想起自己今天要回学校的，低声说："我还要去学校参加读书会活动呢。"

王经理有点哭笑不得："大小姐，都这个时候了，还去什么学校！"

汽车终于停了下来，陈光宗被人带下车，听那人说，老子抽支烟，你不许动！一会儿，忽然有人扯掉蒙在他眼睛上的黑布，轻声说，快跟我走！陈光宗看那人戴着罗宋帽，帽筒拉下只露出眼睛，顾不得多想，就跟着那人快跑，以为遇到了好心人。他们从煤渣路上跑下来，沿着一条泥路跑着，前面那人一边跑一边还不时地回头催他，这里四周空旷，老远就能看见有人走动，陈光宗害怕被绑匪发现，紧跑着跟上。很快，他们就进了一片芦苇荡，两边的芦苇渐渐高起来，没过了人的头顶。

陈光宗有些跑不动了，跟前面那人说："大哥，我跑不动了，休息一下吧。"

那人停下脚步，回过身露出一副凶相，说："谁是你大哥，快跑！"他拽住陈光宗的手，这时后面的人赶到了，帽筒也拉下来遮脸，毫不客气地在后面推了他一把。两人推搡着陈光宗往芦苇荡深处走，一会儿便到了湖边，停着一艘摇橹的乌篷船。陈光宗到这时方才明白，原来这两人都是绑匪，刚才在汽车道上怕他不肯走，被路人发现坏了事，一个故意装成救他的人，催促他赶快离开，进了芦苇荡后就凶相毕露。另一个赶上来合力把他拽到了湖边，没容他多想就带进了船舱，又用黑布蒙上眼睛，还在他嘴里塞了一块毛巾，让他坐在舱底，不许抬头。事已至此，陈光宗没有任何反抗，只是悄悄地挪动着身体，努力使自己坐得舒服一点，他不知道还要坐船多长时间，他需要养精蓄锐，等待亲人的相救。

下车的时候，陈慧梅看见自己家的洋楼，忍不住眼泪夺眶而出，等到母亲向她走来，抱住她的时候，终于号啕大哭："妈妈，爸爸被土匪绑走了！你快去救他！"田淑芬见女儿安然无恙，又想到丈夫下落不明，顿时母女俩抱在一起大哭。王经理在一旁劝道："太太，现在要紧的是商量一下怎么救董事长。"田淑芬这才停止哭泣，带他进入客厅，只见客厅里已经坐了一些人。王经理一看，连董事长的老丈人田世宏都来了，这才放下心来，顿时感到身上的担子轻了不少。

2. 读书会

韩天强有些着急，站在教学楼外翘首望着通往这里的校园小径，要等的人迟迟未出现，不免有些失望。不能再等了，教室里传出不耐烦的嘈杂人声，第一次活动就拖时间总归不好，也许她就是随口答应要来参加，其实未必会来，圣约翰这样的女生很多，陈慧梅不过是其中一个。韩天强转身进了那间坐满读书会同学的教室。

昨天他为了读书会的第一次活动在校园里到处联系人，因为都是招募读书会成员时认识的，又大多不在一个系，找起来就特别费劲，害得他到处奔波，脚不沾地，好不容易找到了，沟通起来又需要时间。有的挺干脆，知道了，我来。有的却说，啊呀，家里有事，下次吧。还有的则说，《安娜·卡列尼娜》挺难谈的，换本书吧。更有的直截了当地回绝，我来不了。他劝说，解释，极力挽回，费尽口舌还是不行，眼看着来的人越来越少，这更令他心急火燎，晕头转向地走出教学楼，竟不小心撞上了一个女生，他赶忙道歉。那女生冷着脸没搭理，扭身想走，他却忙中出乱地把她当作读书会成员，叮嘱道："读书会明天有活动，你别忘了。"

她转过身来，迷惑不解地问："什么读书会？"

他这才意识到她不是读书会成员，干脆将错就错，兴致勃勃地说："就是大家一起阅读讨论世界名著。"又鼓足勇气问她："你是哪个系的？有没有兴趣参加读书会？"

她歪着头想了想，问："都读哪些书啊？"

他顿时神情飞扬，说："明天开读俄国托尔斯泰的《安娜·卡列尼娜》。”

她扬起手中的书，兴奋地说：“我正愁没人交流呢。”

他看清她手中拿的正是《安娜·卡列尼娜》，高兴地说：“那你来呀，我等你。”就这么认识了陈慧梅，约定来参加读书会的第一次活动。本以为又成功地发展了一个新会员，挺有成就感，没想到她还是没来。

教室里，聚在一起的同学们因为互相不熟悉，有些尴尬地坐着。韩天强宣布读书会第一次活动开始，也没得到他们的热烈回应。他充满激情地鼓动大家，哪位同学带头朗读《安娜·卡列尼娜》。没人回应，他怕冷场，又追问了一声，心想，要是陈慧梅来了就可以鼓动她来开这个头。幸好这时候女同学戴淑贞自告奋勇地站出来，捧着书读了起来：“幸福的家庭都是相似的，不幸的家庭各有各的不幸。”她的语音清晰动人，顿时吸引了大家，这令韩天强有些欣慰，没想到有男生竟抢着接下去读：“奥布隆斯基家里一切都混乱了。妻子发觉丈夫和他们家从前的法国女家庭教师有暧昧关系。”此人叫李彼得，朗读带有浓厚的舞台腔，又特意在“暧昧关系”一词上加重语气引人联想，顿时招来一片叫好。李彼得和戴淑贞是校业余话剧团的男女台柱子，曾一起用英语演过莎士比亚戏剧的片段，一个是罗密欧，一个是朱丽叶，剧中两人爱得死去活来，台下李彼得也爱上了戴淑贞，偏偏她对他不理不睬，两个人的关系弄得全校同学都知道。李彼得不死心，还是死缠着她，一听说她参加了校读书会，立马就跟着也来了，这会儿故意抢读，就是为了引起她的注意，教室里顿时气氛热烈起来。

戴淑贞气愤地说：“李彼得，你什么意思啊！”

李彼得故作不明白地说：“没什么意思。读书会嘛，大家轮流读。她向丈夫声明她不能和他再在一个屋子里住下去了。”这句话更让人产生微妙的误解，引得大家又大笑起来，戴淑贞赌气地站起来要走。

韩天强本想借助他们的话剧台词功力，使阅读小说更能引人入胜，但又知道他俩在闹别扭，怕在读书会上一言不合顶撞起来，为此昨天专门找他们谈，让两人分别读丈夫斯捷潘·阿尔卡季奇和妻子多莉的对话，这样万一在读书会上真闹起来，倒也符合小说人物的情绪，但还是没想到事情竟会变成这样，他忙拦住她说："别走哇。接下来就是人物对话，你和彼得分别读男女人物的对话，比一比高低嘛。"

这话刺激了她的好胜心，加上大家热烈的鼓掌，再不情愿也坐了下来。韩天强捏了把汗，再次想到陈慧梅要是来了也许会帮着劝戴淑贞的。此刻，李彼得像是走到了舞台中央，充满感情地读着小说，仿佛要以此来征服戴淑贞，很快他就读到了丈夫斯捷潘·阿尔卡季奇来见妻子多莉那一段，这使他完全代入了斯捷潘角色，换了一种柔和的、畏怯的声调说："多莉！"按照书里的描写，他表演着把头低下，极力装出可怜和顺从的样子，但他却依然容光焕发。

戴淑贞毫不示弱，也进入了多莉的角色，迅速地瞥了一眼，从头到脚打量了一下他那容光焕发的姿态，用一种吃醋和不满的语调念道：

> "是的，他倒快乐和满足！"她想，"而我呢……他那讨厌的好脾气，大家都因此很喜欢他，称赞他哩——我真恨他的好脾气。"
>
> "你要什么？"她用迅速的、深沉的、不自然的声调说。
>
> "多莉！"他颤巍巍地重复说。"安娜今天要来了。"
>
> "那关我什么事？我不能接待她！"她喊叫了一声。
>
> "但是你一定要，多莉……"
>
> "走开，走开，走开！"她大叫了一声，并没有望着他，好

像这叫声是由肉体的痛苦引起来的一样。

大家都为他俩的戏剧式精彩朗读鼓掌，仿佛就是在看一场话剧坐排。

“我的天！我做了什么呀？多莉！看在上帝面上！……你知道……”李彼得呜咽地读着，“多莉，我能够说什么呢？……只有一件事：请你饶恕……想想，难道九年的生活不能够抵偿一刹那的……情欲。”

戴淑贞沉浸在角色里，嘴唇抿紧，右颊的筋肉又抽搐起来：“走开，走出去！”她尖声地叫道，“不要对我说起您的情欲和您的肮脏行为。”紧接着，她换了旁白的语调读道：“她想要走出去，但是两腿摇晃，只得抓住一个椅背来支撑住自己的身体。”

“多莉！”他的面孔膨胀了，嘴唇噘起，眼泪汪汪，呜咽起来了，“‘多莉，再说一句话，’他一边说，一边跟在她后面。”

戴淑贞加重了语气读道：“假使您跟着我，我就要叫仆人和孩子们！让大家都知道您是一个无赖！我今天就要走了，您可以跟您的情妇住在这里呀！”

韩天强恰到好处地插进来，用一种结束的口吻读出这段的最后一句话：“她走出去，砰的一声把门关上。”大家似乎还没从书中的描写中走出来，直到韩天强说“下面开始讨论，安娜来劝多莉原谅斯捷潘做得对不对”，方才如梦乍醒，纷纷议论起来。

有人老成持重地说：“安娜做得对，宁拆十座庙，不拆一家庭。”教会学校有这么老派观点的学生可以理解，他叫什么名字？韩天强一时有点想不起来。

立刻有人理直气壮地反驳：“安娜自己也背叛了丈夫卡列宁，有什么资格劝多莉。”韩天强几乎想站出来反驳这种观点了，但他忍住了，他要主持这场读书会，引导他们讨论到正题上去。

有人大声说道："那是后来的事，不能以此说她此时没资格劝多莉。"韩天强注意到这个男生，脸庞方正，十分认真的样子，记起来了，郑鲁民，化学系的。

马上有人驳斥道："安娜自己都做不到，却劝多莉原谅斯捷潘，这多虚伪。"韩天强想，两种观点真是针锋相对啊，这读书会看来能继续办下去了。可是，要怎样引导他们接受先进思想呢？

一个女同学气愤地说："凭什么说安娜虚伪？她不爱卡列宁了，就当面说出来，要求离婚。她劝多莉原谅斯捷潘，是她真诚地认为可以原谅斯捷潘，至少他没娶法国女家庭教师为妾。"韩天强知道她叫李霞，多好听的名字。

教室一下安静下来。很多同学家境富有，父亲娶妾是平常事，他们深受这种婚姻家庭内斗的困扰，内心很赞同李霞的话，但又不愿说出来。李彼得是外室所生，更是不愿谈论这个问题，心里却忽然明白戴淑贞为什么对自己表现冷漠。韩天强知道李霞的话触动了大家，都联想到了自己家庭的情况，心里暗暗高兴，这个社会真是存在很多问题，即使是富贵家庭出身的青年人也会为之苦恼，看来他能顺利完成党组织交给的任务，通过读书会唤起同学们关心国家和民族命运的觉醒。

这场读书会活动获得的成功，吸引了更多的同学前来参加，但陈慧梅却一直没有出现。韩天强忙着张罗读书会的各项事务，早已把她给忘了，直到从报上读到她父亲遭绑票，才想了起来，不免担心她能否承受住这样的家庭灾难。他不知道自己为什么会突然关心起她，也许是那次偶然地撞在一起，他对活泼开朗的她记忆尤深，这才想要为她分忧解难。但他还是有点不自信，直到想起自己是受党组织指派在大学里开展党的工作，可要在大多数家境富裕的同学中间宣传左翼思想、发展党的组织，困难是可想而知的。这回火柴大王陈光宗遭到黑社会势力的敲诈勒索，对他们的震动很大，对陈慧梅而言更是撕心裂肺，不仅能使她看清这个社会的黑暗，还能使她迅速觉悟，接受左翼思想，这不正是他要在这所大学里做党的工作的主要对象吗？韩天强舒了口气，他觉得自己想清楚了为什么会对陈慧梅如此关心。他可以在与领导见面时，理直气壮地汇报他的想法。

3. 赛马风波

新一季的赛马会开始了，韩天强如约来到跑马厅和上级会面。他买了门票，径直来到1号观赛区，站在围栏旁谨慎地察看四周，到处都是兴奋的赌马客，有几匹赛马正从围栏前慢步走向起跑线的闸口，啪嗒啪嗒地踏着蹄子由草地而过，马背上的骑手不时地调整姿态，用藤马鞭轻轻敲击自己的靴子，从容地勒紧或放松手中的缰绳，赛马便顺着主人的心意踏着优雅的步伐，高傲地昂着头挥洒弯脖子上修剪整齐的长鬃毛，四条铜骨响亮的瘦马腿交替向前迈动，自信地向看客们展示着神气十足的自我状态。

“嘿，那匹就是白色闪电，”一个戴鸭舌帽的男人指着一匹白马说道，“它很兴奋呢。你看，圆滚滚的屁股多带劲！”

韩天强循声望去，却见另一个梳着油光滴滑飞机头的小开不以为然地对鸭舌帽说：“白色闪电的赔率已经是一赔五了，还能有什么赚头？”他把握十足地说：“我买了那匹叫瑞特露丝的枣红马，买它票的人很少。”

鸭舌帽不屑一顾地说：“冷门马你也敢买？有钱也不能往水里扔啊。”

小开得意地说：“这你就不懂了，冷门马赔率高，一旦跑赢就赚翻了。”

鸭舌帽忽然放弃和他争辩，快步向前走去，满脸谄笑地向一个警官服笔挺的中年男子脱下帽子说：“您也来看赛马！好兆头啊！”

韩天强警惕地看着他俩，知道那个警官就是巡捕房赫赫有名的华人探长蓝鉴仁，这个时候怎么会到跑马厅来？莫非他与李剑雄在此会面走漏了风声？韩天强迅速地向四周扫了一眼，没看到更多的巡捕，只有一个跟随在蓝探长身后。

蓝探长傲慢地对鸭舌帽说：“我是来执行公务的，哪有你这样的好心情赌马。”

鸭舌帽谦卑地说：“您当然是执行公务。”又凑上前压低声音说：“是为火柴大王陈光宗绑架案来的吧？”

蓝探长不屑地说：“你哪儿来的小道消息？陈家到现在没有报案，那就是没有发生绑架案，只是社会上的谣传。”

小开也跟过来，不知趣地插嘴说：“蓝探长，这报纸上都登了，不会是谣传。”

蓝探长不愿被他俩纠缠，官腔十足地说：“你们都好好记住，对巡捕房来说，只要事主没报案，那就是谣传。”他看见了在这群赌马客中有身穿翻毛皮大衣的交际花姚曼丽，便上前殷勤地招呼：“姚曼丽小姐今天也有兴致赌马？”

韩天强远远地看见一个花枝招展的女人回头向蓝探长看，知道她就是吸引蓝探长注意的姚曼丽，心想，看来他真的只是例行巡逻，还有心思和交际花调情。

姚曼丽今天格外地招蜂引蝶，不断有男人和她搭讪，她都巧与周旋，此刻见蓝探长也来了，便风情娇媚地说：“哟，什么风把探长大人吹来啦。”

蓝探长笑着说：“鄙人执行公务，为姚美人保驾。”

姚曼丽咯咯地笑，说：“我可不敢当。”

蓝探长贴着她耳鬓，亲热地说：“密斯姚今天买哪匹马呀？”

姚曼丽撒娇地躲避凑上来的嘴脸，看见头戴黑礼帽的李明甫正向这儿走来，立刻对他说："这可不能透露。"便向李明甫兴奋地叫道："密斯特李！这么巧啊。"

韩天强感到有些意外，看了一眼李明甫，然后迅速地消失在人群里。

李明甫是广东人，长得黑瘦，见是姚曼丽也感到意外，随口一问："密斯姚，你买了哪匹马啊？"

姚曼丽从狐毛袖笼里伸出娇嫩的手紧紧挽住这个上海滩阔佬，娇滴滴地问："黑玛丽，你看能不能赢啊？"

李明甫掏出镀金打火机，啪地打出一条火苗，点燃烟猛吸一口，挑逗地喷向姚曼丽的俏脸蛋："你看上的马，都是赚大钱的。"

姚曼丽咯咯地笑了，说："那你买了哪匹漂亮的马呀？"

李明甫对赌马远不如对女人的兴趣浓，姚曼丽曾和他在华尔登饭店开过房，至今记得她情到深处时白嫩的全身会情不自禁地抽搐，着实让他迷恋了一阵，后来有了新欢才渐渐淡忘了她。没想到今天又巧遇上，他立刻感到她格外热情，就像那匹屁股圆滚滚的白马那么来劲，巧的是他买的就是它，不禁调戏道："白马，比你还白，叫白色闪电。跑起来会放电哦。"

姚曼丽飞了个媚眼，说："还是你会挑，我挑的马浑身乌黑，不过能赚大钱。"

李明甫自然听出她的调侃，说："不就是玩么，不要在乎输赢，嗨了就好。"

姚曼丽扭着腰臀说："噢哟，你是大老板哎，当然不在乎输赢。我是女人，输不起的。"

李明甫得意地撩拨她："女人输得精光，反而吸引男人哦。"

姚曼丽轻浮地拍了他一记，打情骂俏道："十三点。"

那边赌注登记人已经把原先写在黑板上的赔率全部擦掉，迅速写上新的赔率，引起赌马客的一阵骚动。韩天强看着他们潮水般地涌上去，便急忙往旁边闪开。他是来与领导见面的，根本不在意哪匹马会赢，更不会去下注赌马，他看中的只是这里人头攒动，适宜掩护身份，更何况这与他约定的见面地点不远。

一声枪响，马闸栏哗啦一起打开，骏马争先恐后地在骑手的策动下向前猛跑，一团高大混乱的颜色不断变动着位置，标示着时间的行进，马蹄单调而复杂的嗒嗒声由远而近地回响，腾起的烟色浮尘中雷声滚滚。来了！来了！男人的烟嗓子，女人的娇滴滴，赌客的吼叫声，交错堆叠地混合进持续不断的嗒嗒马蹄的声响里。越来越近了，看得清披系在马鞍下的黄布上印着的赛马编号，3 号马一直跑在最前面，那是一匹漂亮的白马，鬃毛飞扬，四蹄疾走如一道白色闪电，恰如其名字一样响亮，开赛前被马报评为第一赢家，很多对它下注的赌马客此刻狂热地挥舞着手中的马票高声喊叫："快跑！快跑！"紧跟在白色闪电身后的是四五匹各种毛色的马，纠缠在一起或高或低地晃动着奔跑，马鼻孔喷出的白气和马皮毛渗出的汗味挥之不去地萦绕在周围，名叫瑞特露丝的枣红马开始跃居第二，印证了它就是应该披挂 2 号赛马布上阵，此刻它就像热恋中的少女疯狂地紧追着负心的白色闪电不放。眼看就这么难分胜负地跑到终点了，谁也没有料到一匹披系 6 号赛马布的黑马突然狂奔起来，从紧跟在白色闪电和瑞特露丝后面的马群中脱颖而出，那油光黑亮的马臀上的每一块肌肉都在有力地抖动，爆发出神奇的力量，驱使着四条马腿交替不断地飞奔，轻佻地超过了前面的瑞特露丝，开始用它那黝黑的马头去贴近白色闪电的丰满马臀，接着便够得着去舔它汗淋淋的白色腰腹，最后伸长了马颈力图与之并驾齐驱，买黑马的赌客们开始狂呼乱叫起来：黑玛丽！黑玛丽！正是黑马的漂亮名字，赛前并不被马报看好以至没多少人买它的马票。姚曼丽手里捏着马票，起初眼看着黑玛丽一直落在后面而没了激情，连李明甫在一旁笑她要输脱三角裤了也懒得搭理，此刻见它猛然发力追了上来，顿时兴奋地叫起来：“噢！宝贝！快点！别停下！”她的手痉挛地拽着李明甫，头抬起对着他喊：“噢！我的马追上来啦！”

整个跑马场人声鼎沸，一会儿是白色闪电，一会儿是黑玛丽，但买白马的赌客远远超过买黑马的，白色闪电的喊声如黄浦江的潮声汹涌不息地盖过了黑玛丽的叫声，可黑玛丽还是不可遏制地追了上来，与白色闪电齐头并进，你来我往。这时候，人声突然安静下来，整个场子只听见马蹄声雷霆万钧般地响着。韩天强本是来与上级见面的，此刻也被场上激烈的赛马情不自禁地吸引住，一时竟忘了观察四周的情况，待到感觉有人向他身边靠近，急忙扭头一看，正是上级李剑雄，顿时惭愧地说：“你来了。”

李剑雄不看他，对着前方的赛道严肃地问：“你买了马票？”

韩天强赶忙辩解道：“我哪里会赌马，只是一时被赛马吸引了。”

李剑雄看着场上激烈的赛马，说：“黑玛丽后起直追啊。”

韩天强不好意思地说：“是。有机会赢第一。”

李剑雄揶揄道：“不买票可惜了。”

韩天强听出他的言外之意，忙检讨说：“我不该放松警惕。”

李剑雄语重心长地说：“有时候一瞬间的疏忽就会酿成大祸。”

韩天强低着头，检讨说：“我错了。”忽然想起什么，他又补充一句：“我看见你父亲了。李明甫，就在那边。”

李剑雄露出一脸鄙视的表情，断然地说道：“我没有这样的父亲。走！”

韩天强佩服李剑雄爱憎分明的阶级立场，毫不犹豫地跟着他退出了看赛马的拥挤又疯狂的人群。

这时候，黑玛丽像一支黑箭似的迅速超过白色闪电，第一个到达终点，顿时赛马场上一片嘘声，废马票被输红眼的赌客们纷纷抛向空中，犹如葬礼上的白色纸钱乱飞狂舞。

姚曼丽兴奋得搂住李明甫的脖子，疯狂地吻着他："我赢了！我赢了！"

李明甫随手扔了马票，一把搂紧她的腰肢，说："我赌场失意，情场得意啊。"

姚曼丽欲拒还迎地推开他，魅惑地说："想吃什么，我请客。"

李明甫逢场作戏道："自然是你啰。"

"讨厌！"姚曼丽撒娇地说，"那可不能让你白吃。"

恰在这时，李明甫的司机匆匆跑来，在他耳旁说："田世宏派人来，说是请你去商量陈光宗老板被绑架一事。"李明甫顿时收敛起放荡不羁，对姚曼丽说了声我有急事，就随司机走了，气得姚曼丽一跺脚去兑换中彩的马票，刚咬钩的大鱼又跑了，她输得很惨，连一片金鳞都没刮到，但赌马赢的小钱还是要的。

离下一场赛马还有半小时，看客们纷纷离场来到赛马会大厅休息，赢了钱的赌马客纷纷去赌注登记人处兑马票，那些买香槟票的贵宾则在大厅里兑换，输了的赌马客们则憋着劲要赢回来，正挤在售票窗口抢着买下一场的马票。

李剑雄和韩天强站在大厅的角落里，这里既能通过入场口远远看到赛马场地，又能看清楚周围来来去去的人。刚才看见李明甫匆匆走出跑马厅，李剑雄丝毫没有上前与他见面的意思，韩天强好意地提醒了一句，也被他无情地打断。李剑雄看着四周，刚毅果断地说："跟我说说你那边的情况。"

韩天强把组织读书会的情况一一向李剑雄汇报。李剑雄递给他一支烟，掏出火柴擦着一根，一团火光"蓬"地升起，点燃对方的烟后又自己点了一支，看着火柴梗烧到捏着的手指头才扔掉。他镇静地说："目前白色恐怖十分猖獗，读书会不要过早暴露出左倾色彩，要更隐蔽地通过各种合法活动去团结进步学生，同时又要大胆地在他们中间发展党员。"

韩天强点点头，想了想说："现在上海频频发生绑票案，我们能不能抓住陈光宗绑票案发起一场社会抗议活动？"

"不行。"李剑雄摇摇头说："现在各大报纸都登了文章，市民情绪激动不安，确实可以顺势发动群众抗议政府和租界当局的不作为，但这样做容易导致绑匪撕票，那就不但帮不了陈慧梅，还会害了陈光宗先生。"

韩天强欲言又止，想了想还是说："那读书会就只是读书了？"

"《安娜·卡列尼娜》里列文曾谈到共产主义，你可以因势利导呀。"李剑雄耐心地启发他："你还可以慢慢引导大家去读苏联小说，比如高尔基的《母亲》，时机成熟再组织阅读马克思、恩格斯的《共产党宣言》。"

韩天强猛吸了一口烟，把烟蒂扔地上用鞋底使劲碾了碾："好。"

李剑雄看了看周围，轻声说道："明天你随我执行一个秘密任务。"

韩天强愣了一下，兴奋地直点头。

赛马场里又一次人声鼎沸，下一场的赛马开始了。

4. 赎　金

经理王忠信急匆匆来到陈府，把一封信交给田淑芬："太太，绑匪来信了。"

田淑芬看完信后，绝望地说："天呐，我们上哪儿找这么多钱给他们！"

陈慧梅这会儿只会哭泣，哀求道："妈妈，你要想办法救爸爸。"

母女俩抱头痛哭，王忠信连忙劝道："太太，这会儿不是哭的时候，还是请您的父亲过来一起商量怎么办吧。"

田淑芬擦了擦眼泪，给父亲打电话。那天遭绑票后，她就让父亲过来商量怎么办，田世宏问清事情前后经过，就提出立即秘密报警，以求得巡捕房蓝探长的帮助。田淑芬拿不定主意，问王经理，王忠信想了想说，还是等等看，绑匪那头会与这儿联系的。果然今天来信了。陈慧梅在一旁读着绑匪的信，见有不许报警、否则就撕票的恐吓，不禁担忧起父亲的安危。

不一会儿田世宏赶到，还未坐稳就拿过信来看，倒吸一口凉气："四十万的赎金！这些混蛋真是狮子大开口啊。"又问女儿："家里拿得出这么多钱吗？"

田淑芬含着眼泪直摇头。

王忠信在一旁说："公司账上也没有这么多钱。"

田世宏气愤地说："就是有也不给！"

陈慧梅急得直喊："外公！你要救救我爸。"

田世宏忙安慰外孙女："救。救。你先别着急。"又吩咐王忠信："立刻和巡捕房联系，请蓝探长帮忙破案，一定要把光宗找回来！"

陈慧梅急得直嚷："不行！不能报警！"

王忠信小心翼翼地补充道："绑匪信上说了，要是我们报告巡捕房，让他们知道了就撕票，董事长性命难保啊。"

田世宏摆出一副家长架势，说："不报告巡捕房，你去给他们送钱？就不怕他们拿到钱还不放人？"

王忠信不说话，战战兢兢地站着。

田淑芬不顾一切地说："我去见他们。我去送钱赎人。"

田世宏哭笑不得，挥舞着手说："你一个女人就不要添乱了。你要是也被他们扣下了，怎么办？还不让报警呢。"

田淑芬被噎住了，和王经理面面相觑。

陈慧梅冷不丁地说："我去。我不怕他们。"

田世宏连连摇头，说："我的小祖宗，你就是儿子也不能去，何况是个女儿。”

陈慧梅说：“女儿怎么啦？汉朝有缇萦救父，她才十五岁，我是圣约翰大学的学生，早过了十九岁，怎么就不能去了？”

田世宏无奈地哄着她说：“好，好，你去。”话锋一转：“可是钱呢？没有钱，你就是去了，他们肯放了你爹？”

陈慧梅只是使性子冲口而出，哪里想到要带钱去赎人，更没有想好怎么筹得这笔钱。她从来对钱就没有概念，那是父亲的事情，她缺钱花了就向他要，现在父亲被绑票了，她向谁去要钱来救父亲？

田世宏叹了口气，说：“事到如今，也只有向人借钱赎人了。可是，借钱是要抵押的，你拿什么做抵押呢？”

田淑芬想不出什么主意，只得说：“这栋洋房总还值点钱，拿去抵押借钱吧。”

田世宏断然拒绝，说：“不行。没有房子你们母女俩住什么地方？回娘家我可没有房子给你们住。”又好像突然想起什么似的，说：“光宗不是最近吃进了两家厂子吗？”他看王忠信点头，才接着说：“那就拿那两家厂子作抵押，我出面向李大班借四十万。”

王忠信哪敢表态，眼睛直看着太太田淑芬。

田淑芬一愣，问：“李大班是谁呀？”

田世宏耐心地说：“他是上海滩的阔佬李明甫，广东人，他们那边人习惯把老板叫作大班。我最近和他谈生意，人倒是挺爽气，可以说上话的。”

田淑芬转身问王经理：“你听董事长说过这个人吗？”

王忠信含糊地说道：“好像听董事长提过李明甫大班，不熟，要是借钱还是向熟人容易开口。”

陈慧梅一直插不上嘴，此时赶紧问：“谁？”

王忠信看了看小姐，似乎不便当面直告，便低头轻声在太太耳畔说：“就是董事长提起的徐贤礼老板，他为公子的事来过……也许就不用抵押厂子了。”

田淑芬自然记得徐家来提亲的事，还未来得及问女儿，当家人就被绑架了，此时由自己出面向他借钱，实在不好意思，可又必须借钱救丈夫，遂说：“那就麻烦父亲出面去问问，看能不能借到钱。”

田世宏似有把握地说：“我这就去问问李大班。”

父亲走了以后，田淑芬才对王经理说：“你也去跟徐先生说一下绑票的事。看他能不能帮上这个忙。”

王忠信点点头，恭敬地退下。

陈慧梅听着有些不明白，就问母亲：“为什么要同时向两个老板借钱呢？”

田淑芬忧伤地说：“还不是担心借不到钱，救不了你爸。”

陈慧梅想了想说：“听王经理的口气，徐老板好像有事求过我家，所以向他借钱就不用抵押了，什么事有这么大的面子？怎么没听你们说起过呢？”

田淑芬看了看她，有心想挑明了，只是现在时机实在不对，便含糊地说：“徐老板跟我们有生意上的来往，他公子又在圣约翰读书，你不是也在圣约翰读书嘛，所以你爸跟他谈得来。”

陈慧梅压根儿不关心这位徐公子是圣约翰哪个系的，她只关心能不能借到钱，自作聪明地说：“生意上的朋友，借钱的事就好商量了，是不是？”

田淑芬见女儿也不追问，有心想把此事说白了，又怕女儿不答应这桩婚事，岂不是添堵，只得含糊地说：“两家厂子怕是保不住的，不抵押出去人家怎么肯借钱？”

陈慧梅痛苦地说：“妈，现在救爸爸最要紧，顾不得工厂了。”

田淑芬叹口气，说：“你爸总是说要实业救国，不断地扩充火柴厂的规模与外国厂商竞争，一心要让国人都用上国货火柴。唉，好不容易买下的厂子又要转手给他人，你爸就是脱险了也会责怪我的。”

陈慧梅恨恨地说：“政府如此无能，租界当局又无法保证市民安全，还怎么实业救国。”

田淑芬搂着陈慧梅，说：“不想那么多了，还是破财救人要紧。不知道他被关在哪里，有没有吃苦。”

下午，王忠信就来向田淑芬汇报情况，说：“徐老板一听说董事长遭绑架，马上就答应过来与你商量救人的事，看来借钱是没问题了。”

田淑芬松了一口气，说：“这下我就放心了。”

正说着，管家就来报告徐老板到了，田淑芬急忙说：“快请进来！”陈慧梅觉得好奇，这个徐贤礼究竟是怎样一个人物，竟让母亲如此手忙脚乱。

进来的徐贤礼一脸焦急，却没忘看一眼陈慧梅，才对田淑芬说道：“听说陈兄遭遇绑票，心中甚是不安。”

田淑芬压抑着悲伤，说：“谢谢徐先生关心，这是小女，在圣约翰读书。”又对陈慧梅说：“还不见过徐家伯伯。”

陈慧梅不知底细，大大方方地行礼，惹得徐贤礼满心喜欢，说：“犬子徐成生与你一个学校，也许你们见过。”

陈慧梅摇摇头，说：“不认识。”

徐贤礼笑笑说：“同一个学校，早晚会认识的。”又问田淑芬：“不知是否有陈兄的消息？”

田淑芬不免抽泣起来，说：“今日收到绑匪的勒索信，要赎金四十万，实在无奈，才请徐先生来商量，不知能否借我钱去赎回丈夫。”

徐贤礼沉吟了一下，说：“不瞒嫂夫人，一下子拿出这么多钱，徐某也有难处。可谁让我们要结秦晋之好呢，怎么着我也要助你一臂之力。”

陈慧梅一时没转过味儿来，怎么要结秦晋之好，什么意思啊？她不是不懂这个成语典故的意思，而是没有往自己身上想，光想着哥哥了。难道徐家哪位小姐要嫁给哥哥？

田淑芬感激地说：“谢谢你解囊相助，我这就让王经理与你签个借款合同，将两家火柴厂作抵押。”

王忠信连连说：“太太放心，我即刻去办。”

徐贤礼诚心诚意地说：“不用。我信得过你，只是信不过绑匪。你们就这么把钱交给他们，能保证他们会放了光宗兄？”

田淑芬无奈地说：“事到如今，也只能照他们说的去做了。”

徐贤礼摇摇头，说：“这些是亡命之徒，不值得信任。我看还是要报案巡捕房，听听他们怎么说。”

陈慧梅心想，如果巡捕房能破案，那还要交什么赎金，分明是不想借钱给我们，便说：“绑匪勒索信里写明，不准报警，否则他们会杀了爸爸的。”

徐贤礼注视着她，说：“哦，你就那么相信他们会拿了钱放人？”

陈慧梅自信地说：“绑匪的目的是勒索赎金，不是仇家杀人非要了性命不可。”

徐贤礼挺满意她的回答，说：“想不到陈小姐有如此胆识。那好，明天我让手下人把钱送到府上。”

这时候，田世宏口中喊着“且慢”走了进来，对徐贤礼行礼说：“感谢徐老板出手相救，只是借款数额巨大，还须按照生意场上的规矩来。容我与小女商量后再签借款合同，到时候还请徐老板高抬贵手。”

徐贤礼并不惊讶，说：“世翁说得对。一切按照规矩来。那我就先告辞了。”

见徐贤礼走了，田淑芬有点埋怨父亲：“你这是干什么呀！”

田世宏瞪大了眼，自负地说：“我这是阻止你干蠢事。借钱救光宗没错，可你不应该把女儿搭进去呀。”

陈慧梅大吃一惊：“怎么把我搭进去了？你们有什么事瞒着我？”

田淑芬埋怨父亲：“爹，你怎么什么都说呀。这事我们还没商量好呢，也没跟慧梅提过，你就冒冒失失的。”

田世宏双臂交叉抱胸，赌气地说：“算我没说。”

陈慧梅不依，追问道：“究竟有什么事你们要瞒着我？妈，你说呀！”

田淑芬无奈地说：“之前，徐先生与你爹提起过他儿子在圣约翰读书，听说你也在圣约翰读书，就想与我们做儿女亲家。我们还没想好怎么跟你说这件事，你爹就遭绑票了。”

陈慧梅脸“刷”一下红得像炭火一样：“妈！”

田世宏满有把握地说：“你看，你要是借了他的钱，女儿就是不愿意也要嫁到他家去，是不是？”

陈慧梅叫了起来：“妈，你这是要卖了我呀！”

田淑芬急忙解释：“没有的事。你刚才不是都听见了嘛，他说过他儿子和你的事吗？”

“啊呀！他不提就更麻烦。”田世宏焦躁地说，“等借了他的钱赎回光宗，他再来提亲，你能不答应？”

陈慧梅一跺脚，捂着脸跑出去了。

5. 公鸭嗓

陈光宗最初被关进这个房间的时候，曾经费尽心机地想弄清周围的情况，但房间很暗，只有从门底与地板的缝隙处透进一线光亮。他借着这缕光看见被钉死的窗户，走过去上下左右地摸一遍，确定是从里面钉上宽木板的，他把眼睛贴在板缝处，勉强看清在木板和窗户之间还有一层窗帘，他掏出口袋里落下的一根火柴，插进板缝想拨开那层窗帘，但火柴棍太短够不到，透过板缝看外面的企图彻底落空了。他百无聊赖地想，要是能撬开木板之间的距离，哪怕一点点，也就能拨开窗帘看到外面了。可是，木板上的铁钉很粗很长，像棺材板钉子似的，他赤手空拳根本不可能拔出钉子来。他想，他是被活活钉死在这个像棺材一样的房间里了。

这种被活埋的感觉很不好，他攥紧拳头使劲擂门，进来一个拉下罗宋帽圈遮住脸、只露出两只眼睛的男人，恶狠狠地说："再敲门就要了你的命！"陈光宗一下跌坐到稻草堆上，半天才缓过气来，努力使自己镇静下来。

他又一次回忆起被绑架上船后的情况，一路上只听见吱吱呀呀的摇橹声和水流的哗哗声，根本分辨不出是走大河还是小泾，估摸着过了一小时乌篷船就靠岸了。他被绑匪拽出船舱上了岸，跌跌冲冲地被带进了这个院子。他被黑布蒙着眼睛，只能心里数步子，从上岸到进大院门七百八十步，中间转了三个弯，先左后右再左，好像有意兜圈子，再从大门到关进这个黑房间三十四步，看来院子不大。他又联系房间的情况，窗上木板钉在里面，又拉上窗帘，说明绑匪不想让外面的人看见这扇窗被钉死了，自己被带到的地方不是穷乡僻壤，至少是在人多的镇上，所以他们才怕被人注意到屋子有异样。如果是这样，他就有可能和外面取得联系，那样就容易得救。不过，眼下绑匪头子还没和他见面，到时候摸摸他的底牌是什么，要钱就有的谈，只要不过分，他又拿得出，那还是破财消灾，保住性命。要命……不可能，若是那样他们早就可以在公司门口动手了，何必费这么大的劲把人弄到这里才下手？可再一想，万一自己成了这帮匪徒与另外什么人摆平冲突的筹码呢？这就性命难保了。可是，自己素来与那些帮派没有什么瓜葛，怎么会成为他们争斗的筹码呢？想来想去，恐怕还是与收购那两家火柴厂有关吧，莫非他们有黑帮势力作靠山，故意设下陷阱诱他入瓮？如此说来，自己一心想实业救国竟是条走不通的死路。

说来这安全火柴是瑞典人发明的，在世界市场上占有优势，对中国更是大量倾销。日本人掌握制造技术后也来中国建厂，与只做产品出口的瑞典商人瓜分中国市场。只因国内火柴市场很大，如果药浆、火柴梗直接进口，再在粘火柴盒、火柴装盒等环节上使用人工，省去进口这部分昂贵的瑞典机器，就能降低开厂门槛，这就使许多中国商人建起了小火柴厂，以低价争夺国内市场。在这种无序竞争、相互拆台的倾轧中，一些小厂纷纷倒闭，只有几家大厂艰难挣扎，幸遇五卅运动发起提倡国货运动，才算稳住了脚跟。陈光宗经此历练，悟出了公司只有做大，才能抵御住外商和市场的倾轧。为此，他全身心地扑在了工厂的扩容上，先后买进这两家濒临倒闭的火柴厂，注入资本改组成新分厂，准备采用集中管理，裁撤原厂部分管理人员和工人，使产量提高一倍的同时成本也有所下降。本以为这是实业救国的好法子，不会有什么问题，他甚至想好了接下来与老丈人田世宏的宏光火柴厂合并，组成一个全新的大光耀火柴有限公司，以此从瑞典人和日本人手里争夺更多的国内市场份额，但新分厂出事了，田世宏又不答应合并，这让他很是挠头。当年，他和田小姐两情相悦，准备结婚，但田世宏嫌陈光宗跑街出身，不愿把女儿嫁给他，后来在女儿的坚持下才勉强同意。这件事给陈光宗留下了阴影，曾对妻子田淑芬说：你等着瞧，总有一天我要办起一家火柴厂，把他的厂子也收购了。这话不小心传到了老丈人的耳朵里，现在死活也不同意合并。如今自己被绑匪关在这里，也不知家里会乱成什么样子。

门哐啷啷打开了，绑匪给他绑上黑眼罩带了出去，凭感觉是进了另一个房间，那里有几个人，房间里有烟味，说明他们待的时间有点长，大概是商量要他出多少钱赎命。这儿一定有绑匪头子，他要好好利用这个机会摸清楚他们的意图。

“陈光宗，知道找你来干什么吗？”一个公鸭嗓子在声嘶力竭地叫着。

“总不会是请我喝酒吧。”

“想喝酒？好啊，只要你让你家人拿四十万赎金，你就能回家尽情喝。”

“四十万？”他真的吃惊了，“我就是把工厂全卖了，也没有那么多钱。”

“你不要敬酒不吃吃罚酒。钱重要还是命重要？”

“我没那么多钱，要命有一条。”他决心拖延着，看他们怎么出牌。

“嚇呵，敢跟我来横的。我让你死不了，活受罪！”

“你把我折磨死了，你一分钱都拿不到。还是少要点，我能拿得出。”他听出这个人不是绑匪头子，陈光宗要逼他出面。

“没的谈，一口价。”

“那我就自行了断，你把我的尸体送回我家，兴许能得到些赏钱。”

“你！气死我了！来人，给我拉出去砍了！”

陈光宗害怕地缩了缩脖子，若被拖出去就答应他们的条件，他想。但没有人来拉扯他，却听见有人小声地说话，语气中带有命令的口吻，然后公鸭嗓又响了：“你给家里人写信，现在就写！”

屋子里一片混乱，好像有人走动、搬家具，这是要干什么？突然，他被推了一把撞到桌角上，剧烈的疼痛使他大叫一声。有人替他解开黑眼罩，房间里灯亮得晃眼，逼得他闭上眼睛好一会儿才睁开，三个戴罗宋帽的人围着他，一律拉下帽筒遮住脸，露出两只眼睛，其中一个动作傲慢地站在桌前，啪地一下把信纸和钢笔拍到他眼前："乖乖地写信！"

公鸭嗓。陈光宗确定就是眼前这个人，但看不清长相，继续装傻："写什么？"

"照我说的写。"公鸭嗓跑到一个横在房间中央的大衣橱后面，好像有人轻声耳语，他听不清楚，但感觉到那人的不耐烦，竟从大衣橱后面露出一只挥舞的手臂，很快又缩了回去，那衣袖像是某种制服的，一下子又想不起来。过了一会儿，公鸭嗓大声说着要他写信的内容。这个大衣橱摆放的不是地方，后面留着很大一块地方，显然是刚才移动过，躲在后面的一定是他们的头子，不想让他看见，也不想让他听见。

陈光宗乖乖地按照绑匪的意思写了一封信给妻子，让她按照他们的意思把钱送到指定的地方，不要向警察局报警。他当然想活，不会彻底激怒绑匪，刚才不过是故意和公鸭嗓多说几句以便拖延时间，从中多得到一些信息，好想出办法脱身。他答应绑匪给家里写信，写信总要把眼罩给我摘下来吧，这样就能看见你长什么模样了。可是绑匪狡猾得很，给他摘下眼罩时房间里只有三个套着拉下罗宋帽圈的匪徒，那个绑匪头子就躲在大衣橱后面。他想多看一眼房间里的摆设，但公鸭嗓狠劲地按住他脑袋："不许偷看！"他再没有去东张西望，表现出一副顺从的样子，但他在信里却藏了个暗桩，按照绑匪头子的话写上警察局而没有纠正他应该是巡捕房，他家在租界，事情又发生在租界，应该是向巡捕房报警，华界的警察局是不管的，这样家人收到后就能猜到他已被关到租界外的地方。

信被公鸭嗓送到大衣橱后面，一会儿公鸭嗓出来挥挥手，让人把他送回到原先的黑房间里。陈光宗躺在稻草堆上，侧身躲开房间的门，他怕有人会从门上的小孔偷窥，心里在飞快地想着那个口述信内容的人，这个人应该是绑匪头子，但又总觉得哪儿不对，话说得虽然凶巴巴的，但用词准确简练，不像江湖人说话粗野蛮横、颠三倒四。他有意申辩自己没有这么多钱，如果少要点，事情就好办。他想引那个人多说点话，好分辨出他的真实身份，但那个人没有立即回答他，在与手下一阵低语后，公鸭嗓才出面予以严厉拒绝，用的全是他自己的话。那个绑匪头子自始至终没有露脸，也没有出声，看来他遇到了老奸巨猾的对手。

6. 解　密

陈慧梅把自己关在自己的房间里，任凭母亲拍打房门叫她也不答应。

田淑芬又气又怨地说："没良心的东西！难道你就看着你父亲遭殃不救？"

陈慧梅委屈地哭了，说："我没说不救爸爸。我什么时候说过不救爸爸啦？"

"那你把门开开，我们坐下好好说话。"

"你让我一个人好好想想。"

"事情不是你想的那样，你出来，听见没有？"

"你让我安静会儿行不行？"

"你出来，我要跟你说事儿。"

"你又要说什么！拿我当筹码向徐家借钱，难道我还不如那两家火柴厂？"

"他是跟你父亲提过做儿女亲家的事，可我们也没有答应啊。"

陈慧梅一把打开门，责问母亲："那为什么要瞒着我？你现在还要跟他家借钱！"说着就往外走。

田淑芬急得跟在后面追："梅梅，你这是要去哪里？"

陈慧梅赌气地说："我去学校。再不去上学，我会被除名的。你赶紧去借钱救他，别管我，我怎么着都行！"

这时候，田世宏带着点儿神秘感走来，和颜悦色地插话说："梅梅，你别着急，我来就是要阻止你妈向徐家借钱，免得你陷入不愉快。"

陈慧梅眼睛一酸，一下扑到田世宏的怀里："外公！"

田世宏拍拍她的后背，劝道："好了。我已经和李明甫大班说好了，用那两家火柴厂作抵押，借四十万去赎人。"

陈慧梅不相信地说："真的？"

田淑芬有点担心地说："工厂抵押出去，会不会收不回来？这可是他的心血啊。"

陈慧梅急得直跳脚："啊呀，妈，现在救爸爸要紧。"

田世宏劝慰说："人安全了，钱还能再赚。有了钱，就能赎回工厂，就像典当东西一样，只要不逾期。"

田淑芬无奈地点点头，说："那你就联系李明甫大班借钱，我去和王经理商量怎么跟绑匪他们打交道。"

田世宏赶紧说："夜长梦多，我这就去。"

"可徐先生答应借钱，并没有其他要求，何必舍近求远。"田淑芬见父亲走了，终于忍不住说道，"再说，他家公子一表人才，又和你同在圣约翰大学读书，即使徐先生将来提亲也不委屈你呀。"

陈慧梅臊得脸如桃花，叫道："他叫什么名字啊，老缠着我。"

田淑芬以为女儿动心了，赶紧说："徐成生，我看过他的照片，挺翰绅的。"

陈慧梅真是哭笑不得，她居然说了个英文单词 handsome，还说没有答应人家提亲！可她又真希望能交了赎金把爸爸从绑匪那里解救出来，一时左右为难，一跺脚从家里跑了出来。田淑芬在后面追着喊，也没能把她唤回来。

陈慧梅心里很乱地去学校上课。她的英语不是很好，本来听老师用英语上课就有些勉强，现在心里有事乱糟糟的，哪里听得进老师讲了些什么。一下课，她就匆匆离开教室，心里惦记着母亲到底向谁借钱了，真要是向徐家借了钱，他们又来提亲，难道自己真答应了不成？这都什么时代了，还搞父母之命媒妁之言！不由得恨这个叫徐成生的公子哥儿，还和自己一起在圣约翰读书呢，难道连自由恋爱都不懂了！

忽然就听到有人叫她，陈慧梅误以为是徐家公子追来了，愈加走得飞快。来人追了上来，拦在她面前，气喘吁吁地说："陈慧梅，你这是怎么啦？"

陈慧梅这才看清是韩天强，松了口气说："对不起，我没来参加读书会活动。"

韩天强半开玩笑地说："那也用不着见了我就跑啊。"

陈慧梅支支吾吾地说："我……"

韩天强看她魂不守舍的样子，马上想起了她父亲遭绑票的事，愤愤地说："这些绑匪竟敢在租界搞绑票，真是无法无天！"

陈慧梅眼圈红了，一时说不出话来。

韩天强关切地问："现在情况怎么样了？"

陈慧梅便把勒索信的内容说了一遍。韩天强皱着眉思索，像是捕捉到点什么，语气迟疑地追问："你是说，绑匪不让你们向警察局报案？"

陈慧梅点点头："他们说，若是向警察局报案就撕票。怎么了？"

"你没记错？"

"不会。就是这样写的，我记得清清楚楚。"

韩天强这才颇为自信地说："那就是说，绑匪很可能把你父亲弄出租界了，关在华界的什么地方。”

陈慧梅惊讶地问道：“你怎么会这样想？”

韩天强扳着指头一一道来：“你父亲是在租界遭绑架的，要报警那也应该是向巡捕房啊，信里怎么提到了警察局？警察局是华界的治安机关，一定是绑匪人在华界，所以随口就说了警察局。”

陈慧梅“哦”了一声，急切地说：“这么说，父亲在暗示他被关在华界的某个地方？”

韩天强追问道：“你能确定这封信是你父亲写的？”

陈慧梅半是肯定半是犹豫地说：“他的字我认识。可是，信里的口气却不像是他的，那是绑匪的呀。”

韩天强刚说了句“这很容易解释”，两人就异口同声地说道：“绑匪口授。”

陈慧梅感激地说：“谢谢你帮我解开了疑团。”

韩天强说：“不用谢。我托江湖上的朋友去上海周边几个镇打听打听，看能不能找到点线索。”

陈慧梅情不自禁地问：“你说的是真的？真能找到线索？”

“试试吧，”韩天强说，“有什么情况我们随时通气。”

陈慧梅羞涩地说：“那我回家了。”

陈慧梅回家就把这些情况告诉了母亲，只是没提这个同学的名字。田淑芬听得目瞪口呆，还误以为出主意的同学就是徐成生，心想这还真是一举两得。她又拿出信来仔仔细细地看了一遍，确信这是丈夫在传递消息，赶紧把王经理找来商量。王忠信反复看信，掂量着说：“既然这样，我们就报告巡捕房吧，也许他们能帮助尽快找到董事长。”

田淑芬不放心，叮嘱道：“报案可以，只是要他们注意保密，千万不要惊动了绑匪。”

王忠信恭顺地说：“太太放心，他们是专业的，不会犯这样的错误。”

王忠信做事向来认真，转身就去巡捕房见探长蓝鉴仁。蓝探长坐在皮转椅上，两脚搁在办公桌上抽着香烟，傲慢地说：“这么晚才来报案，报纸都已经登出来了，闹得满城风雨，好像我们巡捕房是吃干饭的。”

王忠信小心地赔着不是：“哪里。绑匪不让报案，不然就要撕票。为了董事长的安全，一直犹豫要不要报案，您多包涵。”

蓝探长讥讽地说：“那今天怎么又来报案了？”

王忠信低声下气地说：“现在上海的报纸都已经登出来了，闹得全上海滩的人都知道了，绑匪就不会怀疑是我们报案的。”

蓝探长冷笑了一声，说：“王经理真是好算计啊。”

王忠信赶忙塞上一个装满钱的信封，说：“有劳蓝探长辛苦了，我得按他们指定的时间地点去交赎金，到时候希望能得到您的保护，又不让绑匪发觉。”

蓝探长一拍桌子，说：“小看我啊，我给你破了这案子，把他们全都逮起来！”

王忠信慌忙说道：“不可。这万一失手，董事长就没命了。还是委屈您了，只要他们信守承诺，就不要动手。”

蓝探长白了他一眼，说：“好吧。不要我们动刀动枪就把案子办了，这有什么不同意的。”

一切都按事先想好的进行。四十万借来了，放在一只皮箱里，王忠信提着去信上说好的地方见绑匪。有了蓝探长派人暗中保护，王忠信壮了胆子独自前往。

哪知道陈慧梅担心父亲的安危，悄悄跟在王忠信的身后，又怕被发现，只远远地盯着，谁知人来人往中就不见了人影。她急忙往前跑着寻找王经理，马路拐角处突然被人拦住：“大小姐怎么来了？”

陈慧梅一看是王经理，刚定下心又窘迫起来，故作惊讶地说：“我出来随便走走，怎么就碰上你了？真是巧啊。”

王经理好心地提醒：“我出了大门，你就一直跟着我到了这里。”

陈慧梅耍赖，说：“没有啊。马路上人来人往的，怎么我就跟着你了？”

王经理不得不点明了，说：“那我躲起来，你为什么就急得跑来跑去地找呢？”

陈慧梅见他如此说，也没法隐瞒了，说：“我是怕你一个人去有危险。”

王经理急了，说：“大小姐，绑匪看见你就不会和我接头了。”

陈慧梅信誓旦旦地说：“我会小心的，绝不让绑匪看见。”

“我都发现你跟踪我了，绑匪能看不见？”王经理连劝带催地说：“快回去吧。别让我为难了。”

陈慧梅无奈地转身离去，走不多远又回过头来，王经理已经不知去向了。她仍不死心，风风火火地在周围又转了一圈，实在找不到他踪迹，这才怏怏地回家。

王经理甩掉陈慧梅后，独自前往绑匪约定的贸易商场。这个商场有些特别，设在一条弹硌路上，路头路尾各竖一扇大铁门，两旁的街面房聚集着一家家小店，卖旧货的，修钢笔的，典当行，小吃摊，花鸟店，瓷器铺，自然还有烟馆、赌场、堂子等夹杂在里边，三教九流都来这里荡马路，白相相。王经理按照信里说的来到贸易商场的前大门口，铸铁的镂花弧形拱梁搭在两根石头砌的方柱上，两扇镂花大铁门敞开着，狭窄的弹硌路弯着曲着伸进去，路两边小门面店铺鳞次栉比地挤着，在弹咯路上晃来晃去的闲人、女子从不同的店门出来进去，只有那些进烟馆、赌场、堂子的人才会泡在里面长远勿出来。

王经理就站在石头方柱旁，靠着大铁门挺显眼的，左顾右盼地看着来来往往的行人，可是没人上来和他搭讪，甚至连多看他一眼都没兴趣。他无聊地看着对面的锅贴店，桌子摆到了门外，吃客们边看野眼边吃锅贴，吃光就拍拍屁股走人，过一歇歇又来一帮人坐下来吃锅贴，看来这家店生意不错。他又注意到靠墙站着的那个人，摆一个香烟摊，吆喝两声香烟要哦，眼睛却盯牢他看，看来这就是蓝探长派来保护他的便衣巡捕。

一个上午等下来，王忠信脚都立酸了，连个人影子都没看见。蓝探长从锅贴店里走出来，把化装成锅贴店吃客和香烟摊贩的手下聚拢来，宣布收队。王忠信简直不敢相信这些人都是便衣巡捕，战战兢兢地问蓝探长，怎么绑匪没来？是不是让他轧出苗头了？蓝探长不慌不忙地说，绑匪滑头着呢，哪能第一次就来人？

7. 汇塘镇的红与黑

韩天强跟随李剑雄来到汇塘镇，这里有党秘密建立的通往苏区交通线上的一个联络站，站长赵佑平的公开身份是镇上的一家名叫鸿发饭馆的老板，以烧本帮菜出名。

赵佑平把李剑雄两人让进包间，吩咐炒几个菜，就坐下向李剑雄汇报："这几天镇上突然来了几个陌生人，很少露面，不知是什么原故。"

李剑雄警惕地问："他们是干什么的？"

赵佑平说："不知道，就每天派一个人来这里买一份饭菜带走，让我觉得奇怪。"

李剑雄眉头一攒："他们发现这里了？"

“不像。”赵佑平摇摇头说，“他们没有派人盯着我们饭店，反倒像是害怕被人发现，一直躲着不露面。有一次我问他，为什么每天来店里买一份饭菜。他不耐烦地说，家里有人病了，想吃你家的饭菜。可是，病人需要吃得清淡，他却专买浓油赤酱的鱼肉大菜。”

李剑雄想了想说：“你是说，他们每天都在款待某个神秘人物？”

赵佑平有点犹豫地说：“我也是这么想的，可是，他若是想吃我们店的菜，为什么不来店里吃呢？会不会这个神秘人物是来探查我们联络站的？”

李剑雄摇摇头，说：“不像。若是探查联络站，一定会派人监视饭馆，每天派人买一份饭菜是无法做到这一点的。”

韩天强忽然联想到陈慧梅父亲遭绑架一事，有些迟疑地说：“会不会是绑匪把人质藏在这里了？”

上海光耀火柴公司老板陈光宗被绑架一事，赵佑平也从报纸上看到，当时也没多想，现在听他这么一说觉得有些像，便对李剑雄说：“我看像是给人质买的饭菜，尽点价钱贵的。要不要去摸摸底？”

韩天强连连点头，说：“我马上去一趟。”

李剑雄断然否定：“不要打草惊蛇。”

赵佑平也说：“不用着急去镇上找，一会儿他会来买饭菜，你们可以先观察一下。”

李剑雄说：“行。我们去外面坐。”

刚坐下没多久，有个城里人打扮的进了店堂，跑堂伙计高声叫道：“先生侬来啦！还是昨日的炒菜？”

那人朝店堂里扫了一眼，一开口是公鸭嗓，说：“换换口味，今天来份红烧鲫鱼塞肉。”

赵佑平迎了上去，经过李剑雄那桌时轻声说：“他来了！”走到柜台旁，跟公鸭嗓打招呼：“先生好眼光，我的店里红烧鲫鱼塞肉最有味道。”

公鸭嗓抱拳作揖，说：“老板生意兴隆啊。”

赵佑平点头哈腰地说：“多谢先生光顾鄙店。”

李剑雄朝那人瞥了一眼，对韩天强说：“一会儿我跟着他，看他去哪里。你就留在这里等我。”

韩天强急于想帮上陈慧梅，说：“我去吧。”

李剑雄说：“不行。若真是绑匪藏人质在这里，我们一旦惊动了他们，人质的安全就难保。到时候，军警过来搜查，我们的联络站也会有暴露的危险。”

正说着，公鸭嗓已拎着盛饭菜的提篮走了。李剑雄随后跟了出去，韩天强跟着赵佑平进了后院，焦急地等待着。赵佑平有些担忧地说：“看来，我这里不安全了，会撤掉吗？”

韩天强也说不出个什么来，只说：“一切听老李的。”

赵佑平不甘心地说：“我好不容易在这里立住了脚，怎么就碰上了绑匪窝藏人质的事情呢？”

韩天强解释说：“陈光宗先生算是个有骨气的中国人，这些年提倡用国货，他们生产的华光牌火柴被外国火柴厂商视作眼中钉。不知道这次绑架案是否和他们有关？”

“我们就是用的华光牌火柴啊，”赵佑平说，“那我们要想法救他逃出绑匪之手。”

韩天强说：“我也是这样想的，尽管他的实业救国主张在现在的情况下未必行得通，但总比那些替洋人剥削我们中国人的买办要强。”

这时候，李剑雄正悄悄跟着公鸭嗓，不远不近，如影随形。那人显然很谨慎，在镇上兜圈子，不时朝身后望。大概确信没人跟踪了，这才窜进了镇东一座小院。李剑雄见开门人鬼头鬼脑地向两边张望一下，迅速地关上门，知道这里一定关着什么人。他心生一计，去敲对面一家的大门。一会儿出来人问他找谁，李剑雄说，想租间房住下。那人说，我家没空房。李剑雄忙问，对面不是租出去了吗？那人说，他家有空房，从上海来了四五个人，都住他家，还押着个有钱人。门里有人不让他说话，“嘭”地一下关上大门。

李剑雄回来了，没等他坐稳，韩天强就急着问：“找到他们的窝了？”

李剑雄点点头，说：“镇东头的一座小院，看守的很严，里面一定有问题。我去邻居那儿打听了一下，从上海来了四五个人，押着个有钱人住在里面。”

韩天强听了很兴奋，说：“那我们今夜就溜进去看个清楚。要真是陈光宗先生关在这里，正好救他出来。”

赵佑平摩拳擦掌地说：“如果要动手，我这里的伙计也可以一起参加。”

李剑雄沉着地说：“是不是陈光宗还不好说。不能就这么贸然动手。”

韩天强急不可耐地说：“管他是谁，反正是绑匪押着人质，我们为民除害。”

李剑雄摆摆手，说：“我这次来是为了检查能不能从这里送同志们去苏区，如果闹出这么大的动静，还怎么保证同志们安全通过？”

韩天强和赵佑平一时无语，韩天强小声咕哝着：“总不能见死不救吧。”

李剑雄说：“我们一起想想办法，看还有什么法子能解救人质。”

赵佑平想了想，说：“能不能报警，让警察来解救人质？”

李剑雄摇摇头，说：“不行。这里必须保持平静，汇塘镇才不会被敌人注意，你们的饭店才能承担联络站的重任。”

韩天强有些不甘心，说：“那现在这样，同志们也不能从这里走啊。”

赵佑平也同意，说：“这可怎么办？难道干等着绑匪离开？”

李剑雄在屋里来回踱着步，忽然灵光一闪，说："有了。让巡捕房的人来搜捕。"

两人异口同声："巡捕房？"

李剑雄对韩天强说："你马上回上海去告诉你同学，让她家人去巡捕房报案，他们来这儿一搜，既能解救人质，又不至于惊动上海市警察局。等这里平静下来，我们就能启动工作，送同志们去苏区了。"

韩天强立刻动身赶回租界。赵佑平陪李剑雄把水上交通线的几个点看了一遍。李剑雄对安排备用码头的办法很满意，想了想问："从水路走虽然比较隐蔽，但一旦有情况，人在船上，怎么保证他们的安全？"

赵佑平指着不远处的芦苇荡说："你放心，我的交通员都很熟悉水路，有情况就把船划进芦苇荡躲一躲，等敌人的铁壳船过了，就可以出来继续赶路。"

李剑雄拍拍船帮，说："划过去，进芦苇荡看看。"

交通员轻快地摇橹，小木船像下雨前的燕子一样从水面掠过，一会儿就进了芦苇荡。李剑雄抬眼四处张望，只见一人多高的芦苇密密麻麻地生长着，如一堵高高的绿色围墙遮天蔽日，连刚才进来的那条水路也看不清楚了，更别说外面江面上的船了。江风呼呼地吹来，芦苇摇晃着发出一阵阵扑簌簌的声音，李剑雄极力分辨着方向，觉得小木船还在芦苇荡里打转，眼前却已豁然开朗，小木船已经从芦苇荡里划到了江上，看看已经离刚才钻进芦苇荡的豁口有一段水路了。李剑雄满意地点点头，说："现在就剩下怎么解决那伙绑匪的问题了。"

8. 疑云重重

陈慧梅人在学校，心里想着父亲被绑架的事，一想到母亲可能是向徐家借钱，还为她和徐成生订了婚，就心里别扭，不想回家。但人在学校，心思却在家里，那天她跟踪王经理原想一起去与绑匪接头，谁知被王经理发现赶了回来，也不知道后来怎么样了，心里更是七上八下的，结果她光想着这些事，把参加校游泳队训练也给忘了。教练班内特是个工作认真的英国人，专门跑来找她，陈慧梅把事情原委一说，班内特只说了一句，救你父亲要紧。陈慧梅终于憋不住回家了，这才知道王经理最终也没与绑匪接上头。

田淑芬一脸愁容地对她说："梅梅，他们为什么不来拿钱？为什么不放人？"

陈慧梅本想问母亲究竟是向谁借的钱，但此时张不开口，只得安慰母亲："妈，也许他们真的是在试探我们呢。"

田淑芬焦急地说："可是，我们报警了呀。蓝探长派人跟着王经理，会不会被他们发现了？啊呀，光宗会不会有危险啊？"

陈慧梅一听，知道王经理没把自己跟着他去接头的事告诉母亲，就放心了，直说："不会的，不会的。"

田淑芬流着眼泪说："怎么不会？他们在信上说了，若是报警就要撕票。"

陈慧梅此时只会陪着母亲一起流泪，也不知道该说什么了，反倒让母亲来安慰她："你去休息吧，明天去学校再问问他。"她怕女儿反感，不提徐成生的名字，陈慧梅却误以为母亲是让她去问韩天强，就点点头回了自己房间，想着明天怎么去找韩天强，找到他又说些什么。难道他能去与绑匪周旋，把父亲救回来？

谁知第二天一进校门，就遇到了韩天强，陈慧梅喜出望外，急切地跟他说了这事，问他现在该怎么办。韩天强已经在校门口等了好一会儿，以为她不会来学校了，正愁怎么去找她，谁知道她就出现了，急忙把汇塘镇的消息告诉了她。

陈慧梅有些不信地说："你的江湖朋友神通广大哎！你让我当面

谢谢他。”

韩天强不便挑明，只说：“快别说这些了。你赶快回去和家人商量吧。时间长了，恐怕绑匪会换地方。”

陈慧梅赶回家告诉母亲，田淑芬立刻让王经理与蓝探长联系。

王忠信急匆匆来到巡捕房，跟蓝探长说：“探长，我们得到消息，董事长可能被绑匪关在汇塘镇的一家院子里。”

蓝探长一惊，挺直了腰板问：“你们是从哪里得到的消息？”

王忠信说：“我也不清楚，是太太跟我说的。”

蓝探长追问：“她就没有说哪里得到的消息？”

王忠信摇摇头，说：“她只是迫切地希望蓝探长能派人去汇塘镇救出董事长。”

“消息来源都不知道，我怎么判断真假？”蓝探长推脱说，“我又有什么理由向上司要求派人去华界搜捕嫌疑人？”

王忠信说：“我也是这么跟太太说的。可是太太急着要救先生，哪里听得进在下的话。”

蓝探长轻蔑地说：“听不进又怎样，这巡捕房是你陈家开的？”

王忠信连连点头，说：“蓝探长说得对，我这就回去向太太汇报。”

蓝探长见他真的要走，又叫住了他：“你等等。你们打算怎么办啊？”

王忠信小心翼翼地说：“太太说，事关人命，我们只能去别的地方试试，还请蓝探长谅解我们急于营救董事长的心情。”

蓝探长显然把王经理的这番话当作是对他的胁迫，不高兴地说：“行了，明天你跟我们一起去趟汇塘镇。”

王忠信高兴得连连点头哈腰，急忙回到了陈府。

田淑芬急着问：“蓝探长怎么说？”

王忠信说：“他有些吃惊，不相信这个消息是真的。但还是答应明天带我一起去汇塘镇。”

田淑芬松了口气，说：“这下光宗有救了。”

第二天，王经理跟随探长蓝鉴仁和几名巡捕赶到了汇塘镇，正在镇上四处打听，迎面撞见了淞沪警备司令部侦缉处处长赵秉谦也带着手下四处转悠。蓝鉴仁与他熟悉，开玩笑地说：“赵处长好有雅兴来这里游玩。”

赵秉谦看了看蓝鉴仁，问道：“蓝探长是为了陈光宗绑架案来的？”

蓝鉴仁指了指身后跟着的王忠信，说：“这不，被害人报告说陈光宗先生被关在这里，我就带人来搜查了。”

赵秉谦“哦”了一声，没说话。身后的汤队长食指一顶帽舌说：“他奶奶的，镇上报告，昨晚来了很多人，我们怀疑共党在此活动。”

蓝鉴仁惊讶地说：“原来是共党，不是绑匪。”

赵秉谦满脸疑云，说：“难说啊。说不定是一伙的呢。”

蓝鉴仁急忙说：“好啊，那我们分头搜捕，看是不是一伙的。王经理，走。”

蓝探长找到镇长，镇长诧异地说：“刚才赵处长问过了，怎么你们巡捕房也来华界抓人？”

蓝探长说：“你别管这些。我就问你，最近镇上是否有可疑的人住着？”

镇长两手一摊，说：“我也不清楚。就是昨晚镇东头有一伙人闹出动静，统统走了。也不知道是什么时候住下的。”

王经理叫起来了：“就是他们。镇长，你看到有个老板模样的人没有？”

镇长急忙撇清，说：“我哪看到什么人啊，全是听人说的。”

蓝鉴仁急匆匆带人赶到镇东头那个院子，一进门就与赵秉谦撞上了。赵秉谦眼光朝蓝鉴仁脸上一扫，说："你来啦。看来这儿还真是绑匪的窝，可惜来晚了。"

蓝探长顾不得多说，匆匆往屋里去，王经理更是慌不择路地跟着。

赵秉谦意味深长地看着，对汤队长说："看来是绑匪在此活动。汇塘镇交通不便，只有水路比较方便。回去找水警处说一声，让他们加强巡逻。"

汤队长说声"是"，带队跟着赵处长撤了。

一会儿，蓝探长他们垂头丧气地出来了。王忠信手拿一张纸，慌乱地说："这儿就是关董事长的地方。你看，这纸上的字是董事长写的。"

蓝鉴仁看纸上有个认不清的花体字，仔细辨认好像是"陈"，不由得气恼地说："这他妈的是怎么回事！"也不知道骂的是谁。

回到租界已是傍晚，王忠信急匆匆赶回陈府，对田淑芬说了情况，还说蓝探长担心如果是消息走漏，董事长的性命就难保。

田淑芬叹气说："怎么会这样？"

陈慧梅着急地说："不会的。上次就是他帮助分析出父亲在信中留下的暗语。这次是从他江湖上朋友那儿打听到的消息。"

王忠信搓着手说："小姐，先别管这些了，你千万别再跟你那位同学说什么了，不能再走漏消息了。蓝探长还说了，如果消息不走漏，绑匪还可能再来信索要赎金，到时候还有办法救董事长。"

果然让他说对了，几天后公司信箱里发现了绑匪的信，换了个地方约见面，不许报警，否则撕票。王忠信拎着装钞票的箱子来到卡尔登大戏院门口，这里正在上演外国歌舞，看戏的人多，票子早就卖光了，此刻上演前还有人来等退票，蓝探长就派一个便衣装作票贩子，贴身紧盯王忠信，自己带人在对面咖啡馆里喝咖啡。一会儿，便衣满头大汗地跑来报告，说王经理人不见了。蓝鉴仁有些吃惊，赶忙带人四处搜寻，毫无结果，就要带人进戏院，守门的不让进，双方闹起来还惊动了戏院经理，一看是巡捕房蓝探长，连忙低三下四地央求千万不要惊了观众，否则老板要请他吃排头。

正在这时，王忠信匆匆从戏院里出来，原来就在刚才有人朝他手里塞了一张戏票，他没看清是谁，只得进戏院坐到位子上。台上歌舞正演到高潮时，有人坐到他身边，塞了一张字条，头也不回地走了。王忠信有些发蒙，突然又明白过来，急了，紧跟着出来，座椅过道狭窄，坐着的人又嫌他妨碍看戏，他连忙点头打招呼，才急急忙忙地走了出来，哪里还看得见人影。急忙打开字条，上面只写了一行字：金陵饭店 301。

探长蓝鉴仁急忙跟着王忠信经理来到金陵饭店，让王忠信一个人先去 301 房间，自己带人在后面远远跟着。王忠信定了定神，正要敲门却发现门是开着的，便推门进去，只觉得头上挨了一闷棍，便倒在地上，手里提着的箱子被人一把抢走。他挣扎着爬起来，正要追出去，却看见董事长被绑在床上，便急忙过去帮他掏出口中塞的布团，陈光宗大口地喘着气，这时蓝探长带人冲进房间，见此情况便问："绑匪呢？"

王忠信捂着头，指着门外说："跑了。"

蓝探长急忙带着人追了出去，哪里还找得到人。

9. 盘 算

陈光宗回到家，先去医院做了全面检查，确定无大碍，这才闭门休养。被绑匪关了一个多星期，连惊带吓实在身体扛不住，人也变得疑神疑鬼，多亏女儿陈慧梅与他作伴闲聊，尤其是夫人田淑芬的辛勤照顾，这才心情平静下来，开始盘算起怎么把两家火柴厂赎回来。这两家火柴厂当初是用五十万从原来老板手里盘下来的，刚换了新厂牌准备大干一场，却为了救他只抵押了四十万。这个李明甫真是乘人之危啊，若不及时还债收回厂子，这一进一出得损失十万呐，就是跟四十万比也实在不算是个小数目。他知道李明甫不仅做生意精明过人，连对家人也很苛刻，只有玩女人才出手大方。听说前妻是自杀的，儿子因此离家出走，如今新夫人生的儿子成了李家的接班人。他既然无法还清四十万，想要收回两家厂子也只得作罢，不由得叹息谋事在人成事在天，他只能用工厂罢工闹事，抵押出去乐得清闲来作安慰。好在他原有的华光火柴厂还在，只是光耀火柴公司就成了空壳。

有一天，听夫人说起用两家火柴厂抵押借钱是她父亲出面张罗的，他就觉得这是老丈人故意所为，因为这样一来原先与老丈人的火柴厂合并计划只得放弃，否则他和老丈人势均力敌，合并后的火柴公司谁做董事长兼总经理？但田淑芬却说他疑心病重，那个时候要没有借来的四十万，他说不定现在还被绑匪关着呢。他无言以对，心想，看来与另外几家火柴厂结成联盟共同对付外国火柴公司的计划只得泡汤了。幸好田淑芬还说了陈慧梅的同学徐成生从勒索信中发现他留下的暗语，这才决定向巡捕房报警，也是徐成生打探到绑匪在汇塘镇关有人质，蓝探长这才出动巡捕去汇塘镇，可惜什么也没有找到。他不由得长叹一声：破财消灾，破财消灾。

太太的这番话，让他反复回忆绑匪突然把他从那个黑屋子里转移出去的情形。自从他被关押起来，一切都还正常，连他要求绑匪每天为他弄些荤菜也得到满足。他从菜肴的色香味中判断自己是被关在镇上而不是在乡下的农家院。尤其是那天送来的红烧鲫鱼塞肉，那碗底竟然有红漆写的汇塘两个小字，让他猜到这里有可能是汇塘镇。有些蹊跷的是，那天半夜就突然急急忙忙地转移，因为走得急，再加上黑夜，蒙他眼睛的黑布扎得不紧，被他从缝隙处偷窥到那个公鸭嗓的相貌以及关了这么多天的院子模样，像是个镇上的殷实户，怎么会与租界里的绑匪有关系呢？可惜他还没看仔细就被绑匪扎紧了罩眼的黑布。直觉告诉他，这次绑票自己的绝非一般匪徒所为，背后一定有黑帮老大。如果再查下去，自己指不定又会遭遇不测，只得作罢。

可是，陈慧梅有一次对他说："爸，你能去汇塘镇一趟吗？"

陈光宗敏感地问道："干嘛去那里？"

陈慧梅说："去看看是不是你被绑匪关在那里。不把这些坏人抓起来，让他们把四十万吐出来，你会甘心吗？"

陈光宗不响，女儿的话捅到他心坎里，但他心有余悸，顾虑重重："算了吧。就是抓到了绑匪，四十万也未必能追回来。何况谁知道他们身后是什么人在撑腰，搞不好我又被搭进去了。"

陈慧梅忿忿不平地说："我的同学说，一定是事先有人走漏了消息，蓝探长他们才会在汇塘镇扑了空。"

陈光宗含糊地说："这上海滩的绑架案很多，怎么就肯定我被关在汇塘镇呢？"

陈慧梅说："所以才让你去一趟汇塘镇啊。说不定能看出蛛丝马迹来呢。"

陈光宗想都不想地说："还是不去了。我想平平安安地做实业，就当是破财消灾。"

陈慧梅见父亲如此豁达，就放心地去圣约翰读书，还恢复了校游泳队的训练，准备参加基督教青年会举办的游泳比赛。她长得美，穿连体紧身的游泳衣，更显出身材的迷人，每当她们在校游泳池训练时，便有不少家境富裕的男同学前来为她们助阵，其实是来饱眼福的。陈慧梅一直受西方教育，并不在意游泳衣会暴露身材，每当她从更衣室出来，总有男生在看台上起哄，她便更加挺起胸走着，正眼都不看他们一眼，扑通一下跳进泳池，开始她的训练，等到游到对面池边，顺带朝看台上扫一眼，从没看见韩天强，心里便更增添了对他的好感。但她却发现有一个穿着花哨时髦的男生几乎每次必到，每当她们从池子里爬上来坐在池边休息，男生们就故意一片怪叫，而他曲起手指放嘴里吹起口哨。那哨声悠扬好听，这使她记住了这个人，心想这大概就是英语词汇 handsome 的模样吧。

离基督教青年会举办游泳比赛的日子越来越近了，陈慧梅几乎把课余时间全都泡在了游泳池里，英国人教练班内特很欣赏她，鼓励她在比赛中争得名次，他不说争得冠军，她知道他是怕她因此有心理压力反而影响比赛的正常发挥。为此，她更加努力地训练，在蛙泳、自由泳、仰泳和蝶泳四种泳姿中，班内特为她选定了自由泳，说她大腿粗壮有力，水中拍打频率高，手臂长而划水有劲，泳速能在短时间内得到提高。于是，她就拼命训练自由泳，只是成绩提高得并不理想。她还是喜欢蛙泳，那能游更长时间。

要不是父亲找她谈了一次话，陈慧梅的游泳训练也就这样了。陈光宗很和蔼地问她："你那个同学现在还和你常见面吗？"

陈慧梅有些诧异地说："爸，你问这个干什么？"

陈光宗说："我和你徐伯伯常在一起商量实业救国的事，这次绑匪敲诈四十万，令我元气大伤，幸亏你徐伯伯出手相助，这才把抵押的火柴厂从李明甫手里赎了回来。"

陈慧梅更加诧异了，说："爸，你跟我说这些干什么？我又不懂你那些生意的，你还是跟我哥说去。"她哥在国外读书，写封信得在海上走几个月。

陈光宗笑了，说："徐伯伯听说你和他儿子徐成生都在圣约翰大学读书，又互相认识，就有意想促成这桩好事。"

陈慧梅的脸“刷”一下红得像朵玫瑰，叫道：“爸，你说什么呀。”一扭身就跑开了。

陈光宗以为女儿害羞，心里却是答应的，他们早就认识嘛。于是，再和徐贤礼见面时，说起这事一拍即合，不仅两家儿女订了婚，还得到亲家支持赎回了工厂。谁知他回家跟陈慧梅一说，她立刻跳了起来：“爸，你怎么能不和我说一声就答应他们啦。”

陈光宗感到奇怪，说：“上次我不是跟你说了嘛，你没说不同意啊。”

陈慧梅又羞又气，说：“我也没说同意啊。”

陈光宗疼爱地说：“我知道，你们女孩子害羞，没说同意就是同意了，我替你做主了。”

陈慧梅气恼地说：“我现在正式跟你说，我不同意。”

陈光宗疑惑地说：“为什么？你不是说他在我被绑架一事上帮了不少忙，你们很熟呀。”

陈慧梅“哎呀”一声，说：“这是哪儿跟哪儿啊。不是他，是他。哎呀，我不跟你说了。”

陈光宗懊恼地说：“怎么会弄错呢？现在都已经订婚了，不能反悔。梅梅，你看看他的照片，人长得很翰绅的。”

又是这个翰绅。陈慧梅瞄了一眼，好像哪儿见过，羞得当晚就跑回学校，借口要参加游泳训练，就住在学校不回家了。

10. 分道扬镳

有一天，陈慧梅刚训练完，走出游泳池就遇到了韩天强。她披着湿漉漉的头发，惊喜地说：“你来看我训练了？”

韩天强有点不好意思，说：“对不起，我没空来看你训练。”

“没关系，”陈慧梅好奇地问，“那你是来找谁？”

韩天强热情地说：“找你呀。你还参不参加读书会活动了？”

陈慧梅不好意思地说：“这些天忙着游泳训练，没顾得上。”

韩天强忙说：“今晚我们还要活动，继续讨论托尔斯泰的《安娜·卡列尼娜》，你能来吗？”

陈慧梅爽快地说：“来。我一定来。”

陈慧梅生性高傲，对男生色盲。眼前这个热情洋溢的男生，头发乌黑蓬乱，说话滔滔不绝，很有煽动性，很多女生都喜欢他，但陈慧梅从未注意过他，要不是父亲遭绑票一事得过他的帮助，可能永远不会记住他。陈慧梅喜欢托尔斯泰的《安娜·卡列尼娜》，本来就答应他要去读书会的，只是家里出了事才没去成。现在父亲回来了，自己的游泳成绩提高得也不快，正想换个方式减轻压力，他竟守在这里邀请她参加读书会，她无论如何也得去了。

陈慧梅到的时候，已经是一屋子的男女同学，房间不大人又多，男生一堆，女生一堆，挤挤挨挨的更显得热气腾腾。讨论起来你一言我一语，大家都同情安娜，觉得卡列宁这样的丈夫太无趣。男同学个个想当渥伦斯基，把女同学统统当成了安娜。女同学竖眉瞪眼地叫起来，我们还没有丈夫呢！一阵哄堂大笑，充满着荷尔蒙气息，陈慧梅的心怦怦地跳，生怕别人知道自己订了婚，有个要当她的卡列宁的男人，还是这个大学的同学。她不认识这个徐成生，现在也不想见他，更不想被人知道，生怕这时候有人站起来说，我就是徐成生。

幸亏这时候韩天强站了起来，充满激情地说：“托尔斯泰写的是沙皇俄国的贵族生活，现在那里变了，列宁领导的十月革命胜利后成立了工农自己的国家苏联。”

戴淑贞很好奇地问：“有苏联小说吗？”

韩天强语气肯定地说：“有啊。有高尔基创作的《母亲》，比托尔斯泰创作《安娜·卡列尼娜》晚了二十八年。”

大家显然不知道这部小说，嗡嗡地议论着，只有李彼得不信任地说：“有《安娜·卡列尼娜》精彩吗？”

陈慧梅也觉得好奇，说：“要不，你给大家读一段？”

大家纷纷响应，韩天强就从书包里拿出一本封面朴素的书，原本闹闹哄哄的房间很快就安静下来，听韩天强朗读《母亲》：

> 每天，在郊外工人区的上空，在充满煤烟和油臭的空气里，当工厂的汽笛震颤着吼叫起来的时候，那些在睡梦中还没有得以使疲劳的筋骨完全恢复的人们，满脸阴郁的，就好像受惊的蟑螂似的，从那些简陋矮小的灰色房子里走到街上。在寒冷的微光里，他们沿着没有铺砌的道路，朝着工厂中那一座座高大的鸟笼般的石头房子走去。在那儿，工厂正睁开几十只油腻的四方眼睛，照亮泥泞的道路，摆出一副冷漠自信的样子等着他们。泥泞的路在脚下扑哧扑哧地响着，时不时发出嘶哑的说梦话似的喊叫声，粗野的叫骂恶狠狠地撕碎了凌晨的天空，然而，对于他们，扑面而来的却是另一种声响——机器笨重的轰隆声和蒸气的怒吼。高高的黑色烟囱，就像一根很粗大的手杖耸立在城郊的上空，那颤动的样子，阴沉而肃然。

这是一种和《安娜·卡列尼娜》完全不一样的阅读感受，瞬间便把大家镇住了，脑子里想象着这一幅可怕而又真实的画面。这画面其实不用想象，每天他们都能在离学校不远的工厂和工人区看到，现在让高尔基用活性十足的文字写下来，再让韩天强用男性浑厚的嗓音读出来，就强烈地震撼了这些年轻大学生的心。后来陈慧梅曾经不止一次地想过，究竟是高尔基打动了她还是韩天强打动了她，始终不能确定。现在，在场的每一个人都不由自主地联想起托尔斯泰是怎么描写安娜初次与渥伦斯基见面的，那是刚才他们还在争论不休的焦点呢：

渥伦斯基跟着乘务员向客车走去。在车厢的门口他突然停住脚步，给一位正走下车来的妇人让开路。凭着社交界中人的眼力，瞥了一眼这位妇人的风姿，渥伦斯基就辨别出她是属于上流社会的。他道了声歉，就走进车厢去，但是感到他非得再看她一眼不可，这并不是因为她非常美丽，也不是因为她全部姿态上所显露出来的端丽和温雅，而是因为在她走过他身边时她那迷人的脸上的表情带着几分特别的柔情蜜意。当他回过头来看的时候，她也掉过头来了。她那双在浓密的睫毛下面显得阴暗了的闪耀着的灰色眼睛亲切而注意地盯在他的脸上，好像她在辨认他一样，随后又立刻转向走过的人群，像是在寻找什么人似的。在那短促的一瞥中，渥伦斯基已经注意到了有一股被压抑的生气在她的脸上流露，在她那亮晶晶的眼睛和把她的朱唇弄弯曲了的轻微的笑容之间掠过。仿佛有一种过剩的生命力洋溢在她的全身心，违反她的意志，时而在她的眼睛的闪光里，时而在她的微笑中显现出来。她故意地竭力隐藏住她眼睛里的光辉，但它却违反她的意志在隐约可辨微笑里闪烁着。

那是多么的不同啊！不仅因为刚才是李彼得朗读的，他的嗓音确实比韩天强更醇正，谁让他是校话剧团的演员呢，他还演过英语版的《哈姆雷特》片段呢，但现在却被韩天强的发自肺腑的激情洋溢比下去了。

《母亲》就这样继续读下去，但每天来参加的同学却渐渐地少了，最后只剩下郑鲁民、李霞、陈慧梅等几个人。圣约翰大学学费昂贵，能读得起书的都是富家子弟和小姐，他们天然地更喜欢英美文学，于是另外组织了一个读书会，由李彼得朗读美国作家亨利·詹姆斯的《黛丝·密勒》。他们被这位开朗、热情、单纯却又喜欢卖弄的美国姑娘迷住了。连戴淑贞也愿意和他一起朗读书中人物的对话。也就在同一个时候，韩天强带着陈慧梅他们转移到一个秘密的小房间里，开始阅读违禁书籍马克思、恩格斯的《共产党宣言》。从房间中央垂下一盏电灯，悬吊得很低，上面覆盖一个硬纸板灯罩，遮住了灯光向天花板和墙壁上半部的照射，暗影压在了聚在灯下的几个青年肩上，他们抬起头看着韩天强慷慨激昂地讲着俄国革命的胜利和中国革命的前途，没时间打理而过长的头发不时地披下来遮住眼睛，又被有力地甩上去。韩天强一边演讲着，一边炯炯有神地看着同学们，但陈慧梅觉得他只看着她一人，她只要仰着头崇拜地看着他，就幸福得全身哆嗦起来。他们暗恋着，在那一个个读书活动的夜晚，那脉脉含情的对视，那小说人物的激励，那翻动书页发出的沙沙声，一切都那么细微，一切都察觉不出，但沁入心脾，好感在无形中增加，信任在无意中产生。

第二部

1. 同学徐成生

家里派仆人老王来学校找陈慧梅，告诉她老爷要她千万回去一趟。老王是她奶妈的丈夫，陈慧梅不得不跟着他回了家。

陈光宗很不高兴地对女儿说："你就躲在学校里不回来了？"

陈慧梅扯着母亲的衣角，拖长了声说："妈。你看爸爸。"

田淑芬搂着女儿，不满地对丈夫说："好啦，女儿回来了。你就少说几句。"

陈光宗看了女儿一眼，问："你和徐成生不是认识嘛，怎么又不愿意和徐家订婚呢？"

陈慧梅反驳说："我什么时候说我认识他呀！"

陈光宗不高兴地对田淑芬说："你不是说他们认识，他读出了我信中的暗语，还提供了我被关在汇塘镇的消息？"

田淑芬也觉得奇怪，问女儿："不是你说的吗？怎么又说不认识了呢？"

陈慧梅"哎呀"一声，急忙辩解："妈，我什么时候说他就是徐成生啦。是你误以为他就是徐成生。"

陈光宗一脸严肃地说："那他是谁？他怎么会知道那么多我遭绑架的事情？他和绑匪是不是一伙的？"

陈慧梅愣住了，说：“爸，你怎么会这么想？他怎么会是绑匪一伙的？他是我圣约翰大学的同学。”

田淑芬也有些摸不着头脑，说：“你怎么啦？”

陈光宗松了口气，说：“不是他最好，都已经订婚了，我也不想看走眼。”

陈慧梅最不愿听他说这件事，说：“我可没答应。”

陈光宗板着脸，干巴巴地问道：“他叫什么名字？”

陈慧梅不愿告诉，说：“人家好心帮助我，你怎么好心当成驴肝肺。”

田淑芬也埋怨他：“你到底是怎么回事啊。”

陈光宗摸摸下巴，下了决心说：“好吧。我告诉你们，但是你们千万不要对外去说。记住了吗？”

田淑芬说：“记住了，你就快说吧。急死人了。”

陈光宗对陈慧梅说：“你呢？不要跟你那个同学说半个字，听清楚了吗？”

陈慧梅噘着嘴说：“你不说算了，我还不爱听呢。”

陈光宗说：“我还偏要说给你听，省得你再上他的当。”

陈慧梅说：“又来了。和他有什么关系啊。”

“有关系，你听着。”陈光宗又考虑了一下，这才说道，“我今天去见蓝探长，想当面谢谢他。谁知我走到他办公室门外，就听见里面传出公鸭嗓的说话声，我的心一下子就提到了嗓子眼儿，公鸭嗓怎么会在蓝探长的办公室？”

陈慧梅着急地问：“公鸭嗓是什么人？”

陈光宗说：“他是绑匪中的小头目，我被关押在黑房间里就是他负责的。”

啊？母女俩不约而同地叫了起来。田淑芬说：“你不会听错吧？”陈慧梅说：“光听声音你就能断定他是绑匪？”

陈光宗沉默了一会儿，说："我也是这么想的。沙喉咙的人也不是他一个，光听声音像，不能就断定他就是那个绑匪呀，再说，他要是绑匪怎么敢到巡捕房找蓝探长！"

是啊！母女俩眼光直瞪瞪地看着他。

陈慧梅问："后来呢？"

陈光宗眼光迷茫地说："我听见蓝探长叫他贾富贵，两人好像很熟。"

田淑芬很是吃惊，问："你就没有进办公室见见他？"

陈光宗愈发迷茫，停顿了一下，说："我当时也是这么想的，百闻不如一见，幸好我见过他那张歪瓜裂枣的脸，虽然是在夜里，但还是认得出来，我就不顾一切地敲门，没等里面回答就推门进去了。我看见他侧着身半个屁股坐在沙发上，上身朝坐在旁边沙发上的蓝探长倾过去，显得很熟悉又很巴结的样子。听见有人进来，他就扭过头来看，忽然就慌了。蓝探长也感到意外，朝我直瞪眼。"

说到这儿，陈光宗停了下来，思绪好像回到了当时的情景。母女俩也不说话，等着他说下去。

陈光宗轻轻咳嗽一声，说："我第一眼看见他，就断定他就是那个该死的公鸭嗓，虽然那个夜里只瞥了一眼，我还是认出他是那个关押我十多天的绑匪小头目。他看见我进来，眼睛里闪过一丝不易察觉的恐慌，很快站起来对蓝探长说，那我先告辞了。说罢，就匆匆走出办公室。蓝探长好像有点故作镇静，问我怎么想起到他这儿来。我极力控制住自己的情绪，我怕我露出一点点看穿他诡计的表情就可能遭遇不测。我知道，如果我不问他刚才那人是谁，就会被他看穿我已经认出他是绑匪，所以我就装出无意的样子随便问一声，他是谁啊。蓝探长疑心重重地看了我一眼说，他是来报案的，怎么，你认识他？我说，不认识。我怕打扰了你大探长办案啊。蓝探长这才放下心来，说，怎么样，你身体好点了吗？我谢谢他的关心，赶紧送上一个装钱的信封，说辛苦你了，这点小意思务请收下。蓝探长假意推脱了一下，就随手把它撸进了开着的抽屉里。”

陈慧梅好像有些明白了，说：“你是说，那个叫贾富贵的公鸭嗓和蓝探长是一伙的？”

陈光宗迟疑地说：“起码蓝探长认识公鸭嗓。否则怎么叫得出他的名字？”

田淑芬心有余悸地说：“不会吧。王经理说，蓝探长带人跟着他去了金陵饭店，这才解救了你。”

陈光宗心事重重地说：“蓝探长带人包围了饭店，绑匪怎么就能那么轻易地拿了钱从饭店里跑掉呢？除非……除非蓝探长故意放跑了绑匪。”

陈慧梅气愤地说：“太可恨了！我们这就去找他的上司揭露他！”

陈光宗连连摆手说：“不行！这只是我的推测，没有证据，怎么举报？也许，他就是一时疏忽，让绑匪漏网了呢。就算找到了证据，我也不知道蓝探长与法国督察长私下有没有勾连，盲目地去举报岂不是送上门去坐牢吗？”

陈慧梅觉得父亲说的也对，但还有些不明白，便问：“这事跟他有什么关系？”

陈光宗故意说：“谁？徐成生还是你那个同学。”

陈慧梅说：“爸。你不说算了。”

陈光宗说：“我不管他是谁，这件事都不能告诉他。万一他是蓝探长派来传话的人，我岂不是自投罗网。”

陈慧梅说：“爸，他和蓝探长真的一点关系都没有。”

陈光宗连连摇头，说：“王忠信告诉我，他在汇塘镇那个院子的房间里找到了我故意留下的纸条，上面有我签支票用的花体字‘陈’，他不会认错的。”

陈慧梅惊讶地说：“你真的被关在汇塘镇？那上次我让你去汇塘镇认地儿，你为什么不说？”

陈光宗反问道：“是不是他叫你让我去一趟汇塘镇的？”

田淑芬催促道：“慧梅，你倒是说呀。”

陈慧梅既不说是，也不说不是，眼睛咕溜溜地看着父亲。

陈光宗说：“现在你知道我为什么不相信任何人了吧。你想想，他若不是蓝探长派来刺探我的，又怎么会知道我被关在汇塘镇？”

陈慧梅从心里不相信韩天强会和蓝探长是一伙的，但觉得父亲的顾虑不是没有道理，因为这解释不通汇塘镇一事啊。要说徐成生和蓝探长是一路人，倒也不是没有可能，反正对他也没有好感。父亲若对他有疑虑，正好跟他家解除婚约。

没想到，第二天学校足球场有一场比赛，陈慧梅跟着游泳队的同伴们一起去为校足球队加油。比赛进行了半小时，担任中锋的那个男生一记妙传，那球越过中线直往对方后场而去，左前锋接球后迅速下底，遭对方后卫拦截，便把球踢向球门区，中锋赶到一脚破门。看台上的同学兴奋地狂呼乱叫，陈慧梅旁边坐着的男生兴奋地跳起来叫好，不小心撞到了她。

陈慧梅气愤地说了他一句：“没长眼睛吗？”

那个男生正在兴头上，说：“你骂谁不长眼睛？”

陈慧梅毫不示弱地说：“我骂不长眼睛的人。你不长眼睛吗？”

男生被怼得生气了，看了她一眼表情又变得相见恨晚了，说：“对不起，我眼睛长到头顶上了。”

陈慧梅噗嗤一笑，赶紧绷起脸又忍不住笑了。

男生坐下来，低着头说：“你仔细看，是不是头顶上有两个旋？”

陈慧梅不看，男生干脆把头伸到她鼻子底下，果然有两个发旋如一双眼睛一般看着她。她伸手把他的头推开，说："真没见过你这样厚脸皮的。你哪个系的？叫什么？"

男生笑着伸出手，说："经济系，徐成生。请问芳名？"

陈慧梅差点跳起来，说："什么？你就是徐成生！"

徐成生也吓一跳，说："大丈夫行不更名坐不改姓，我就是徐成生。你是谁？你认识我？"

陈慧梅摇摇头，不说话，被问急了才说："陈慧梅。"

徐成生噢了一声，说："你就是陈慧梅呀。早知道我就不反对家里为我定的这门亲了。"

陈慧梅红了脸，说："你少打我主意，我有男朋友。"

徐成生忍不住问："他也是我们学校的？"

陈慧梅板着脸说："是！他叫韩天强。"说完站起来就走。

徐成生在身后喊道："我们是订过婚的，只要你一天不结婚，我就追你一天！"

2. 复杂纠结的爱

从那天开始，徐成生就没少来找陈慧梅，惹得她烦不胜烦。

"你不要来了，"陈慧梅没好气地说，"我们没有任何关系。"

徐成生偏要说："有关系，我们订过婚。"

"讨厌。"她最不爱听的话，偏偏他最爱挂在嘴上。

徐成生一点也不生气，笑嘻嘻地说："我有那么讨厌吗？"

陈慧梅不理他，一扭身走开了。徐成生也不去追她，知道这会让她真的讨厌他，但他想见见那个叫韩天强的同学，输也要输个明白，尽管他拒绝订婚在前。为此，他常常在校园里徘徊，终于见到了陈慧梅和韩天强一起从教学楼出来，立刻冲动地拦住了她。

“陈慧梅。”他深情地叫她。

陈慧梅吓了一跳，沉下脸来问他：“你有事吗？”

徐成生看了看韩天强，笑嘻嘻地说：“你就是韩天强？”

韩天强点点头，疑惑地说：“你是谁？你来找我？”

“经济系的徐成生。”他朝陈慧梅眨眨眼说，“听说你组织了一个读书会，我能参加吗？”

韩天强看他一副小开派头，有点犹豫，现在读书会已经是个左翼组织了，徐成生显然不适合参加，但想到要在学生中积极开展学运工作，勉强地说：“可以啊。”

陈慧梅却断然地说道：“不行。”

韩天强有些明知故问：“为什么？”

陈慧梅不想挑明了，就以问代答，说：“你应该问问他为什么要参加读书会。”

韩天强觉得有道理，就问他：“你为什么要参加读书会？”

徐成生倒也挺坦白，直截了当地说：“她参加了读书会，所以我也来参加啊。”

韩天强听明白了，这是又来了一对戴淑贞和李彼得啊，也不对呀，她是陈慧梅，怎么会和戴淑贞一样呢？再说徐成生一副富家公子的样儿，完全不是李彼得那样的浪漫情种。他疑惑地问道：“这么说，你是来找她的？”

“是啊，”徐成生故作惊讶地问，“你怎么知道的？”还嘿嘿笑了一声。

陈慧梅板着脸说：“你来参加读书会，我就退出。”

“你退出，我也不参加了。”徐成生满不在乎地说道。

韩天强忙劝她：“你不能退出。”又对徐成生说：“你参加的动机不纯，请你不要来打扰她。”

徐成生生气地说：“谁打扰她啦。我是有事来找她的。”

陈慧梅生怕他俩打起来，忙对徐成生说：“你有什么事等会儿来找我，现在你让开。”

徐成生笑嘻嘻地对她说：“他是不知道我们订过婚吧？”

陈慧梅急眼了，说：“徐成生！你想干什么。”

韩天强感到很意外，看了看他俩，忍不住问陈慧梅：“订婚？你和他？”

徐成生雄鸡一样地昂着头，说：“对！她没告诉你？”

“你干吗说这些？”陈慧梅生气地说，“我从来没有答应过！现在来说这些，你成心啊！”

韩天强从未听她说起过她已经订婚的事，不免有些惊疑，直到听她当面回绝他后，才有些底气地说道：“听见了吗？现在都自由恋爱了，你订过婚也没用。”

徐成生也不着急，一副小开派头地说：“是我先看上她的，你等着瞧，早晚她是我的人。”

陈慧梅被他说得耳朵根都红了，急赤白脸地说：“你痴心妄想！”

徐成生高兴了，说：“我痴心是我的事，你着什么急啊？莫非你也有妄想？什么时候说来听听。”说罢，哈哈笑着走了。

陈慧梅气得直跺脚，韩天强有些吃醋，半开玩笑地问道：“这是怎么回事？你另有新欢了？”

“你！”陈慧梅气得甩下他，头也不回地就走。

韩天强一看苗头不对，赶紧追上去向她道歉：“是我说错话了，你别生气。”

陈慧梅正在气头上，哪里肯原谅他：“你说错话了，可我做错事了，好了吧。”

韩天强有些尴尬了，连忙说：“你没错，全是我错。行不行？”

陈慧梅听出他压根就没认错的意思，一扭头就走了。

一连几天，她都不理他，就算韩天强找上门来也爱答不理的。这下韩天强没有办法想了，他是地下党搞学运的，不能为个人感情的事老追着她不放，可为了开展工作，她再闹别扭他也不能不理她。

“陈慧梅，我想找你好好谈一谈。”

“你死了这条心，我不会和你说的。”

“我是想说说读书会的事。”

“这有什么可说的。你要是让他参加，我就退出。”

“你真的不想和我们一起读书了？”

她犹豫了，但还是微微点头，说：“我父亲遭绑架，为了救他，你帮了不少忙。我很感激你，但请你不要介入我和徐成生的事情。”

这话说得有些含糊，好像在拒绝徐成生的同时也拒绝了他。韩天强想，现在也只能这样了，保持距离，不要影响学运工作，但又不愿就这么放弃了，尤其是看到徐成生还是常常来找陈慧梅，而她对他的态度似乎又变得暧昧起来。为了工作他只能忍着，每次找她谈读书会的事只能就事论事，她也是就事论事地应着，眼看着两人之间就只剩下同志这一层关系了。

陈慧梅事后想想，觉得脸红，怎么就没皮没脸地向徐成生承认韩天强是自己的男朋友呢，根本就没有的事，不过是为了拒绝徐成生纠缠自己罢了。现在倒好了，反而成了徐成生来纠缠她的理由了，她后悔死了。

“嗨，你好！”徐成生在学校草坪上向她打招呼。

陈慧梅昂着头走，好像没有听见，心里却在想，这么大的校园怎么就遇上他了呢？

“嗨！加油！”徐成生在游泳池的看台上为她鼓劲。

陈慧梅奋力游到池壁，仰头听教练班内特的点评，眼梢瞥见看台上的徐成生，心想，天呐！原来他就是那个看她们训练时爱吹口哨的同学。

“好巧啊，我们又见面了。”徐成生在校图书馆阅览室与她打招呼。

坐在书桌前的陈慧梅吃惊地抬起头，看他坐在她对面，本想起身走人，但手中的书正读到精彩之处，只得竖起中指让他闭嘴不要影响别人看书。

徐成生故意闭紧嘴唇，用两手比划着打哑语：“什么书？”

陈慧梅不得不把书竖起来让他看封面，然后继续看书。

徐成生继续他自创的手语问道：“好看吗？”

陈慧梅瞪了他一眼，让他别在这里打搅她读书。

徐成生乖乖地坐着什么都不说了，只是含情脉脉地看着她，弄得陈慧梅坐不住了，起身走出阅览室，徐成生也紧跟着出去。这一切都被坐在角落处桌子前的韩天强看见了，怎么看都觉得陈慧梅对徐成生的态度变亲热了，两人还玩什么手势游戏，令他想起《安娜·卡列尼娜》里列文与吉提玩首字母游戏的描写，就愈加泄气了。看来我当不成列文了，韩天强有点自嘲地想，我是个要做伯惠尔·符拉索夫的人，为了革命可以牺牲一切。

这一切，陈慧梅当然不知道，她还在为他说她另有新欢而生气呢。本来她就不愿让人知道订婚一事，偏偏被人揭开了令她又恼又羞，这个韩天强也不问清楚就这么说她，这算吃的哪门子醋，还转脸对她不冷不热起来，她能有好脸色给他看吗？她忘了她压根儿就不让他问，他还能上哪儿去问？不管，她就是怪他了，怎么样！她那少女的骄傲使她也开始对他不冷不热起来，但背地里却又不免地感到失望，心里在问自己，当初是被韩天强的帅气热情吸引到读书会来的，还是因为先进思想的召唤才来参加的？她分不清也不想分清，《共产党宣言》激荡人心的思想和韩天强富有魔力的磁性男声搅合在一起，使她沉迷其中，形成了一个抹不去、分不开的心象。现在，因为徐成生的纠缠和韩天强的误会，她就要退出读书会吗？她犹豫不决，她已经被书中阐述的先进思想深深吸引，不会为了个人的感情纠葛而退出，但失去了爱情她在读书会就会有点不自在，她只能和他保持同学关系，她能做到吗？这几天没看见他，为什么自己会想他呢？他好像有些神秘兮兮的，常常逃课，为此，学校还警告过他一次。

3. 五一大游行

李剑雄向韩天强传达党将组织全市五一大游行的行动计划。

韩天强激动地问道："我们有什么任务？"

李剑雄冷静地说："组织上希望你能动员圣约翰大学的同学参加五一大游行，壮大我们的声势，给敌人一个沉重的打击。"

韩天强毫不犹豫地说："没问题。我把读书会的同学们都动员起来，参加五一大游行。"

"好。"李剑雄布置说，"到那天，你和同学们分散前往大世界门口的马路两旁，听到炮仗炸响，就拿出标语游行，向路人散发传单，揭露国民党反革命的真面目。"

韩天强兴奋地点点头，说："没问题。保证完成任务。"

李剑雄又强调了一下："事先你要组织读书会成员印好传单，到时候要安全带入，不能让敌人发现。"

韩天强接下任务后，立即回校召集读书会成员，布置大家参加五一大游行，并拿出李剑雄交给他的反帝反独裁五一大游行的传单稿子，要陈慧梅马上刻蜡纸，又派其他成员去买纸张、油墨，他则用木条自制一个油印丝网框子。同学们纷纷出门办事，房间里只剩下他们两人，却互相不说话，各自做着各自的事，气氛就有些诡秘，好像刻意在回避什么，又好像沉浸在各自的工作中。陈慧梅写的一手漂亮的仿宋体字，但速度有些慢，韩天强做好了油印丝网框，见她只刻了半张蜡纸，便有些心急，对她说：“我来吧。”陈慧梅赌气地把铁笔一丢，由着他接过去刻写。只见他刻写得飞快，字虽不如她写的那么规整的仿宋体，但也整齐清楚，关键是速度比她快了一倍。于是，一张传单上有了两个人的字迹，一个规整妍妙，一个流畅雄健，对比如此鲜明，以至陈慧梅看了抿嘴一笑。韩天强有些自责地说：“我的字比你差远了，真应该让你一个人刻完的。”陈慧梅也不谦让说：“你刚知道啊？”

眼看两人之间的感情僵局就要打破，买纸张的郑鲁民带几个男生拎着一沓沓白纸不看山水地冲了进来，喘着气说：“好险！老板差点就不卖给我。”

陈慧梅故意问：“那你怎么买到的？”

几个女同学跟着也进来了，李霞提着一盒油墨说：“我说我们是圣约翰大学的学生，老师要油印自编的教材，让我们来买的。”

韩天强满意地说：“快拿来。我要印传单了。”

郑鲁民看了看，问：“没有油印机，怎么印传单？”

韩天强已经把蜡纸贴到丝网上，说：“就用这个印。”

他找来一块玻璃，用刷子在上面调稀油墨，便让郑鲁民配合摁住丝网框的四边，自己用刷子反复在上面刷了几遍，拿起丝网框，那白纸就清楚地印成传单了。

李霞在一旁赶紧拿出来看，兴奋地说：“我们成功了。”几个女同学围在一起兴奋地读着传单。

陈慧梅一时觉得插不上手，忽然想起一件事，问韩天强：“五一大游行我们要不要打一面红旗？”

韩天强一边印传单，一边说：“好主意。可是现在上哪儿弄面红旗呢？”

陈慧梅看了他一眼，说："你别管了。我去想办法。"

韩天强关照一声："做事要小心。不行就不要勉强。"

陈慧梅出了校门，来到一家布庄，老板见来了个漂亮的小姐，连忙迎上来满脸堆笑地用本地话问："小姐来买衣裳料作啊？伲布庄新进之一批外国面料，做裙子么霞漂亮喔。"

陈慧梅笑着说："我今天不做裙子。我要买十尺红布。"

老板连声说："有。有。勿晓得小姐要用尬许多红布做啥呢？"

这话把她问住了，便耍小姐脾气，说："你管我做什么，你卖不卖？"

"卖喔，卖喔，"老板忙说，"勿是吾要管，是官府要派人来查，啥人买尬许多红布，用来做啥。"

陈慧梅装出一副害羞的样子，说："结婚用的，做一个红绣球。"

老板恍然大悟，说："噢。小姐格是要扎了嫁妆上头。赞个，灵个。"

老板马上吩咐店员取来一匹红布，店员熟练地扯着布，那整匹红布扑通扑通地在柜台上翻滚，扯出的红布像朝霞一样蔓延开来。店员手拿一把木尺，左手捏牢木尺一头和红布端，右手宽宽地用尺量布，抓牢后两手一翻，布就向前折去，刷刷刷量出了十尺，又用心地多留出寸余，才用剪刀剪出一个小口，两手拽住小口两端一使劲，"刺啦"一声扯下了十尺红布，又抓住布的两头用力一甩，"啪啪"几下就叠好了布，再裹上一张印着店号招牌的包装纸，用棉纱线扎一个十字结再打上一个拎攀，送到了陈慧梅的手里。

陈慧梅付了钱，拿着红布回到家，直接到奶奶房里，说要用一下缝纫机，便坐下穿针引线。奶奶好奇地问她："今朝哪能有心相踏缝纫机？"

陈慧梅埋头铺开红布，不知从何处下手剪裁："奶奶，这红旗怎么做啊？"

奶妈便不让她动手，自己过来动手裁剪：“小姐要做几面旗帜？”

陈慧梅说：“一面。尽布料做最大的红旗。”

奶妈踏缝纫机为她做了一面红旗，疑惑地问：“小姐要尬大个旗帜派啥用场？”

陈慧梅嘿嘿笑着说：“演戏用。”

奶妈看过京戏《白蛇传》，嘀咕说：“水漫金山用的是蓝旗。你这是演的哪出。”

陈慧梅叠好红旗，说：“你没看过的最好看的大戏。”

奶妈嘀咕道：“只听讲看戏要买戏票，啥辰光要自家做之红旗去听戏。”

陈慧梅搂住奶妈亲了一口：“谢谢奶妈。”

她匆匆离开家，一路小跑地赶回学校，韩天强他们刚好印完传单，正在分成几叠让各自带走。陈慧梅从书包里掏出红旗，哗地一下展开，顿时大家兴奋地叫起来，韩天强忙用手指竖在嘴唇上嘘了一声，叫大家轻点声。郑鲁民出去找来一根细竹竿，把红旗绑在竹竿上挥舞起来：“五一大游行我来举红旗！”韩天强见准备得差不多了，就让大家先回去，自己最后一个出门，看见陈慧梅还等在那里，忙问：“你怎么还没走？”

陈慧梅大大方方地说：“我等李霞一起走。”

韩天强想着那天的事，有心道个歉却又转弯抹角，关心地问：“第一次参加这样的大行动，是不是有点紧张？”

陈慧梅点点头说：“有点。”

韩天强就说：“明天游行时，你跟我一个小组，一起行动。”

陈慧梅看了他一眼说：“好吧。”

韩天强仿佛受到了鼓励，愈加体贴地说：“明天敌人可能会抓捕游行的人，我会保护好你的。”

陈慧梅自信地说：“我能保护自己。”

韩天强有点接不住话了，掩饰地问道：“怎么李霞还没来？是不是已经走了？”

陈慧梅委婉地说：“不会吧？”

“走吧，不等她了，我送你。”韩天强说。

正说着，李霞来了，对陈慧梅抱歉地说：“不好意思，让你久等了。”

陈慧梅说：“没关系。”又对韩天强说：“明天见。”

韩天强看着她和李霞手挽手走远的身影，慢慢消失在黑夜里。

第二天就是五月一日。陈慧梅挎着书包，里面塞满了传单，匆匆离开家来到大世界。她看到韩天强已经在马路口等着，便走过去与他会合，问他：“他们都来了吗？”

韩天强轻声说：“来了。在那边。我们的人要分散开。”

大世界本来就是个游乐场，每天人山人海，这会儿学生模样的青年渐渐多了起来，不知什么时候又多了些身穿黑香云衫、戴黑鸭舌帽的流氓，在人群中晃来晃去，大世界门口就更显得拥挤不堪，像是一个巨大的火药桶，不同成分的粉末搅拌在一起，就等着点燃火药捻子。租界巡捕和市警察局警察都赶来维持秩序，但明显袒护那些捣乱的流氓。

轰，啪！那是一种叫作天地响的炮仗炸响了，隔着一条马路点着了，直穿天空，巡捕和警察纷纷朝那边跑。早就来到大世界门口的示威者们迅速行动起来，高高举起标语挥舞，一个穿着青布长衫的青年站到高高的台阶上开始演讲，大家群情激愤地呼喊着口号。郑鲁民从书包里掏出红旗绑上竹竿，举起来挥舞着，路过的人们被吸引过来，很快就围成了一个圈，人头攒动，群情激昂。

这时，韩天强拉着陈慧梅的手，说：“跟我走！”

陈慧梅不解地喊着：“去哪里啊。”

韩天强说：“到大世界屋顶花园往下撒传单！”

陈慧梅仰望大世界屋顶花园，仿佛高耸入云，紧张地说“好”，就跟着他穿过拥挤的人群往前走。

两人迅速溜进了大世界已经混乱不堪的大门，与里面涌出来看热闹的人群逆向而行，穿过哈哈镜走廊，嗵嗵嗵地上了楼梯，一会儿就到了屋顶花园。花园里有一些游客，正在齐腰高的矮墙边探头往下看热闹。韩天强和陈慧梅找了个没人的空当朝下面看，只见马路上聚集起了更多的人，郑鲁民奋力地挥舞着红旗，几个流氓上前企图抢红旗，其他同学围住不让流氓接近，极力保护着他，突然大批巡捕和警察从马路两端冲出来驱散人群，游行队伍被冲散了。陈慧梅感到头有些晕眩，心提到了嗓子眼儿，就快速地缩了回来。

这时候，韩天强冲她喊了声：“快！撒传单！”陈慧梅赶紧从书包里拿出一把传单，两人互相看着，齐声数一二三，然后奋力抛向空中，哗啦啦传单被风吹起散开，像一群鸽子盘旋在马路上空，又像白云飘荡，晃晃悠悠地落下去。再撒，快抛，把传单统统撒出去。使劲，兴奋，涨红了脸。探头看下面的人群骚动，一个个仰头朝空中望，巨大的吼声直冲上来：传单！传单！那面红旗不见了，人群激烈地涌动，巡捕、警察、流氓、游行者和路过的市民混合成一大坨人潮，顾不得互相推搡拥挤，都在抬头往上看。陈慧梅兴奋地朝下喊：“快抢啊！”但是那种晕眩又开始出现了，逼得她身体往回缩。那几个游客开始扭头看着他们，小声地咬耳朵：“他们在撒传单。”韩天强看见巡捕和警察发现了他们，正冲大世界的大门跑来。“快走！”他拉着陈慧梅的手紧张而又快乐地冲下楼，听见那几个游客还在身后议论着。

楼梯上的游人很多，上来下去的互相挤着，楼梯也变得滑溜溜的不好走，他们不是碰到这个就是撞到那个，招惹来他们的白眼。韩天强顾不得许多，探头从楼梯盘旋而下围成的空隙处往下看，只见巡捕和警察噔噔噔地冲上来，马上要和他们迎面撞上了，又不可能往后撤，后面就是屋顶花园，没有退路，眼看就跑不掉了。

韩天强灵机一动，一把抱住陈慧梅靠在墙角里亲吻她，陈慧梅根本没有料到他会在这个时候吻她，浑身哆嗦着任凭他吻，一股突然袭来的颤栗揪住了心，扑通扑通，血直往上涌，他的吻真是滚烫火辣，吻得她也不顾一切地缠绵起来。冲上来的警察和巡捕看都不看他们一眼，径直往屋顶花园奔去。有个巡捕看了他们一眼，嘶哑的喉咙呵斥他们快滚，引得一楼梯的人都看着他俩。陈慧梅奋力地推开了他，羞红着脸朝楼下跑去，韩天强趁机装出紧张的样子追了下去，就这样躲过了警察和巡捕的追捕。但那个吻是从未有过的甜蜜，打开了彼此的心结，一直留在他们的记忆里。后来他们一次又一次地亲吻，却再也找不到那种惧喜交集的感觉了。

陈慧梅刚跑出大门，韩天强就追上来了，对她说："刚才我看见了公鸭嗓，他穿着巡捕制服，你说奇怪不奇怪！"

陈慧梅还没有从刚才的感觉里走出来，浑身哆嗦地说："你说什么？"

韩天强加强语气说："公鸭嗓是巡捕，就是那个喊我们滚的那个巡捕。那起绑架案是蓝探长搞的鬼。"

陈慧梅瞪大了眼睛说："你是说，刚才我们在楼梯上遇到的巡捕是公鸭嗓？"

韩天强点点头。这时，大门口冲来一帮警察，见学生就打。陈慧梅看见李霞被打倒在地，便不顾一切地跑过去护着她，结果警察的棍子劈头盖脑地朝她打来。韩天强冲过去一拳打翻了那个警察，拉起陈慧梅和李霞要跑，没料到更多的警察围了上来，他们回身进大世界，刚才那群冲上屋顶花园的巡捕和警察正从楼上冲下来，他们仨无路可走，全都被抓了起来，塞进了警车。

警车响着呜呜的警报声，开得飞快，车厢内不停地颠簸。李霞额头还流着血，陈慧梅一边用手帕为她包扎，一边问："你怎么一个人，郑鲁民呢？"

李霞浑身哆嗦着，说："他早被抓走了。"

押车的巡捕敲着棍子，嘶哑着喉咙叫道："不准说话！"

陈慧梅护着李霞，韩天强小声地说："就是他，公鸭嗓。我在汇塘镇见过他。"

陈慧梅控制不住地喊道："无耻！"

巡捕的棍子朝陈慧梅打来，韩天强扑上去挡住棍子，愤怒地说："畜生！你们没有姐妹吗？"

巡捕的棍子朝他打来，韩天强被打得跌倒在车厢地上。全车的学生都喊了起来："不许打人！"押车的警察大概怕他们闹事，劝巡捕息怒，巡捕公鸭嗓这才罢手。

4. 芦荡夜舟

李剑雄带着两男一女三个同志来到汇塘镇，找到鸿发饭店老板赵佑平说："他们是去苏区的同志，交给你了。五一大游行有同志被捕，我还得赶回去参加营救工作。"

赵佑平紧紧握住他的手说："放心，保证安全送他们去下一个交通站。"

李剑雄特意把其中一位戴金丝边眼镜的同志介绍给他："这是军委秘书柳俊人。"

柳俊人扶了扶眼镜，说："我带着重要任务，能不能尽快出发？"

赵佑平握住他的手，说：“今晚我们就从水路走，绝不耽误你的任务。”

李剑雄走后，赵佑平便安排三位同志吃饭、休息。赵佑平暗中观察，觉得他们之间并不认识，柳俊人似乎对周边情况比较敏感，那个老秦很稳重，戴一顶黑礼帽，不多说话，那个叫顾红的女同志则坐着休息，赵佑平问他们有什么要求，都说听你的安排。

挨到天黑之后，赵佑平便带他们悄悄地出了镇子，沿着狭窄的田埂走。月色不明，田埂又窄又滑，柳俊人走着走着就一只脚滑到田里，赶紧拔出脚来，结果皮鞋陷在了泥水里，他戴着眼镜看不清，弯腰乱摸一阵，眼镜滑到了鼻尖，急忙用手去扶，结果泥水糊上了眼镜片，迷迷糊糊中总算捡起了皮鞋。赵佑平带着他们直插河边一个木板搭的简易码头，噘起嘴唇轻轻吹一声水鸟叫，便从芦苇荡里划出一条小船，靠码头时因为水浅靠不上，船上的人便用竹篙勾住木桩使劲拉过来，船离码头岸边还是有空当，天黑又摇晃不定，让人害怕跳不好掉进河里。顾红是个女的，却毫不胆怯，没等赵佑平开口，就轻盈地跳上了船，连船都没大晃动，老秦紧接着也重重地跳上了船，害得船摇晃不已，柳俊人落在最后，再三犹豫，才闭上眼睛一跳，一只脚落在甲板上，另一只脚踏空，要不是赵佑平在船上拉住他，差点就掉到河里。这时，划船人却跳上码头，用竹篙抵着船帮往外推，船离码头越来越远了，柳俊人怕他上不了船，急得直叫：快上船！只见那人用竹篙插入水中，纵身轻轻一跳，人便在空中画了一个弧线，准确地落在船头。柳俊人抹了一把头上的汗，老秦说了声好身手，顾红则钦佩地竖起大拇指，只有赵佑平稳稳地坐在船头，警惕地观察周围的动静，吩咐划船人靠着江边走船，注意水警的巡逻艇，不要划到江心暴露行踪。

那人点点头，站在船尾，弓腰用力划着双桨，船像离弦之箭飞快地贴着水面向前。夜空中有大片的云，月亮时而露出脸来，把江面照得银光闪闪，时而躲进云层里，江面顿时一片漆黑。

柳俊人仰望夜空，感叹地说："正是明月几时有啊。"

赵佑平挥手制止了他，说道："巡逻艇来了！"

大家竖起耳朵，过了一会儿才听见远处隐隐传来螺旋桨的突突声，立刻紧张起来。

赵佑平果断地说："进芦苇荡躲一下。"

划船人停下右桨，用力划着左桨，船立刻掉头向江边的芦苇荡驶去，很快就找到一条窄窄的水道，小船勉强地驶进去，桨是无法划了，他拿起竹篙撑船，芦苇叶哗啦啦地打在船上人的脸上，老秦把自己的黑礼帽给顾红遮脸，顾红起先不要，架不住他硬塞过来就接了，戴在头上压低了帽檐挡住脸，毛拉拉的芦苇叶全打在帽子上，柳俊人竖起衣领把头缩进去，老秦却毫不在乎地用手臂挡着，赵佑平还是叫大家蹲在船舱里躲避。船终于到了一个水道稍宽的地方停下，静静地停在芦苇丛中。大家不约而同地屏住了呼吸，透过芦苇叶留下的空隙，看到巡逻艇渐渐驶近。

突然，那巡逻艇关了引擎停了下来，有水警摁亮手电筒向芦苇荡照来，灯光晃来晃去的，隐隐约约听见他们在说话。这时，柳俊人突然感到喉咙发痒，忍不住咳嗽起来，赵佑平飞快地递给他一块毛巾，让他捂住嘴，但已经晚了，巡逻艇上的水警似乎听见了动静，站在艇上大声吆喝道："什么人！"

手电筒光刷地一下射了过来，接着一声枪响，子弹呼啸着从芦苇丛里穿过，惊起夜栖的水鸟发出扑啦啦的声音。老秦小声责怪柳俊人不该咳嗽，顾红则压低了身子匍匐在船上，警惕地看着河中的巡逻艇，赵佑平示意大家镇静。划船人撑起竹篙，小船慢慢地向前移动了几米又停了下来。巡逻艇上有人大声咋呼着："芦苇荡里的人听着，我们看见你们了，赶快出来！"手电筒光又向芦苇荡照来晃去，接着又是几发子弹射来，这回水鸟惊得扑啦啦从芦荡飞起，绕了个圈又落在芦苇荡里，三位同志紧张起来，赵佑平示意大家不要乱动。停了一会儿，巡逻艇上的水警互相嚷嚷：谁让你乱开枪的！这不是自己吓自己嘛。我是枪走火，你才是乱开枪呢。终于，巡逻艇又发动起来，加快速度突突突地驶离了。

一船的人都松了口气，以为船可以出芦苇荡了，赵佑平却让划船人再等等。这等待的时间显得特别长，江风中芦苇哗啦啦响得格外刺耳，水鸟却已经安静下来，只有虫鸣声时高时低地与月色相伴。又过了一会儿，外面仍然安静，只有江流发出低低的涌动声，赵佑平这才挥挥手，划船人竹篙一点，小船慢慢地向前移动，再一点就驶出了芦苇荡。江面开阔，划船人奋力荡起双桨，加快速度向前划去，不一会儿就到了江对岸的一个荒凉码头。赵佑平带着三人上了岸，脚步不停地向前面一个村庄走去。

进了村子，赵佑平带着他们绕过几个院子，就来到联络站王老爹的家。王老爹热情地让同志们进屋休息，其老伴已经在灶台上忙开了，下了四碗面，每碗窝一个鸡蛋。

赵佑平一边吃面，一边问："最近你儿子回来看你了没有？"

王老爹吧嗒吧嗒地吸着旱烟说："前些日子达法他带回来一摞书，要我替他保管。你知道联络站里是不准有我党的印刷品的。"

赵佑平问："都是些什么书？"

王老爹说："我不认字。他说是党的二大制定的第一部共产党党章和文件。烧掉觉得可惜，就把它们带回来了。可我……"

赵佑平知道他为难，想了想说："你把它交给我吧。"

王老爹说："你那里是联络站，也放不得这些书的。"

赵佑平呼噜呼噜吃完面，说："为了联络站的安全，烧了吧。"

王老爹嗑了嗑旱烟锅，轻声说："我想了个法子，对老乡说他在外面死了，替他修了个坟，把这些书藏在棺材里。你说，这法子行不？"

赵佑平一愣，想了想说："行倒是行，就是有点不吉利。"

王老爹闷着头说："顾不得那么多了。他媳妇去年得病死了，坟头的土还没干呢，就把他的坟筑在旁边。唉，等到革命胜利的那一天，我儿子回来就把坟刨开，把这些书交还给他。"

赵佑平点点头说："也好。把它留着，就好像达法老弟在你身边一样。"

王老爹犹豫了一下，说："万一我出事了，你知道这些书埋藏在哪里。"

赵佑平忙安慰他："别想那么多。"又叮嘱了一句："一定要确保三位同志的安全。"

王老爹说："放心吧，今夜我就送他们到下一个联络站，让他们在那里休息。"

5. 巡捕房监狱

陈光宗得知女儿被关在巡捕房监狱里，本可以找探长蓝鉴仁请求放人，但一想到他与自己被绑架一案有说不清的猫腻，就决定去找律师吴凯申，请他出面保释女儿陈慧梅。

吴凯申有些惊讶地说："她是你女儿？圣约翰大学的学生？"

陈光宗点点头，说："唉，不好好读书，去参加什么五一大游行，结果被抓进巡捕房。"

吴凯申有点不解地说："你和蓝探长熟，你被绑架还是他解救的，何不直接找他放人？"

陈光宗唉声道："这个人鬼得很，我信不过。"便把公鸭嗓贾富贵与蓝鉴仁探长之间不明不白的关系说了出来。

吴凯申惊讶地瞪大了眼睛说："老兄，此事你若有真凭实据，我帮你出这口气！”

陈光宗摇摇头说：“我若在法庭上指认公鸭嗓贾富贵是绑匪，我又没有其他人出来佐证，他完全可以不承认，我拿他有什么法子？再说，那蓝鉴仁探长后面有什么人，水有多深，我都不知道，如何与他斗？”

吴凯申哦了一声，说：“看来还是陈兄对这个社会看得清楚。没关系，圣约翰大学几位教授来找我，要出面保释他们的学生，名单上就有你女儿的名字。”

陈光宗感到意外，说：“教授们愿意出面保释？”

吴凯申说：“听说是有人鼓动他们去巡捕房保释学生的。”

陈光宗问：“是谁？”

吴凯申语焉不详地说：“大概是那边的人吧。”

陈光宗似有所悟，说：“哦，这五一大游行听说也是他们组织的？”

吴凯申压低了声音说道：“不是他们又是谁？民国十六年国共分手，打打杀杀就没有消停过。听说江西那边，他们趁老蒋与阎锡山、冯玉祥打得不可开交，抓住机会扩大地盘。这大游行恐怕也是暗中支持反蒋吧。”

“唉，这国共两党的恩恩怨怨，我也闹不明白，只想着若是搞好实业，让国家富强起来，就不怕列强欺负我们。”陈光宗叹口气说，“谁知道这圣约翰大学也有他们活动，我女儿竟会参加游行被抓进巡捕房。时局多变呐，还请吴律师多费心，帮小女摆脱牢狱之灾。陈某一定感激不尽。”

吴凯申忙说：“这个你放心。我定当尽力为之辩护，只是小姐脱身囹圄之后，陈兄定要多加开导，身为女子何必去沾惹政治之事。”

陈光宗点点头，说：“吴律师言之有理。我一定严加管束，把她早早嫁出去一了百了。”

吴凯申笑着说："这倒是个好主意。"

说到做到，吴凯申立刻作为辩护律师去巡捕房见陈慧梅。此时，陈慧梅和李霞正围在刚被狱警架进来的女犯身边，用碗里剩下的清水为她擦洗伤口。她刚受过巡捕们残酷血腥的刑讯，身上满是鞭伤血痕，躺在地上起不来。陈慧梅心疼地安慰她："你忍一忍，我会很轻的。"

她几次想坐起来靠在墙上，却又滑倒在地上，大口喘着气，艰难地看着她俩，很吃力地问："你们是为什么进来的？"

陈慧梅看了看李霞，不自然地掩饰说："我们去大世界玩，正好遇到大游行，就被巡捕抓了进来。"

青紫的伤口流着血，一阵一阵地抽搐，她强忍住疼痛，气息不匀地说："我叫顾红。"见她们有些惊异，喘了口气才强撑精神地说："和顾正红没关系，不是他妹妹。"

三个人都笑了，气氛融洽了许多。李霞好奇地问："你是因为什么进来的？"

皮开肉绽的顾红疼得微皱眉头，说："他们说我是共党。你们看我像吗？"

陈慧梅和李霞从未见过共产党员，怎么知道她像不像呢？可看她被打得遍体鳞伤却毫不屈服的样子，和韩天强倒是有几分相像，可是她们不知道他是不是共产党员，怎么就能认定她是共产党员呢？

正在这时，狱警来带陈慧梅去见律师。李霞不放心地说："你早点回来啊。"

隔着桌子，吴凯申见陈慧梅蓬头垢面，不免心生怜惜，遂告诉她自己是其父亲请的辩护律师，让她耐心等几天就能出狱。陈慧梅心头一喜，急忙把狱里的情况说了，还问："能不能把我的同学李霞一起救出来？”

吴凯申奚落她，说：“你自己都还没出狱呢，就想着其他人了。”

陈慧梅不好意思地说：“要不，你帮忙给她家里捎个信？”

“可以。”吴凯申说，“你倒是有侠义心肠啊。”

陈慧梅回到女牢。李霞问她：“谁要见你？”

陈慧梅小声说：“我爸请了一个辩护律师，他正跟巡捕房要求放人。”

李霞忙问：“你没有让他给我家带个信？”

陈慧梅贴着她耳根说：“说了。他说他是受了学校教授们的委托，一并为我们辩护。”

李霞忧喜交集地说：“这下我们可以出狱了。只是刚才放风时见到韩天强，说郑鲁民被转到淞沪警备司令部监狱去了。”

陈慧梅沉默了，说：“我们会不会也被转去淞沪警备司令部监狱？”

顾红躺在木板床上听着，这时插话问道：“你们说的那个郑鲁民也参加了大游行？”

李霞心直口快，说：“他当时举着红旗，被警察打得头破血流抓走……”陈慧梅急忙阻止她说下去。

顾红看到了她的举动，太阳穴抽搐般地跳动，好一会儿才平静下来说：“他没法说他没有参加大游行，可是你们能。记住我的话，一定咬死自己是去大世界玩的，不要在悔过书上签名。这样，你们就不会被转到淞沪警备司令部监狱了。”

三人正小声说着，突然牢门打开了，狱警高声喊着：“陈慧梅。出来。”

陈慧梅被带进审讯室。一个市警察局的警官让她在悔过书上签名，说：“你签了名，就可以立刻回家。”

陈慧梅有些奇怪怎么不是巡捕，而是警察，因和吴律师见过面，刚才顾红又叮嘱过，便拒绝签名，说："我们是去大世界玩的，被巡捕误抓了进来。"

警官冷笑着说："抓进来的都说自己没有参加大游行，怎么不抓别人就抓了你啊？"

陈慧梅理直气壮地说："你要这么说，我就等我的律师来。"

警官装模作样地收起悔过书，说："你好好想想，机会错过了就不会再有了。"

陈慧梅看也不看他一眼，坚持说："我等我的律师来。"

警官见她不上钩，又软硬兼施了一会儿，这才放她回女牢。狱警又把李霞带走。牢里只剩下陈慧梅和顾红两个人。

陈慧梅很敬佩地对顾红说："你怎么猜得这么准啊。来了个国民党警官，真的让我签悔过书呢。"

顾红很吃力地说："他们宁可错杀一千，绝不放过一个，当然要把你带到他们的监狱去审，怎么肯让你轻易从巡捕房保释出去呢？"

陈慧梅感激地抚摸她满是伤痕的手背说："我没有签悔过书。我没有什么要悔过的。"

顾红翻过手来握住了她，微微发抖地说："刚才李霞跟我说了，你们在学校里参加读书会活动，也参加了大游行。"

陈慧梅暗暗怪李霞嘴不严，急忙辩解说："她胡说些什么呀。"

"我不会看错你们的。"顾红坦然地说，"我是共产党员，我的身份已经暴露。"

陈慧梅第一次这么听人承认自己是共产党员，惊讶地看着她。

顾红叮嘱地说："仔细听着，我很快就会被带到淞沪警备司令部监狱。你有律师保释，只要你坚持是被误抓的，会很快出狱的。出去后，给我带一句话。"

陈慧梅默默地看着她，忽然问道："带给谁？"

顾红没理会她的提问，说："家里有人病了，要尽快隔离。"

陈慧梅不解地说："你自己都遍体鳞伤了，还牵挂生病的家人？"

顾红自言自语地说："无情最是台城柳，依旧烟笼十里堤。"

陈慧梅不明白，问："怎么又背起诗来了？"

顾红不回答，只是问："记住了吗？"

陈慧梅点点头。

正说着，狱警已经进来带走顾红。顾红走到牢门，回过头看了她一眼，那眼光是那么的坚定，又是那么的期盼。她走了，一切都太突然了，陈慧梅像是被雷击了一样，瘫倒在地上，背靠着阴冷的牢房墙壁。

6. 牛粪情圣

陈慧梅从巡捕房放出来后，就被父亲关在家里，不许她出门一步。陈慧梅吵着要去学校，陈光宗根本不理，冷冷地对她说："你先在家好好养伤。等伤好了再去也不迟。"

陈慧梅央求道："爸，我的同学还关在巡捕房里，你能不能把他保出来？"

"你先管好你自己。"

"你被绑架时，他可为你传递过消息。现在他有难了，你得救救他啊。"

"这个不用你操心，吴律师会去办的。"

"你知道他是谁吗？他叫什么？"

"你告诉我啊，我让吴律师去为他辩护。"

陈慧梅不愿告诉他名字，没办法，只得和李霞煲电话粥。李霞是与她一起出狱的，她已经去学校上课了，能从她那儿打听到韩天强的消息。

李霞在电话里很消沉地说："你怎么连学校也不来啊。"

陈慧梅无奈地说："我爸不让我去学校，唉，我就只能先在家待着了。"

李霞幽幽地说："你还是不来学校的好，免得心情不好。"

"怎么啦？"陈慧梅听出哪里不对劲，着急地问，"是不是出事了？"

李霞丧气地说："我们的读书会被禁止了，可他们的读书会却照样活动。"

陈慧梅追问："谁？哪儿还有个读书会？"

李霞说："你忘啦？李彼得组织的读书会，他们现在读英国女作家简·奥斯汀的《傲慢与偏见》。"

陈慧梅看过这部小说，写小乡绅班纳特的五个女儿如何千方百计地把自己嫁出去的故事，嫁人是她现在最不愿听到的事情。她急忙转移话题，说："我们的读书会为什么就不能活动了？我们可以私下活动啊。"

李霞懊丧地说："还怎么活动啊。郑鲁民还关在淞沪警备司令部监狱里，韩天强被学校开除了。"

陈慧梅仿佛被当头一棒："啊！学校为什么要开除他？他还关在监狱里呢。"

李霞气愤地说："今天刚出狱，学校就贴出布告开除了他。"

陈慧梅急切地问道："他没有向校方抗争吗？"

"当然抗争了。"李霞说："听说他去找了校长，当面责问为什么开除他？校长傲慢地说，你已经不是我们学校的学生了，没有资格和我说话。"

陈慧梅着急地问道："那他去哪儿啦？"

"不知道。"李霞说："幸亏他走了。这几天学校里一直有特务活动，听说就是来抓他的。”

陈慧梅放下电话，陷入了沉思之中。她想立刻就去学校，也许能打听到更多的消息。不知为什么，现在她比以往任何时候都更思念韩天强。她想了很多理由，试图说服父亲让她去学校，可是连她自己都觉得勉强，没法说服父亲。她决定怎么也得试一试，如果不行就偷偷去学校一趟，反正她要打听到韩天强的下落。没想到见了父亲，她刚说想回学校去读书，父亲就答应了，这让她有些意外。

陈慧梅急匆匆地赶到学校，刚进校门就听见有人喊她，以为是韩天强，高兴地转过身去，却发现原来是徐成生。陈慧梅一脸惊讶地说：“你怎么知道我要来学校？”

徐成生笑嘻嘻地说：“我们在一个学校，总会碰到的。”

陈慧梅顾不得多想，忙问：“你知道韩天强被学校开除的事吗？”

“知道啊。”徐成生指着布告栏说：“你看学校的布告还贴在那儿呢。”

陈慧梅扭头看布告栏，远远的看不清，急着问：“那你知道他现在去哪儿啦？”

徐成生想了想说：“我给你打听打听。明天给你消息，还在校门口见。”

陈慧梅有些迫切地说：“那我明天在这儿等你。”

徐成生暗自高兴地说：“好。我这就去打听他的消息。”

陈慧梅看哼着歌走远的徐成生，觉得这个人还挺有意思的，但一想到家里为他俩订婚一事心里就别扭。顾不得多想了，她匆匆跑进教室听完了课，又在校园里找了一圈，凡是认识的人都问过了，连李彼得、戴淑贞都问到了，没有人知道韩天强去哪儿了。李彼得还盛情邀请她：“来我们读书会吧，我们正讨论奥斯汀小姐的《傲慢与偏见》。”戴淑贞也在一旁敲边鼓：“来吧。大家争论得挺热闹的。”

陈慧梅感谢他们的盛情，只是现在没心情去讨论女孩儿怎么把自己嫁了的问题。

回到家，陈慧梅意外地发现父亲也在家，他很关心地问她："打听到什么消息了？"

陈慧梅沮丧地说："他被学校开除了。"

陈光宗问："你就没有遇到什么人？问问他去了哪儿？"

陈慧梅说："遇到徐成生了，他说帮我打听韩天强去了哪儿。"

陈光宗意味深长地说："噢，他叫韩天强啊。"

陈慧梅知道失言了："爸。"

陈光宗又问："徐成生什么时候跟你再见面啊？"

陈慧梅说："明天。"

陈光宗满意地点点头，说："你们是该常常见见面，都是校友嘛。"

陈慧梅回到自己房里，想想父亲的话里有话，一时又想不出他到底是什么意思。

第二天，陈慧梅急急忙忙地去学校，生怕错过与徐成生的见面。没想到，在学校大门口果然没有徐成生的人影，她心里止不住地骂他不守信，突然他就从身后闪出，把她吓了一跳。

陈慧梅尖叫道："你，你要吓死我啊！"

徐成生连忙道歉："对不起，我只是想让你感到惊喜。"说着，便冒冒失失地把一封信塞到她手里。

陈慧梅以为是有关韩天强的消息，说："你告诉我不就行了，何必还写信。"

徐成生热情地说："要写信的，这样正规，显得有诚意。"

陈慧梅白了他一眼，说："说什么呐。"拆开信一看，原来是封情书，吃惊地把信硬是推了回去。

徐成生央求道："你就看看嘛。"

陈慧梅被他缠得厌烦了，转身出了学校大门。徐成生紧跟着追了上去，陈慧梅已经进了马路对面的兆丰公园。徐成生也赶忙进了公园，以为她会躲起来，没想到竟然站在那里候着他，不由地心中一喜。

陈慧梅真的生气了，指着他说："你跟着我干什么？"

徐成生还是一贯的小开派头，追女生不怕你骂他，就怕你不理他，涎着脸说："我给你写这封情书，可是花了一整天的时间，求求你了，读一遍吧，就一遍。从此以后，我决不再来烦你。"

陈慧梅没想到他这么没皮没脸，气得一跺脚，说："我怕看瞎了我的眼睛！"

徐成生立刻笑嘻嘻地说："那我来读信，你只要坐着听，听我给你读信，完了你想走就走，这总可以了吧？"

陈慧梅被他纠缠得毫无办法，只得退一步说："你说话要算数。我听完就走！"

徐成生巴不得这句话，忙说："当然算数。那我们到铜圆亭去，你坐着听我读信。"

陈慧梅还真的跟着他来到铜圆亭，亭子里空无一人，她气咻咻地坐下，脸扭向外边看草地，徐成生毫不在意，站在亭子中间，拿出自己写的情书，清了清嗓子，对着自己心爱的女生，声情并茂地读信：

Dear 梅：

莎士比亚曾经说过，Love looks not with the eyes，but with the mind，我现在就是用心灵看着你，我的 love，我的 lover。我真是后悔死了，当初父母要为我请媒人去你家提亲，我怎么不问清楚就拒绝了呢？这不代表我不爱你，因为我并不知道提亲的对象是你。你能理解的，我们都是追求自由恋爱的新青年，怎么能用提亲的老法子玷污我们心中神圣的爱情呢？但是，若是提亲的对象是你，我愿意接受提亲这种老法子，哪怕是一百次一千次一万次，只要你能同意。

Love is a sweet torment，我愿意承受这种甜蜜的痛苦，直到你回心转意，愿意做我的爱人。

Your 生

陈慧梅捂着耳朵说："我走了！"头也不回地走了。

徐成生在身后大声地说："你不要听韩天强的消息了？"

陈慧梅犹豫了一下，还是站住了，说："你说吧。"

徐成生说："下次我要为你写一首爱情诗！"

陈慧梅气得一跺脚，头也不回地走了。

徐成生回去后，绞尽脑汁地开始写诗，还是爱情诗，这有多难，他不是个诗人，却要写诗来表达他对陈慧梅的爱，但他用柏拉图的名言来鼓励自己：At the touch of love，everyone becomes a poet.（在爱情的触发下，每个人都是诗人。）所以，他也能成为一个诗人。于是，很快他就写出了有生以来的第一首爱情诗。

第三天，徐成生照例在学校大门口等陈慧梅，照例等了很久，才看见她向大门走来。陈慧梅也看见了他，想转身走开，又一想，我为什么要躲着他？这是圣约翰大学，又不是他家的花园。她没有转身离去，而是径直来到兆丰公园的铜圆亭坐下。徐成生急巴巴地跟在她身后跑来，又一次站到了亭子中间，拿出他写的情诗，清了清嗓子，激情洋溢地朗诵起来：

我爱你，就像一坨牛粪爱鲜花。

陈慧梅噗嗤一笑，赶紧忍住，把自己漂亮的脸蛋扭曲得有些狰狞。

我愿做牛粪，你就是那鲜花，
我愿意永远让你插，插，插。

陈慧梅终于忍不住了，大笑着跑了。徐成生看着她的背影高兴地想，我让她笑了。她不再看见我就皱着眉头讨厌我了。

7. 心　思

陈慧梅打听不到韩天强的消息，心里很苦闷，常常想起在监狱里遇到的顾红，想起她再三叮嘱把她的话带给她的组织，可是她怎么带给她的组织呢？她现在连韩天强都见不到，她还能向谁说这些藏着秘密的话呢？

家里有人病了，要尽快隔离。这话是什么意思？她又不知道顾红家在哪里，怎么去告诉她家人，家里有人病了会传染的，要尽快隔离呢。不对，她说的家不是她自己家，而应该是她的组织。可是顾红的家人病了，难道还要向她的组织汇报？我是共产党员，我的身份已经暴露。她那么坦然地承认自己是共产党员，一定是遇到了天大的危险，她没有办法把这个消息传到监狱外，传到她的组织，她的组织因此会遭到破坏。这就对了，她话里的真正意思是说党内出了叛徒，这个“病人”必须隔离，否则会传染给他人，就是说如不采取措施会有更多的同志被他出卖。这是危及党的安危存亡的重要消息，可是她又不是共产党员，怎么把话捎给党组织呢？韩天强也从没说过自己是共产党员，但她相信他是共产党员，就凭着他组织他们一起学习《共产党宣言》《国家与革命》这些禁书，凭着他带领大家一起参加五一大游行。他一定有他的组织，顾红的话可以通过他传给她的组织。但现在她上哪儿去找到他呢？

陈慧梅忽然打了一个寒颤，凭什么她就相信顾红是共产党员呢？她和她素昧平生，只是在监狱里相处了短短几个小时，尽管她被打得遍体鳞伤，难道就对她是共产党员深信不疑了？反过来想一想，顾红又凭什么信任她呢？仅仅因为她参加了五一大游行被抓了进来？还是因为听到她有律师辩护有可能很快出狱？一定是后面这个原因，使她在面临牺牲的时候冒死也要把情报送出去，于是就选择了她。顾红一定有丰富的经验，相信自己不会看错人，退一步说，即使看错了人，她那句话具体究竟指的是谁，除了党组织去查谁也猜不出。这就是一个信号，让党组织引起警觉的信号。所以，顾红选择了自己，让她担任起传递消息的中间人，她只是莫尔斯电码，顾红给加了密。

哦，还有那句诗。无情最是台城柳，依旧烟笼十里堤。这是谁写的？陈慧梅能背几十首唐宋诗词，但这两句出自哪首诗，却是毫无头绪。她不明白顾红为什么突然想起这两句诗，难道也要告诉她的组织？也许，她要告诉组织的是没有背出的那两句诗隐藏的含义？有这种可能，为此她特意去向教古典诗词的唐教授请教，唐教授十分高兴能有学生对古诗词感兴趣，告诉她这是唐朝诗人韦庄的绝句《台城》的后两句，前两句是“江雨霏霏江草齐，六朝如梦鸟空啼”。这能隐藏什么含义呢？整首诗就是凭吊六朝古迹台城，借眼前的江上雨景抒发怀古之情。唐教授还讲了台城的来历、六朝的兴衰，可惜陈慧梅全都没有听进去，她一直在想，顾红为什么突然念这首诗的后两句呢？无奈，什么头绪都没有，这两句诗能隐藏什么秘密？不就是诗人说柳树无情、不管台城如何荒凉破败依旧葱茏吗？是不是顾红突然想起这首诗却没有记住前面两句，光念了后面两句？

窗外树上的鸟鸣声使她突然想明白了，她在这里破什么密呢！顾红要的就是让她把这些话带出监狱，告诉她的组织。她的组织自然会知道这其中藏着的秘密消息，她又何必苦思冥想地破密呢。现在的问题还是要尽快找到韩天强，也许只有他能把这些话带给她的组织，也可能就是他的组织。

偏偏这个时候，父亲陈光宗约了徐贤礼父子来家做客，还非要陈慧梅作陪。陈慧梅一听就知道父亲是想让她和徐成生正式见面，有意促成这桩婚事。她找个借口说要出去办事，哪里逃得过父亲的眼睛，派手下人死死看住前后门，陈慧梅只有插翅难逃的份。

为了这次见面的事，徐贤礼着实犯难了一阵。他当初给儿子定亲是看上陈光宗的实力，两人在生意上又有来往，知根知底，没想到儿子一口拒绝，气得他大骂儿子整日浪荡不知悔改，儿子根本不理会，甩手而去。本以为这次说服儿子一起去陈家得磨破嘴皮，谁知一说竟爽快答应了，喜得他直说是祖宗显灵了。

徐成生照样是油头粉面、一身西装地出现在她面前，很有绅士风度地向她献上一捧红玫瑰。陈慧梅板着脸不接，无奈父亲一再暗示，才勉强接下花束。母亲赶紧打圆场：“你们谈公事，让两个孩子自己去花园转转。”这才免除了大家的尴尬。

徐贤礼洒脱地说：“孩子们的事让他们自己去解决，我们还是来谈谈蓝探长的事。”

陈光宗摆摆手，说：“事情都过去了，不谈了。”

徐贤礼狡黠一笑，说：“你知道他现在开了一家福尔洋行，专做外国火柴的代理，明摆着和我们抢生意。”

陈光宗一愣，说：“你这消息靠得住吗？他一个巡捕房的探长，哪来的钱开洋行？”

徐贤礼拿起桌上的华光牌火柴，点燃一支烟，说："消息绝对可靠。他开洋行的资本就是你交的那笔赎金。"

陈光宗恨恨地说："王八蛋，又当巡捕又做绑匪，我岂能做个软柿子由他捏！"

徐贤礼轻轻吐出一个烟圈，劝道："我们在法租界开厂，如何去告他法租界巡捕房的探长？"

陈光宗攥紧了拳头砸到沙发扶手上，只发出软绵绵的"扑哧"一声，不由长叹一声："我原本就怀疑他与公鸭嗓绑匪有勾连，只想破财免灾，不去追究。可梅梅这次被抓，看见公鸭嗓居然当了巡捕，现在你又说蓝鉴仁开洋行和我抢生意，真是欺人太甚！我就是出重金也要请来大律师，就不信告不倒他。"

徐贤礼浅浅吸一口烟，深思熟虑地说："你再好好想一想，蓝探长把他的洋行起名叫福尔，分明是福尔摩斯的意思。这说明他只是用福尔洋行来捞钱，绝不会离开巡捕房华人探长的职位，上租界法院告他这条路走不通。除非你能拿出过硬的证据给报社，把他的丑行登上报纸，造成社会舆论，租界法院才不敢庇护蓝鉴仁，你才能报了此仇。"

陈光宗颇有把握地说："这个不难，我见过公鸭嗓贾富贵的真面目，能在法庭指认他。"他眨了眨眼睛，又疑虑地说："可惜缺少旁证。"

徐贤礼不解，问："怎么就缺少旁证了呢？"

陈光宗便把事情的来龙去脉捋了一遍，说："公鸭嗓和蓝探长关系密切，我曾撞见他在办公室与蓝鉴仁交谈甚欢。"

"这个暂时放一放，"徐贤礼把香烟按灭在烟灰缸说，"我们要先找到能指认公鸭嗓贾富贵是绑匪的证人。这件事法院不会光听你一面之词，我看不如去汇塘镇找鸿发饭店的人，问问谁愿出来做证人。"

陈光宗顿时茅塞顿开，凑过去小声和他商量起来，偶尔一抬头，看见窗外花园里女儿正跟徐公子在散步，心里顿时漾开了花。

陈慧梅爱理不理地走着，一只脚不时地踢着土坷垃。徐成生很有点得意地跟在她身后，在花园里四处漫步，见她许久不开口，就主动搭讪地说："我又写了一首诗献给你。"

陈慧梅扑哧笑出声来，说："还是牛粪与鲜花？"

徐成生一本正经地说："那首诗起码让你笑了。今天我朗诵一首刚写的诗，你一定会喜欢。"

陈慧梅取笑他说："要不要去兆丰公园铜圆亭？"

徐成生一本正经地说："不用。你家花园里就行。"说罢，就朗诵起来：

> 你的一个笑脸，
> 让我幸福一整天。
> 花园里开满诗的鲜花，
> 每一朵都在爱情的心田。

陈慧梅停住了脚步，惊讶地看着他，说："你也会写这样有品位的诗？"

徐成生委屈地说："你也太看不起人了。我还有写得更好的诗呢。"

陈慧梅不信地说："那你再朗诵一首更好的诗。"

徐成生有点撩她，说："那我们就真的去兆丰公园了。只有在那个铜圆亭里，我才能朗诵出动人的诗篇。"

陈慧梅鼻腔里轻轻哼了一声，说："算了吧。我问你，上次你答应我去打听韩天强的消息，你打听了没有？"

徐成生献殷勤地说："打听了。"

陈慧梅着急地问："他在哪里？"

徐成生又逗她，说："这也要去兆丰公园，我才能告诉你。"

陈慧梅生气地说："我偏不去什么兆丰公园。我早就告诉你了，我有男朋友。今天你又跟来我家纠缠我。"

徐成生把头向洋房那边一歪，问她："你是不是反感他们为我们订婚？"

陈慧梅头一昂扬，说："是的。"

徐成生半真半假地说："那我在这里说一句，这个婚约不作数，我们重新自己谈恋爱。"

陈慧梅"扑哧"一笑，说："好啊。不过，你要是打听不到韩天强的去处，就免谈。"

徐成生叹口气，说："我要是打听到他的去处，你就跟他走了，我还是白辛苦一趟。"

陈慧梅傲气地说："知道你还要来纠缠我。"

徐成生叹了一口气，爱意忧郁地朗诵起诗来：

秋天是对盛夏的一种怀念，
曾经的热情化作凉风吹起。
甜蜜时光从掉落柿子流出，
树下残留着破碎一地的诗。
鸟儿飞来啄食别人的伤心，
只有桂花的香气暗自迷离。

陈慧梅听得有些发呆，分明是听明白徐成生在诗里的意思，却又不能明白说出来，好半天才说："走吧，我们去兆丰公园。"

两人各自向父亲说了一声，便一前一后地出门，听到陈光宗在身后讲："他们总算对上脾性了。"两人不由得相视一笑。

不一会儿，两人就来到了兆丰公园，还是那个铜圆亭，陈慧梅坐下，说："你朗诵吧，把所有你写的诗都朗诵给我听。"

徐成生嬉皮笑脸地说："我没有诗了，全都朗诵完了。"

陈慧梅愣住了，说："你，你不是说到铜圆亭来朗诵给我听吗？"

徐成生欲语还休，只说："你不是让我打听韩天强吗？"

陈慧梅啊了一声，不明白他为什么突然提这件事。

徐成生说："我走了，你就在这儿等韩天强吧。"

陈慧梅看着他头也不回地走了，顿时有一种被他耍了感觉，想要叫住他又强迫自己忍了下来。她没有想到徐成生竟会用这么卑鄙的方法把她骗到这儿来羞辱她。她想追上去痛骂徐成生一顿，但浑身软绵绵的一点力气也没有，眼泪就在眼眶里转着，她用双手捂住脸，任眼泪掉在手掌心里。突然，她听到有人在叫她，赶紧抹去眼泪睁开眼睛，简直不相信他就站在她面前。

"你，你怎么来了？"陈慧梅喃喃自语地说，"你到哪儿去了？"

"一个问题一个问题地提，"他语带怜惜地说，"我呢，一个问题一个问题地答。好不好？"

陈慧梅扑过去一把抱住他，说："韩天强！我恨死你了！"她捏紧了拳头恨恨地捶他的胸膛。

韩天强一把抓住了她的小拳头，说："真要打死我啊。"

陈慧梅想挣开又不用力，又爱又恨地说："谁打死你呀，我想死你了。"

韩天强松开了手，又一把搂住了她，小心地问："你怎么会在这里？"

陈慧梅不愿说是徐成生约她来的，娇怨参半地说："你怎么来了？你说呀。"

韩天强放开她，看着她的眼睛说："组织让我来这里见一个人，难道是你？"

“组织？”陈慧梅一头雾水，但想起与组织有关的事，说，“我还真急着见你，有件事情要跟你说。”

韩天强问：“什么事？”

陈慧梅认真地说：“我在监狱里遇到一个叫顾红的共产党员。她说有句话要我带给她的组织。”

“你还真是组织让我见的人，”韩天强急迫地问，“她说什么了？”

陈慧梅说：“家里有人病了，要尽快隔离。”

韩天强一愣，说：“怪不得有同志被捕，原来是出了叛徒。她还说了什么？”

陈慧梅摇摇头，说：“没有了。噢，她还念了两句诗。”

“什么诗？”

“无情最是台城柳，依旧烟笼十里堤。”

韩天强沉吟地说：“这是韦庄的诗，为什么她要念这两句呢？”

陈慧梅一脸迷茫地说：“是啊，我也一直在想她是什么意思。”

韩天强冷静地思索着，缓缓说道：“顾红同志告诉组织出了叛徒，这两句诗显然与此有关。”

陈慧梅恍然大悟，说：“原来是这样。可是，叛徒是谁呢？”

韩天强深情地看着她说：“你带来了重要情报，相信组织会揪出这个叛徒。”

陈慧梅兴奋地说：“天强，我也要加入共产党，和你一样。”

韩天强充满信任地说：“白色恐怖严重，党内出了很多叛徒，你为什么还要加入共产党？”

陈慧梅说：“因为共产党里有你呀，我要和你在一起。”她显然发觉说漏了嘴，忙补充说：“还有，顾红这样有信仰、有理想、不怕死的党员。”

“慧梅，”韩天强紧紧地握住她的手说，“欢迎你，陈慧梅同志。”

8. 鸿发饭店

陈慧梅回到家，就被父亲叫到书房，有问没问地问："回来了？"陈慧梅懒得多说，"嗯"了一声就要走，父亲忙叫住了她："等等，我要和你说句话。"

陈慧梅以为还是徐成生的事，极不情愿地杵在那里，不吭声。

陈光宗像是难以开口，熬了一会儿才说："明天我和你徐伯伯去汇塘镇找绑匪案证人，你愿意一起去吗？"

"你不是不愿去汇塘镇吗？"陈慧梅惊讶地看着他说，"怎么又想起要我一起去了？"

"我是想破财免灾，可他现在拿了我的赎金开洋行，反过来抢我生意，"陈光宗气愤地说，"此人不除，公理何在？"

"怎么除掉他？他是巡捕房的华人探长哎。"

"你徐伯伯说，只要找到证人就不怕扳不倒他。"

陈慧梅听他又提徐伯伯，多了一个心眼，问："他也去吗？"

"当然去啊。这个主意就是他出的。"

"哎呀，我说的不是他，是他。"

"噢，"陈光宗故意听岔了说，"去。我们请朱文林记者来报道此事。"

陈慧梅急得直跺脚："爸！我说的不是这个。你说，徐成生是不是也去？"

陈光宗得逞地笑了，说："你徐伯伯回家也叫上他一起去。你们会见面的。"

陈慧梅恨恨地说："他要敢去，我撕了他的皮。"

"哎哟，"陈光宗疼爱地说，"你们俩怎么啦，闹意见了？"

陈慧梅满脸不高兴，说："爸，你是不是故意的？生拉硬拽非要把我们拉到一起。”

“怎么说话的，你俩已经订婚了，多熟悉熟悉有好处。”陈光宗说，“再说，家族生意上的事情你们也要尽快参与进来，将来也能顺利接手啊。”

陈慧梅听了不作声，心想明天见了他非要问个清楚，为什么那天把她一个人丢在铜圆亭里。

第二天，她和父亲坐车与徐贤礼会合，见他车上只坐着一个陌生青年，猜想是记者朱文林，却没有徐成生，便摇下车窗好奇地问：“他不去吗？”

徐贤礼抱歉地说：“他不想去，一早就跑了。抱歉啊，陈小姐。”

陈慧梅不但没有不痛快，反而高兴地说：“没关系。我还不想见他呢。”

两辆车一前一后地在公路上跑着。陈慧梅本来讨厌徐成生跟着一起去，现在他不去了，让他们的撮合落空了，使她心情大好，一路上高高兴兴的，看田野看蓝天看云彩都嫌不够，不知不觉就到了汇塘镇。

四个人下了车，沿着老街有点坑洼的青石板路慢慢向东逛。街上的杂货铺、点心店、理发店、铁匠铺、米店、饭馆都很闹热，陈慧梅从未来过，觉得新鲜，几乎每家店前都要停下来看，不时地被催着快走。过了高耸的石拱桥向右拐过去，走不远便见到名闻沪上的仁泰记酱菜店，一堵宽约三个铺面的白石灰高墙当街而立，中间挖一个大大的月洞门，右边墙上墨书一个大大的颜体“酱”字，左边墙上则是略小的“仁泰记”三字，十分震慑人的视觉。陈慧梅兴奋地抢先走进月洞门，其余人随后而入，只见一小院有数盆菊花夹道，迎面是一排九扇高窄木门，有开有合，每扇门齐腰下是一幅各不相同的花卉木雕板，上面则是上下三个圆角方格玻璃窗，白天光线充足，照得店堂敞亮如旷野。陈慧梅迈进店堂间，见左右两边设长柜台，中间留出宽走道。右边是老式木柜台，上面摆了一长排铁架子，铁架上斜放着一个个大玻璃方瓶，瓶口合着洋铁皮盖子，瓶里有的盛着黑黜黜的切成扇状的紫大头菜，有的浸满了一个个晶莹琥珀色的糖醋大蒜头，有的则是淡如黄蝴蝶的腌嫩姜片，还有五颜六色的切丝什锦酱菜，看得甚是喜欢，禁不住伸出手指触触点点，竟数出十几个品种。店里伙计见她是有钱人家小姐，格外殷勤地请她品尝各色酱菜，弄得她不好意思，非要父亲买酱菜。陈光宗嫌散装酱菜不卫生，便去左边的新式玻璃柜台，里面放着各种陶罐装的、玻璃瓶装的腐乳和酱菜。陈光宗让她挑了几样，统统买下，又对徐贤礼说，你也捧捧场吧。徐贤礼果然也挑了几样买下，恰好两人的司机此时也走进店来，便把酱菜交给他们拎着，出了月洞门一看，竟不见了陈慧梅。

陈慧梅此时被院子里的几盆名种菊花吸引，正对着或丝绦千缕或重瓣百叠的硕大花朵看得入迷，忽被人在肩头轻轻一拍，回头看竟是韩天强，不由得惊叫起来："你怎么也在这里？"

韩天强急忙把她拉到墙角，说："没时间跟你解释了。你和你父亲一起来镇上，是不是要去鸿发饭店吃饭？"

陈慧梅点点头，惊讶地问："你怎么知道的？"

"大老远跑来总要吃午饭的。"韩天强把揉成一团的小纸条塞给她说，"你悄悄地把它交给鸿发饭店的老板。"

陈慧梅惊疑地问："你是让我也参加你们的行动？"

韩天强点点头，说："国民党特务埋伏在饭店里，我进不去，没法通知他撤离。这纸条上写着快从后门走，你能不能帮忙传递消息？"

陈慧梅兴奋地说："能。"

韩天强不放心，又叮嘱了一句："行动要隐秘，别让其他人发现。"

正在这时，陈光宗返回院子，高声叫她。陈慧梅向韩天强点点头，连忙答应着从墙角走出来。

陈光宗好奇地问：“你在这儿干什么？”

陈慧梅指着盆菊说：“看菊花呀。你看多美。”

陈光宗有点埋怨地说：“家里养了那么多菊花，你还到这里赏花。”

陈慧梅极力掩饰内心慌乱，说：“这几个品种菊很少见的。”

此时，李剑雄站在玻璃排门后，看着陈光宗父女俩穿过月洞门往街对面的鸿发饭店走去。那是一座砖木结构、黑瓦屋顶的两层楼江南民居，镇上有名的鸿发饭店就开在底楼，沿街的镶玻璃雕花大门敞开着，踩得光滑的长条石筑成两级台阶，两边有石鼓装饰，一摞排门板摆放在左边墙角，用根铁链条拴牢，几盆菊花则摆放在右边墙根，或白或黄，唯有一盆红菊。食客们进进出出，周围却有几个闲人晃来晃去。

韩天强走进店堂，背对着李剑雄问：“下一步怎么做？”

李剑雄看着那盆红菊，这是赵佑平发出的警告信号，想起昨天他汇报陈慧梅传递顾红的重要情报：党内出了叛徒！但不清楚谁是叛徒。现在看来，叛徒已经带着特务在饭店设下了埋伏，他们还是来晚了一步。他再一次问韩天强：“顾红念韦庄诗了？”

韩天强转过身来，说：“是啊，我也觉得奇怪。”

李剑雄自言自语地说：“她也许是暗示叛徒是同行两人中的一个？”

韩天强很有把握地说：“诗里出现了柳，很有可能是柳俊人。”

李剑雄很难同意，说：“那还有‘情’呢，就不会是指老秦？”

韩天强肯定地说：“不会。不是说无情（秦）嘛。”

李剑雄摇摇头，说：“你纯粹是猜测。现在只要看看谁在鸿发饭店里，谁就是那个叛徒。”

“这还不简单，”韩天强说，“我去看一下不就知道了嘛。”

李剑雄断然说道：“不行。”他记得昨天韩天强提起过陈慧梅要求入党的事，没想到今天就遇上她了，不由地说：“现在就看陈慧梅能不能完成任务了。”

韩天强很有自信地说：“我保证，她行。”

李剑雄挥挥手，说：“走。去饭店后门接应赵佑平。”

那边，陈慧梅等一行人走进了鸿发饭店。因为事先她得到提醒，一踏进大门就注意看大堂里的每一个人，果然墙角座位上背对窗户的那个人有些异样，坐在室内竟还戴着礼帽、墨镜，遮住了整个脸，心想他一定就是特务了。

跑堂殷勤招呼他们在一张空桌坐下。陈慧梅第一次做这种事，心里十分紧张，急于想见到饭店老板，坐下便问：“你们老板呢?”

跑堂忙答应着：“吾去叫伊。小姐稍坐。”

陈光宗不悦地说：“你叫他们老板干什么?”

陈慧梅搪塞说：“上海来两位大老板，不该叫饭店老板出来招呼一声?”

陈光宗嫌她多事，说：“我是来找证人的，我要尽快点菜尝味道。”

徐贤礼打圆场说：“不着急嘛。和饭店老板见个面也许能帮上忙。”

陈光宗只得不吭声等着，陈慧梅因为心里有事，再次观察起大堂的情况：迎门那张八仙桌上有几个人喝酒，空出背对大门的位子，奇怪的是互相之间不说话，只拿眼梢瞄门外，不像是来吃饭喝酒的客人。陈慧梅心里一紧，赶紧看左面最里边的账台，有一个账房站着打算盘。顺着账台往外是两张桌子，靠账台一桌坐了几个人，大声说着话，互相碰杯敬酒，看样子是平常客人。她稍稍松了口气。

另一桌靠近窗户，有不摘墨镜的怪人，不张扬却很有气场的先生，还有一个飞扬跋扈的粗人，这么三个人坐一桌，怎么看都别扭，陈慧梅吃不准是些什么人，心里又忐忑起来，急忙扭头看自己坐的这排桌子，靠沿街窗户的桌子没坐满，有两个客人小菜吃吃，老酒咪咪，闲话讲讲。两个司机正好与他们拼桌坐，自己和父亲等四人坐在紧挨着的空桌，一人一面，甚是宽敞。再扭头往里看，那是一个包间，里面静悄悄的。陈慧梅很想进去看看里面是否埋伏着特务，想了一下还是忍住了。

这时，跑堂陪着老板过来了。赵佑平拱手作揖，说："怠慢，怠慢。"

陈光宗、徐贤礼和朱文林也拱手回礼，陈慧梅知道这是她要传递纸条的人，笨拙地向他招招手，说："你过来。"

众人都看着她，不明白是怎么回事。赵佑平不动声色地走到她身边，不卑不亢地问："小姐有什么吩咐？"

陈慧梅知道自己鲁莽了，惹得大家都看着他俩，这还怎么递纸团啊？又不能让他回去，便胡乱说道："你……你们的桌子擦得不干净啊。"

赵佑平低下身子，看桌面光洁无污，一时不明白，问："小姐嫌哪里不干净？"

陈慧梅急中生智，装出生气的样子嚷嚷道："你是说我冤枉你了？"说着拉起他的手去摸桌边，趁机把纸团塞进他手里："这儿，这儿，你摸摸，是不是不干净？"

赵佑平拿到小纸球，知道有事，仍不动声色地说："小姐息怒。我这就叫人来重新擦干净桌子。"又沉着气对跑堂说："你在这里伺候几位先生点菜。"说罢，便若无其事地退下。

一会儿来了个伙计，把桌子重新细细擦了一遍，跑堂这才殷勤地问道："各位大亨佬想吃点啥？小姐想吃点啥？"又巴结地说：

“伲个炒菜味道赞唻霞起。”

陈光宗便请徐贤礼点菜。徐贤礼连连说：“你点，你点。”

陈光宗说：“那我就不客气了。”

陈慧梅因为纸条已送出，心情轻松了，想到要拖延时间让老板安全离开，便胡搅蛮缠地说：“不行。还没问我呢！”

陈光宗责怪中带点宠溺地说：“真不该让你来的。他们都是客人，请客人点菜是礼貌。你来凑什么热闹。”

陈慧梅小声说：“我们是来找证人的。”

陈光宗不搭理她，笑着问身边另一位：“朱先生，你想吃什么？”

朱文林笑着说：“两位老板说了算。”

跑堂站一边热情地介绍：“梅干菜扣肉，红烧青鱼是伲饭庄的招牌菜。”

陈光宗摆摆手说：“青鱼就不要了。换个红烧鲫鱼塞肉，梅干菜扣肉，再加个四喜丸子和火腿冬瓜汤。”

好嘞，跑堂就大声报起菜名，抑扬顿挫的乡音颇为动听。

徐贤礼轻声问：“这就是你常点的几个菜？”

陈光宗说：“前两个是。关在黑屋子的时候，我借口没有胃口要吃这两样菜，结果一吃就吃出是饭店烧的，断定自己关在镇上，不是乡下。”

“这就是家常菜呀，你能吃出不一样？”陈慧梅撇撇嘴说，“嘴巴真刁。”

陈光宗虎着脸说：“怎么说话的？”

徐贤礼忙打圆场说：“你跟自己女儿计较什么。”

陈光宗这才继续说道：“这些家常菜农家大嫂自然也会做，但烧不出饭店的味道。这两个菜我轮流吃了好几天，它什么味道我清清楚楚。”

陈慧梅嘟囔着说："早就让你来了，你不来。今天要不是徐伯伯劝说，恐怕还不来呢。"

"不说这个。"徐贤礼疼爱地看了她一眼，转头对陈光宗说，"你不是说盛菜的碗底有字吗？为何还要品菜肴的味道呢？"

陈光宗摇摇头说："光有碗不行，何况又没有鸿发饭店的字样。虽说镇上像样点的饭店只有这家，但只有炒菜的味道对了，我才能找到证人。"

徐贤礼听了直点头，问："朱大记者，你还需要什么材料？"。

朱文林有点兴奋地说："吃菜辨味来寻找证人，就很有料了。若找到了证人，就更有故事了，配上盘底字样的照片和采访证人的照片，一定会轰动上海滩。"

四个人的举动，被飞扬跋扈的汤队长盯上了，眼睛看向不张扬却很有气场的那个人，他的顶头上司侦缉处长赵秉谦，戴墨镜的人指认饭店老板赵佑平是共党分子时，他本想动手抓人，转念一想，何不撒下网捕条更大的鱼！果然不久就进来了这四个人，以为谁也跑不掉他布下的埋伏，又想着等更大的鱼儿落网。此刻，他轻声问戴墨镜人："你认识这四个人吗？"此人正是被捕后叛变的柳俊人，他摇摇头，墨镜后的眼光疑惑呆滞。

三菜一汤上来了，陈光宗拿起筷子尝尝，对徐贤礼说："没错，真是他们店的菜。"便大声叫："跑堂。"

刚送完菜的跑堂立刻回到桌旁，低头哈腰地问："先生，还要添点啥？"

陈光宗用筷子笃笃菜盘边沿，说："这菜不是原来的味道啊。"

陈慧梅抬头听跑堂说："勿会个。先生阿是常来伲饭庄吃过个？"

陈光宗像是随口一说："我朋友跟我说，这里的菜味道偏甜，怎么今天的菜不甜啊。"

跑堂说："噢哟，巧啦个，前些日有个客人每日来轮换买这两个菜，还要伲做得稍许甜一点，奈末就按照客人的口味多放仔点糖，像煞咾无锡菜。"

陈光宗问道："那个人可是嗓子沙哑，像个公鸭嗓？"

跑堂点头说："先生话咾一挨也勿错，伊个嗓子像煞公鸭嘎嘎叫。"

陈慧梅高兴了，指着跑堂说："就是你。"

跑堂发嚎地说："勿是吾，吾个喉咙勿会公鸭叫个。"

陈光宗兴奋地说："我找的就是你。"

跑堂慌了，说："老板，伲又勿是灶头师傅。侬要觉得勿甜，伲掇去盘子喊厨房回锅。"

徐贤礼忙解释道："不是菜不对味，是想请你去作证。"

跑堂害怕地说："作啥证？伲是勿去个。"

陈慧梅笑了，说："你不要怕，就是想请你上庭指认个人。"

跑堂又挺起胸膛说："伲怕是弗怕个，不过伲要在店里赚铜钿个。"

记者朱文林已经拿出相机对准跑堂咔嚓一声拍了照片，跑堂连忙用手挡脸，已经晚了。四个人一顿鸡同鸭讲，闹得店堂里所有人都在看他们。

那边，汤队长跟赵秉谦咬耳朵："要不要现在就抓他们？"

赵秉谦犹豫不决地说："再等等。"

这边，跑堂拒绝做证人，说："来饭庄格吃客多咾霞个，伲认勿过来个。"

陈光宗指着桌上的梅干菜烧肉和红烧鲫鱼塞肉，说："没有错，公鸭嗓每天来你店里买这两只菜，都是你接待的吧。"

跑堂连连摇头，说："伲记勿得了。"

陈光宗有些恼火地说："刚才你还承认见过公鸭嗓，怎么现在又记不得了？叫你老板来！”

陈慧梅听父亲要叫老板，要阻拦已经来不及了，忙岔开话说：“不要怕，就让你指认一下那个公鸭嗓。”

那边赵秉谦听得分明，被他一提，想起老板有很长时间没有出现，觉得不妙，正要吩咐汤队长动手抓人，后街突然响起枪声，短促尖利刺耳，原来李剑雄看赵佑平从后门出来，正要接应，就遇上了埋伏的特务，立刻交上了火。

赵秉谦顿时大喊：“把这里的人统统抓起来！汤队长，你带人去追饭店老板！”坐着的特务们弹簧似的跳起来围住了陈慧梅他们和另一桌客人。

陈光宗被突然出现的持枪特务搞懵了，忙说：“你们要干什么？”

赵秉谦狐疑地盯着他看，问：“你们来这里干什么？”

陈慧梅插话说：“来饭店当然是吃饭呀。”

徐贤礼认出赵秉谦，忙说：“哎呀，你不是警备司令部的赵处长么。我是徐贤礼，这真是大水冲了龙王庙。”

赵秉谦也认出他来，心里却更加怀疑了，板下脸说：“我不认识你。来人，把他们统统带回去审问！”偏偏去追饭店老板的汤队长此时回来说没有抓到人，气得他狠狠臭骂了一通。

陈慧梅看在眼里，估计饭店老板是和韩天强联系上跑了，不由得松了口气，为自己第一次传递消息成功而暗暗高兴，表面上却装出害怕的样子，跟在大家的后面上了警车。

9. 绑匪黑幕揭秘

《华光报》登出了《绑架案另有隐情，巡捕与绑匪勾结》的头版新闻稿，配发采访证人鸿发饭店小伙计的照片，顿时轰动了上海滩。大律师吴凯申抓住时机向租界法院状告巡捕贾富贵、外号公鸭嗓，事实清楚，证据确凿，人证物证一应俱全，法院只得受理此案，派人去巡捕房传唤公鸭嗓贾富贵到案，不料他早已闻风而逃，一时竟毫无线索，法院方面正好不了了之。但坊间早已流传探长蓝鉴仁暗中指使贾富贵绑架沪上巨富陈光宗，再出面成功破案，使他晋升为巡捕房总探长，他也兑现诺言把贾富贵招为巡捕。更有甚者说，绑架案的巨额赎金下落不明是假，其实早已落入蓝探长的私囊，要不他哪来的巨款开一家福尔洋行，还偏偏不早不晚就在这个当口？

陈光宗父女和徐贤礼、朱文林那天被带回淞沪警备司令部侦缉处，赵秉谦怀疑他们与共党有串谋，助其趁乱逃跑，当即分别审讯。陈慧梅有上次巡捕房关押审讯的经历，知道他并没有真凭实据，吵着要回圣约翰大学。陈光宗和徐贤礼、朱文林则异口同声地表示，他们是来找绑架案证人的，与共党毫无关系。赵秉谦自然不相信，只是苦无证据却还是不放人，抓捕行动失败使他得到一个教训，自己不能冲在前头，一旦失败颜面全失，今后还怎么指挥手下？还要找替罪羊顶以便向上级有个交代。他们既然卷进来了，那自然是要用一用才放走的。多亏律师吴凯申闻讯赶到警备司令部，找到赵秉谦的上司刘主任，请求他放人。赵秉谦见刘主任发了话，不得不释放他们，却要他们签一份协议，出去后不得报道鸿发饭店抓捕共党一事。于是，释放后朱文林便以《华光报》记者的身份写了震惊沪上绑架案黑幕一文，一见报就激起了社会民众的公愤，尤其是工商业界人士，纷纷要求租界当局彻查此事，严办当事人。公董局迫于舆论压力，撤了蓝鉴仁的总探长职务，仍当探长，其他事则不予追究。蓝鉴仁觉得很没面子，干脆辞职，当他的福尔洋行总经理去了。

事情到了这一步，虽未能追回赎金、抓住此案要犯贾富贵，但也算是扳倒了有重大嫌疑的探长蓝鉴仁，陈光宗虽不十分满意，但还是高兴地请徐贤礼去老正兴菜馆一聚，说是商议如何对付蓝鉴仁的福尔洋行，其实心里对女儿与徐成生兆丰公园不欢而散一事不踏实，想探听一下徐贤礼的意思。

陈光宗点了满满一桌菜，鸡鸭鱼肉、时鲜菜蔬样样有，更少不了老正兴的招牌菜：草头圈子，碧绿生青的草头上放浓油赤酱的猪大肠，令人垂涎欲滴；油爆河虾，满盘是红光油亮的全须全尾的大河虾，卖相好味道更鲜；虾子大乌参，那乌参硕体酱色、油亮酥软，围一圈脆生生的青花椰菜，色香味俱全。

徐贤礼本就是个饕餮客，见满桌的佳肴，笑着说："光宗兄，你点了老正兴所有的招牌菜，我们俩也吃不光呀。"

陈光宗端起酒杯，连连说："不多，不多，吃剩有余，讨个口彩。来，先干了这一杯！"

徐贤礼悠然说道："慢慢喝，我们别学北佬动不动就干了，那样品不出酒味。"

"好，咪一口。"陈光宗用筷头遥指菜盘，话套话地说，"吃菜。这猪大肠本是不入流的东西，却被厨师们烧出如此的美味，可见世上没有什么东西不能改变。"

徐贤礼好像没听出言外之意，只顾美美地嚼着圈子，抽空才说道："那也得洗干净了没臊味才行。"

陈光宗不能直接把意思捅出去，只是说："倒也是，这回蓝鉴仁没吃着肉倒沾了满身骚。"

徐贤礼摇摇头，说："虽说把蓝鉴仁扳倒，却仍让贾富贵跑了，这赎金追不回来，对你终究是一笔大损失呀。"

陈光宗听了不免失落，放下酒杯，说："是啊。那押出去的两家厂子虽说赎了回来，但人浮于事，非大幅裁员才能降低成本，与人竞争。可这样一来又势必引起工人罢工，原来的职员再趁机捣乱，要摆平这些实在是难。”

徐贤礼触一记他的腰眼，说：“你是上海滩有名的实业家。当年读书时被校长看中，要保送你去美国读神学，你却宁可被学校开除也一口拒绝，怎么如今连整顿自家的工厂也缩手缩脚了？”

“哪里是缩手缩脚，我办实业当然要赚钱，但也想让工人有工做，为国家出把力。可如今军阀连年混战，工厂总是闹事。”陈光宗无奈地说，“唉，看来这实业救国不是我等走得通的大马路，只有办厂赚钱才是大道理啊。”

徐贤礼咪一口老酒，脸色沉重地说：“这办厂挣钱也不是那么容易的。听说福尔洋行已接下瑞典火柴在上海的分销业务，私下还与日商谈判，要做他们在华工厂生产的火柴批发业务。”

陈光宗一惊，说：“蓝鉴仁这么快就上手了？如此一来，国产火柴的销路更要受到严重挤压，不知又有多少工厂要扛不住倒闭了。我的火柴厂看来迟早也要另想出路。”

徐贤礼搛一块乌参，乌参弹性十足地在筷头上颤动，说：“鸡蛋不能放在一个篮子里，我劝你不如和我一起投资纺织厂。”

陈光宗沉吟地说：“这纺织厂日本人在上海开得也不少，市场竞争激烈，这一行我又不熟，改行办纺织厂风险太大了。”

徐贤礼连连摇头，说：“我不是要你去办新厂，我是说我们可以看准了投资赚钱。你没听说荣德生要联合各家纺织厂办一个纺织行业协会？为做行业龙头，他正在筹措扩股办新厂呢。我准备投几股跟着他一起赚钱。”

陈光宗轻轻一拍桌面，说：“你这话倒是提醒了我。原先我也有联合各家火柴厂办一个行业商会的想法，为的是大家齐心来对付瑞典人和日本人。只是现在我刚遭绑架之祸，实力大减，如今自顾不暇，哪还有心思去搞这个行业商会。”

徐贤礼大方地说：“不就四十万吗？我也不催你还，只要我们成了亲家，我就本息都做了你女儿的彩礼。”

陈光宗表面欢喜地说：“如此我当然求之不得。上次令郎不是邀请我女儿去兆丰公园玩了吗？这门亲事应该没什么问题，除非令郎另有所爱。”

徐贤礼听了微微蹙眉，说：“我怎么听我儿子说，是令嫒已有心上人了？”

“哪有这事，”陈光宗心里明白，嘴上却说，“老话说，一家有女百家求，她多几个追求者不也正常嘛。”

徐贤礼本就冲这事来的，赶紧问道：“那我们为他俩订婚一事还算不算数？”

陈光宗圆滑地说：“算数啊。不过，听我女儿说，你儿子可有不少女朋友啊。”

“我这小子是有点花心，陪他玩的姑娘确实也多了些。”徐贤礼笑着说，“不过你放心，他收心了，跟我说他就喜欢你家慧梅。”

陈光宗不客气地说：“要说你儿子的确一表人才，我是喜欢的。可我听女儿说，上次去公园他把我女儿一个人扔下，自己先走了。”

“闹别扭啦，”徐贤礼说，“那我们做大人的，不就得劝他俩和好吗？”

陈光宗顺水推舟地说：“谁说不是呢，尽管民国了，不兴婚姻由父母做主，但做父母的还是免不了操心。”

徐贤礼笑着说：“那我们就替他们操心一下，他们马上毕业了，这办婚礼也是拖不得的。”

陈光宗一愣，说：“怎么？你那么着急啊。我还不想急着把女儿嫁出去呢。”

“女大不中留，”徐贤礼诡谲地说，“你没听说永安公司老板郭标的四小姐戴西与艾尔伯特解除婚约的事情？”

陈光宗确实不知，忙问：“怎么了？”

徐贤礼娓娓道来，说：“他们两家本是世交，又定了儿女亲事，四小姐戴西甚至住到艾尔伯特家养病，就因为他去了美国留学，分开的时间长了，她就解除了婚约，闹得艾尔伯特差点要自杀。”

“竟有这事？”陈光宗不免心有余悸说，“你放心，我回去就跟女儿说结婚的事。”

徐贤礼满意地说：“我等你的好消息。”

两人会心一笑，碰了杯一饮而尽。

10. 游泳女皇

基督教青年会组织的游泳大赛十分热闹。这是上海第一个室外游泳池，原是为了侨民夏天游泳所建，属于私人俱乐部，不对外营业。以往只是每年举办侨民游泳比赛，以提高俱乐部成员的游泳水平，这次为了扩大俱乐部的社会影响，组织了一场上海租界的游泳大赛，吸纳了圣约翰大学、中西女塾等几所教会学校的学生队参加，场面自是热闹起来，不仅多了参赛的运动员，连观赛者也多了一群青春活力四射的大学生，几家报纸更是连篇累牍地发消息，一时成了上海滩的大新闻。

陈光宗夫妇也来了，坐在看台前排靠近出发台的那一侧，小声地谈着女儿的事情。

陈光宗满心欢喜地说：“比赛完，我们的女儿就可以安心出嫁了。”

田淑芬牵挂着女儿，说：“她还没有比赛呢。”

陈光宗得意地说：“男子比完了就是女子比赛。”

刚才比赛完的男子一百米自由泳，法国人罗丹第一个游到了终点，当裁判宣布他获得游泳皇帝的称号时，他已从碧蓝的水池里一跃而起，露着与他同名的法国雕塑家作品《青铜时代》的健美身躯，向欢呼的人群致意。田淑芬不安地扭过头去看女更衣室的出口，她不知道自己的女儿会是怎样的打扮，有些焦虑地说："梅梅怎么还没有比赛啊？"

陈光宗看着罗丹等选手走进男更衣室，说："快了。哎，你给她准备的嫁妆怎么样了？"

田淑芬看了丈夫一眼，说："早就好了。她不是不愿意嘛，你不能太着急。"

陈光宗不以为然地说："你们女人说不愿意，是害羞，其实是愿意的。"

田淑芬担心地说："我怕她是真不愿意呢。"

陈光宗生气地说："说什么呢。都到这个分上了，徐家等着娶儿媳呢。"

陈慧梅在更衣室换好了泳装，有点紧张地在花洒下一次又一次地冲洗着身体。她重新扎紧了游泳帽，扯扯连体装的游泳衣，胸部和大腿根都绷得太紧，不舒服，其实训练很多天了，不一直是穿这身游泳衣的嘛，就是心里紧张了，哪儿哪儿都觉得不舒服。

这些天，父亲总跟她提与徐家公子结婚的事情，陈慧梅心里一万个不愿意，一口拒绝。陈光宗十分不高兴，想到郭家四小姐的未婚夫闹得要自杀，就不想让这种事在自己女儿身上发生，干脆不准她出门，逼她答应结婚。陈慧梅不干了，说，我马上要参加基督教青年会组织的游泳大赛，你不让我去，学校也不会答应。陈光宗知道游泳大赛这事，没法不让她去，只得雇人跟着她去学校。陈慧梅表面上照样上课、训练，其实心里很着急。父亲雇的侦探一步不拉地跟在她身后，她在课堂里上课，侦探在课堂外守着，她去上厕所，侦探也跟进厕所，侦探是个女的，女厕所挡不住她。只有她去参加游泳训练，女侦探才在更衣室外守候，管理员不让她进。陈慧梅在上课时与李霞坐在一起，悄悄地告诉她这一切，央求她帮助联系到韩天强。李霞偷偷朝教室外看一眼，果然有个女人在晃来晃去，就爽快地答应了。谁知一连几天她都没找到韩天强，急得陈慧梅不知如何是好。学校开毕业典礼的那一天，陈慧梅想着等上台拿了毕业证书后，就趁机溜走搞失踪。谁料到女侦探盯梢手段十分高明，陈慧梅硬是怎么也甩不掉，只得回家。这让陈光宗大为放心了，有这么个女侦探盯着，她要去学校游泳训练就让她去，等到大赛结束，她就得乖乖地结婚。这让陈慧梅暗暗着急，今天比赛，本来就有压力，再加上自己的父母亲都坐在看台上，更衣室外又有女侦探守着，心里压力就更大了。

轮到她上场比赛了。陈慧梅跟在几个选手后面走出去，一见到游泳池碧蓝的水面，心里顿时就放下了所有的杂念，现在最重要的是比赛，拿到游泳女皇的称号。可是，参加游泳比赛的选手都很厉害，英国选手贝蒂更是夺冠的大热门，十分有实力。她听到裁判叫她的名字，仓促地举起手臂，上了水泥砌的出发台，人微微前倾，脚底板感觉毛糙糙的抓力很强，抖了抖手臂。裁判站在游泳池边喊口令，预备！陈慧梅弯下腰，长腿蜷曲下蹲，手臂向后伸直，发令枪一响，人便窜了出去，水花四溅，鱼一般落入水中，手臂向后划水，头有节奏地左右侧转，脸露出水面吸气，双腿用力地拍打着水，整个身体像旗鱼一样流畅紧绷，余光扫向两侧分道线，一个个浮球在水面上剧烈跳动，手触到了池壁，向前翻滚，蹬腿，像大海里的鱼儿那样游出一个大圈，身体像一支箭射出去，手臂划水，双腿打水，体力消耗很大，达到了极限，就像这些天忍着父亲的逼婚，忍无可忍，终要爆发却毫无气力，只是机械地划动着手臂，眼睛瞄到旁边泳道上的贝蒂比她游出了半个身子，想要追上她，手脚使足了劲，渐渐缩短了距离，终于超过了贝蒂，她感到自己像是一枚鱼雷不顾一切地向前冲。到了！陈慧梅手触到池壁，喊声像鱼雷爆炸一般地响起，她欣喜地泡在水里听裁判宣布她获得游泳女皇的称号。

陈慧梅和其他选手一起回到了更衣室，冲洗身体，换上衣服，准备上台领奖。更衣室里挤满了捧着鲜花的陌生女人，她们是来祝贺她获得游泳女皇的称号，人挤人的混乱中，有个人拉了她一把，回头一看，竟然是李霞！鬼知道她是怎么混进更衣室的。陈慧梅抓住她的手，开心地问：“你是怎么进来的？”陌生女人们把一束束鲜花塞到她怀里，有男记者进来拍照，镁光灯一亮，咔嚓一声，冒出一股白烟。陈慧梅尖叫起来：“出去！”趁机把李霞拉进里间，关上门。

李霞急促地说：“快换上。衣服我给你带来了。”

陈慧梅吃惊地说：“干什么？”

李霞顾不得解释，说：“韩天强在外面等着你。快去！”

陈慧梅根本没有思想准备，着急地说：“外面有那么多人，我也出不去。再说我爸雇的女侦探在外面监视我，怎么甩得掉？”

李霞不由分说地拿过她的运动服，说：“我穿你的运动服，把她们引开。”

陈慧梅犹豫不决地说：“这……你事先怎么不告诉我一声？”

李霞催促着说：“这全都是韩天强的主意。我也是刚知道，你快点换衣服！出了门，你就会看到他了。外面有车子等着你们，快走！”

陈慧梅迅速换上衣服。更衣室里人员混杂，趁大家都围着贝蒂时，李霞穿着陈慧梅的运动服，拉上连衣帽裹紧了头，戴着墨镜，匆匆走出更衣室，人们发现了急忙跟出去，一时场面大乱，那个女侦探看见了也跟了上去。陈慧梅四下扫视一下，见没人就急匆匆地向大门外走去，看到韩天强在向她招手，赶快跑了过去。两人紧紧地拥抱在一起，韩天强在她耳边说：“我们走！”

她看见俱乐部大门外，有一辆汽车停在路边。

11. 泳衣美女火花

陈慧梅在游泳大赛后失踪的消息飞快地在上海各大报纸上连篇累牍地刊登，衣服褴褛的报童兴奋地在马路上奔跑叫卖：快看《申报》！游泳女皇圣约翰女生失踪！另一个报童则更起劲地叫卖：《大公报》独家消息！富家小姐反抗包办婚姻私奔！挂着鼻涕的小报童用稚嫩的声音喊着：《华光报》最新揭秘！绑架案失踪案皆有黑幕！路人纷纷掏钱买报，各家报社赚得盆满钵满，不由得期盼这波热潮延续得更长久些。可是，人们的好奇心很快又被其他消息所吸引，没人再关心陈慧梅究竟去了哪里。

陈光宗自觉是受伤害最严重的一个。原本他只要息事宁人，事情就算是过去了，但他气愤难平，把受雇的那家私人侦探社告上法庭，要求全额赔偿其损失。侦探社只答应退还定金，拒付赔偿金，称此事是雇主不听从侦探社的劝告，硬要让小姐参加游泳大赛，致使当事人在比赛之后化装潜逃。律师吴凯申当庭反驳，侦探社既然签了合同，就应该确保当事人的安全，说她化装潜逃证据何在，分明是推卸责任，应当按合同规定支付赔偿金。这场官司一时难分输赢，各家报纸又蜂拥而上，添油加醋地大肆炒作，倒让光耀火柴有限公司家喻户晓，华光牌火柴一时成了上海人的热门货。此时，有不良商人趁机冒牌生产华光牌火柴，还贴了个身着游泳衣的美女火花，号称是陈慧梅小姐的玉照。陈光宗气急败坏，再上法庭状告不良商人。但此人十分狡猾，赚得一票后便销声匿迹，但市场仍有冒牌华光的泳衣美女火柴销售。吴凯申经过艰苦的调查取证，发现许多证据都指向蓝鉴仁的福尔洋行，遂又把福尔洋行告上法庭。蓝鉴仁自然不是吃素的，也雇了大律师上庭辩护，坚称自己只是代销商，并不知对方是冒牌生产。于是又一场震惊上海滩的官司成了各大报纸的关注热点。到了此时，陈光宗才觉得如此下去，陈家的名誉将深受伤害，便不想再打下去，于是法庭宣判禁止冒牌华光牌火柴销售，福尔洋行库存的贴有泳衣美女火花的火柴全部销毁。蓝鉴仁本就是为了出陈光宗的丑，才明知是冒牌华光的泳衣美女火柴，却因谣传火花贴是陈慧梅玉照仍出手代销，此时法庭判决既出，只得停止销售，私下却改贴新商标继续出售，一点没耽误赚钱，官司就此草草了结。

这边事态刚刚平息，徐贤礼那边又起了风波，原先说好的儿女婚事，如今准新娘跑了，他自然是不甘心的，定要陈光宗给个说法。陈光宗哪里能给什么说法，自己都找不到女儿的下落，只得尽快地还清四十万这笔债，幸亏华光牌火柴热销，公司挣了不少钱，很快就还清了欠债。徐贤礼本来也不是为了追债，只是为了徐家颜面，再加上儿子徐成生压根就反对与陈慧梅结婚一事，若再闹下去怕老底穿帮，大家脸上不好看，也就不了了之，只是本来说好的生意上合作一事就没了下文。

这一切，陈慧梅全都不知道，那天韩天强把她带到华界德福里的一个前客堂里，让她先在这里住下来。房间里除了一张双人床和桌椅、衣橱，便没有什么了，她打开衣橱看看，里面空空荡荡，有些失望地想，这怎么过呀？韩天强好像猜到了她的想法，说：“你先在这儿住下，等外面平静了再想办法。”

陈慧梅吃惊地问道：“你……”她本想说你不在这儿住？但话到嘴边又不好意思说，变成了“你住到哪里”。

韩天强说：“我住别的地方。厨房有煤球炉，锅子，碗橱都有，你可以自己做饭烧水。不想做的话，弄堂口有老虎灶泡水，也可去小饭店吃饭。”说着，拿出一叠钞票放在桌上：“这些钱你先用着。”

陈慧梅失望地说：“我是为了你才从家里跑出来的，你，怎么能把我一个人丢在这里？”

韩天强将她搂在怀里，深情地说：“我怎么舍得让你一个人在这里。只是我要去执行一项任务，过两天我就回来把房间布置一下，添些日用品，我们就结婚。”

陈慧梅好奇地问：“什么任务？”

韩天强说：“这是秘密，我不能告诉你。”

陈慧梅不吱声了，隔一会儿又问：“那我入党的事呢？”

韩天强欣悦地说：“一会儿我的领导要来，他会找你谈话。”

陈慧梅有些激动：“他要来找我谈话？嗨，他一定是个革命家，比我们年长的叔叔吧。”

韩天强笑着说：“一会儿他来了，你要叫叔叔噢。”

陈慧梅说：“怎么？他真是个老革命家啊！”

正说着，有人敲门进来了。韩天强笑着对陈慧梅说：“他就是我的领导，李剑雄同志。”

陈慧梅惊讶地看着李剑雄，没想到他只比韩天强大几岁，韩天强催着她说：“叫呀。”

李剑雄见她腼腆，亲切地说：“叫我李同志。陈慧梅同志，欢迎你加入革命队伍。”

韩天强大笑，说：“刚才她说，要叫你叔叔。”

李剑雄幽默地说：“我有这么老吗？不过，我也不反对你叫我叔叔。”

陈慧梅不好意思地说：“你别听他胡说。”转脸瞪了一眼韩天强。

李剑雄笑着说：“小韩，你可别得罪了新娘子啊。”

韩天强忙说：“你不是要跟她谈话吗？我出去一下。”

李剑雄说：“不用。陈慧梅同志，韩天强和我做你的入党介绍人，经组织批准，你已经成为中国共产党党员，现在我们是一个党小组的同志。”陈慧梅激动得不知说什么好，三个人的手紧紧地握在一起。李剑雄接着说：“接下来，我和韩天强要去执行一项秘密任务，陈慧梅同志，要委屈你了，婚礼看来只能推迟了。”

陈慧梅羞涩地一笑，转而又急切地问：“我可以一起参加吗？”

李剑雄欣赏她的求战心切：“渴望参加战斗是好的。”话锋一转又说：“可眼下报纸全是你的新闻，你参加进来反而会暴露我们的行动。所以，现在你最重要的是适应新的环境，准备接受党组织交给你的新任务。”

陈慧梅脸上露出庄严的表情，说：“是。”

李剑雄不忘补一句：“还有，准备好当新娘子。”

陈慧梅羞得双手掩面，说：“你好坏哟。哪有当领导的样子嘛。”

第三部

1. 惊魂钟表店

法租界的这条马路两旁的梧桐树绿荫浓浓，市面很热闹，外侨在这里开了一爿又一爿的西洋店铺，面包房飘出奶香味令人垂涎，咖啡室散发着扑鼻的香气，冷饮店叫卖可口可乐和荷兰汽水，照相馆摆了上海时髦女郎的艺术大照片，男男女女走过路过不会错过，总要进去兜兜看看，不买叫开眼界，买了叫会享受，真不愧有东方巴黎之美誉。也有中国人开的商店，多是饭店、南货店和水果店，马路转弯处就有一家门面狭小的钟表修理店，也是中国人开的，市面冷冷落落，少人光顾，店堂里倒是滴答滴答的钟表声蛮闹忙，好像是到了法国巴黎的 11 区。

有两个年轻男人沿街面笃悠悠地荡过来，长衫礼帽的李剑雄有一种像上海滩那样中西混合、华洋杂居的气质，眉眼清秀却透出喝过洋墨水、啃过洋面包的潇洒，率性随意之间又暗藏着一股训练有素的坚毅，此刻和西装领带的韩天强说说笑笑地进了面包房，看一眼法国长棍、起司蛋糕，望一眼马路上来来往往的行人，又弯进隔壁的冷饮店，买了荷兰水边喝边看马路转角处，那里有一棵梧桐树枝繁叶茂，路人稀少，这就走到了照相馆橱窗前，对时髦女人的大照片评头论足，那质感强烈的黑白灰凸显出女人的魅力，拿她和走过的女人作比较便有了兴趣，眼睛却瞄牢那家冷清清的钟表修理店。

钟表修理店毫不起眼，小小的圆形店招从墙上支棱出来，上写着精修万国钟表，单扇玻璃门里挂一块牌子，从右到左写着“营業”两个毛笔字，下头英文“OPEN”。李剑雄看四周没有异样，伸手掀了下礼帽，跟在身后的韩天强便推门进去，门上挂的是报废的钟表零件，丁零当啷地响。隔着门玻璃，李剑雄见正在整理台面上东西的店主抬头看了韩天强一眼，嘴巴无声地动了又动，韩天强掏出挂表递过去也推托不接，还朝门口走来。李剑雄迅速地闪到一边，见他把门上的牌子翻过去，让“休息”两字和“CLOSE”对着外面。李剑雄心里清楚，这次来取苏区运来作为党中央活动经费的这批金银珠宝，是一件极其秘密的任务，一切都得小心谨慎。他再次朝里面望去，见韩天强发急地和店主说着什么，可是店主好像听不懂似的坚持不接他的表，知道出事了。

李剑雄克制住冲进去的念头，等韩天强出来就问：“怎么回事？”

韩天强有些冲动地说：“我都把表拿出来了，可他就是不对暗号。”

李剑雄沉着地问：“他怎么说？”

韩天强气恼地说：“他说他这些天眼睛酸痛，看不清表芯机械，暂时不接修表业务。可我明明是和他对暗号啊。”

李剑雄不由得紧蹙眉头，再次睃了周围，没有什么异样，忽见店主的脸在门里一晃，便明白过来，朝韩天强一摆头，毅然推门进去。

店主朝他瞥来一眼，平静中带着些疑惑，嘴上勤快地说：“小店打烊了，请两位先生到别地方去。”

李剑雄示意韩天强拿出怀表，冷冷地对他说：“老板看仔细了，这块挂表是长三针。”这是约好的紧急暗语，对方非接不可。果然店主觑了他一眼，接过挂表装样子检查起来，连夹眼的放大镜都不戴。

韩天强趁机再次对暗号："老板，这是瑞士的大罗马金表，你有进口零件修配吗？"

店主迟疑地说："这种表市面上蛮少见，不过吾倒修过两块。"

对暗号了，韩天强紧接着问："这么说，你明天能修好？"

"明早勿来是，起码要三天。"

暗号对上了，韩天强松了口气，偏要追问一句："刚才你为什么不肯对暗号？"

店主是个中年人，一身对襟灰布衫，扎一块围兜，套两只袖套，黑眼珠悄然一转，答非所问："早起头有个人到吾此地收购金银珠宝，前脚刚打发走，后脚倷就来哉。"

李剑雄眼睛盯着窗外，朝韩天强点一下头，韩天强便催着说："你快把东西交给我们。"

"啥个物事？"

"苏区运来的金银珠宝啊。"

店主一惊，话立刻缩了回去："倷阿是弄错了哦？吾哪能会跟共党有联系？先生勿要开这种玩笑。"

李剑雄见他又绕了回去，便直截了当地说："郑老板不会忘记老张吧，是他让我们来取货的。"

店主见他直呼自己郑老板，又提及老张，不得不信，但还是疑惑不解地问："倷真是来取货的？"

韩天强不耐烦地敲敲柜台，说："这还有错？难道暗号对不对你不知道？"

这回轮到老郑发急了："可是两天前，中央已派之人掇走了货，哪能又会派倷两个来取货？"

韩天强也发急了："你不对暗号就给了他？"

老郑从抽屉里拿出一块挂表，说："接头暗号侪对个，吾哪能可以勿交给伊呢？”

李剑雄拿起两块挂表仔细对比，确定是同一款式，又翻开表盖，里面刻了一朵荷花，大小不一，若不是对照着看，真看不出两者细微的差别：“你拿到的接头挂表是假的。”

老郑不信，接过两块挂表一比对，惊出一身冷汗：“啊呀，吾上当哉。”

“这么机密的事，怎么会泄露出去？”李剑雄问道，“他没说他的名字？”

老郑肯定地说：“伊叫韩天强。”

韩天强跳了起来，指着自己说：“我才是韩天强！这个混蛋竟敢冒充我来骗取党的经费。”

李剑雄冷静地摆摆手，问老郑：“你好好想想，那人长什么模样？”

老郑边回忆边说：“瘦子，小白脸，细眼睛，戴副金丝边眼镜，文绉绉的像个教书先生。”

韩天强一脸茫然：“他是谁？我怎么一点印象都没有。”

李剑雄沉着地说：“他不认识你，因为他不知道你不戴眼镜。但他却知道这件事的所有细节，还伪造了接头信物。这是个对党危害极大的内奸！这里已经暴露，老郑，你立刻随我们撤离。”

老郑习惯地掀起窗帘一角朝外张望，看见刚才来过的那个顾客正带着几个面目可疑的人朝这儿走来，惊叫道：“敌人来了。倷两个快走！吾来掩护。”

李剑雄不容分说地推老郑走，下令说：“党需要你去挖出这个内奸。快走！”

墙上的钟表突然不合时宜地发出不同的鸣声，像早晨树林里众鸟欢叫，此刻却让人心烦。韩天强掩护老郑从后门撤出，迅速地穿过弄堂，消失在人群里。店铺里的李剑雄沉着脱下礼帽、长衫，仔细挂到衣帽架上，移到门边挡着道，恰好假扮成顾客的特务推门进来，迎面撞见衣帽架以为是店主站着，不由得一愣，李剑雄已经用枪顶住了他的后脑勺，低声喝道：“不许出声！”特务连连说道：“先生，别，别误会。”却趁他不注意，突然弯腰顶了李剑雄一下，转身朝门外跑，嘴里大叫：“汤队长，共党……”李剑雄一枪把他撂倒在地上，立时蹬腿咽气。门外特务纷纷开枪，李剑雄沉着回击，那个特务尸横门外街头倒成了一道肉屏障。

子弹嗖嗖地在空中如一群惊窝的野蜂来回狂舞，这一批蜇烂了衣架上的长衫礼帽，那几只顽强地反扑过去，特务躲进墙角，子弹射在墙上火星四溅，不敢露头，藏在别处的特务疯狂朝店里射击，密密麻麻扑向门窗玻璃，明亮的蝴蝶飞起又落下，哐啷啷碎一地，店里没了回击，战战兢兢地冲进去，早已金蝉脱壳，哗啦啦，一梭子打下了墙上的挂钟，有一座挂钟发出咕咕的猫头鹰叫声。

2. 适　应

陈慧梅忙手忙脚地在弄堂里生煤球炉，炉膛里塞一张揉作一团的旧报纸，上面架几块小柴爿，再压几个煤球，掏出华光牌火柴擦一根，蓬，冒出一团火苗，伸进炉门点燃炉膛最底下的旧报纸，手里拿把蒲扇哗嗒哗嗒地扇着炉门，可报纸一会儿烧没了，炉膛里只冒出呛人的烟，火苗忽隐忽现的，一会儿干脆灭了，气得她噙着眼泪跑进房间。伏在窗口一边嗑瓜子一边望野眼的亭子间嫂嫂正好看见，撇一撇涂得血红的嘴唇，说：“新娘子发火睐，连煤球炉子也生勿来。”

房间里，陈慧梅气鼓鼓地对韩天强说：“煤球炉光冒烟，点不着火，你去弄一下。”

韩天强听她埋怨，就说："你耐心点，多放点柴爿。"

陈慧梅气不打一处出，叫道："你到底去不去啊？"

韩天强无奈地起身，说："去去去，不就是生个煤球炉嘛。"

这时，有人敲门进来了，见韩天强拿着蒲扇要出去，就说："怎么？又要去生煤球炉了？"

韩天强笑笑说："很快的。你先坐，不会立即有行动吧？"

李剑雄拍拍他的肩，说："去吧。我和陈慧梅同志先说句话。"

韩天强出去了。陈慧梅有些激动地说："听说你们没取到东西，被叛徒冒名骗走了。让我也参加你们的行动吧，抓住这个叛徒，把党的经费追回来。"

李剑雄没有立即回答她，只是关切地问她："还习惯吗？"

陈慧梅腼腆地笑了笑，说："每天就是生炉子、买菜、烧饭、洗衣服，早知道我就不结婚了。老李，我是来参加革命的，不是来做家庭主妇的。"李剑雄其实年纪比她大不了几岁，因为是领导，大家都叫他老李，陈慧梅也跟着叫。

李剑雄摇摇头说："不会生活，怎么会革命？"

陈慧梅感到奇怪，说："这怎么能扯到一起呢？"

李剑雄看了她一眼，说："怎么就扯不到一起？譬如工人的生活，每天去工厂在轰隆轰隆的机器旁工作十几个小时，还要女人也出去做工，两人的工钱才够养家，人累得像条狗似的，回到家就想躺下睡一觉，可女人再累也得烧火做饭，否则大人孩子都得饿肚子，第二天上班两人还没有饭菜可带，饿着肚子干到天黑，那可连走回家的力气都没有了。"

陈慧梅笑了，说："老李，你这是到工厂宣传革命道理啊。"

李剑雄耐心地说："我为什么要这样说呢？因为这样说，贴近工人兄弟的生活，知道他们日子过得苦，说出了他们的心里话，他们就把我当自己人，我接着讲革命道理，讲砸烂人剥削人的社会，讲革命就是要让人人过上好日子，他们就要听。可现在我跟你这样说，你就发笑，因为这样说话和我们的身份不一致，和相处的环境不协调，所以我就显得突兀，让人一眼就看破，你是个煽动革命的宣传家。”

陈慧梅不笑了，疑惑地说：“你这是要做什么？像个左翼大学教授上马克思哲学课，越讲越深奥呢。”

李剑雄滔滔不绝地说道：“我怎么能和左翼大学教授比，我充其量只是个街头鼓动家的水平。我只是打个比方，我们搞地下工作，首先要和周围的人群打成一片，人家怎么生活，我们也怎么生活，让国民党特务看不出来，这样我们才能隐蔽起来搞革命搞地下工作嘛。你看，你们俩住在石库门弄堂里，周围居住的都是小市民，每家每户每天操心的就是开门七件事，柴米油盐酱醋茶。你却不会生炉子，不会过日子，人家一眼就看出你是有钱人家出来的，怎么住到这里来了？她丈夫是干什么的？一定有故事。这就注意上你了，你们就容易暴露嘛。再一查报纸就明白你是谁了，还怎么做地下工作？”

陈慧梅脸红了，不好意思地说：“你批评得对，我没做好隐蔽工作。”

“对嘛。首先要学会生活，学会和周围的人一样生活，这样才能更好地革命。”李剑雄满意地对她说，“首先要做好一枚闲子，平平常常不起眼，这也是党的工作需要。”

“可是，你让我一个人闲在家里，我不习惯嘛。你就让我参加你们的行动吧。”

“想参加战斗是好的，”李剑雄想了一下说，“你这里有象棋吗？”

陈慧梅摸不着头脑说：“有，有啊。”

李剑雄搓搓手说：“快去拿来。我摆一盘残局，你来试试怎么走能赢这局棋。”

陈慧梅本以为他答应自己参加战斗了，没想到是这么个战斗，还是去找来象棋，普通杂木做的圆鼓形棋子，阴刻的颜体字，分别涂了红色与黑色油漆，棋盘就是一块刻了格子线、写上楚河汉界的木板，看他噼噼啪啪地往上一摆，棋盘上便是一个奇怪的残局，红方只剩下一马一炮双兵，黑方车马炮各一个，卒子三个，明显比红方强，还一步就将死红方。陈慧梅下棋多少会点，一看觉得黑方肯定赢了，可是李剑雄却说，红方先走，赢这盘残局。于是，她执红连走了几局，皆输了。只得红着脸请教李剑雄该怎么下才能赢。李剑雄横炮，跳马，拱兵，接连将军，可就是闲着一只兵不动，直到最后再挺兵，一步就将死了黑方的老将。

陈慧梅看得发呆，连叫："好棋，真是妙着！"

李剑雄拿起那枚一直闲着的兵，说："妙就妙在这只闲子上，看似闲着不用，其实是埋伏下的奇兵，平时不动，到了关键时刻一出兵，就致敌于死地，起到别人起不到的作用，这样才能赢得最后胜利。"

陈慧梅不愧是圣约翰大学的高材生，一下就听明白了李剑雄是在借着棋局告诉她，组织上让她做一枚闲子是要到关键时刻用她，现在她最重要的任务是隐蔽好自己，掩护丈夫韩天强。她心服口服地说："我懂你的意思。可是，为什么是我呢？"

李剑雄一边把棋子码进盒子里，一边说："你先前从事学生运动，那和你的学生身份相符，做得也很出色，后来发生了那么大的事情，惊动了整个上海滩，你要躲避家人的寻找，正好转入地下工作，也需要有个锻炼的过程。别心急，到时候就会用上你这枚闲子的。别到时候顶不上去啊。"

陈慧梅还有什么好说的，起身去弄堂，韩天强已经生旺了炉子，正要拎到厨房去。陈慧梅一把抢过来，吃力地拎起煤球炉，韩天强说："还是我来吧。"被她一把推开，说："去吧。老李有事要跟你说呢。"

韩天强走进前客堂，问李剑雄："你跟她说什么了？"

李剑雄开玩笑地说："做思想工作啊，让她安心做一枚闲子，你也可以有一个会做家务的妻子啊。"

韩天强替她说话："老李，明天的行动你就让她去吧。我觉得慧梅比璐西强一些。我和慧梅一起搞过学生运动，我知道她有随机应变的能力。"

李剑雄不吱声，半天才说："我知道。可这是老张决定的，我没法改变。再说，她又是我妹妹，我不能出面阻止。"

韩天强有些遗憾地说："这么说，让慧梅做一枚闲子也是老张决定的？"

李剑雄摇摇头，说："不，是我定的。她毕竟刚刚在上海滩闹得沸沸扬扬，需要隐蔽一段时间，让世人忘了这件事。"

韩天强想了想，又问："你不是反对让你妹妹参加这次行动吗？"

李剑雄简短地说："她既然做了中央机关秘密工作，最好不参加。"

韩天强知道不便多问，改口道："情报准确吗？"

李剑雄知道的不多，就是知道的也不便多说，只点点头，说："我们现在就去踩点，看看明天怎么行动。"

韩天强劝说道："都快中午了，吃完饭再去吧。"

李剑雄幽默地说："我们还是学一下关公温酒斩华雄吧，回来再吃午饭，给她减轻点压力。"

韩天强替妻子辩解："她会做饭炒菜，就是味道差点。"

李剑雄哈哈大笑："知道疼她了？"

韩天强快人快语地说："现在我不疼她，哪一天她离开我单独执行任务，我想疼她都不能了。”

李剑雄听了心里咯噔一下，猛然想起了去执行秘密任务的妻子周丽芳，不免有猛一下被刺痛的感觉。一年前的一个夜晚，周丽芳从外面回来，一进门就紧紧地拥抱他，显得格外亲热，还贴在他耳旁悄悄地说，组织上让我去执行秘密任务。我们要分开一段时间。李剑雄无法从刚才的缱绻中挣扎出来，愣愣地看着她，问：什么任务？周丽芳依恋地抚摸着他的脸颊，他的鼻子，他的胡须，说：我不能说。对不起。李剑雄无奈地问：那要去多长时间？周丽芳无语地搂着他，脸贴在他的胸膛上，许久才说：不知道。她随即收拾了几件衣服，拎着箱子就离开了他，从那以后便音信全无。

李剑雄拔出手枪，利索地卸下弹匣，咔嚓咔嚓地拉动枪栓，确信没有故障，又把弹匣撞上，插入腰间说：“走吧。”

两人从后门出去，厨房里的陈慧梅热情地挽留：“吃了饭再走。”

李剑雄打趣地说：“等你手艺练好了，我再来蹭饭。”

陈慧梅走出厨房，笑着说：“你放心，饭不夹生，菜里没毒。”

李剑雄呵呵笑道：“我怕盐放多了，齁死我。”

陈慧梅脸一红，目光朝韩天强脸上剜去，埋怨地说：“怎么没把你齁死？”

韩天强忙辩解道：“我没说哦。”原来昨晚炒菜时，陈慧梅错把盐当作糖放了，结果韩天强刚吃一口，就咸得全吐了出来。

李剑雄笑得更厉害了：“我蒙对了？”

陈慧梅这才知道自己把自己暴露了，仍把韩天强当靶子，强词夺理地说：“你没说比说了还坏！”

韩天强紧闭嘴巴，不说了又不甘心，干脆用手比划，终于惹得陈慧梅噗嗤一笑。

李剑雄看不得他俩亲热的样子，说声走了。韩天强紧紧跟上，两人出了后门。

看着关上的后门满是旧迹划痕，犹如一幅抽象画，陈慧梅想到刚才李剑雄提起她参加学生运动，不由得叹了口气，走进厨房继续炒菜。她本想做一个红烧鲫鱼，但人已走了，只好先起油锅把鲫鱼煎好。韩天强带领一些同学去参加五一大游行，陈慧梅也去了。把油倒进锅里，冷油无声无息地淌。马路上都是年轻人，工人，学生，店员，教师。油温上来了，冒出一缕缕轻烟，她小心地把鲫鱼放进锅里，滋啦啦地响。一声哨响，突然打出红旗、横幅、标语，喊着响亮的口号开始游行。那一幕就在眼前，自己却做了一枚红闲子，心里难免焦虑不安。巡捕、警察冲过来抓走了她和韩天强，幸亏有律师营救才从监狱里释放出来。可是校方贴出布告，开除了韩天强。哎呀，鲫鱼煎焦了，还粘着锅，赶紧铲鱼翻身。韩天强来到校长办公室，据理力争。校长傲慢地说，你已经不是我们学校的学生了，没有资格和我说话。热油咬得鱼身吱吱作响，夹几颗煤球压住火，这回要掌握好油温，控制煎炸的程度。陈慧梅被父亲关在家里没法去学校上课，和李霞煲电话粥。可是煤球炉火又不旺了，赶紧拿蒲扇扇几下。学校里出现了国民党特务，到处寻找韩天强。幸好他早已离开了学校。煤球炉的火又上来了，鲫鱼起了焦皮，煎得恰到好处。徐成生死乞白赖地把她骗到铜圆亭，听他写的爱情诗，我爱你，就像一坨牛粪爱鲜花。没想到意外地遇到了韩天强。赶紧起锅，把煎好的鲫鱼盛入碗里，等他们回来再红烧。

3. 翁婿矛盾

陈光宗气冲冲地回到家里，田淑芬还在为女儿离家出走而伤心，没注意到他的情绪变化，这更令他大发脾气，把一包火柴扔在她面前，嚷道：“你好好看看！”

田淑芬不明白发生了什么，翻来覆去地看这包火柴，一张印着游泳女皇的大火花贴在糙土色的包装纸上，不由分说地触到了她的心病："不是说不生产游泳女皇牌火柴了吗？怎么又生产了？"

陈光宗冷冷地说："你好好看看，是你父亲没得到我的允许私自生产的！"

田淑芬不信，说："这怎么可能？"

陈光宗一把撕开包装纸，火柴盒像冰雹一样哗啦啦地砸在桌上，说："东西都摆在这儿了，宏光火柴厂，是你爸的厂子吧？"

田淑芬拿起一盒火柴，看了又看，叹口气说："我爸真是的，连我的女儿都不放过。"

陈光宗光火地说："他这是逼着我跟他打官司，对簿公堂。"

田淑芬吃惊地说："不行，自家人打什么官司，你跟他好好说嘛。"

陈光宗擦着一根火柴，火苗蹿出好大一蓬，明显发火不匀，质量如此差还冒用华光牌，气愤地说："好好说他就听了？我又不是没跟他说过。结果呢，还是偷偷地生产。"

正说着，田世宏闯了进来，后面跟着看门老王。陈光宗把自灭的火柴梗丢进烟灰缸，板着脸说："老王，你怎么不通报一声就放人进来？"

老王低着头，一个劲地嘟囔着："他是老太爷，我拦不住啊！"

田淑芬挥挥手让他下去，又冲了一杯茶端过来，说："爹，你坐。"

陈光宗没好气地说："还来做什么。人都掉进钱眼里了，连亲情都不顾。"

田世宏摆出一副老丈人的样子，说："不！我正是看在亲情上，才出手帮你们的忙。"

陈光宗压住心火，说："帮忙？你把这叫帮忙？你不来添乱就阿弥陀佛了。”

田世宏吹着浮在杯口的茶叶，小心地喝了一口，说：“你什么时候信佛了？我还真没看出来。”

田淑芬哀求道：“爹，你今天就是来吵架的吗？”

田世宏吐出茶叶，说：“我不吵架。我就是问问你，我为什么不能生产游泳女皇牌火柴？”

陈光宗拿起一盒火柴说：“你这不是明知故问嘛。这个商标是我的公司注册的，你未经许可不能生产。”

田世宏看都不看一眼，说：“陈慧梅也是我的外孙女，我为什么不可以用她的肖像做商标？”

陈光宗被噎住了，没想到老丈人竟会用这种理由来对付他，冷冷地说：“那我们就只能上法庭打官司了。”

“都是一家人，有话好好说。”田淑芬两头灭火，埋怨丈夫：“就不能好好说。”又劝父亲道：“爹，这是光宗公司的商标，你不能随便用。”

田世宏放下茶杯，说：“你们好好看看，我生产的火柴是游詠女皇牌，不是你的游泳女皇牌。”

陈光宗仔细一看，果然是“詠”而不是“泳”，终于忍不住了说：“你以为换一个字就能蒙混过去了？你这是仿冒，上法庭你照样输。”

田世宏笃悠悠地说：“那好啊。我们就打一场商标官司，让全上海的人都知道。”

田淑芬哀告道：“爹，你这是干什么？你们上法庭打官司，不怕人笑话。”

陈光宗愤愤地说：“他还在乎这个，他都把梅梅当成摇钱树了。”

田世宏哈哈大笑，说：“是谁先把梅梅当成摇钱树的？现在倒来指责我了。”

田淑芬帮着丈夫说话："爹，整件事情你是知道的，有人先冒用梅梅的泳装照做火花图案，他才注册了这个商标的。其实公司从来就没有生产过游泳女皇牌火柴。你怎么就生产了呢？"

田世宏理直气壮地说："正因为你们不生产，我才让我的工厂生产'游詠女皇牌'火柴。"

陈光宗揶揄道："你还有理了！"

田淑芬埋怨说："为什么？爹，你这是为什么？"

田世宏掸一掸衣襟，正襟危坐地说："你们要听吗？那就坐下来仔细听着。我问你们，梅梅回家了吗？"

田淑芬摇摇头："没有。"

田世宏又问："那她现在在哪儿，你们知道吗？"

田淑芬难过地说："不知道。我都急死了，也不知道她怎么样了。"

田世宏和颜悦色地对女儿说："那我们就继续找啊。"

田淑芬嗫嚅地说："可是，一点消息都没有。"

田世宏不客气地对女婿说："我知道，现在报纸已经对这件事没兴趣了，不登这方面的新闻了。可是当初，那是全上海的报纸都在抢着登这件事。你的华光牌火柴就是靠着你的女儿逃婚卖得脱销的，更别说那个想出以游泳女皇做火花的商人，发了好大一笔不良之财。"

陈光宗嘲讽地说："你说这些，无非是想说，你也想借机发一把横财。"

田世宏有些光火了，说："你给我听着，我这是用这个方法来寻找梅梅。"

田淑芬惊讶地说："这跟找梅梅有什么关系？"

田世宏故意不说，端起茶杯，看见茶水快没了，只得放下。田淑芬立刻去续了水端来。田世宏喝了一口茶，接着说："我们现在只有让人们忘不了这件事，才能无论谁看到她，都会向我们报告啊。可是，报纸不会再追踪这件事了，没有这方面的新进展他们就不会再刊登，就算我们出钱登寻人启事，也不可能长久，只有火柴是每个人每天都要用的，如果把梅梅的照片做成火花，那就等于所有用火柴的人手里都有了一张寻人启事，人们就会一直记得这件事，只要梅梅人还在上海，就会有人看见她，我们就一定能找到她。”

田淑芬喜出望外地说：“这倒是个好办法。”

陈光宗眉头紧蹙，说：“你的手下真是能出主意啊。”

田世宏有些自得地说：“不是他们出的，是我自己的主意。”

陈光宗哭笑不得地说：“我是巴不得人们早点忘记此事，你倒好，还要贴到火柴盒上弄得世人皆知，想以此迫使她回家。可你有没有想过，这样做会伤害她的名誉啊。你让她还怎么在上海生活？”

田世宏说：“不能在外面生活，她不就回家了吗？”

田淑芬埋怨道：“爸，你这样做她更不愿回家了。”

陈光宗连连摇头，说：“中国这么大，她哪儿不能去，我们还怎么找到她？”

田世宏一下子愣住了，拍着脑袋说：“我怎么就没有想到这个。剜肉补疮，为渊驱鱼啊。”又有点舍不得地说：“回去我就停了这个牌子生产。”

正说着，老王站在门口说，邮差刚送来小姐的一封信，怕老爷太太惦记，就赶紧送来。陈光宗接过来一看，果真是女儿的笔迹，说她已经与同学结婚，随丈夫去江西经商，有空会回来看望父母。再翻看信封上的邮戳，果然是江西南昌，不由得叹气道：“果然让我说中了。”

田淑芬拿过信来看，顿时泪花飞溅，泣不成声：“女儿啊，你怎么狠得下心。”

田世宏也看了信，还翻来覆去地看信封，确信邮戳没有作假，不免垂头丧气地走了。

4. 亨通旅馆

事后，汤队长有些后悔照处长赵秉谦的命令行事，若依他的山东人脾气当时就直奔钟表店抓人，哪会让共党跑掉。那天在百乐门舞厅，投诚的共党分子意外认出了柳俊人，汤队长毫不犹豫地抓了他，回来一审，就供出了钟表店这个联络点。但处长却命令他先派人打探，想布下口袋再抓捕，谁知就打草惊蛇了，事后处长把责任全推到他头上，也只能自认倒霉。可还没等他缓过劲来，处长又让他立刻带着柳俊人去西摩路亨通旅馆的 213 房间，诱捕前来接头的共党重要人物。这回他可格外小心了，悄悄地埋伏在旅馆里单等共党的大鱼上钩。

柳俊人有些颓丧地坐在沙发上，受刑的伤口还隐隐作痛，整个人像散了架似的。自从交通线上出事后，他就独自逃回上海，谁知又被叛徒认出遭到逮捕，被捕后他受不住拷打，先后供出汇塘镇鸿发饭店、霞飞路钟表修理店这两个联络站，才被送去医院治伤。他以为侦缉队端掉了这两个联络站，就不用害怕遭到共产党的严惩，自己也能离开医院，没想到汤队长失手了，他自然就继续受特务监视，于是心生一计，又主动供出要来这里接头的秘密任务，这才被带到亨通旅馆。现在他担心接头人会不会来，一时更加心神不宁。身材精壮的汤队长瞧不起他那窝囊样，吩咐躲在卫生间的手下打起精神，自己抽着烟，把心中的焦虑吐成一个个大烟圈在房间里扩张、飘浮、散去。

门外响起了高跟鞋的笃笃声，汤队长紧张得跳起来，贴着门上的窥视孔往外看，一个妖冶女人被窥视镜扭曲成橄榄形身材，嗲声嗲气地哼着舞曲朝这边走来，觉得面熟，但满脑子是女人的大屁股，顾不上细想，赶紧示意柳俊人准备接头。

女人果然推门进来，见有两个男人顿时惊叫起来。汤队长发现她身材比例很美，但不及窥视镜里看着真他妈骚。

柳俊人赶紧站起来问："小姐，你找谁？"

"找谁？"女人柳眉一挑，轻浮地说："你不要搞错哎，这是我的房间！谁让你们进来的？啊，是来找我玩的？我可不喜欢同时和两个男人玩。你们谁先走啊？"

汤队长故意咳嗽了一声，柳俊人连忙上前对暗号："请问小姐，你有今天的《大公报》吗？"

女人细腰一扭，妖里妖气地说："我买它干什么。先生，跳个舞吧。"不由分说拉他跳舞，趁着两手相握的时候，一个纸团塞到他手心。

柳俊人正要不动声色地把纸团藏好，偏偏汤队长想起了她是百乐门的舞女白秋兰，上去一把抓住她的手臂说："白小姐，你怎么来啦？"

白秋兰"哎哟"一声，娇滴滴地说："没想到汤队长也会吃醋啊。"

柳俊人趁机放开白秋兰，双手插进裤兜，纸团人不知鬼不觉地落入口袋里。

汤队长没放过她，追问道："你来干啥？"

白秋兰红唇一撇，说："汤队长你不要弄错，这是我的房间，212。"

柳俊人在边上提醒她："这里是213房间。小姐你走错了。"

白秋兰不相信，怎么会？走到门外瞪眼一看，果然是213，二话不说拿起包就走，一边没忘冲汤队长抛个媚眼，说："晚上来百乐门跳舞啊。"

汤队长不吃这一套，命令手下跟出去。一会儿，特务回来报告，白秋兰确实进了隔壁房间。汤队长不放心，问手下，有莫有去总台查过？特务回说，查过，白秋兰是这里的常客，经常在212房间与人幽会。汤队长摸摸脑袋，我滴个娘哎，这么巧。共党真他奶奶的狡猾。

走廊里又响起了女人的卖唱声：“春季到来柳丝长，大姑娘窗下绣鸳鸯。”明明是软侬女音，却把汤队长和柳俊人听得紧张起来，再要细听，房门已被敲响。汤队长授意柳俊人去开门，门口站着卖唱女和戴圆墨镜的盲琴师。姑娘吴侬软语地问道：“先生，阿要听吾唱支小曲解解厌气？”

汤队长见卖唱女不施脂粉，便没了兴趣。柳俊人冲着盲琴师说：“老伯，你有今天的《大公报》吗？”

盲琴师拉了一下胡琴，说：“先生，吾眼睛看勿见，要报纸做啥。”

那姑娘怯生生地说：“先生听吾唱曲子，吾来帮侬去买报纸。”

汤队长不耐烦地说：“走，走。走！”看那姑娘搀着瞎子琴师转身走了，忽然又激灵一下，命令手下跟上去。不一会儿，特务回来报告，说他们已经被201房间的客人叫进去唱歌了。汤队长有些怀疑地问：“你听见她唱咧？”

特务巴结地说：“我在门外都听见了，唱得真好。”还尖起嗓子学唱，被汤队长粗暴地打断，像条小狗似的乖乖缩到卫生间里。

213房间的这几番动静，统统被215房间的李剑雄看在眼里，一脸意外的表情。这个房间位于走廊尽头，与213房间斜对着，从门上的窥视孔能看到走廊和213房门。

上次在钟表店遇险脱身后，李剑雄立即向上级张德武汇报了情况。当时老张就说，现在顾不上这个，原本派军委秘书柳俊人赴苏区工作，谁知他偷偷回到上海叛变了，此人了解党内很多秘密，危害极大，你带人立即实施锄奸行动。于是，得到潜伏同志的情报后，李剑雄迅速带领韩天强和吴霄葆赶到亨通旅馆，没过多久，果然看见汤队长一伙人戒备森严地走来，几个特务把柳俊人围在中间，李剑雄见无法将他一枪毙命，只得眼看着他们进了 213 房间，正准备采取预备方案时，却接二连三被打乱，尤其是那个卖唱女的出现，让李剑雄又一次错失了下手机会。现在，他拿不准这两个女人的出现是不是引起了敌人的警觉，立刻打电话给等候在外面的李璐西，叫她停止行动。

李璐西在电话亭里紧张地问："为什么？"

李剑雄严肃地说："情况有变，你来不合适。"

李璐西虽是第一次执行这样的任务，心里有些紧张，但被他一说反倒不服气了，说："我都已经到门口了。"

李剑雄果断地说："你不要多说，执行命令。"就挂了电话。他本来就倾向让陈慧梅参加这次行动，不同意李璐西参加倒不是因为她是自己的妹妹，从未参加过此类行动，而是因为她是陈启民的妻子，一直配合他住机关掩护其真实身份，但张德武却坚持要让她来引诱敌人离开房间，说是叛徒柳俊人不认识她，让她参加行动锻炼一下再合适不过。现在情况有变，经验不足的她再来闯 213 房间，风险就太大了。他决定想其他办法调虎离山，引敌人离开 213，一直在监视外面动静的韩天强忽然报告说，李璐西来了。李剑雄吃了一惊，执行这样的任务最忌讳的就是不服从命令，现在该怎么办？

李璐西第一次参加锄奸就擅自行动，心里不免紧张，但打扮成贵妇模样多少帮了她的忙，让茶房以为她是来幽会的。她边走边问茶房："房间干净吗？"

茶房跟着后面巴结地说："太太侬放心好哉，房间里厢末，刷腊水清。太太……"刚要解释，见她已推开了 213 房门，赶紧跟了上去。

李璐西看见柳俊人和汤队长坐在房间里，故作吃惊地说："咦？你们是谁？怎么跑到我房间里来了？"

汤队长被她的贵妇气质镇住了，柳俊人却从沙发上蹦起来，警惕地问道："你有今天的《大公报》吗？"

李璐西理都不理他，回头问茶房："这是怎么回事？"

茶房赔着小心："太太，走错场豁了，侬的房间是312。阿拉应该再上楼去。吾刚想跟侬讲清爽末……"

李璐西打断了他的话，不满地说："我明明要的是213房间嘛。"

茶房点头哈腰地说："太太。213房间被迭两位先生包下来了，请太太包涵去312房间，反正侪是太太欢喜的三个吉利数。"

李璐西竖起柳眉，不满地说："你怎么没让我住123房间？"

茶房巴结而又圆滑地说："太太要是欢喜末，吾马上去办。"

李璐西怒不可遏，回身就走："岂有此理！我要见你们经理！"

茶房吓坏了："太太。太太！"慌急慌忙地跟着追下楼。

柳俊人摇摇头，关上门。汤队长被这一阵风来一阵风去的搞晕了头，拍着沙发扶手说："他奶奶的熊，今天怎么尽是跑错房间的娘们！"忽然一拍脑袋，跳起来喊道："不对！来人！给我去追那个女人！"特务们纷纷从卧室和卫生间跑出来，汤队长拦住最后一个说："你留下保护好柳先生。"便带着手下追了出去。

留下来保护柳俊人的特务瞥他一眼，又瞥他一眼，酸溜溜地说："想不到共党也有侬格样讲派头的。"

柳俊人脱下大衣和帽子，说："你穿上试试，比我还要有派头。"

特务起初还不好意思，架不住好奇就穿上一试，还到穿衣镜前照来照去。柳俊人在一旁啧啧称奇，说："完全是上海滩小开嘛。"特务被夸得嘿嘿直乐。柳俊人趁机走进卫生间，掏出纸条看：车停在后门拐角马路口。还有一张今天下午去日本的船票。柳俊人把纸团扔进抽水马桶冲没了，之前在医院治伤时，他躲过监视打电话给白秋兰，让她来亨通旅馆帮助他逃跑，212 房间是他们常来过夜的地方，所以他就谎称 213 房间接头。现在他只要从窗口爬下去就能逃脱了。

李剑雄带着韩天强和吴霄葆冲进了 213 房间，没等特务反应过来，就一枪击毙。柳俊人在卫生间听见枪响，慌乱爬出窗外，抓住水落管往下爬。李剑雄摘下他的帽子，发现不是柳俊人，立刻踹开卫生间，窗子开着，奔过去探身看，柳俊人已经落地逃跑，立刻开枪打中了他右臂，看着柳俊人拐过弯跑了。身后韩天强在喊：敌人回来了。李剑雄抓住落水管爬下楼，带着他们迅速撤离。

汤队长带人赶回 213 房间，发现特务死了，柳俊人也不见了，顿时一屁股跌坐到沙发上，想不明白这是咋回事。幸好特务在卫生间地上发现了当日去日本的船票，他腾地跳起来大叫："快！去码头！"

5. 喜爱黑夜的穹苍

赵秉谦上班时穿一身军装英气逼人，显得作风干练，平时却穿得很洋派，西装是巴黎流行的款式，但常常不戴领带，有一种颓废诗人的味道，这和他曾留学巴黎有关。连续两次行动失败还跑了柳俊人，这让他怒不可遏，在办公室里把汤队长训得垂头耷脑，站得笔挺，不敢喘气。他压了压心火，在唱机盘上放了一张美国比利·霍利戴的唱片，使劲摇几下把柄，轻轻放下唱针，房间里便响起了忧郁舒缓的布鲁斯爵士乐。他渐渐冷静下来，细细分析刚才汤队长汇报的情况：三个女人前后来到 213 房间，都是走错了门，这也太巧了。那个盲琴师和卖唱女不说也罢，白秋兰是百乐门的舞女，常在 212 房间见客人，柳俊人偏偏在 213 房间和共党重要人物接头，难道真是巧合？最后出现的那位贵妇又是谁？为什么她一走就有人袭击213房间，难道也是偶然？为什么接头的共党领导人没来？莫非有人走漏了消息？这件事他只提前告诉了汤队长。他烦躁地关了唱机。这时，手下进来报告说，有个瞎子琴师带着卖唱女出现在大楼里。汤队长顿时来了精神，非要亲手去把他们抓来！赵秉谦借用波德莱尔的诗说：“你是从天而降，或是从深渊上来，既然有胆量来，那就等着吧。”

汤队长听了一头雾水，见瞎子琴师目中无人地走进来，还调侃他阿要听一段《四季歌》，卖唱女还真的清了下嗓子，气得当场要发飙，却被赵秉谦制止：“汤队长，这是南京派来的特派员袁孝之和钱秘书，协助我们侦破共党经费案。特派员真不愧是南京特调科的高手，连汤队长都被你蒙在鼓里了。”

汤队长恍然大悟，尴尬地看一眼钱秘书。钱秘书装着什么都没看见，袁孝之摘下墨镜，眼睛贼亮，脸上棱角分明，慢慢说道：“可惜，情况有些出乎赵处长的预料。”

赵秉谦不以为然，用指关节轻轻敲着写字桌面，发出“哒哒”的声响，一会儿紧一会儿松，很有节奏感。

袁孝之做了个手势，钱秘书便说：“有人看到柳俊人钻进一辆停在旅馆后门的出租车跑了。后来的那个女人坐的是奥斯汀走的。”

赵秉谦语气暧昧地说：“这么说，线索都断了？”

钱秘书用肯定的语气说：“我们找到了那辆出租车的司机，自然就找到了那个女人的家。”

汤队长嘿嘿笑道：“白小姐？每天夜里去百乐门就能找到她，用得着费那么大劲？”

赵秉谦鄙夷地看了汤队长一眼，钱秘书说的是最后那个贵妇，你却扯什么白小姐，真是丢脸，又问：“那辆奥斯汀呢？”

袁孝之阴沉着脸说：“那是天主教的车子。我们无法追查下去。”

赵秉谦本就不满他插手此案，自然乐见他空手而返，说道："这么说，上钩的大鱼没抓住，连鱼饵也跑了？"

袁孝之听了一愣，钱秘书赶忙帮腔："赵处长有没有想过，为什么柳俊人说的共党重要人物始终没有出现？为什么他自首了还要让白秋兰帮他逃跑？"

袁孝之缓过劲来，抄手踱着方步，仔细推敲说："只有一个理由，他在欺骗我们。我怀疑他根本就不是与共党重要人物接头，而是和共党经费案有关。"

赵秉谦朝椅背上一靠，说："你把两件案子并在一起，有根据吗？"

袁孝之停步看着他，不想多解释："我现在只是怀疑。但是，事先我就劝你不要上柳俊人的当，你听不进。现在他跑了，我看你如何向南京交代。"说完，带着钱秘书扬长而去。

赵秉谦沮丧地坐着，握紧拳头使劲擂了一下办公桌，愤愤地说："柳俊人是我们抓到的共党分子，想以共党经费案的名义插手，做梦！"看汤队长木头似的杵着，生气地说："柳俊人现在人在哪里？嗯？"

汤队长战战兢兢地说："俺赶到码头，轮船还没上客哩。弟兄们守住舷梯，柳俊人绝不可能上船。再说咧，他船票都丢咧，还怎么上船？"

赵秉谦想了想，老谋深算地说："也许他本来就不准备上船，那张船票不过是他的又一个迷魂阵，把你引向码头，他好就此脱身。"

汤队长恨得咬牙切齿："这个王八蛋，让老子再碰上，俺一枪崩了他！"

赵秉谦摇摇头说："不，一定要活捉他。"

汤队长立马双脚一并："是。"

赵秉谦向他招招手，示意他走近些。汤队长犹豫地走到办公桌前，眼光落到了桌上放着的一个旧相框，那是个洋气的年轻姑娘，好漂亮好眼熟，但肯定不是处长太太，桌上还放着另一个精致相框，那里头的照片是赵处长和他太太、女儿的合影。

赵秉谦胸有成竹地对汤队长说："今天晚上你带上弟兄们埋伏在百乐门舞厅，柳俊人一定会去找她。"忽然发现汤队长根本没在听他讲话，不禁怒火中烧："汤队长！"

汤队长失魂落魄地说："处长！俺……俺找到那个贵妇人咧！"

赵秉谦疑惑地看着他，说："什么？她在哪儿？"

汤队长指着桌上的旧相框说："就是她！"

一束淡淡的日光从窗户射到桌上的旧相框，那个姑娘仿佛在向他眨眼。赵秉谦无论如何也不相信会是她，严厉地追问："你没有看错？"

汤队长迫不及待地说："没错。她就是出现在亨通旅馆的那个贵妇人。处长，您认识她？"

赵秉谦无语。他记得照片背后题有波德莱尔的诗：我爱你，就像喜爱黑夜的穹苍。只要打开相框背面的木板就能看见，可他拿起那个旧相框，放进了抽屉。

6. 分　歧

上海像这样的石库门房子一大片一大片地密集在租界里。李剑雄穿过一个弄堂，拐弯时瞥一眼身后，确信没有尾巴又转进另一条弄堂，再次确认无人跟踪，这才敲开左手第一家的门，闪身进去，有人探头看了看四周，迅速关上门。

来这里之前，李剑雄去找了李璐西，毫不客气地批评她擅自行动。李璐西本来见哥哥来挺高兴的，忙着给他冲咖啡，没想到他毫不顾及兄妹感情，劈头盖脸一顿训，她哪受得了这个，拉长了脸连咖啡也不冲。自己冒着危险把特务引开，不表扬就算了，还劈头盖脸的训人，算什么哥哥！到底忍不住，她喊道："你们行动失败了，能怪我吗?""你这样不听指挥，不适合做这个。""你管不着，是老张让我参加行动的。"两人僵持着，谁也不服谁，但李剑雄得服从张德武的领导，出于哥哥的关心还是恳切地对她说，你如此散漫无纪律，早晚要出事。李璐西拿出妹妹的娇憨说："下次我一定听你的。好了吧。"气氛这才缓和了下来，李璐西把冲好的咖啡端给他，嘟囔着说，我就你一个哥哥，还对我乱发脾气。李剑雄喝了口咖啡，不知道该如何谈下去。本来他是作为这次行动的指挥找她谈话的，可现在被她搅和进兄妹感情，一时间也梳理不清自己的思路，只得缓缓口气说，这几天你不要抛头露面。为什么？他们一定会到处找你。好吧，我不去参加爸爸生意场上的交际就是了。你最好从他那里搬出来。

自从母亲因为父亲拈花惹草还有外室而吃安眠药自杀后，他就恨这个叫李明甫的父亲，一气之下去了苏联留学，在那里加入了中国共产党，不久又接受了共产国际的特别训练，回国后就参加了中共秘密工作，从此与李明甫断绝关系。李璐西和父亲相处得还可以，只是不理那个外室被扶正的继母，后来父亲送她去法国留学，在巴黎的大学里遇见了陈启民，两人相爱结婚，回国后又跟着他参加党的地下工作。没想到，这次行动竟碰到了多年未见的哥哥，本来是挺高兴的事情，不料行动失败遭到他的训斥。她顶了他一句，我住在家里是组织的决定。再说了，爸爸也不愿我离开家。既然是组织的决定，李剑雄也不好再说什么，但还是说了一句，住在这里太安逸了。听见花园里传来的汽车声，知道父亲回来了，他不愿见到李明甫，什么都不说匆匆走了，径直来找张德武。

他穿过天井，刚踏进客堂间，正好陈启民从楼上下来，见是他就说：“剑雄，老张等你开会呢。”

李剑雄跟着他噔噔上了楼。推门进去，只见窗帘紧闭，张德武正抽着烟，见他来了就问：“老郑有没有认出那个冒领经费的家伙？”

李剑雄摇摇头。老郑和知道此事的同志一一见了面，都不是冒领的那个人。只剩下柳俊人叛变了见不着，这就吃准了与他有关。

张德武眉头深锁地说：“有这种可能。据可靠情报，柳俊人是百乐门舞女白秋兰的相好，这次他就是在白秋兰的帮助下逃脱的。如果他真的骗取了党的活动经费，很有可能要逃往国外。这么看来，顾红被捕也可能与他叛变有关。更严重的问题是他掌握着党内很多机密，这样的叛徒一定要除掉！”

李剑雄问：“你是说还要继续追杀柳俊人？”

张德武说：“对！你知道关于柳俊人的情报是谁送来的？”

“谁？”

“周丽芳。”

李剑雄还在想着怎样铲除柳俊人的事，听他说是周丽芳送的情报，十分惊讶地问：“是她？”

张德武点点头，说：“她回上海了。我现在还不能告诉你更多有关她的情况，这是组织纪律。”

“我知道。”

“组织上正在作出安排，很快你们要一起担负新的任务。”

李剑雄还想问些什么，想了想没开口。张德武便让陈启民说说他摸到的百乐门情况。

陈启民拿出手绘的百乐门舞厅平面图铺在桌上，指着图上的标记说：“这是舞客们进出的大门，这是舞厅雇员和舞女们出入的后门，这有一扇边门，是疏散人群用的。靠着舞台和乐池有几条走道直通后台，供乐队人员和舞女们出入，舞客们也常常走这儿去化妆间找他们相好的舞女。”

李剑雄微蹙眉尖，很明显在这种场合行动很困难，化妆间有没有窗户？怎么进去？如何撤出？最好花点时间熟悉一下环境，听到张德武要求今晚就行动，吃惊地反问一句：“今晚？”仿佛要再次证实一下他没有听错。

张德武肯定地说：“现在国民党特务也在寻找柳俊人，我们一定要抢在他们前面处决这个叛徒。”

他受了枪伤要去医院治疗，国民党特务会在那儿守候，他不可能没想到这一点，李剑雄自言自语：“可是，他能去哪儿呢？”

张德武敲敲桌子，说：“据内线情报说，侦缉队在现场捡到一张去日本的船票，看来他是想逃亡日本。现在他没了船票，应该还会去找白秋兰。我们现在只要盯住她，就不难找到柳俊人。”

陈启民也同意他的观点，说：“事不宜迟，如果他逃往日本就很麻烦。我去过百乐门舞厅，晚上营业时后台周围人员杂乱，通道又多，还是便于行动的。只要柳俊人一出现，就能迅速干掉他。”

李剑雄眉头紧锁，再次反问：“杀了他？”

陈启民从未看到他这么犹豫，不解地问：“怎么啦，你对这个叛徒手软了？”

这话直刺李剑雄的心口，他什么时候对叛徒手软过？他看到张德武的眼光像一把刀子冷冷地捅过来，知道在这种时候需要表现得更坚决更无情，但他还是说：“如果他死了，那苏区送来的经费就很难找回来了。”

张德武问他：“你有什么好办法？”

李剑雄说：“最好活捉他，审出经费的下落。”

陈启民连连摇头：“要想在百乐门舞厅活捉他是不可能的。国民党特务一定也会来舞厅找他，这万一打起来，岂不是又让柳俊人有机会逃脱了？”

李剑雄一时无语，在屋里来回走着，苦苦思索其他办法。张德武看他不能下决心，干脆摊开了说："我当然知道如果杀了柳俊人，苏区送来的经费很可能就没了下落。但是，如果被特务抢先找到了他，那不仅党的经费落入敌人手中，而且叛徒还会继续危害党。"

陈启民也劝他："别再犹豫了！今晚就行动！"

李剑雄耐心地解释说："我们不能盲目冒进，这样做危险不说，还没有把握。"

张德武不听，严厉地反问道："在党需要你冒着生命危险去完成任务的时候，你想退缩了？"

陈启民连忙帮李剑雄说话："老张，他不是这个意思。他只是想既除掉叛徒又能找回党的经费。"

张德武严厉地说："你别为他说话，我现在不是跟你们商量，而是下命令。要是不执行命令，信不信我把你们都当叛徒除掉?！"

李剑雄知道再说什么也没用："你既然下了命令，我坚决执行。"

张德武听了，脸色稍缓，把百乐门地图往李剑雄面前一推："你拿出一个今晚行动的方案来。"

7. 斩肋排

李剑雄为了今晚惩处叛徒，决定带韩天强去摸清百乐门舞厅内外的情况，他不想仅靠陈启民画的一张地形图就贸然行动。

韩天强住的德福里有几个弄口分别通向周围三条马路，进出十分方便。此刻，他在家陪着妻子陈慧梅拣菜洗菜。陈慧梅不善操持家务，每天素菜米饭对付一日三餐，逢初二、初八、十六、廿三开荤，和弄堂里一般人家一样，一来是隐蔽工作的需要，二来经济条件也只能如此。今天恰好开荤日，韩天强又在家，陈慧梅便早早去了菜场。附近的这个小菜场临街的墙被打掉，直接开设鱼虾猪肉柜台当街做买卖，蔬菜摊则在菜场里绕了几条道，倒也品种丰富。陈慧梅进去买了几样蔬菜，又跑出来买了条肋排，不懂要叫师傅斩几刀，卖肉师傅正好偷懒，“啪”的一下放进她的菜篮子里。陈慧梅买好菜，不由得松了口气，总算学会像弄堂里的家庭主妇那样买菜了，等一歇就学着烧几只菜犒劳一下丈夫。回到家，她就手忙脚乱地把厨房弄得满地都是菜叶子和毛豆壳。

李剑雄进门时，韩天强正用菜刀斩肋排，因不得法噼噼啪啪地乱砍。李剑雄笑着说：“为什么不叫卖肉的帮你斩好呀？”

陈慧梅在一旁红了脸，知道自己还是不会买菜。

韩天强忙说：“不用，我能行。”便又狠狠砍下一刀，那猪肋骨被砍断一截，骨渣乱飞，但仍骨折肉连。

李剑雄在一旁笑着说：“斩肋排不能硬来，你得顺着肋骨的肌理切开，再一根根斩，各个击破，还没有很多骨渣，吃起来不扎嘴。”

陈慧梅听出话外音了，说：“老李，我怎么听着你像是在布置任务呀。”

李剑雄颇有兴趣地问：“你哪儿听出我是在布置任务了？”

陈慧梅也不辩解，说：“你们进屋吧，这儿我来，你留下吃饭。”

李剑雄忙说：“饭改日再吃，我一会儿还有事。”

陈慧梅得意地说：“还说不布置任务。”

李剑雄笑笑，说：“你给家里写的信已经托人带去南昌寄出，这几天应该收到了。”

陈慧梅一愣，说：“这样他们可以放心我了。我在上海也没人盯着了。”

李剑雄意味深长地说：“现在知道我为什么要让你当闲子了吗？”

陈慧梅点点头，要接过刀斩肋排，韩天强不肯放手，非要按照李剑雄说的方法试一下，果然很顺手地斩好了肋排。陈慧梅也不言语，接过肋排冲洗起来，等他们走出去后，再也没心情做糖醋排骨了，只放了水炖汤。一会儿水滚了，氽出许多浮沫儿，她用勺子撇沫，结果把半锅汤舀掉了，一时不知该不该加水。想起从小在家父母就不让她进厨房，这反倒使她充满好奇，常悄悄溜进去看厨娘做菜。厨娘本是她的奶妈，断奶后就去做了厨娘。她是个手脚麻利的女人，锅碗瓢盆涮洗得干干净净，煤气灶台擦抹得水光滴滑。她烧菜时不让其他人在厨房，说是碍手碍脚，其实也有不让别人偷学她厨艺的意思。不过，陈慧梅进厨房只是好奇，从没打算学几手烧菜的本事，倘若真想学，厨娘一定会手把手地教她。现在想起来，陈慧梅不仅有些后悔，不过记忆中厨娘遇到这种情况还是会加水的，于是往锅里加满了水再炖，这才发现肉味淡了许多。再接着炖吧，又怕把肋排烧柴了，这是她记得很清楚的一件事，那天厨娘舀一碗肋排汤给她喝，自言自语地说，不好再烧了，肉柴了就不好吃。

李剑雄和韩天强肩并肩地走在马路上，韩天强头也不回地问道："去哪儿？"

李剑雄轻声说："上级命我们今晚去百乐门舞厅惩处柳俊人，这次再不能让他跑了。光凭一张平面图，我心里不踏实，你跟我一起去跑一趟。"

韩天强没再说什么，警惕地跟着，一会儿来到了百乐门。白天这儿不营业，没人进出大门。李剑雄和韩天强分头绕着百乐门舞厅转一圈，查看周围的情况，没一会儿就在舞厅后面的小弄堂相遇了。韩天强指了指说："那边夹弄里有个太平门。"李剑雄点点头说："这边弄堂宽，是个后门，正卸货呢。想办法混进去。"韩天强便径直往后门闯，里面出来个人拦住了，问他找谁。李剑雄绕到运货的三轮车后，迅速闪进了后门，还听见韩天强在那里和人嚷嚷着。搬运工们正推着小车，车上堆着一箱箱啤酒、可口可乐，监工站在那里挥着手喊道："推到库房去！"李剑雄便拐个弯朝暗簇簇的过道走去，没走几步，忽然前面出现了人影，赶紧闪进旁边的小门，那人走近了，是个男的，西装笔挺，后面跟着个女的，不由得一愣，认出了他们正是去亨通旅馆的卖唱女和盲琴师，果然他眼睛并不瞎。

袁孝之跟钱秘书说："晚上我们来这儿会会她。"

钱秘书问："你肯定他会来这儿？"

一个想的是当红舞女白小姐，一个想的是逃脱了的柳俊人，幸好口语中的ta分不出男女，让两人误以为是在说同一个人。袁孝之笑着说："她不来百乐门上哪儿去跳舞？"

钱秘书恍然大悟："你说的是她呀，我还以为我们来这儿抓柳俊人。"

袁孝之得意地说："放心，看住她就不怕他跑了。"

钱秘书说："你把我都说糊涂了。"

袁孝之嘿嘿一笑，说："她不糊涂就好。"

李剑雄透过门缝听到他俩的谈话，心想他们和我们想到一起了，看来今晚的行动难度会很大。再说，柳俊人不会不知道有人在这儿等着他吧？他还会来找白秋兰吗？他来又会从哪里进来呢？他的脸慢慢朝门缝贴过去，视野慢慢由狭长的一条缝变成摄影机的取景框，把钱秘书框了进来，成了正好面对自己的特写镜头，李剑雄的双手下意识地捏紧了拳头，他想出去，想一拳砸在那个男人的脸上，可这么鲁莽行事会破坏今晚的行动，只得转身打量自己所在的地方，黑洞洞的看不清楚，又不能开灯，借着墙上那扇窗里射进来的微弱光线，影影绰绰地辨认出这是当红舞女专用的化妆间，借着化妆台的镜子泛出的亮光，可以看清镜子上有人用口红写的"白小姐"三个字，不由得一喜，正是踏破铁鞋无觅处，得来全不费工夫。

门外传来两人走远的脚步声，李剑雄紧绷的神经稍稍松弛下来，轻轻推开门，迅速地侧身挤出来，朝过道前方望了一眼，有些遗憾地想，看来今晚不能在这里动手，得另外选个地方等着他。

8. 百乐门之夜

上海的夜晚有好几只面孔，不闹忙的地段路灯如烛光般昏黄，但闹忙的马路就大不一样，沿街的商铺店家会用花花绿绿的灯泡装点门面，吸引来来往往的顾客进门买东西，更有戏院、电影院、歌舞厅这些娱乐场所舍得花大把的钞票用刚发明不久的霓虹灯打广告，极力弄出一种灯红酒绿、纸醉金迷的气氛，头牌演员、电影明星、当红歌星和摩登舞女的名字不断地霓虹闪耀，似乎还嫌不够刺激感官，干脆用霓虹管弯出一个长波浪女人的侧影，一闪一闪地勾魂摄魄。

百乐门舞厅是上海滩有名的娱乐场所，社会上有“月明星稀，灯光如练。何处寄足，高楼广寒。非敢作遨游之梦，吾爱此天上人间”的诗句传颂，自然不能被同行比下去。大门上方立着“百乐门”三个大字和“PARAMOUNT HALL”一行英文，霓虹灯包绕着汉字和英文通体发光，闪烁不停产生忽远忽近的感觉。金色玻璃大门煽动着欲望与激情，折映出两旁墙上的迷人广告，摩登舞女的艳名和她们搔首弄姿的倩照闪闪发光，挤眉弄眼地勾引前来寻欢作乐的富家公子、达官贵人。男女舞客勾肩搭背地走来，头戴高帽的仆欧殷勤地抓住金色的把手拉开光影闪烁的玻璃大门，弯腰伸臂地行着西式礼，于是一阵浪笑欢愉飘进了门里。大门外云集着各种小贩，叫卖声透出底层生活的压力而高低交织，流氓地痞窜来窜去地寻衅闹事，施虐与受虐声此起彼伏。

舞女白秋兰的本名谁也不知道，大家都叫她白小姐，连艺名都懒得叫，好像她没有名字似的，她也不在乎，甚至还有点自诩，只要白小姐一出现在百乐门舞厅，就有男人口香糖似的来黐她，她就是把男人嚼成渣也挡不住来找她的人。眼前这位西装革履的男人就大献殷勤，她却怎么也想不起他是谁。那男人优雅地打了个响指，叫来了卖花姑娘，买下一束白玫瑰送给她，恰好应了她姓白。她笑盈盈地收下，听他自我介绍叫袁孝之，还是记不起这个名字，又不愿在门口多逗留，忙露出媚笑说："噢！原来是袁公子呀。"说完便要进大门，袁孝之忙上前搀住她戴白手套的纤手，仆欧开门，她进去了，立刻又有其他男人在门里殷勤迎候。

袁孝之没有跟进去，走到一边把刚才那个卖花姑娘叫来，原来是钱秘书假扮的，低声问她，看见赵秉谦了没有？钱秘书说，他们正朝这里走来。袁孝之瞥了一眼，说"你马上进来"后就往大门里走去。钱秘书继续叫卖白兰花栀子花，不料被一个大块头拦住，知道遇上了汤队长，只低了头要绕过去。汤队长二话不说，动手就摸她的脸，还怪声怪气地说："小嫚长得比花儿还漂亮，为嘛低着个头不让俺瞅一眼哩！"钱秘书恼羞地扇了他一个耳光，扭身就走。汤队长摸摸被打的脸，回到赵秉谦身边说，处长，我把她撵走咧。赵秉谦不置可否地走进舞厅大门，汤队长一班人马紧跟进去，四散到舞场各处。

舞池里一对对时髦男女随着乐队演奏的舞曲翩翩起舞，舞女漂亮的圆帽上装饰的羽翅发情般地晃动，男人搂着女人目光迷离地打转，炫目的灯光下如水池里游着的一群花鲤鱼，红白金黄地贴近又离开。四周是一张张有着昏暗灯光和标着桌号数字牌的圆桌，有人坐着看管同伴的随身衣物。一曲终了，舞客们纷纷回到自己的台桌，兴奋地喝咖啡吃蛋糕，也有舞女来坐台，与男人打情骂俏喝酒买醉，等到下一支舞曲响起，又被搂着走上水光滴滑的打蜡弹簧地板跳起舞来。

白秋兰刚刚和一位大亨共舞一曲，回到台桌前坐下，打扮成西装革履小开模样的李剑雄立刻过来献上一支白玫瑰，上面夹着买她的舞票。白秋兰脸上微沁香汗，正要婉拒，跳累了的大亨却大度地表示尽管去跳舞，恰好舞曲响起，便与他上了场。

一上手，白秋兰便感觉李剑雄舞步潇洒，还会献殷勤，不由得陶醉其中。不料他突然拉她转身入怀，完美的舞步，脸贴向耳旁小声问："今天这位大亨是谁？"白秋兰也不甘拜下风，随着节拍一个舞步跳开，不乐意地说："我说小开，买我一张舞票就想管我闲事啊。"却被李剑雄带着连转几圈，气都不喘地说："怪不得柳先生今晚不露面，吃醋了吧？"白秋兰又气又好笑，也不知谁吃醋呢，说："讨厌！怎么都来找我打听柳先生。"李剑雄再一次跳出转身入怀的动作，贴近她问："哦，大亨也吃柳先生的醋？"白秋兰优雅地从他臂弯里旋出，说："哪是他呀。喏，那边的袁公子，也不知是什么来头，我都陪他跳了好几支舞了，还老是问我柳先生来没来。"李剑雄又柔着劲一拉，她便与他肩并肩地跳，扭头对望，顿步，后仰，再向前。"你可要当心那位袁公子。""怎么？"李剑雄抬起右手，左手拨拉她的腰，她顺势轻盈地从手臂下转过去，重新面对面地跳。他凑近她，嫉妒地说："你看他和那位小姐打得火热呢。"白秋兰跟着他转身，看见了袁孝之和钱秘书相拥而舞，鼻孔里轻轻哼了一声，说："你们这些男人没一个是好人。"李剑雄搂着她转身，恰好钱秘书也转过身来，两人面对面地看着，望穿秋水一般的眼波。白秋兰说："你若真对我好，待会儿音乐一停，你陪我去化妆间。"李剑雄连声说好，没想到机会来得这么快。他把她带到舞池边，便在原地跳出一连串的花步，恰好停在了舞曲的最后一个音符上，白秋兰当即甩开他的手，向后台化妆间走去，李剑雄紧紧跟上她。

袁孝之在舞池那边看见了，忙对钱秘书说："走，跟上去。"两人装着若无其事地跟过去，却见白秋兰和李剑雄停在一个化妆间门前，急忙闪身躲到墙角处，听他俩说什么。

白秋兰很满意他的舞技，拿着他送的白玫瑰，背抵着门说：“好了，小开。一会儿我还要表演呢。等结束了，你再来。”

“怎么？柳先生在里面？”

“又来了。你呀，少吃这个醋。他都好长时间没来了。”

李剑雄不相信她的话，但注意到身后有人盯梢，知道此处不宜久留，便凑近她轻声说：“我可是为你好。你看，有人盯梢呢。”说完，头也不回地走了。他心里想着，幸亏先前来踩点，另找了地方埋伏下，只要他今晚在这里出现，不管有多困难，一定要除掉他。

袁孝之看他匆匆而去，起了疑心，吩咐钱秘书在这儿守着，自己跟了过去。白秋兰把这一切都看在眼里，心想柳俊人早就坐船走了，你们都到这儿来找他，不是爬落屋顶上捉鱼嘛，哼，开门进去，哼着靡靡的时代曲对镜补妆，又打开衣橱，从挂满衣裙的架子上取出一袭西班牙舞裙，突然发现柳俊人就藏在里面，尖叫一声，立刻被他捂住嘴。白秋兰挣脱了他的手，迅速换上舞裙，然后推门探头望一下就关门，惊魂未定地说：“你怎么进来的？门外有人。”

柳俊人没解释，只哀求道：“白小姐，和我一起去欧洲吧。”

白秋兰疑惑地看着他，说：“你不是要去日本吗？我冒了风险给你送船票，怎么又要去欧洲？”

柳俊人沮丧地说：“我把船票弄丢了。”

白秋兰全明白了，撇一撇嘴说：“我可不想再干了。你走吧。”

柳俊人急于表白：“白小姐，我是真心爱你的。我……”

白秋兰打断他的话：“别把我当黄毛丫头哄。我每天晚上在这里，什么样的男人没见过？”转身不睬他，只顾对镜理妆。

柳俊人扑通跪了下来，哀求道：“现在国民党、共产党都不放过我，我被谁抓住都是个死，你总不能看着我去死吧。求求你，看在旧日的情分，再帮我一次，一次，就一次。白小姐！”

白秋兰望着他匍匐裙下的可怜相，禁不住伸手抚摸他的头。柳俊人趁机握住她的手疯狂地吻着，一边掏出钻戒给她戴上。白秋兰像被烫着似的缩回手，使劲脱下钻戒，说："不，不，都结束了。你不要再来嬲我，我也不想卷到你的事里。俊人，你应该明白，我们的缘分已尽。趁现在还没被他们发现，你赶紧走。快走！"

柳俊人彻底绝望了，站起来叨叨咕咕地说："你都这么说了，那我还活着干什么？我走，我一出这个门，就会被他们打死。我还说这些干什么？你都不在乎我死活了。我走。"他走了几步，见自己的表演没能打动她，又折回来抓住她的胳膊说："不，不，我不能就这么走了。还是你先离开房间，走得远远的，听不见这儿的枪声，也不要看到我被打死的惨相。你走吧，你会遇上一个好男人的。"

白秋兰一下挣脱了他的手，低头朝门口走去，擦肩而过时没忍住抬头瞄他一眼，赶紧快步离开，已经握住门把手了，还是哭着转身朝他跑来。两人树贴藤、藤攀树地抱在一起。刚才见她握住门把手的那一刻，柳俊人的心彻底凉了，此刻庆幸地抱住回来的她又继续他的表演，喃喃地说："不，这事太危险，我不该让你卷进来。"

白秋兰吻了他一下，匆匆用眉笔把地址写在纸条上，说："你先到这里躲几天，等我安排好了会去找你的。"

柳俊人看了一眼，掏出打火机烧了纸条，说："不，我不去。我现在这样没法离开这里。"

白秋兰眼珠一转，从化妆台上取过女人的假发套给他戴上，又从衣橱里找来连衣裙，催促他快点换上。这时，舞台监督来敲门催场了："白小姐，快，上场了。"白秋兰不耐烦地回应着，刚开了门，闯进来的却是汤队长，吓得她尖叫一声，柳俊人见状欲翻窗而逃，早被一把拽了下来。随后进来的赵秉谦故作惊讶地说："这位新来的舞娘好面熟。啊呀，原来是柳先生。想不到你还有这嗜好，嘿嘿，真还挺像。"

汤队长像只鸱鸺似的发出怪叫："那可得要骗了下面那玩意儿。"

赵秉谦一把扯去柳俊人头上的假发套，说："柳先生，我赵某人对你不薄，你却做出这等不仁不义之事。你这么偷偷地开溜，让我担着私放共党分子的罪名！汤队长——"

汤队长脚跟一靠，张牙舞爪地朝柳俊人走去。白秋兰急忙上前护阻，反被趁机轻薄了一下，啪地扇过去一巴掌，他恼怒得拔出手枪顶住她，白秋兰顿时脸色煞白。赵秉谦瞪了汤队长一眼，才气哼哼地收起手枪。柳俊人吓得跪倒在地，恳求道："赵处长，我可没想溜啊。我对天发誓！当时他们已经闯进房间，我要不跑就会被打死的。我，我是不得不跑啊！"

赵秉谦语气尖刻地说："好一个不得不跑！我问你，这去日本的船票怎么解释？还有停在旅馆门口的出租车又怎么解释？"

柳俊人哑口无言，像只被狼叼在嘴里的兔子耷拉下耳朵，白秋兰见此又恨又怜，魅惑地对赵秉谦说："哟！赵处长，这可与柳先生无关，是我让他一起私奔的。他一直说要跟你说一声。我没让他这么做。真要这么做，我们可就走不成了。"

赵秉谦轻蔑地扔掉假发套，语气调侃地问："是吗？"

柳俊人结结巴巴地说："是，赵处长，我这不是来跟您说了吗。"

赵秉谦长叹一声："想不到一个风尘女子，竟也有侠义心肠。柳俊人你枉为男儿，天塌下来要让女人替你顶着。我再问你一句，你说的那个共党重要人物为什么不来和你接头？"

柳俊人磕磕绊绊地说："也，也许是走漏了风声。"

赵秉谦收起了耐心，菩萨面孔换回了阎王恶脸："我一片真心救你出苦海，你却仍执迷不悟陷深渊。"说完示意汤队长把他拖出去。

柳俊人像片枯叶一样跪倒在地，慌不择言地说道："我说，我说，共产党最近要在上海召开一次重要会议，有许多重要人物参加。"

赵秉谦不动声色地问："开会？在什么地方？"

柳俊人苦苦哀求道："不知道。我真的不知道。我怕我说出来你会不信，所以一直没敢告诉你。"

赵秉谦鼻孔里哼了一声："又拿这种没头没脑的情报来骗我。刚才你送白小姐的那只戒指呢？"

柳俊人赶紧掏出来递给赵秉谦："我，我孝敬您。"

白秋兰坐在化妆台前重整妆容，明亮的镜子里映出那几个男人灰暗扭曲的脸，尤其是看见赵秉谦接过钻戒翻来覆去地把玩，更是惊讶，继而轻蔑，最后不屑一顾。恰好舞台监督战战兢兢地进来请她上场，赵秉谦点点头，白秋兰轻掸衣裙，做了个漂亮的屈膝礼动作，昂头出去。

赵秉谦漫不经意地问柳俊人："你哪儿弄来的？"

柳俊人掩饰道："我，我买来送白小姐的。"

赵秉谦嘿嘿一笑，突然厉声说道："不对！这是共党从匪区运来的经费！你小子独吞了。说，那些东西都藏在什么地方？"

柳俊人还想抵赖，赵秉谦不耐烦了，命令汤队长立刻把他带走，自己则带人搜查化妆间，看共党经费是否藏匿在这里。

百乐门大门口此时人来人往，李剑雄早已从里面出来，混在人群中等待下手的机会，今晚的行动有些仓促，但命令必须执行。他扫视了一下，右侧有韩天强，左侧是王达法，吴霄葆在后面接应，队形整齐，锐不可当，正等得焦急，就见汤队长押着柳俊人从大门出来，不禁暗喜，立刻拔枪朝柳俊人开火，不料有个特务刚好走过来无意中挡了子弹，暗暗骂一声，正要再次射杀柳俊人，却被侧面射来的子弹压得抬不起头，原来是跟踪而来的袁孝之开了枪。汤队长见有支援，也和手下纷纷开枪，韩天强、吴霄葆和王达法奋力从三面抵挡，即使在敌人的交叉火力下，李剑雄也不放弃铲除这个叛徒。子弹苍蝇似的乱飞，有人倒在血泊中，人群像受惊的麻雀呼拉一下四散乱逃，卖香烟的撒了香烟顾不得捡，擦皮鞋的小男孩丢了鞋擦爬地上去拣，卖花姑娘双手捂着耳朵蹲在电线杆下瑟瑟发抖，拉大门的仆欧被突然跃起的柳俊人撞翻在地，眼巴巴地看他跨过自己的身体跑出了大门。等到汤队长发觉，他已窜进了马路上混乱的人群中，急得带人要追，却被韩天强和吴霄葆射出的子弹堵在了大门里。他们的子弹可不是苍蝇而是老鹰，被它的利爪逮住非死即伤。李剑雄趁此机会鹞鹰一般从地上跃起，扑向鼠窜的柳俊人，却遭斜刺里袁孝之的火力阻拦，幸好有王达法奋不顾身地向他们开火，这才身姿矫健地连晃数人，还是被乱跑的行人挡了道。王达法被敌人的猛烈枪弹击倒，韩天强叫着他的名字，不顾一切地冲过去救他，自己的手臂不幸中弹，鲜血直淌。他一边开枪还击着敌人，一边查看倒在地上的王达法，发现已经牺牲，只得悲痛欲绝地撤离。此时，敌人的火力全都压向了韩天强和吴霄葆，迫使他俩边打边撤，掩护着身后的李剑雄。李剑雄眼看柳俊人跑远了，情急之下连开数枪，都没打中，反使他更加拼命地朝前猛跑。那里有一座电影院，散场的观众听见枪声像被撵的一群鸭子嘎嘎乱跑，他终于跑进丢了魂的人群里消失不见了。李剑雄知道行动失败了，带着韩天强和吴霄葆在受到惊吓的人群掩护下脱身而去。

9. 血与火的亲情

两次行动失败，都让柳俊人从眼皮底下跑了，这是为什么？张德武当面质问，李剑雄无言以对，心里只为王达法的牺牲默默自责，联想到他父亲也是为掩护同志而牺牲，就更是痛苦万分。张德武很不满意，让他接受组织审查，还派人分别向韩天强和吴霄葆调查，都说是计划不周密、行动仓促造成的，只好不了了之。

李剑雄在上海郊外的小镇接受组织审查，每天都在回答同一个问题，两次行动失败究竟什么地方出了问题，但毫无结果。他承认行动出现意外时自己应对不是很到位，他承认自己应该在事前做更多的准备工作，可是百乐门舞厅的锄奸行动，自己明明事先就反对冒进的，现在却要追究他对行动失败的责任，他是无论如何也难以接受的。每当这个时候，王达法那张憨笑的脸庞便浮现在脑海，他就深深为自己当时的恋战而悔恨，和韩天强为救战友负伤相比，他是否应该更严格地检查自己的不足？于是，他把一切责任都揽了下来，组织审查这才告一段落，李璐西立刻赶到乡下来看哥哥。

她在听陈启民说他被组织审查，就急着想来看望他，被陈启民阻止了，说组织正在审查，你不能去。她搞不明白，大声地问，为什么要审查他？他这么不顾生死地执行任务还要被怀疑？陈启民说，组织会搞清一切的。你这么冒失地去反而会让你哥说不清。李璐西想了想觉得有道理，强按下情绪没来。

两人隔着垄沟走进田里，油菜花盛开，人就仿佛漂游在一片金黄的海里，田埂阡陌被淹没了，一切都随风波浪着，就像两只小船在那儿摇晃，一会儿靠近，一会儿分离，总也无法并驾齐驱。

李璐西记得那个可怕的晚上，她从噩梦中惊醒，哭着赤脚跑去找妈妈，看见妈妈躺在床上，即使床头灯昏黄的光照着，脸色也惨白得吓人。年幼懵懂的她害怕地摇着妈妈的手，可是妈妈没有反应，一动不动。她吓坏了，到处找父亲却不见人影，又号啕大哭地去喊熟睡的哥哥。李剑雄睡眼蒙眬地问她怎么不睡觉，她哭泣着只会说“妈妈”“妈妈”。哥哥好像听明白了，什么也没说就冲进妈妈的房间，看见床上躺着一动不动的妈妈，床头柜上是倒了的空药瓶和撒落的安眠药片，还有妈妈的玉手镯压着一张纸条，纸条上写着：剑儿，照顾好妹妹。紧跟而来的她害怕地问，妈妈怎么啦？年长几岁的哥哥赶紧用身体挡住了她的眼睛，一边哄骗她妈妈睡着了，一边打电话叫来救护车，把母亲送到医院，最后还是没能救活。母亲的死对他俩打击很大，李明甫把外室扶正后就很少关心他们，那一段时间兄妹俩相依为命，早上手搀手地去上学，下午放学又一起回家。晚上想妈妈了，她捧着妈妈的相片暗自流泪，哥哥拿出妈妈留下的玉镯默默地陪着，一边掉眼泪一边给她递手绢抹眼泪。时间长了，两人才渐渐从母亲自杀的阴影中走出来，兄妹之间的感情更加亲密了。后来，李剑雄要去苏联留学，她哭着不放他走，怎么劝也没用，他就把母亲留下的手镯送给她，说等他回国后就找她要回来。她听了破涕为笑，说，你这哪是送我，分明是让我替你保管嘛。李剑雄说，不，这是诺言。我一定回来找你。

野风吹拂着开花的油菜田，一些金黄的花瓣在日光里飞舞，李璐西伸出手臂，手镯滑下来卡在腕处，声音也玉润清脆："拿去吧。"

几朵花瓣沾上了白皙的手臂。

李剑雄笑笑说："送给你的怎么能要回来？"

花瓣从手臂上水滴一样掉下来，悬在空中，随风起舞。

李璐西说："你想要，我还不给呢。"

两个亲密的人离开久了，再相聚就要没话找话说，李剑雄不知道妹妹在巴黎的留学生活是怎么过的，只看到金黄的花瓣落在她黑发上。野风停住了，花香凝固了，李璐西说的话也粘在空中不散了："这也太委屈你了，要我可受不了。老张怎么能这样对待你。"

李剑雄弯腰拾起土坷垃朝田头的竹林扔过去，刷拉拉竹叶晃动，风也来摧折，竹节依然挺拔。他拍拍手说："审查了，事情不就清楚了？"

"这么对待自己的同志，我想不通。"

"想不通也得想通。这是革命纪律。"

"我就是想不通，你这么不顾生死地冲在前面，任务失败了还要审查你？”

“审查是为了弄清失败的原因。”李剑雄说，“我没有完成任务接受组织的审查，这算什么委屈。”

李璐西心情沉重地说：“我没想到会这样等待自己的同志。”

李剑雄缓缓地说：“革命是一场严酷的斗争，你要有心理准备。想想王达法牺牲了，韩天强受伤了，行动失败我接受组织审查，这算得了什么。”

李璐西摇摇头说：“你是我在这个世界上最亲的亲人。爸爸跟我说了几次，让你回去看看他。”

突然提起父亲，这让他毫无心理准备，脸色发青地说：“不，我不会回去看他的。妈妈是被他害死的！”

“哥哥，你真的就不能原谅爸爸了？”

“你已经回到他身边了。”

“哥哥，就算我求你了。”

“我永远也不会回去见那个人的。”

两人一直谈到日头西移，李璐西才起身赶往市里。李剑雄远远地看着她，夕阳下拖着长长的身影。那身影在一瞬间又变成了他的受伤战友，垂着手臂向他走来。

受伤的韩天强回到家中，陈慧梅大惊失色，一时不知所措：“怎么伤成这样？这可怎么办？”

韩天强咬着牙撕开袖子，露出血肉模糊的臂膀，伤口暂时止住了血，但弹头留在臂膀里，四周的皮肉翻开肿胀，微微发烫。陈慧梅急忙打开急救箱，用瑞士制造的不锈钢医用镊子夹住一团药棉浸了酒精，挤干，小心地清理起伤口，每擦一下都心疼地蹙起眉头。

韩天强忍着疼，牙缝嘶嘶地吸气，说：“帮我把弹头取出来。”

“我？”陈慧梅直摇头说，“不，我不行。”

“不取出来，伤口会发炎化脓的。我这条手臂就废了。”韩天强一字一句地说着。

陈慧梅还是不敢，说：“我们还是去医院吧。这枪伤只有医生能治好。”

“现在特务们就守在医院等着我去呢。”韩天强说，“你去拿把筷子来。”

陈慧梅想问这要做什么，但忍住了，去拿了一把筷子。韩天强用毛巾把筷子厚厚地包起来，放进嘴里紧紧咬住，又用酒精棉从镊子尖往上抹，那不锈钢镊子水光光地闪着亮，手指捏住了上端，又擦着一根火柴烧一下尖尖的镊子头，那没挥发干净的酒精就冒出火苗，直往手指上烧，赶快吹灭了递给她，让她用这去伤口处把弹头夹出来。陈慧梅哆嗦着，好像这不锈钢镊子烫手，屏住了气，小心地用镊子探伤口，刚碰到就见他疼得直咧嘴，又赶紧缩回来，韩天强示意她再探，不要管他，便又哆哆嗦嗦地再次探进去，几次下来疼得韩天强满头大汗，嘴里的筷子都差点咬断。

陈慧梅扔下镊子，双手揪着头发，惊恐地叫道：“我，我做不了。”

韩天强松开嘴，取下筷子喘气，歇了一会儿说：“你要狠下心，才能让我少受罪，取出弹头来。”

陈慧梅点点头，看着他手臂上的伤口，再次用镊子小心翼翼地伸进去探找弹头，刺骨的疼痛令他脸色发青，脑门上冒出豆大的汗珠，她不得不停了下来。韩天强狠狠瞪了她一眼，示意她继续。陈慧梅的手剧烈地抖动着，咬咬牙才勉强稳住，继续用镊子去探找，找到了，手指有金属的感觉，镊子夹住了硬硬的滑溜溜的弹头，可它嵌在肉里很难拔出，咬牙使劲往外拔，弹头又滑脱了。陈慧梅被激怒了，用劲把镊子往里探，丝毫没察觉到他疼得五官都扭曲了，她把精神全都集中在该死的嵌在血肉中的弹头上，一连几次都被它滑溜掉，但还是插进去死死地夹住它，终于当啷一声把弹头夹出来扔进白色的医用搪瓷方盘。韩天强嘴一松，歪倒在椅子上晕了过去。陈慧梅急了，扔下镊子往伤口上撒枪伤药，盖上纱布用绷带扎紧，然后又叫又喊地拼命摇着他，直到他睁开眼睛，又忙用毛巾擦拭他满头满脸的冷汗。

韩天强醒过来了，安慰她说："没事。"

这一阵子忙碌使陈慧梅喘不过气来，还不放心地问："这样能行？"

韩天强断断续续地说："你可真狠，真下得了手。"

陈慧梅给了他两粒消炎药片，说："还不是让你给逼的。"

韩天强吞了药片，忍着痛说："我好贱啊，逼着太太下毒手。"

陈慧梅埋怨地说："都伤成这样了，你还有心情说笑。"

韩天强不吭声，过了一会儿才说："王达法都牺牲了，我这点伤算什么。"

陈慧梅手中的白色搪瓷方盘当啷一声掉在地上，砸掉了一大块搪瓷，盘子里的弹头、血纱布、镊子撒了一地。她蹲下去捡拾，嘴里喃喃地说："怎么会这样？"

韩天强什么也没说，倒头躺下，陈慧梅替他盖上被子，再仔细看他的脸，已经睡着了。她就这么守在他身边，沾满血迹的衬衣丢在地上也不去捡，壮实的胸脯在白汗衫下鼓着，肩袖上沾有一块血迹，臂膀处扎着纱布绷带，洇血如一朵杜鹃花，手臂明显肿了，刚处理过的伤口隐隐作痛，浓浓的眉头时不时地跳动一下，痛楚的表情如闪电划过脸上。陈慧梅不安地把手轻轻放在他额头上，有点烫手，不免担心起来。恍惚记起了那天的事。他喝着萝卜肋排汤，啃着粘在排骨上的肉，怕排骨炖柴了，结果肉还带着血丝。她把血衬衣浸在脸盆里，水面上飘起一缕缕血丝，愈加衬托出她双手的苍白。她穿着连体游泳衣，肩宽臂长，大腿壮实，白皙的身体在碧水清波的游泳池里娴熟地游着。为了参加基督教青年会组织的游泳比赛，教练正在给她强化训练。她忐忑地问，排骨咬得动吗？韩天强一边啃一边点头，好吃。碗里的汤微微晃着，露出一块白萝卜。她游泳，激起串串水花犹如一条白鳘豚，游到池壁一个转身蹬腿回游。教练微微蹙眉，不满意她的速度。她洗干净了衬衣，晾到了窗外。血迹隐约留下斑斑点点，如游泳溅起的水花。有人坐在观众席上朝她喊，加油！她又坐回到他身边，心疼地抚摸着他受伤的手臂。游到了终点，她双手撑着池边一跃而起，坐在池边听教练分析她的问题。又是那人在远远地喊，你游得真好！教练冲着他喊，嗨！不要影响训练。她看不清是谁，记得韩天强从未来看过她游泳训练，他很忙，总是去执行任务。她感到手臂被他抓住，有些疼。超强的训练使她的手臂有些受伤，贴了伤筋膏。巡捕挥舞警棍打中她手臂，饿狼似的龇牙咧嘴。教练冲着她严厉地说道，你以为这样就能赢比赛？韩天强冲上去和警察扭打在一起。那人还在观众席上冲她喊，你一定会赢的！他拉着她的手，冲破警察的围殴，跑进了一条弄堂。她取出手绢擦他脸上的血，闻到了一股血腥味，急得直流泪。一个猛子扎进游泳池，池水如泪水般清澈，一股漂白粉味道刺鼻。侧身，伸直左臂，头向右侧露出水面，吸气，两腿打水，挥动右臂划水，上身向左侧转。左前方有一家小药房，单间门面，玻璃橱窗擦得水灵灵的。她拼尽全力快速向前游。冲进去买了纱布和止血粉。前面的池壁伸手可触。就在小药房里给他包扎头上的伤。手指碰到了池壁，她喘着粗气浮出水面。那人远远地喊着：好！这次她看清了，不是韩天强。教练气恼地走过去把他赶出了游泳池。

陈慧梅一急，醒了，原来她打了个瞌睡。再看韩天强，睡得像个婴儿，摸摸额头，不再那么烫手，便安心地躺下，轻轻搂着亲爱的丈夫。

10. 秘密会议

张德武通知陈启民，党的秘密会议决定放在李璐西家举行，由他负责保卫工作，李剑雄作为队员参加行动，陈慧梅也调来参加会议工作。

这是一个十几座独立花园洋房构成的大弄堂，南北弄堂口各有两扇镂花铸铁黑漆大门，主通道可并排开两辆汽车，父亲送给李璐西的这套房子就在弄堂中间，紧挨一个通隔壁弄堂的侧门，一旦有情况可迅速撤离，是个较为理想的秘密开会场所。开会当天，陈启民安排韩天强等人在前后弄堂口守着，李剑雄化装成黄包车大守在房子前门，吴霄葆则坐在后门停放的小轿车上，一旦有情况好迅速带与会领导离开。他还是很不放心，又去前后弄堂口查看一遍，叮嘱他们一有情况马上发信号，回到家门口又要李剑雄随时做好撤离的准备。

李剑雄看了他一眼，说："你太紧张了。"

陈启民一甩头发，气昂昂地说："我不紧张。我能应付一切情况。"

李剑雄娴熟地扯下肩上的毛巾，像个老车夫那样掸了掸黄包车座，说："我没别的意思，你能做得比我好。"陈启民听了很高兴，转身要回屋去，李剑雄追问了一句："最近璐西没在公众场合露面吧？"

陈启民说："没有。"又想起了什么："哦，我和她出去吃了一次饭，你说巧不巧，碰到了法国留学的老同学赵秉谦。他现在是警备司令部侦缉处长，我觉得可以利用他搞到敌人的情报。"

李剑雄一听就急了："这件事很重要，你没向组织汇报？"

陈启民不以为然地说："我在外面吃顿饭也要向组织汇报？"

李剑雄摇摇头说：“不是吃饭，而是你们遇到了赵秉谦。这种情况下，秘密会议在这里开不安全。”

“那现在怎么办？”

“你立刻向张德武同志汇报情况，请求把会议转移到其他地方开。”

陈启民缺乏会议保卫经验，愿意听取李剑雄的建议，但此刻没出现情况就要求转移会场，这话没法向张德武说，他犹豫地转身回屋。

李璐西和陈慧梅正等着煤气灶上水壶的水烧开，好冲满热水瓶拿上楼给开会的人泡茶。因为有差不多的教育背景，两人很聊得来。趁着水还未开，陈慧梅央求她说：“璐西姐，给我说说你在法国留学的事呗。”

李璐西看了她一眼，说：“怎么？你也想去法国留学？”

水壶口开始喷出热气。陈慧梅一边提起水壶冲热水瓶，一边对她说：“不是。我哥在法国留学，我就是想知道那里的情况。”

李璐西见她偏头躲热气以便看清热水瓶口，就说：“我们在法国留学的事说来话就长了。陈启民是勤工俭学，日子过得苦，我有爸爸寄钱来就好多了。”

陈慧梅冲满热水瓶，揿紧软木塞，旋上盖子，说：“我爸也给我哥寄钱，要他专心学习西方技术，回来帮他搞实业救国。可是，前些日子我爸遭绑架竟是巡捕房探长捣的鬼。我算看明白了，他搞的实业救国根本行不通，只有革命能救中国。你呢，怎么也没走实业救国这条路？”

李璐西拎起热水瓶要上楼，说：“我受启民的影响，选择一起走。”

陈慧梅忙说：“我来吧。”

正说着，陈启民进屋来了，李璐西一见他就不与她争了，急切地问陈启民："外面情况怎么样？"

陈启民心事重重地说："我去前后弄堂口看了，一切正常。"

李璐西看了他一眼，说："那你怎么还这么紧张？"

陈启民不安地说："刚才剑雄说，那天我们遇见赵秉谦，他担心这里开会不安全，让我去跟老张说，把会议转移到别处继续开。"

李璐西走到他身边，说："可现在没有情况啊，你去要求转移开会地点，同志们会笑话你是胆小鬼的。"

陈慧梅第一次参加这样的行动，不知该不该插话，此时却忍不住说道："等到有情况就来不及了。"

陈启民看了她一眼，说："那你说我该怎么办？"

陈慧梅坦率地说："听李剑雄的，你去跟老张说清楚情况。"

李璐西连连摇头，说："不，你让剑雄去说，也许他能说服老张采纳意见的。"

陈慧梅觉得这样会延误时机，说："你是负责人，还是你去找老张。"

但陈启民还是转身去找李剑雄了。陈慧梅只能遗憾地拎着热水瓶上楼。

李剑雄正在擦拭黄包车，见陈启民出来就问："张德武怎么说？"

陈启民吞吞吐吐地说："我想，这件事还是你去说比较好。"

李剑雄看了看他，说："行。你去调小韩来替我。"

陈启民一会儿把韩天强带来了，李剑雄直奔楼上，见到张德武就说了自己的担心，建议会议马上转移。

张德武惊讶地看着他说："你知道你在说什么吗？这是一次党的重要会议，正在决定中国革命的命运。你说转移会场就转移了？胡闹！"

李剑雄坚持自己的意见，说："我们要对参会领导的安全负责。"

张德武发火了，说："李剑雄同志！我们正处于不断高涨的革命新阶段，中央将作出下一步全党工作的决策，你却要求正在开着的会议立刻转移，仅仅是因为前几天陈启民他们在饭馆遇到了赵秉谦？"

李剑雄被他的话压得喘不过气来，但还是坚持说："我是怕万一出事会给党造成严重损害。"

张德武语气严厉地说："同志，不要过高地估计敌人的力量，这是右倾机会主义。这次会议就是要解决这个问题。你现在的表现就是右倾机会主义，要警惕啊，不要再犯路线错误。"

这时，陈慧梅送完热水瓶正要下楼，不巧听见了他们的谈话，很是惊讶。原来党内存在这么严重的分歧和斗争，怪不得刚才房间里开会的人争论得如此激烈，见她进来倒水才勉强停下来。她很快退出来，不听他们会上讲话是纪律。

陈慧梅有意放慢脚步下楼，听到李剑雄在说："我只是觉得李璐西可能已经暴露，会议再在这里开有危险。"又听到张德武严肃地说："不要危言耸听，赶快回到你的岗位上去。"李剑雄无奈地下楼，从她身边匆匆而过。陈慧梅担忧地看着他走出了房子。

院子里，陈启民急忙问李剑雄："老张怎么说？"

李剑雄担忧地说："他没答应。"

陈启民松了一口气，说："我说没有问题嘛。"说罢，转身回屋去。

房间里，陈慧梅隔着玻璃窗看着他俩，听见李璐西在问她："你在看什么呢？"头也没回，敷衍地答道："啊，没什么。"这时，李璐西见陈启民进屋，急忙迎了上去，没说几句，陈启民就急忙上楼。陈慧梅也没听他们在说些什么，眼睛只盯着窗外，看见李剑雄显得有些无奈地走到黄包车旁。

李剑雄心事重重地问韩天强："有没有情况？"

韩天强说："一切正常。"

李剑雄心想，现在只有靠弄堂口放哨的同志了，一旦发现情况立刻发信号。

就在这时，一个老板娘模样的女人被黄包车撞了，哎哟，疼得直喊。韩天强赶紧道歉，心里奇怪她怎么就往黄包车上撞呢？她却一把揪住韩天强，嚷着要他赔旗袍，赔高跟鞋，赔医药费。李剑雄已经走到门口了，听着身后的声音耳熟，回头一看，竟然真的是亨通旅馆出现过的卖唱女，知道出大问题了，急忙转身回来，问："怎么回事？"

屋里的陈慧梅看到这一切，紧张地对李璐西说："你快来看！"

李璐西走过来和她并肩站在窗前，注视着外面的动静。

陈慧梅问："她是谁？"

李璐西摇摇头，皱着眉头说："怎么和她吵起来了？"

韩天强此时也认出了她，话里有话地说："先生，这个女人存心来闹事的。"

老板娘凶巴巴地说："小赤佬，嘴巴还硬！吾拉侬到巡捕房去！"伸手作势要抓韩天强。

李剑雄一把抓住她的手腕，纤细柔嫩，感觉到脉搏的跳动，温和地说："太太，真是对不起。"

老板娘也不挣扎，只是手微微发抖，好像力气不够大，只能由他抓住，李剑雄刚松开手，不料她反过来一把握紧了，手心贴着手心地握住，像两个人在掰手腕，又像两片树叶子贴在一起分不出你我。她似乎不愿多纠缠，放开手对他说："侬勿管教侬个车夫，吾就叫巡捕房来捉人。侬听好了，巡捕房要来捉人了。"说完，她久久地看了他一眼，一甩手满是气愤地走了。

韩天强在一旁感到莫名其妙，问李剑雄："她什么意思啊？还要去叫巡捕房？"

屋里的陈慧梅紧张地说："难道真的出事了？"

李璐西什么都不说，急忙去找丈夫陈启民。

李剑雄手心里带着她的余温，立刻回屋去汇报情况，这回张德武听了立刻进房间向领导汇报，领导听了立刻宣布散会，所有人鱼贯而下到底楼，分别从前后门出去。韩天强手伤还未完全好，李剑雄换下了他，等会议领导一坐上黄包车，立刻就向弄堂侧门飞奔而去。陈慧梅匆匆从屋里跑出，韩天强叫住了她，一起从弄堂侧门撤走。吴霄葆等小轿车坐满人，立刻从弄堂后门驶出，很快融入马路上的车流。

这时，汤队长已经带人从弄堂前门直奔而来，忽然看见前面一辆黄包车上坐着的女人像钱秘书，不禁自语道，她怎么也来了？哼，又想抢头功。他急了，立刻包围了李璐西家，堵住了正要走的陈启民和李璐西。

面对特务，陈启民镇定地说："你们是什么人？光天化日之下竟敢私闯民宅，我会叫巡捕房把你们统统抓起来。"

汤队长嘿嘿冷笑道："陈先生，要不要看看巡捕房的文书？"又望着李璐西揶揄道："真是巧咧，这不是上次亨通旅馆走错房间的太太吗？今天不会又走错咧？带走！"

特务们急匆匆上楼又急匆匆下楼，报告汤队长楼上没人，全都跑光了。汤队长气急败坏地喊道："给我追！"

哪里还追得上。

11. 一石激浪

李明甫得知女儿女婿被捕，忙请大律师吴凯申过来商量。吴凯申匆匆来到华尔登饭店，推开李明甫的长包房间门，李明甫正在打电话，示意他坐沙发等一下。吴凯申坐在沙发上，只听他在电话里嗯嗯啊啊的，不知道和谁通话，心就飘到其他地方去了。听说这位大班出了名的爱玩女人，这里莫不是他的爱巢？但卧房关着门，里面静悄悄的不像是藏着女人。想来他现在急着救女儿女婿，无暇顾及那些莺莺燕燕。

李明甫挂上电话，对吴凯申说："抱歉，让大律师久等了。"

吴凯申扶了扶眼镜，说："哪里。我听人说令爱夫妻遭遇不测，还不信呢。这到底是怎么回事？"

李明甫掏出镀金打火机，点燃雪茄抽了一口，说："我不管出了什么事，她是我女儿，我都要救她出监狱。"

吴凯申听出他的话外之音，但还是想进一步证实，说："来之前，我已经找过赵秉谦处长，请他放了璐西夫妇，却遭到他当面拒绝。"

李明甫问："放了我女儿也被拒绝了？"

吴凯申说："这个我倒没问。我是想两个人总归是要一起救出牢狱的。"

"两个人能一起放了当然好。"李明甫吐出一口烟圈，雪茄香味充满了整个房间，"实在不行，先救璐西。他开价多少才能放我女儿？"

吴凯申摇摇头说："他根本不提钱的事，说是共党案不能通融。但我打听到他曾和令爱及女婿一起在巴黎留学，都是老同学。"

李明甫眼皮一跳，说："哦。他们都认识，怎么会大水冲了龙王庙？"

"说共党在他们家开会。"吴凯申说，"既是共党案，我这个辩护律师就起不了什么作用。"

"你这是要打退堂鼓？"李明甫打断了他的话，随后话锋一转："你是要告诉我，放我女儿要走别的路子？"

吴凯申笑了，说：“真是什么都瞒不住你。这个赵秉谦的顶头上司是刘主任，此人最近迷上了姚曼丽，却屡遭她拒绝，听说她爱上了上海滩的一个大老板。”

李明甫哈哈大笑，说：“吴先生也学会跟我绕圈子。明人不做暗事，她是我的老相好。”又凑近他说：“你是要我把她送给刘主任？”

吴凯申连忙说：“我不知道她是你的女人。我再另想办法。”

李明甫想了想，摆摆手说：“不，我就用你的办法。”他拿出一沓美钞，“这是你的律师咨询费。”

吴凯申连连说：“这……这……”看他已经打电话让姚曼丽来华尔登饭店，这才收下钱，起身要离开，却被李明甫一把拉住，推进卧室说：“一会儿你见见姚曼丽，看她能不能让刘主任放了我女儿。”

没一会儿，姚曼丽就高兴地出现在房间里，挑逗他说：“哟，想我了？”

“给我办一件事，”李明甫拿出厚厚一沓钞票给她说，“你让警备司令部的刘主任放了我女儿。”

姚曼丽扭着蛇腰，说：“我可不认识什么刘主任。”

李明甫说：“行了，你和他有交情，我不吃醋。”

姚曼丽噘着嘴说：“谁和他有交情啦。”

李明甫拍拍她的屁股说：“那你和我总有交情吧？”

姚曼丽缠着他说：“那要看你表现了。”说完便往卧室去。

李明甫搂住她说：“先去办正事。”

姚曼丽撒娇地说：“你先把我办了吧。”推开门，见坐着吴凯申，顿时妖媚地尖叫：“你把吴律师藏在房间里干什么？”

李明甫笑着说：“我让你先去办正事你不听。”

吴凯申在卧室听得清清楚楚，尴尬地说：“我走了。明甫兄尽兴，别忘了救你女儿。”

李明甫推着姚曼丽说：“你跟他一起走吧，免得他在外面传我俩的桃色新闻。”

姚曼丽和吴凯申一起走出华尔登饭店。姚曼丽不客气地对他说：“是你给他出的这个主意？”

吴凯申连忙否认：“我是为了解救明甫的女儿找到侦缉处长赵秉谦，谁知他软硬不吃，才想通过他的顶头上司刘主任压他放人。”

姚曼丽瞟了他一眼，说：“好主意啊，把我当礼物送给刘主任，换回他女儿。”

吴凯申趁机混淆视听，说：“谁敢把你当礼物啊。我是想创造一个机会让你和他多见面。”

姚曼丽扬手招车，一边上车一边说：“吴大律师真会说话。”

姚曼丽是在福尔洋行的酒会上认识刘主任的，一直吊着他，原是忘不掉李明甫，只把他当冤大头处着，现在李明甫要她办事儿，备胎便要换上，于是故意让他得手，趁他神魂颠倒之时提了此事。刘主任对李明甫早有耳闻，此时又在急不可耐的当口，自然一口答应下来，既是想讨好姚曼丽，尽快享受她的摄魂荡魄，也是想借此良机结识一下那位大亨，好与商界大佬进行权钱交易。姚曼丽看他淫欲难挨的样子，偷偷一笑放出白锦鲤的手段，滑溜溜地在他身下翻滚打挺，又如鱼儿水中吐出一串串的浪声淫气，把个刘主任迷得神魂颠倒，直坠深谷秘境。第二天，他便把赵秉谦找来询问此事。赵秉谦趁机把特派员袁孝之扯了进来，说是他阻挠放人。刘主任大怒，要他立即放了李明甫的女儿。

赵秉谦本来就对汤队长没抓到开会的共党重要人物很恼火，这已经不是第一次了，还好他看见了钱秘书出现在那条弄堂，总算是有了条重要线索。钱秘书是偶然路过还是袁孝之想抢功劳？这个问题一直萦绕在脑子里没有答案，问汤队长那个蠢货也是白费口舌，他把陈启民和李璐西抓来了，却没有当场搜到证据，把案子办得蠢到家了。共党开会之事现在只剩下柳俊人的口供，而他却又逃跑了，现在刘主任过问此事，叫他如何说得清楚。再说了，李璐西是自己的梦中情人，他怎么舍得对她用刑逼供，陈启民是他的情敌，当然可以重刑拷打以泄情仇私愤，但他毕竟是大亨李明甫的女婿，不能轻易动刑。现在李明甫果然打通了上层关系，刘主任出面要他放人，赵秉谦正好借此机会好好利用他俩下一盘大棋，当然他不会透底给汤队长，只叫来办公室，不露声色地问："有没有把白小姐抓来？"

汤队长立刻巴结地说："人已抓来，正准备审哩。"

赵秉谦摇摇手，说："你把她带到这儿来。"然后很有兴致地打开留声机，办公室里便响起了节奏明快的探戈舞曲。

恰在这时，汤队长把白秋兰带到，她便自然地踏着音乐节奏从门口一扭一扭地走来，娇滴滴地说："喔哟，赵处长的舞兴真浓啊！"

赵秉谦嘿嘿一笑，说："我赵某若得白小姐一片芳心，何须在办公室里学舞？"

"哟，你这样的客人请都请不来呢。"

"可是白小姐把柳俊人藏起来了，让我放心不下。"

"赵处长的话，我怎么听不懂啊。"

"你不说，那我就只好把你交给汤队长了。"

汤队长立刻把她带进审讯室，粗鲁地对她动手动脚，惹得白秋兰打了他一个耳光，他也不恼，反而摊牌说："赵处长交代咧，待会儿审女共党，拿你当替罪羊，十八般刑具都尝一尝。我这是先替你捏捏皮肉。"

这时，李璐西被特务带进隔壁房间，透过单面镜看到审讯室里的一切。汤队长显然知道那边有人，一把撕开白秋兰的衣领，把她的脸和露出的乳房压在镜面墙上，白秋兰惊恐地尖叫挣扎，令李璐西不安地闭上眼，却被特务强逼着看，幸亏这时袁孝之进了审讯室，汤队长才放了白秋兰。隔壁房间的李璐西大口地喘着气，白秋兰那张惊恐的脸还在眼前晃动。

袁孝之把汤队长拉到一边，低声说："老弟，把白小姐交给我。我已替你找了一个女人，你拿她开刀吓唬李璐西。"

汤队长与他交头接耳："赵处长看上了李璐西，你看上了这个小嫚，就俺在瞎起劲。"

袁孝之拍拍他的肩："你把她交给我，我保你官升一级。"

汤队长高兴坏了，说："你可要说话算数。"得意地做了个请便的手势，哼着小曲出去了。

袁孝之走过去为她松绑，一边不忘调情："白小姐怎么谢我救命之恩啊？"

白秋兰惊恐未定，本能地使出妖媚手段："多谢袁先生，今晚请光临百乐门，我一定陪您玩个尽兴。"

袁孝之听了很高兴，亲自送她出去。这一切都被坐在另一个密室里的赵秉谦看在眼里，老谋深算着如果老袁去玩白小姐，那就不会来插足陈启民的案子，要是柳俊人真的再去找白小姐，那就更有戏了，他早就撒下网等着姓柳的上钩呢。他拿起电话，命令汤队长审讯陈启民。

一开始，陈启民倒也配合，姓名，年龄，职业，突然汤队长猛喝一声："说！你在共党内担任啥职务！"赵秉谦赞许地点头，看陈启民如何接招。

陈启民没有一丝慌乱，惊讶地说："共产党是要消灭我这样的资本家，我干嘛还去参加？我只关心公司利润，对政治没兴趣，管它是北洋政府还是国民党，对共产党就更没兴趣了。"

汤队长一拍桌子，大吼道："够了！俺问你，你太太去亨通旅馆干啥咧？为啥她一走共党分子就闯进房间枪杀柳俊人？"

陈启民一脸愕然，不屑地说："你说什么呐？像我们这样的人家最害怕土匪绑票，家里的女人绝不会单独去什么旅馆的。"

汤队长又一声断喝："那今天在你家开会都有些啥人？说！"

陈启民惊讶地说："你可真逗。我朋友搓完麻将刚走，桌子没来得及收拾，就成开会了？"

汤队长感觉自己被耍了，恼怒地吼道："俺看你是不吃苦头不招供，不撞南墙不回头。来人！让他尝尝烤熊掌！"

两个打手把陈启民绑起来，汤队长一拳揍在他脸上，鲜血从他嘴角流了出来，又一拳打中他眼眶，立刻乌青肿起，还不招供，干脆拿起烧红的铁板在他面前晃，威胁说："你这双写字、数钱的手，怕是经不住烧烤吧，嗞啦一下就掉一层皮，再嗞啦一下就掉肉，光剩骨头咧。你到底说不说？"

陈启民"呸"地把血水吐在汤队长的脸上，愤怒地说："我要向法庭控告你们的暴行！"

赵秉谦知道自己再不出场戏就演不下去了，匆匆走进来断喝一声："谁让你这么对陈先生的！还不松绑！"

汤队长还不服气，两个打手早已上前解开绳索。陈启民擦了擦嘴角的血迹，讽刺说："老兄来得真是时候啊，要不然我这双手就保不住了。"

赵秉谦连连道歉："公务缠身，迟来一步，让你受委屈了。"便把陈启民带到自己的办公室，要和他叙旧。

还是老一套，打开留声机听唱片，这是留学法国时养成的习惯，不过现在听舒伯特的《小夜曲》还为了笼络感情，便于打开局面。他不无感慨地说："还记得在巴黎留学时，你，我，还有璐西，一起去听舒伯特音乐会吗？那晚我们从音乐厅出来，沿塞纳河畔走回家，只见月光洒在河上银光粼粼，仿佛《小夜曲》的泠泠乐声全都融进去了。"

陈启民讥讽地说："可惜你我今天要在这里重听舒伯特的《小夜曲》。"

赵秉谦故作不理会，一厢情愿地继续回忆：“我一直在想，你什么时候赢得璐西的爱？也许就在那晚吧。我记得，她总是和你说个不停，把我都快忘了。那时你情场好得意啊。”

陈启民自嘲地说：“我哪能跟你比，这些年你官运亨通，混得是步步高升啊。”

赵秉谦摆出无奈的样子说：“不瞒老兄，我也深知这政治的肮脏，官场的腐败，也想弃官经商，一直苦无机会。我不明白你老兄如今已是大亨李明甫的女婿，怎么反倒参加共产党搞什么政治斗争。”他不让陈启民反驳，继续说道，“知道，我知道你一定会否认。可是我们有确凿的情报，知道你在共党里的职务，还知道你的家是共党的一个秘密机关，我们还抓住了一个在你家开会的共党领导人。”

陈启民脑子里闪过谁会被抓的念头，随即明白是赵秉谦在讹自己，脸上恢复如初。赵秉谦看在眼里，并不点破，加重语气说：“这些你就是不承认也于事无补。我不过以老同学的身份劝你不要执迷不悟，尽早与政府合作，回头是岸，你还可以当你的总经理。”

“既然如此，何不把我送上法庭审判?”陈启民轻蔑地说。

“戡乱时期，共党分子可以不经法庭审判秘密执行。”赵秉谦甩出恶狠狠的话，看他如何反应，可惜其无动于衷，只好继续劝道，“我绝无奢望立刻改变你的信仰。不过，进了这里，一切都是残酷无情的，尤其对一个女人来说。启民兄不顾惜自己也该替璐西想想啊，我可不想看到她被那些粗鲁的军人乱摸，更不愿看到她被扒光衣服遭受凌辱。”

陈启民想不到昔日的留法同学竟然如此卑劣，此时又突然传来女人受凌辱的痛苦叫喊，尖厉刺耳，令他再也无法忍受：“无耻!”那个女人继续尖叫着，哭喊着，刺激着他紧绷的神经。

赵秉谦冷漠地说：“别激动，只要你配合，我保证不让这样的事发生在璐西身上。你们好好商量商量。”便让人把李璐西带进来，自己转身出去了。

李璐西神情恍惚地站在那儿，显然刚才受了刺激，连陈启民心疼地摇晃她都毫无反应，好一会儿清醒过来，扑在他身上不住地喊道：“启民，启民。我见到你了？”她摸着他的脸，擦拭着他嘴角的血，又喃喃自语：“他们打你了？他们打你了。他们打你了……”声音渐渐地轻下去，好像梦游一般。

陈启民觉得心在滴血，不知该怎么才能减轻她的痛苦，他愿意承担她所受的一切痛苦，让她自由，可这一切都由不得他，他只能愤怒地喊道：“他们怎么你了，这些衣冠禽兽！”

李璐西连连摇头，痛苦地双手蒙住眼睛：“不。别提那些，我不愿去想刚才的事。我害怕，我害怕。”

陈启民一把搂住她，轻轻地喊着她的名字。李璐西挣脱出来，抬头望着他的眼睛说：“好好看看我，看看我，我再也不是原来的我了。你还爱我吗？”

陈启民搂着她连连说：“我爱你，我当然爱你。”

李璐西眼光黯淡地看着他：“你不会再爱我了。”

陈启民再也忍不住了，心如刀绞：“璐西！他们究竟把你怎么啦？”

李璐西摇摇头说：“没什么。什么也没有发生。启民，我宁愿去死。”

这时候，赵秉谦敲门进来，说：“别那么亲热了，我可要嫉妒的。你们回去吧。”陈启民不相信地看着他，下意识地保护着怀里的李璐西。赵秉谦看着他说：“你们自由了。你不信？我赵秉谦这回总够朋友了吧。走吧。”

陈启民疑惑了，李璐西低着头说：“启民，我们走吧。”陈启民搀扶着李璐西走出房间。

袁孝之、钱秘书和汤队长齐齐来到赵秉谦的办公室，从敞开的窗口往楼下看，只见陈启民夫妇上了一辆黑色奔驰，迅速离开了警备司令部大院。

汤队长卑谦地问赵处长："处座，要不要派人去盯着他们？"

赵秉谦板着脸不语，汤队长恨不得抽自己一个大嘴巴子。

袁孝之毫不客气地指责他："你这是私放共党分子，上峰知道了，你可要丢乌纱帽的！"

赵秉谦笑笑说："那样不是更好？省得别人处心积虑地把我赶下台。"

袁孝之有些尴尬地说："我可是为你着想啊。"

赵秉谦装出一副无奈的样子，说："他们的老爹，上海滩的大亨李明甫出面请求放人，我能不放吗？"

袁孝之穷追不舍，说："那你也得派人盯着他们，怎么能放任他们乱走呢？"

赵秉谦嘿嘿一笑，说："放心。陈启民已经向政府投诚，我这是借机派他潜回共党内部，为我们提供情报。"

众人觉得太意外了，各怀心思地笑了起来。

12. 脱　险

陈慧梅按照上级的指令，前去停用后又启用的联络点与苏区来的人接头。这个联络点在天佑里 36 号，因为这条石库门弄堂只有一个弄口，人进出容易被卡死，租期未到就不再使用了。可就在这个时候，苏区拍来电报说，已经派人来上海天佑里接头，向中央说明那批经费运送的事情经过。这下麻烦大了，赶紧回电改为另一处接头，苏区那边却回电说人已出发，无法通知到他。无奈之下，只得再次启用这个联络点，派人在此守候。陈慧梅就是去和联络点的同志接头，看看苏区的人来了没有。

她还未从上次开会出事中走出来，心里始终笼罩着抹不去的阴影，想不明白李璐西和陈启民怎么在屋里拖这么久以致没能逃过敌人追捕。她记得那天她想帮李璐西一起收拾杯碟和废纸，被李璐西一把推开，叫她先走。没想到，她前脚刚跑出屋，李璐西和陈启民就被敌人堵在了屋里。陈慧梅深深后悔没拉着她一起走，桌子有什么好收拾的，已经暴露了还能遮掩过去？这个时候，沉着镇静才是最重要的，才能抢在敌人的前头撤走。

她坐黄包车到了天佑里弄口，付了车钱，看着黄包车走远，装出若无其事的样子回头打量着弄口上方那块镶在清水砖墙里刻着“天佑里”三个字的方石，余光却瞥向弄口两边的街面房，那里开着烟纸店、理发店、老虎灶、生煎店，还有一家小书店，门面不大，一切都显出正常。

陈慧梅进了书店，扫一眼店内，除了卖言情、侦探、武侠小说，也卖新派社会小说，还对外租书，很受那些买不起书的人喜欢。她慢慢兜了一圈，只有一两个学生在书架前翻书，另一个则在还书借书，透过橱窗玻璃看外面，也没发现什么情况，就走了出来。经过理发店张望了一下，有两个太太在烫发。再往前就进弄堂了，有一个皮匠在那儿摆摊，正埋头钉着皮鞋后跟。身穿阴丹士林布旗袍的家庭主妇拎着竹篮走进弄堂，篮头里有青菜、茄子和几条小黄鱼。陈慧梅内心紧张，表面上却笃悠悠的，跟着家庭主妇进了弄堂，大弄堂里有几个男孩趴在地上打弹子。

到现在为止，一切都很正常，上海弄堂生活就是充满着这样的烟火气，陈慧梅离联络点 36 号越来越近了，能看到亭子间窗外挂着的抹布，这是安全信号，不知道苏区来人是否接上了头。她有些紧张地走近那扇猪血色的后门，心里忽生不安，于是继续往前走。这排石库门房子走到底是一堵高高的清水红墙，只有回头才能走回大弄堂。怎么办？陈慧梅拖延着时间，想确认联络点是否安全。前面只剩下两家了，一个是前排房子的后门，一个是后排房子的前门。上海人习惯从后门进出，她急中生智去敲了那扇黑漆大门。

她希望没人出来开门，这样就能带着失望的神情往回走，如果36号里真有特务埋伏也不会怀疑她。可是，偏偏大门吱呀一声开了，出来一个白胡子老头，语气里透着焦虑地问："侬找啥人？"

陈慧梅用余光瞄了一下身后的36号后门，说："老先生，我找刘先生。"

白胡子老头有些惊慌地说："侬寻错地方了。此地呒没姓刘个。"

陈慧梅对他的举止失措感到奇怪，但仍温柔地说："你能让我进去说吗？"

白胡子老头抵住门不让进，说："对勿起，阿拉是正经人家，勿接待陌生女人。"砰的一声关上大门。

情况变得有些不对，陈慧梅还没理清是怎么回事，突然看见有个男孩拿着一封信直闯36号后门，陈慧梅不由地暗喜，正好借此观察一下36号的情况。这个男孩好像在哪里见过？哦，就是刚才趴在地上打弹子的。男孩刚进去，门里就传来男人的怒斥声，啥人让你来的？男孩哭诉着，有个爷叔送吾两个铜板，让吾送信把侬。里面有特务埋伏！陈慧梅知道出事了，赶紧往回走，心里打鼓似的怦怦乱跳。小弄堂里家家户户紧闭着大门后门，一个人也没有，安静得吓人。她真希望这个时候能来个阿妹或者娘姨，也好和她打招呼作掩护，趁机自自然然地离开。但是什么人都没有，甚至亭子间嫂嫂也没有。不过，她终于走到弄堂口了，这时候36号后门开了，冲出几个便衣。她听到身后有人在叫，站住！她顾不得许多了，立刻加快步伐拐弯走进另一条弄堂，正看见刚才弄堂口摆摊的小皮匠冲进弄堂里，知道自己刚才疏忽了这个特务，顾不得多想，几步窜进了理发店后门，一路走到店堂里，理发师傅奇怪地看了她一眼，一边继续做头发一边问："太太住勒几号里格，阿要烫头发？"陈慧梅随口说道："吾等一歇来烫头。"理发师傅开心地说道："好格。侬要来啊。"

陈慧梅走出理发店，来到马路上，弄堂里的特务们已经奔出弄堂口在四处张望，她想迅速地拐弯跑到前面热闹的马路，但离那儿还有一段距离，又不能快跑暴露自己，正心急如焚时，忽然有一个男人叫她："陈慧梅。"

陈慧梅扭头一看，竟是徐成生，不由得一愣，脱口问道："你怎么会在这里？"

徐成生好像也很意外，说："我来见一个朋友，没想到遇见了你。"

陈慧梅有些怀疑地问："刚才是你叫小男孩送信的？"

徐成生说："什么小男孩，我从这儿路过，看见你从理发店出来，还奇怪你怎么来这里做头发。"

陈慧梅还保持着一点冷静，急中生智，正好借他摆脱特务，便挽了他手臂，说："不做了，走吧。"果然像一对情人，加快步子往前走。

徐成生轻声说："放轻松一点，慢慢地走过去。"

陈慧梅觉得他好像对她的意图有所察觉，只得勉强一笑，放慢了步子。

特务们从身边冲过去，这时候，徐成生挥手叫停一辆经过的黄包车，对陈慧梅说："上车吧。"

陈慧梅不知他要干什么，但瞥见前面的特务正四处张望，只得上车。徐成生还是那副公子哥儿的脾性，拍着黄包车车帮，让车夫掉头快走。陈慧梅远远地看见特务们找不到人已经回头朝这儿追来了。年轻的车夫腿脚利索，飞跑起来如一只轻盈的燕子，在人来人往的马路上飞翔，很快就不见了那些人。

陈慧梅见摆脱了特务们的追逐，松了口气，情不自禁地说："你来得真及时。"

徐成生幽默地说："你是说，我妨碍你和别人见面了？"

陈慧梅心想，他怎么知道我是来与人见面的？便搪塞说："你胡说什么呢？"

徐成生开心地笑了，说："这么说，你没去和他见面，我冤枉你了。"

陈慧梅有些生气地说："你什么意思！"

徐成生轻轻在她耳边说："你的事都上报纸了，我还能不知道？"

陈慧梅这才松了口气，板下脸来说："知道就好，你少来纠缠我。"

徐成生狡黠地笑着说："不要我送你回家？哦，怕被韩天强看见，说不清楚。"

陈慧梅又气又急，说："徐成生，你就不能好好说话？"心想，正好找借口离开，便叫道："停车，我要下车！"

徐成生大声对车夫说："前面停一下。"

车夫停下车，徐成生拦住要下车的陈慧梅说："还是我下车吧。"就下了车，给了车夫钱，对他说："你把太太送回家。"

车夫拉起黄包车，问："太太，往哪儿走？"

陈慧梅看着徐成生的背影，心里不免疑惑，他怎么阴阳怪气的，话里话外让人捉摸不透，难道他也照着报纸启事到处找她？还真的在这里巧遇上她？可明明已经上了黄包车，自己想脱身离开，他却主动下车走了。这到底是怎么回事？她没想明白，但却知道今天要不是他，她很可能脱不了身。这时，车夫又问她往哪儿走，她毫不犹豫地说："掉头。"

好咪！车夫腾起身子，黄包车原地打转，一个漂亮的右转弯奔向了另一条马路。

13. 李剑雄

李剑雄得知陈启民和李璐西双双被捕，焦急地去找张德武商量。张德武安慰他说，组织正在找人营救，不过这种事得等待时机，希望他俩能挺住。这话是什么意思？他知道秘密工作的纪律，一旦有同志被捕，组织会立即切断与他的联系，以保护组织和其他同志的安全。果然，张德武下令切断与陈启民的任何联系，已经暴露的同志一律撤离。

按照组织指示，他搬到靠近华界一条弄堂里的亭子间住下，默默地在房间里擦起枪。桌上铺一块油布，两手麻利地退出子弹匣，用拇指拨弹匣里的子弹，一颗颗吧嗒吧嗒地掉落在油布上，卸下枪栓，取出枪机，细细地用机油抹拭，又用毛刷捅枪管，再一步步把它重新装上，连拉几次枪栓，哗啦啦地响，没有卡顿，十分利索，扣动扳机，发出清脆的撞击声。

外面好像有动静，迅速装子弹，咔嗒一下顶上弹匣，把手枪插在腰间，动作连贯一气呵成。他微微掀起窗帘一角朝下窥看，弄堂里有两家人为鸡毛蒜皮的琐事吵架，有人出来劝架，有人凑闹猛，弄得全弄堂的人都听到了。看来这地方虽然偏僻人杂，便于隐蔽，但若是行动前要在此集中很容易惊动住户，看来还得另找地方。

他离开窗口，坐下想静下心来，但脑子里还是乱纷纷的。整件事的发生本来是可以避免的，他在向张德武提议转移会议时，时间应该来得及让所有人撤退，但张德武坚决不同意，要不是她突然闯来，引起警惕，参加会议的同志们就危险了。他对陈启民的忠诚还是有信心的，对妹妹李璐西就有些担忧，与其说怕她经不起考验还不如说心疼她会遭受酷刑。那过去的往事又一件件在记忆中浮现。

那是母亲一周年的忌日，李剑雄向父亲提出去墓园祭扫，李明甫冷酷地回答他没有空，转身却和扶正的姨太太去杭州游玩。李剑雄和李璐西在家里抱头痛哭，老管家看他们兄妹实在可怜，就悄悄地带他俩去了墓园。在母亲的坟前，老管家帮着摆好了供品，上了香烛，兄妹俩跪下磕头。一阵风吹来，李剑雄看见刚刚烧下的锡箔灰纷纷扬扬地飘向天空，冥冥中似乎母亲又在对他说，照顾好你妹妹。这时候，老管家惊慌地喊着："少爷，大小姐去哪儿啦？"李剑雄这才发现妹妹不见了，急忙起来四处寻找。

刚才李璐西跪下磕头的时候，恍惚中看见母亲在前面走，不时地回头看她。她便起身向前走去，墓园里的甬道纵横交错，又是千篇一律的松柏青青，很快就迷路了。这时候，母亲不见了，李璐西清醒过来，看着周围陌生的墓碑一个个矗着，哥哥和老管家不知在哪里，心慌起来，哭着喊着乱跑。很快她就跑累了，嘶哑着嗓子叫哥哥，可是没有人答应她，只有她的喊声拖着余音。她感到害怕，好像每一座坟茔里都爬出了鬼魂，有白胡子老头，有佝偻着背的老太，有披头散发的女人，有满身是血的青年，一个个向她走来，面无血色，长指甲向她抓来，冷笑着，吐出长舌，吓得她蒙上眼睛，站那儿一动不动。

李剑雄跑着喊着她的名字，不是清明、冬至祭扫日，墓园里很少人，冷冷清清的，只听见他自己的声音在墓园里回响，就是没有妹妹的答应。他就像进入了迷宫，纵横交错的甬道不知把他引向哪里。突然，他就看见她在前面站着，赶紧大声地喊她，也不答应，像中了邪一样。他不顾一切地冲了上去。

李璐西发现刚才那些鬼魂都不见了，看见哥哥在用力地摇她喊她，一下子清醒过来，搂紧了哥哥哭个不停，心里的恐惧一下子全都释放出来。李剑雄至今还清楚地记得那时候妹妹是那样的无助，那样的依赖自己，像一只被人遗弃的小猫躲到他怀里喵喵地叫着。

现在她被关在牢里，面对凶恶的特务，会经历哪些严刑拷打，她能经受得住吗？李剑雄不知道妹妹是怎么参加革命的，在法国留学的时候？也不清楚她和陈启民是如何认识的，是他介绍她参加共产党的？这让他想起了自己和周丽芳的相识相爱。那时候他离家来到广州，凭着在学校里学到的电气知识，在一家工厂找了个电工做。此时的广州正处于国共合作的革命高潮，苏联人来帮助建军校，激起一些青年想去苏联留学的热潮，李剑雄也想依靠自己打工争一笔去苏联留学的钱。就在这家工厂里，他认识了泼辣漂亮的女工周丽芳。那会儿有许多男工追求她，像尾巴似的跟在后面。李剑雄出身富家，上过学读过书，性格还有些孤僻，所以当那些男工友厚脸皮地在她身后起哄、求爱时，他总是远远地躲开，反倒引起了周丽芳的注意，觉得这个小伙太傲慢了，想要作弄他一下，趁机器出故障时便跑来电工间找他报修。李剑雄背上电工包就跟她走，一路上周丽芳不停地问他有没有女朋友，他不吭声，她就用手戳一下他的腰，闹得他脸红得像番茄。这以后，两人在厂里碰到了，她就跟他开玩笑，久而久之他竟对她有了感情。恰在这时，杨师傅找他说工人夜校缺老师，他读过书，能不能去给工友们上课。杨师傅真正的身份是共产党，看中了李剑雄，想发展他进组织。这一切李剑雄都不知道。李剑雄答应去了夜校，上课时发现底下坐着的工友中竟有周丽芳，心里就翻腾起来，也不知道那课是怎么上完的。下课后，杨师傅表扬他教得好，又提议他把识字和讲道理结合在一起，这样工友们就会学得更快。李剑雄很感激他的提醒，告别杨师傅后独自走出夜校，周丽芳就像夜猫似的跟了上来，笑着说，没想到你还会教书！李剑雄本来和周丽芳在一起就觉得不自在，这会儿忽然想起杨师傅的提议，大胆地问她，你能听懂我的课？周丽芳听岔了意思，不高兴地说，我不配当你的学生？李剑雄忙说，不是。我是说，我怎么教识字，你们能更快地学会。周丽芳这才知道他的意思，说，我能学会。用手戳一下他的腰，他浑身一哆嗦，脸又红了。在她的主动追求下，两人迅速地相爱了。后来，两人同时加入共产党，又一起被送到苏联留学。一年后，两人双双回国，参加了广州起义。起义失败后，他们转入了地下工作。不久，周丽芳被组织派遣打入国民党内部，李剑雄则来到上海，两人就此失去了联系。那会儿，他常常夜深时思念她睡不着觉，趴在老虎窗看月亮，盼望她能早日回到他身边，果然这个法子起作用了，他终于见到了他的周丽芳。

现在，他又在窗口看到了将圆不圆的月亮，却由周丽芳想到陈启民和李璐西，只希望组织能尽早把他们从敌人的监狱里救出来。那天参加会议的同志们迅速撤离，没有留下任何痕迹，特务们也拿不到任何证据说他们是共产党员。这个时候，父亲李明甫在上海工商界的声望也许能起作用，如果请律师为他们辩护还是有希望保释出狱的。但他不认父亲，这个时候又岂会向他求助？他相信组织会利用一切社会关系去营救他们，他把希望寄托给了组织，他希望妹妹能坚强地面对凶恶的敌人。

然而，这次会议敌人是怎么知道的呢？是谁出卖了会议的地点和时间，出卖了他的妹妹和妹夫？李剑雄想到了柳俊人，这个人曾经是军委秘书，应该知道中央要召开这次特别会议，他既然贪生怕死叛变了，应该会把这个情报也出卖给敌人。这个叛徒必须除掉！他活着一天就会祸害党和同志们一天！但他现在带着那些金银珠宝躲到哪里去了呢？

李剑雄从亭子间出来，踩着吱吱作响的陡楼梯下楼，出后门时警惕地左右打量，迅速走进弄堂，几步出了弄口，消失在马路的人群中。

14. 舞女之死

赵秉谦当着众人的面放了李璐西和陈启民，其实秘密地把他们软禁在家，说是保护他们的安全。他又派人搜捕天佑里 36 号共党的联络站，当场抓到两个共党分子，连夜突击审讯。

袁孝之事先一无所知，等知道后不由得恼怒万分，干脆也悄悄地实行自己的计划，以求从白秋兰身上打开缺口，找到柳俊人和共党经费的下落。

钱秘书对袁孝之的古怪行为有些不放心，悄悄尾随一路跟到百乐门，果然是来找白秋兰跳舞，干脆躲在一旁看。可一个年轻女子来百乐门就会有男人搭讪，送杯红酒，邀请跳舞，干脆坐到她一桌。钱秘书瞧他是个富家公子，只要不影响她盯着袁孝之和白秋兰，就敷衍他几句，邀请她跳舞就直接拒绝了，但不拒绝和他碰杯喝酒，借此掩护自己。

白秋兰是舞女，陪男人跳舞姿态优雅，只是袁孝之舞技太烂，不时撞到别人，招来白眼。一来二去，钱秘书看清楚了是怎么回事，袁孝之的手不停地在白小姐屁股上摸，她就老要拿开他的手，这舞就没法跳好了。这还不够，他还老爱打一梭，顶在杠头上让她没法躲，太失面子了，撒手就走，袁孝之紧跟着她，钱秘书扔下酒伴，也跟了出去。

袁孝之跟着白秋兰到了她家，钱秘书看他进了门，就在门外守着，隐约听见里面动静有些大，就猜出他们在干什么，扭头走开了。她原想顺藤摸瓜找到柳俊人和那些金银财宝，看来没指望了。

房间里，袁孝之正跟白秋兰调情取乐。宝贝，你可真迷人。白秋兰浑身慵懒。你这种男人的甜言蜜语，我懒得听。他嬲劲十足。我当然比不上柳俊人，他可是把从共党那里卷走的金银珠宝都给了你。他呀，和你一样的吝啬鬼，就想占我们女人的便宜，哪来的金银珠宝。亲昵地搂搂抱抱。我可和他不一样。不一样？你是给过我金，还是给过我银？柳俊人给你金银，我可是救了你的命。你今天是为我来的，还是为金银来的？他搓揉着她。你和金银我都要。她扭动着身子。要金银你去找柳俊人呀，别来找我。袁孝之不说话，只贪婪地耸动，白秋兰也放出手段，淫声浪语招惹他。突然灯亮了，一个冰冷的东西顶到他的光脊梁，浪得忘形的她看清拿枪的是柳俊人，慌乱爬起穿衣服，被柳俊人喝住了，臭婊子！什么男人都可以上你，就他不行！把我给你的金银首饰统统还给我，快！

白秋兰拉过被单遮住身子说："柳俊人，我是为了你才落到现在这个地步。我真是瞎了眼，怎么会爱上你这个男人。你开枪啊，你还等什么！"她一激动从床上爬起来，一丝不挂地向他走来。柳俊人怜香惜玉了，连连叫道："别过来！"袁孝之趁乱想取枕头下的手枪，柳俊人立刻把枪口对准他："别动，动就打死你！"袁孝之举起双手，连连说："别开枪！我不动，我没动嘛。"白秋兰失望地说："你们不都是冲着那些金银珠宝来的吗？我拿给你们！柳俊人，你总得让我穿上衣服吧。"柳俊人挥挥手枪，眼睛盯着袁孝之。白秋兰穿上睡衣，从隐藏处取出一只手提箱，打开来，果然是光耀夺目的金银首饰。柳俊人让她把手提箱放在桌上。袁孝之在床上冷冷地说："柳先生，车站码头都有我的人，你是跑不出上海滩的。我倒有个主意，保你能去国外尽情享受。"柳俊人不相信地问："什么主意？"袁孝之说："这些东西你分我一半，我保证把你秘密送出上海，决不食言。"白秋兰失望地叫着："你们这些臭男人，都给我滚！"

钱秘书看到柳俊人悄悄溜进房间，不免暗喜，真的钓到了这条漏网之鱼，想等合适的时机冲进去，房间里就惊天动地起来，立刻拔枪撞开门，喊道：特派员！特派员！柳俊人惊慌地朝门口开枪，扭头看见袁孝之在取枕头下的手枪，慌乱地连开数枪击毙了他，吓得白秋兰哇哇乱叫。门外的钱秘书故意大声喊："快！包围这所房子！"柳俊人疯狂地抓住白秋兰作掩护，想拿走桌上的手提箱。钱秘书怕误伤白秋兰，开枪吓阻他，但他不顾一切地扑向手提箱，她毫不手软地向柳俊人开枪，拼命挣脱的白秋兰无意中替他挡了子弹，胸口血流如注，柳俊人扔下她和手提箱翻窗而逃。钱秘书冲进房间，看见袁孝之赤条条地躺在床上，弹孔流着血，但她必须确认他是否还活着，伸手试他的鼻息，按他的颈动脉，毫无生气，像一条龇牙咧嘴的死狼蜷缩着，这才转身去看白秋兰，发现她尚未咽气，心有不忍地拿毛巾堵住她的伤口。白秋兰似乎想坐起来，钱秘书抱起了她，听她断断续续地说，他要去欧洲……还有一半在他那里，头一歪死在了她的怀里。不远处传来尖利刺耳的警车声，钱秘书拎起手提箱正要离开，忽然看见梳妆台上放着白秋兰和柳俊人的合照，便取下来带走，迅速离开现场。

15. 沾血的红玫瑰

夜色正浓，钱秘书坐上出租车来到霞飞路。众多店铺在马路左右挤成两排，招引得绅士丽人锦衣绣裳地络绎不绝。市嚣中有一咖啡店，闹中取静，钱秘书推门进去，店里灯光柔和，优雅地照着男男女女，一直走到最后一个火车厢座，那里已坐了个富家少爷，西装革履，金丝边眼镜，漂亮的八字胡，桌上放一支红玫瑰，夹在雨果的《九三年》书中。这表示一切正常，可以接头。她从容地在他对面坐下，放下手提箱。富家少爷极力掩饰住惊讶，问："你怎么来这儿？"

钱秘书从包里取出一盒白锡包香烟，放在桌上，又拿出打火机点燃一支，悠然地吸着。富家少爷也从口袋里掏出一盒红锡包，放到白锡包香烟上面，然后拿起她的打火机点着烟，顺手把它放进口袋。两人都有些激动，原来前来接头的人竟是李剑雄，钱秘书却是分别一年多的周丽芳，好不容易的这次见面，竟是为了传递失而复得的经费。两人的手紧紧地握在了一起，不再像那次躲躲闪闪，周丽芳甚至调皮地用手指挠他的手心。

李剑雄不舍地放开了手，招呼女招待上了咖啡和柠檬攀，感慨地说："老张让我来和四号情报员接头，没想到是你。"

周丽芳抿一口咖啡，说："要不是《九三年》和这支红玫瑰，我还以为又和你偶然相遇呢。"

李剑雄从书中抽出红玫瑰，递给她说："我们又能坐在一起了。"

周丽芳默默地闻花，睨看他说："又能在一起说话了。"

李剑雄抚摸着留有玫瑰余香的《九三年》，脑海里浮现出书中惊心动魄的三个人之间的斗争，说："那天在亨通旅馆你扮成卖唱女出现，我差点没认出来。后来你冒着危险来报信，我又不能当面与你相认。事不过三，今天总算可以说会儿话了。"

"我也差点没认出来，老是怀疑自己看错了人。"周丽芳凝视着玫瑰说，"还记得在广州一起上山采花吗？"

仿佛又看见了满山坡的野花，星星点点地开在一片绿茵草地中缀色，雌黄，石青，丹砂，橘红，赭石，擦亮了缓慢上升的地面。穿一身白衣裙的她在山坡上，跑着，草淹没了脚踝，笑着，花沾上了裙边。他弯腰采花，很快手里升起一捧彩虹，从这头跑向那头，风儿一般地追着她，跑累了，弯腰喘气，风也停在她身边，热情地吹着她的后脖，几缕发丝飘起来，痒丝丝的。她伸手戳一下他的腰，风也怕痒似的闪一边去了。仰面躺在青草地，蓝天悬在头上，白云飘来眼前，闭上眼睛，只听见风又吹过来，把花儿落满她一身，像一位丹青高手在雪白的宣纸上挥洒了一幅花雨图。她咯咯地笑了，睁开眼睛看着他像水汽一样地消失。

"我好像闻到满世界都是浓郁的花香。"周丽芳若有所思地说。

李剑雄深情地说："你笑得那么甜，这一年来我在梦里都听到你的笑声。"

两人都不说话，享受着咖啡馆的宁静和浓香。周丽芳抬头看，贴着深绿色装饰布的墙壁上挂着一幅镶有精致镜框的油画，临摹达·芬奇的《抱着孩子的圣母像》，不由地赞道："画得真好，很有点原画的神韵。"

李剑雄回头看一眼，说："老板说是美专的一个学生临摹的。为了凑足赴欧留学的费用，卖给了他。"

周丽芳仍沉浸在自己的情绪里，说："多么安详、温馨的眼神！那是母亲才有的幸福。你看那孩子，笑得多甜，都让人心醉！"

李剑雄被打动了，却只有无语相对。分别的这三百多个日子里，他有多少话要对她说，现在什么都说不出来，内心深处只是希望她能很快回到他的身边，回到自己的队伍里一起并肩战斗。可这是组织考虑的事情，她和他都必须服从党的安排，很多同志为了党的事业牺牲了生命，他又岂能留恋夫妻间的恩恩爱爱呢？

周丽芳此刻也思绪万千，何不去旅馆单独相处一会儿呢？她还有一些情报也要交代给他，在此处说话很不方便。她觉得全身热流涌来，不由自主地坐到他的身边，用手戳了一下他的腰。这个熟悉的动作让李剑雄触电般地哆嗦了一下，伏在她的耳畔轻声说："我们去旅馆吧。"周丽芳幸福地点点头。

有人窜进咖啡馆，四处张望一下又出去了，周丽芳顿时警觉起来，用急促的语气对李剑雄说："去不成了，我们得分开走。"

李剑雄依依不舍地说："我们现在走还来得及。"

"不行。我还得潜伏下来，"周丽芳坐回到他的对面，把手提箱挪到他脚边，果断地说："这是柳俊人盗走的部分经费，白秋兰临死前说，柳俊人还藏有另一半，可惜让他跑了。"

李剑雄也察觉出那人行为举止有些蹊跷，接过手提箱说：“你放心，我会找到那个混蛋的。”

“白秋兰说他要去欧洲，”周丽芳拿出白秋兰和柳俊人的合照说：“这条线索也许有用。”

李剑雄把照片放进口袋，说：“我不会让他逃走的。”

周丽芳看着他，犹豫了一下，说：“陈启民有可能叛变了。”

“什么？”李剑雄吃惊地看着她。

“我听侦缉处长赵秉谦对特派员说，陈启民要作为卧底重新打入共产党内。”隔着玻璃窗，周丽芳看见刚才那个可疑人带着几个便衣特务朝这里走来，催促他说：“有情况！你赶快从后门出去！”

“不！我掩护，你快走！”

“别争了。你带上手提箱快走！”

李剑雄留恋地看了她一眼，迅速朝后门走去，不料汤队长带人已从后门进来，堵住了去路，他只得退了回来。周丽芳看见汤队长急急从后面赶来，便使眼色让他别过来。李剑雄选了靠近走廊的座位坐下，把住了去后门的路，又能看清整个店堂的动静。汤队长根本没有注意，带人从他身边走过，直奔周丽芳。

这时候，赵秉谦也带人从前门进来，安谧的店堂里人们骚动起来，不知所措地望着这群人。赵秉谦径直走到周丽芳面前，揶揄地说：“钱秘书怎么一个人在这里？是不是在等什么人？”

周丽芳镇静地说：“赵处长管得太宽了吧？我的工作不用向你汇报。”

李剑雄暗暗拔出手枪，他不能看着周丽芳被狼群围着而无法脱身。周丽芳显然猜到了他的意图，突然站起身要走，想把他们引向前门。汤队长上前拦住了，嘲笑地说：“别装蒜咧！俺的人一直在跟踪你，没想到吧？”

周丽芳大声说：“好哇，你竟敢跟踪我。想干什么？你还在这儿干什么？抓我吗？抓呀。”

李剑雄明白她是在催他快走，可他现在不想走，他不能眼看着妻子被敌人抓走。

赵秉谦阴阳怪气地说：“钱秘书言重了。汤队长，看住这里的每一个人，把他给我找出来！”

周丽芳感到了危险迫在眉睫，不能让他们挨个搜查，必须制造出混乱局面，才能让李剑雄从这里脱身。她出其不意地转身移到赵秉谦身后，用手枪顶住他的太阳穴。汤队长他们急忙举枪对准她，慢慢向她接近。

李剑雄想动手，周丽芳察觉到了，高声喊道：“朝后退！不然我就打死他！”

汤队长他们心有不甘地慢慢后退，周丽芳拽着赵秉谦朝前门退去，李剑雄还想找机会帮她一起脱身。不料守在前门外的特务冲了进来，朝周丽芳开了一枪，子弹打中了她的肩头，李剑雄迅速开枪击毙了特务。就这一瞬间，赵秉谦摆脱了她的控制，一个箭步躲到柱子后面，汤队长等人朝周丽芳射击，子弹蝗虫一般密集地飞来飞去，咖啡馆一片混乱，人们尖叫着，抱头钻在桌子底下。

周丽芳趁乱迅速朝他靠过来，不幸又中弹倒在他身边，鲜血从胸口汩汩流出，知道自己走不了了，情犹不舍地对他说：“不要管我，你快走。”

李剑雄一边射击一边说：“不，我们一起走。”

“这样谁都走不了，你必须把手提箱交给组织。走！”

李剑雄知道她是对的，但还是紧握住她的手不放。

周丽芳咬咬牙说：“快走，再不走就来不及了！”使劲挣脱了他的手，李剑雄狠狠朝敌人打了一梭子，含泪跑出了咖啡馆后门。

身后传来激烈的枪声，周丽芳为心爱的人争取到宝贵的时间，寡不敌众地牺牲了，那支红玫瑰从口袋里掉落到她的血泊中，花瓣沾上了她的鲜血。

16. 争　执

李剑雄径直来到党的秘密机关所在的石库门房子，把手提箱交给了张德武。张德武打开查看，果然是苏区报来的货单上的东西，问他："怎么少了很多？"

李剑雄说："白秋兰临死前说，还有另一半在柳俊人那里。"

"哦。"张德武说，"白秋兰死了，柳俊人躲起来了，现在要找到他就难了。"

李剑雄发狠地说："再难也要找到他，把东西夺回来。"

张德武关上皮箱，紧紧握住李剑雄的手说："辛苦了！见到周丽芳了？"

李剑雄强忍着悲痛说："她为了掩护我，已经……"

张德武明白发生了什么，沉默了一会儿说："这笔血债一定要让敌人加倍偿还。"

豆大的眼泪从李剑雄的眼角涌出。张德武握住他的手，使劲晃了晃。两人终于拥抱在一起。

李剑雄想到周丽芳交代的事情，擦掉眼泪，说："丽芳还送来了她最后的情报。敌人企图让陈启民做内线，所以放他出来。这是她亲耳听侦缉处长赵秉谦说的。"

张德武点点头说："这个情况我们已经得到其他同志的证实，陈启民过几天要带李璐西一起离开上海去欧洲。到时候敌人会派人护送他们去码头。"

李剑雄觉得奇怪，问道："他们为什么这么快就放弃了让陈启民打入我们内部的阴谋？"

张德武一拳砸在桌上，说："我们一个联络点刚刚遭到破坏，联络点的同志和苏区来的人都被捕了。这个联络点陈启民是知道的，肯定是他叛变供出来的。为了避免党遭受更大的的损失，必须铲除叛徒陈启民，绝不让他逃到国外！"

党组织派人去联络点拦下了陈慧梅，其他同志却没能救出，但由此说是陈启民出卖的，他还疑窦未消，说："这个联络点是弃后重开的，陈启民不知道这个。"

"知道这个联络点的同志，只有他被捕了。"

"我觉得这件事疑点很多，不宜盲目行动。"

张德武严肃地说："为了革命，我们需要当机立断，以绝后患。"

李剑雄还想说服他："可是，如果冤枉了自己的同志怎么办？"

张德武拍拍他的肩膀："我理解你的心情。可是你有没有想过，如果我们不作出这样的选择，党组织有可能进一步遭到破坏！我问你，在革命生死存亡的关头，是个人的生命重要，还是党的生存重要？"

李剑雄争辩说："难道党不是由每一个党员所组成？假如失去了每一个党员的生命，党的存在还有意义吗？"

"生命？"张德武激动地说，"你没有看到那么多的年轻生命倒在敌人的枪口下吗？你没有看到叛徒给党造成的危害有多大吗？国民党反动派从来不会对共产党人心慈手软，为什么偏偏没有动陈启民一根汗毛就把他放了？为什么还要派人护送他出国去欧洲？这一切怎么解释？"

李剑雄也没法解释这一切，犹豫地说："也许和我父亲花钱请律师、买通政府官员有关，也许这又是敌人的一个阴谋……"

"也许！也许！"张德武毫不客气地打断了他的话，"连你都不敢确信自己下的结论！党不能靠'也许'过日子！"

李剑雄说："我建议再派我们的同志去核实情况，等事情彻底调查清楚了再动手也不迟。”

张德武有些讽刺地说：“那样的话，他们已经到了国外，而我们却无法阻止陈启民出卖党的机密！”

李剑雄沉默不语。张德武说的不无道理，在眼下紧急关头必须阻止这种情况发生，可是这关系到一个人的生命……

张德武加重了语气说：“我们不能重蹈铲除叛徒柳俊人的覆辙。那次行动就是因为我们对他抱有幻想而拖延了，现在他躲起来了，谁也找不到他。也许突然有一天他又冒出来祸害我们的党！我知道陈启民是你的妹夫，可这是党的决定！你可以不参加这次行动，但你无权阻止这次行动的实施！”

李剑雄猛地站起来，低沉地说：“不！我参加这次行动！”

张德武看了他一眼，说：“那好。不过你必须不折不扣地执行党的决议。”

李剑雄有些愤慨地说：“难道你对我也不信任了？”

张德武凝视着他，好像在下决心，终于拍拍他的肩膀说：“去准备吧。”李剑雄什么都没说，走出了房间。张德武显然还是不放心，不停地背着手踱步，过了一会儿把吴霄葆叫了进来，亲热地朝他胸脯打了一拳：“党交给你一项绝密任务，有没有勇气去完成？”

吴霄葆精神抖擞地说：“保证完成任务！”

张德武凑近他耳语道：“你们去处决叛徒陈启民时，如果李剑雄犹豫不决，你要执行我的命令，抢先开枪，务必打死这个叛徒！”

吴霄葆应声答道：“是！”

张德武满意地拍拍他的肩膀，说：“去吧。”

一连几天，李剑雄带领几个同志埋伏在陈启民家对面楼房的一个房间里暗中观察，均未发现异样。

第四部

1. 谋　划

陈光宗因女儿获得游泳女皇称号而使华光牌火柴成为市场的宠儿，但好景不长，其他厂也纷纷推出各种时髦女郎火花的火柴来抢夺市场，瑞典和日本火柴公司又以优质美观的产品打压国产火柴，这都使他意识到再不更换设备就难以保住火柴市场的已有地位，遂想购进外国最新生产机器以更换工厂设备，提高产品质量和生产效率。上海人有句闲话叫想啥来啥，留学欧洲的儿子陈慧松恰恰就在这时回国了，问起在国外的学习生活，竟对火柴生产设备很是熟悉，陈光宗不由得大喜过望，立刻让他和王经理去国外采买新机器。田淑芬哪里舍得刚回家不久的儿子又要出国奔忙，一时伤心啼哭。倒是陈慧松一边安抚母亲，一边又不负父命，以优惠价格买到设备，很快就回来了，让田淑芬又惊又喜。不料机器运到上海码头后，却被海关查扣，说是手续不全。好不容易补上了，又说缺少外国公司出具的什么凭证。陈光宗感觉到此事有人在背后搞鬼，派人打听果然是日本人从中作梗。陈光宗本想在行业里占得先机，夺得火柴市场的更多份额，哪知投入巨资买来的机器被压在海关仓库，厂里急着设备更新却用不上这批机器，只得请吴律师来商议如何破局。吴凯申因忙于李明甫女儿女婿案一时无法脱身，拖了几天总算抽出时间急匆匆来到他家。管家将他引进书房，便退出关上门。吴凯申看见书房没人，里面还有一扇门开着，便走进去，陈光宗果然坐在里间。

吴凯申关上门，说："来迟了，实在对不起。"他第一次进这个套间，眼睛不由地扫视了一下，室内装饰很细心，桃心木护墙板拦腰高，上面是厚厚的绿呢墙布，隔音效果应该不错。陈设很简单，两只大沙发对放着，便占去了大半个房间。背对着窗户的沙发上坐着陈光宗，做了个请坐的手势，吴凯申便坐到朝向窗户的沙发，一下子被光线刺得看不清对方脸上的表情。

陈光宗冷眼打量，颇不高兴地说："吴大律师现在架子大，我都请不动了。"

吴凯申连连打招呼，说："实在是近日事情太多，李明甫的女儿女婿被当局抓了，说是共党分子。他要我去捞人，你说这事哪那么容易办。"

陈光宗一愣，说："还有这事？"

吴凯申便把这事的前因后果说了一遍，又问："你女儿有下落了吗？"

陈光宗摇摇头，说："派人去南昌找了，谁知国军正忙着剿匪，第一次军事行动损兵折将地收场，连师长张辉瓒都被红军活捉了。南昌城里一片混乱，上哪儿能找到我女儿？"

吴凯申点头说："这些报上都登了，真是没想到共产党的势力这么强。"

陈光宗说："是啊，看来这仗还要打下去。"

吴凯申有些感慨地说："在这种情况下，李明甫能打通党国上层，把女儿女婿捞出来还真是不容易，听说当局已同意放他们出国去欧洲。"

陈光宗"哦"了一声，问："他们走了？"

吴凯申说："还没有。听说去欧洲的船票不好买，他们只能在家等着。"

陈光宗不由地感叹道："他倒是有女儿女婿陪着，我到现在都没有找到我女儿。唉，早知如此，当初又何必逼她嫁给徐家。"

吴凯申好像想起什么，说："我最近见到了徐贤礼，听他说起儿子徐成生是颇为满意。"

陈光宗颇为关切地说："哦，徐公子怎么了？"

吴凯申笑着说："改邪归正啦，他愿意去做家族生意了，把徐贤礼高兴坏了。"

陈光宗有些安慰地说："这么说，当初我没有看错眼？"

"绝对没有看错眼，"吴凯申凑近他耳旁说，"你知道吗？这小子到现在都没有结婚，是不是在等你女儿啊？"

陈光宗不以为然地说："你乱说什么。我女儿就是不满意这桩婚事才逃婚的。"

吴凯申赶紧顺着他的话说："不着急，到时候她会带着乘龙快婿回家的。"

陈光宗闷闷不乐地说："我就不明白了，为什么他们就不能回上海做生意，偏要留在那乱糟糟的南昌城里呢？"

吴凯申笑笑说："富贵险中求，乱中有机会嘛。再说，你儿子不是从海外回来了，听说这次购买机器设备他出了大力，担了重责。你可是有了一个好帮手啦。"

陈光宗摇摇头说："海外市场他是有些了解，可国内情况就一窍不通了。你看，海关方面扣着机器不放行，我是毫无办法，他也帮不上忙。"

正说着，陈慧松进来了，房间里没有第三把椅子，只得站着，对父亲说："我了解清楚了，海关方面只要搞定一个关键人物，机器设备就能通关放行。"

吴凯申凑趣地说："你看，帮上忙了吧。"

陈光宗让他见过吴凯申，陈慧松恭恭敬敬地施了一礼，吴凯申忙招呼他一起坐，陈慧松客气地靠着沙发扶手，算是意思到了。

陈光宗问："这个关键人物是谁？"

陈慧松说："科长魏干臣。此人深得英国人赫斯关长的信任，自视甚高，很难与他打交道。"

吴凯申啧啧赞道："没想到公子这么能干，把什么都打听清楚了。"

陈光宗板着脸说："那你想怎么与他联系，让他同意放行机器设备呢？"

陈慧松说："我当面找他谈，若他故意作梗，我就直接去找赫斯关长。"

陈光宗摇摇头，对吴凯申说："你听到了吗？就这样给我添乱，还说什么帮忙。"

吴凯申笑吟吟地说："陈公不用着急。据我所知，魏干臣确实有些耿直，但他有个哥哥叫魏如臣，在淞沪警备司令部做个副处长，仕途不畅缺钱花，我们可以先结交他，多送些钱给他，只要他收下，就让他去做通魏干臣的工作，这机器设备还不能顺利通关？"

陈慧松听来如读天书，不知不觉间坐到沙发扶手上，问："这能行吗？"

陈光宗没搭理他，哈哈大笑地说："还是大律师法道粗，那就请你引荐这位魏副处长了。"

吴凯申大包大揽地说："你放心，这个包在我身上。那我就先告退了。"

陈光宗说："先别忙着走，我还有一事与你相商。"

吴凯申问："什么事？"

陈光宗斟字酌句地说："如果这批机器设备能够通关放行，那我的火柴公司就是上海行业里的龙头老大。我一直想搞个火柴行业商会，你觉得这事值得做吗？”

吴凯申想了想说：“这个想法好啊。如此一来，就能共同对付外国公司倾销火柴了。”

陈慧松坐得不舒服，手搭在沙发靠背上，插话道：“国外也有行业商会这种组织，专门负责协调各厂之间的关系，共同维护本地市场。”

陈光宗叹口气，说：“可是眼下形势很乱，日本关东军意在东北，再这样下去，东北迟早要让日本人占领了。我就想听听你的分析，这种情况下还要不要成立火柴行业商会？”

吴凯申想了想，说：“这个我还真说不好。日本人在上海的势力很大，他们办的纺织厂、火柴厂都很强。若是我们成立火柴行业商会，一定会与他们产生矛盾。到时候若无政府的支持，就是在租界也难与他们抗衡。”

陈慧松皱皱眉说：“我倒觉得不妨试试去内地城市办个火柴厂，正好旧机器换下来还能再利用。”

陈光宗沉思道：“这倒是个好主意，你说说去哪个城市办厂？”

陈慧松站起来，说：“南昌。顺便也好找妹妹回家啊。”

陈光宗脸拉了下来，说：“生意是生意，家事归家事，哪能混作一谈。”

吴凯申连忙劝说：“这哥哥想着妹妹也是一番好意，更能把火柴厂办好呢。”

陈光宗也不驳大律师的面子，对儿子说：“那就试试吧。”

2. 追杀叛徒

李剑雄一直没忘记寻找叛徒柳俊人，但是上海滩这么大，没有了内线提供情报，上哪儿去找柳俊人？他又会躲在哪个角落里？思来想去，没有头绪，焦虑不安睡不着觉，到了后半夜，忽然想到柳俊人既然不投靠国民党当局而要逃亡欧洲，那就一定要去买船票。现在白秋兰已经死了，当局又发了通缉令，找人替他买票也不安全，说不定他会冒险自己去码头售票处买票，何不去那儿守候呢？如此一想，他翻个身就睡着了。

第二天，他去韩天强家，一进门就看见陈慧梅在忙着洗菜做饭，动作娴熟，像个上海小康人家的主妇，节俭，能干，贤惠，大方，便开玩笑地说："嗯，像个家庭主妇的样了，不知道烧的菜味道好不好。"

陈慧梅嗤嗤笑，说："不是咸，就是淡，要么甜得发腻，你还要吃吗？"

李剑雄说："那是上个月的事了，士别三日，当刮目相看。"

正说笑着，韩天强从前客堂过来，疑惑地问："明天的事有变化？"刚才碰头布置了监视陈启民家的事情，此刻见李剑雄又登门，以为事情有了变化。

李剑雄说："不是。我有事情要和陈慧梅说，你能替她烧菜吗？"

韩天强忙说："我现在烧菜味道不如她，还是等你们谈完了，让她来掌勺，你留下尝尝她的手艺。"

陈慧梅把李剑雄让到前客堂，不知道他要和自己谈什么，但听韩天强说起过陈启民叛变一事，便兴奋地说："我也参加你们明天的行动？"

李剑雄看了看她，说："不，我想另外派任务给你，敢不敢去？"

陈慧梅激动地说："我去。"

李剑雄拿出那张白秋兰和柳俊人的合照，指着那个戴金丝边眼镜的年轻男人，说："从明天开始，你每天去码头售票处，看到这个人来买船票，就悄悄跟上去，看看他住在哪儿，马上打这个电话号码，接电话的人会立刻告诉我的。”

陈慧梅反复端详照片上的人，问：“他是谁？这个女人又是谁？”

李剑雄说：“叛徒柳俊人。他窃取党的经费，出卖组织，罪大恶极。我们这几天要集中力量对付陈启民，没有多余人手去侦查柳俊人藏在哪儿。这是百乐门舞厅的舞女白秋兰，是他相好。他曾跟白秋兰提过要去欧洲，我想很有可能他会去买船票。”

陈慧梅收好照片，使劲地点点头说：“保证完成任务。”

李剑雄想了想，说：“去欧洲的轮船一周一班，也许他会几天不出现，你要有耐心。等我这边事情有了结果，我就派人来替换你。”

陈慧梅挺有信心地说：“你放心，只要他来买船票，我就一定会找到他！”

一连几天，她去码头售票大厅守候侦查，都没有发现柳俊人，自己倒又累又无聊。她有些气馁了，这么傻守着售票大厅简直就是守株待兔，谁知道哪天兔子会跑来撞到树上啊。正这么胡思乱想，有个人从她身边走过，陈慧梅突然精神一振，这个人太像柳俊人了，莫不是自己眼花了？她赶忙掏出照片仔细辨认，没错，刚才走过去的就是他，尽管他压低了黑呢帽。她迅速跟了上去，大厅里的人很多，老是挡道碍事，那人又走得飞快，几步就出了大门。陈慧梅急了，干脆撒腿跑过去，出了大门一看，外面人行道上人来人往，摩肩接踵，哪里还找得到那人。她懊恼地直跺脚，忽然又看见他在人群里闪来闪去，急忙追了上去。

前面那人确实是柳俊人。从白秋兰家逃脱之后，他就躲进了事先租好的亭子间一连几天都不出门，只在夜里才出来吃口东西，等风头有点过去了，就决定乔装打扮去买船票。一夜未眠，天一亮就赶往码头售票处。大厅里人头攒动，英国人，法国人，德国人，犹太人，日本人，中国人，万国语言都在这儿喧闹。柳俊人压低礼帽走进大门，迎头“当”的一下，墙上的大钟敲响了，吓得他转身就往外走，又是一声钟响，方才醒悟过来，赶忙躲到大厅立柱后观察一阵，没见有人注意他，这才缩起肩头走到售票窗口排队，忐忑不安地等着，一会儿轮到他，赶紧伸手递钱买了船票，下一班去欧洲的维多利亚号。一切似乎太顺利了，他手里捏紧船票，紧张地扫一眼四周，装出憋着尿的样子要去厕所，走到一半，突然斜穿大厅，直奔大门而去。忽然斜刺里有人拦住了他，吓得他真的要尿裤子了。先生阿要轮船票？原来是个倒卖轮船票的黄牛，他头也不回地往大门走，没忘了晃晃手中的船票。原以为自己没被人发现，不料向后一看，竟发现有个女人跟着他，出大门时趁机回头再看一眼，确认那个女人在跟踪他，便加快脚步往前走，不时地撞到行人，招来不少白眼也顾不得了，看着前面就是十字路口，交通灯正闪着黄灯要翻红灯，就三步并作两步飞快地穿过马路。

陈慧梅在后面看见那人穿过了马路，赶紧跟了上去，此时红灯恰好亮起，汽车开始一辆接着一辆地开动起来，急得她不顾一切地横穿马路，后面驶来的汽车一个急刹车，司机探出头骂道，不要命啦！她什么都顾不上了，紧紧盯牢前面那人。

柳俊人见没甩掉她，忽然放慢了脚步，陈慧梅赶紧也收住脚步，和他保持住一段距离，正好隔着人头攒动的空隙能看到他。行人在匆匆赶路，一个西装革履的绅士挡住了她的视线，一个西洋女人金发上戴一顶宽檐帽，人高马大地堵在前面，一个长衫礼帽的商人匆匆擦肩而过，走到了她前面，一个穿旗袍烫波浪卷发的小姐踩着高跟鞋在她前面摇来晃去，行人们不断地遮住她的视线，他在人群中时隐时现地穿梭。前面又到了十字路口，她小心地跟着他，确保他突然穿过马路时能紧跟上去。驶过的车辆模糊地一闪而过，站在马路边的人群安静地等待，柳俊人也停在了路口。她隔着几步远站住，两眼牢牢地盯着他。终于亮起了绿灯，人群呼啦啦地过马路，柳俊人忽然往前跑了起来，她急忙跟了上去，当年受过的体育训练使她脚步飞快。前面的柳俊人转弯进了一条小马路，陈慧梅紧紧跟上，转过弯去，柳俊人却迎面走了过来。陈慧梅躲避不及，只能迎着他走去。

柳俊人冷冷地瞥了她一眼，似乎在问："你为什么跟着我？"

陈慧梅也装出女人的敏感，回看了他一眼，仿佛嫌恶被男人盯着看，心里却在想："他发现我在跟踪他了？"

柳俊人感觉到她那瞧不起人的眼光，飞快地在脑子里转着："她是谁？亨通旅馆那两个女人？不像。"

陈慧梅镇定地走着，脑子里飞快地想着对策："怎么办？这还怎么跟踪他？"

柳俊人眼光朝她身后扫去，心里打鼓似的："她只有一个人？"

陈慧梅感觉到他想摆脱她，心想："要是韩天强在就好了。看你往哪儿跑？"

柳俊人从她身边走过，心里暗自得意："马上就知道你是不是在跟踪我了。"

陈慧梅沉着地走过去，没走几步就赶紧掏出粉饼盒，装着补妆从小镜子里往后看，发现柳俊人头也不回地快步走着，略一迟疑，转身跟了上去。

柳俊人在前面走着，心里轻蔑地说："你还是暴露了，不管你是哪路的。"

前面是公交车站，一辆有轨电车正在上客，柳俊人突然跑了起来，陈慧梅顾不得多想，飞快地跟上去。有轨电车已经在慢慢关上铁栅栏车门，车子也动了起来，柳俊人一个箭步抓住车门，硬是从车门缝隙挤了上去。司机高声骂道："充军杀头去啊！命也勿要了。"不等他站稳，就"当当当"地把电车开走了。陈慧梅奋力追上来，司机可不想再有一个女人来扒车，丝毫没有停下来的意思，反而加大了电流使有轨电车迅速地远去。陈慧梅眼看着电车远去，根本追不上，只能作罢。

陈慧梅喘着气，有些懊丧地往回走，心里恨自己跟丢了目标，恨自己跑得不够快，又恨叛徒太狡猾，再恨司机太欺人。接下来该怎么办？就这么空手而归，跟李剑雄说自己跟丢了柳俊人？不！她虽然跟丢了人，但却见到他来买船票了。那么，他是确定要逃亡欧洲了，也许到售票大厅还能打听到一些有用的消息？

她回到了售票大厅，这里照样的人头攒动，好像压根儿没有发生过什么事。她气恼地坐在椅子上，漫无目的地看着大厅，人们匆匆来去，连招呼都不打，心想上哪儿去打听柳俊人的消息呢？刚才要是没让柳俊人跑掉，就能顺藤摸瓜找到他的藏身之处，她有点懊恼，现在再纠结这个一点用都没有。那么，假如他买到了去欧洲的轮船票，开船那天一定要去码头上船，就有可能在那里截住他。但他是坐哪一天的轮船呢？陈慧梅忽然有了想法，也许去售票窗口问问，或许会得到有用的线索。

说干就干，她走到售票窗口，拿出那张照片问售票小姐："小姐，刚才这个人买了去欧洲的船票，是哪天走啊？"

售票小姐瞟了照片一眼，说："我这里不卖去欧洲的票，你去那边问问。"

陈慧梅顺着她指的方向，来到了另一个窗口，再问："小姐，你这里卖去欧洲的船票吗？"

售票小姐热情地说："卖啊。请问太太要买哪一班轮船？"

陈慧梅拿出照片，说："不是我买，刚才这位先生来买的票，你查查是哪一班轮船？"

售票小姐撇一撇嘴，看了照片一眼，说："这怎么查啊？我哪记得这么多，没见过这位先生。他是你什么人啊？"

陈慧梅用食指中指从皮夹子里夹了一张钞票递过去，说：“小姐，你再想想，他急着买船票去欧洲。”

售票小姐接过钞票，抛了个媚眼，说：“啊，我想起来了，是有这么个戴金丝边眼镜的先生急着去欧洲，他要最近的一班轮船，就是明天啰，可是只剩下了头等舱的票，他嫌贵，非要我帮他匀一张二等舱的票，我看他可怜兮兮的样子，就找同事打听，你说巧不巧，正好有人退了一张明天去欧洲的二等舱票。你别不信，他真是买了一张明天起航的维多利亚号轮船，照片上那个女人肯定去不了。”

这真是个爱说话的售票小姐，当然，得给她钱，就像外国人开的赌场，里面的老虎机放一枚硬币，拉一下把杆，碰巧了就哗啦啦吐出一大堆硬币。陈慧梅虽然得到了这个消息，却不敢完全相信售票小姐的话，或许她看在钞票的面子随便应付几句假话骗人，就收起照片，又问售票小姐：“有没有其他日子去欧洲的轮船班次？”

售票小姐说：“有啊，每星期有一班去欧洲的轮船，下一班公主号什么舱位都有，可金丝边眼镜说他等不及了。”

陈慧梅见问不出什么其他有价值的信息，便马上回去向李剑雄汇报。她有些忐忑地问道：“我是不是暴露了？”

李剑雄微微蹙眉，说：“你这样追过去，他还能不明白？”

陈慧梅自责地说：“我当时就想着，不能跟丢了。”

李剑雄没有批评她，只是问：“你肯定售票小姐不是随便说说的？”

陈慧梅犹豫地摇摇头。

李剑雄没再问她，自言自语地说：“他是不是买了明天的轮船票，还不能确定，他又发现有人跟踪，就算是买了轮船票，明天会不会上船也不能确定。”

陈慧梅恨自己没有把事情办好，坐在那里局促不安，李剑雄就让她走了。房间里没人了，他来回地踱着步，心里想着，明天他去不了轮船码头，他还要继续守在陈启民家附近，这几天他们夫妻俩躲在家里不出门，如果要去欧洲的话，那么照售票小姐说的每星期有一班去欧洲的轮船，他们明天就有可能去码头上船，那他就不能离开监视点一步。可是，万一柳俊人真的明天也上船去欧洲呢？那就有点麻烦了。问题是，陈慧梅的情报不是很确定，从售票小姐那儿打听来的消息又得不到印证。情报不能百分之百的肯定，他怎么向张德武汇报？

第二天，陈启民家果然有了动静，李剑雄提醒大家加倍警惕。吴霄葆带着张德武的密令，格外仔细地观察对面楼里的一举一动。可是，在这个位置看不到客厅的全部，他便换了一个窗口，把窗帘拉开一条缝，用望远镜仔细观察。现在能看清客厅放着大大小小的箱子，李璐西在焦急不安地朝窗外看了几次，只是没看见陈启民。

李剑雄走进房间，发现他换了观察窗口，便不满地问道："有什么情况吗？"

吴霄葆头也不抬地说："看不太清楚。只看见李璐西接过两次电话，没看见陈启民。"

李剑雄严厉地说："我让你观察附近有多少特务埋伏，你怎么光注意他们？"

吴霄葆这才用望远镜搜索附近马路和房子周围，马上汇报说："敌人很多，防守得很严密。"

李剑雄没理他，独自走到另一个窗口查看，这个角度看过去范围更广，他先前就是让吴霄葆守在这个窗口的，谁知他擅自跑到另一个窗口去盯着陈启民他们。李剑雄看到敌人人数很多，又把周围有利地形占据，若在这里动手显然会伤亡很大，而且还不能保证完成任务，再说，去码头可以同时兼顾两头，不管谁想坐轮船去欧洲，都别想从他眼皮子底下溜走，但他不便把这个想法告诉吴霄葆，便果断地说：“不能在这里动手，立即去码头伏击。”

吴霄葆犹豫了一下，说：“可是，老张命令我们就在这儿动手。”

李剑雄说了声执行命令，就指挥其他同志赶往码头，吴霄葆只得紧紧跟随。谁知他们前脚刚走，韩天强就匆匆赶到这里，看见房间里空空无人，知道李剑雄他们执行第二方案去了码头，一拍大腿，暗叫一声不好，匆匆下楼追去。原来军委领导听取老张的汇报后，觉得在证据不足的情况下不能草率行事，便责成老张派人通知李剑雄停止行动。韩天强接到任务后紧赶慢赶，还是和李剑雄他们错过了。

韩天强坐上黄包车直奔码头，一路上不停地催车夫快跑。那车夫年纪大了点，腿脚虽还利落，但毕竟不是毛头小伙了，一路疾跑不免有些气喘吁吁，好在他有经验，灵巧地穿行在行人和车辆之间，不一会儿就赶到了码头。韩天强塞给他几张钞票，撒腿就跑。车夫喘着气坐在车杠上，满足地点着手中的钞票，望着韩天强匆匆钻进码头的身影，不明白这个客人怎么什么行李都没带，就去乘远洋轮船了，那可是要漂在海上几个月的。

3. 维多利亚号

柳俊人摆脱了陈慧梅的跟踪，又谨慎地绕了几圈，确信没人跟踪，这才回到了亭子间。坐定下来，他拍拍额头庆幸今天又一次逃脱了，那个女人究竟是国民党当局的特务还是共产党特科的人，这已经不重要了，反正他明天就要乘越洋轮船走了，谁也找不到他了。幸亏买到了明天维多利亚号的船票，一般情况下乘客最快也只能买到下一个星期的开航班次的船票，那这一个星期的日子可就难熬了。等待的日子是漫长的也是受惊吓的，白天出去怕被人发现，只能整天龟缩在亭子间里啃面包度日，只有到了夜里才敢出来去小饭店吃夜宵，调调口味，顺便放风透气。这要再等一个星期岂不是要了他的命？

他躺在床上辗转反侧，脑子里摆脱不了白秋兰的死。自从转入地下工作，他就无法摆脱恐惧，沉重的心理压力使他爱上了去百乐门跳舞来放松自己，这就认识了白秋兰。起初在他眼里，她不仅舞跳得好，还特别体贴男人，让他满足于一种掌控感，从此深陷其中而不能自拔，钱也越来越不够用了。当得知苏区要运来一批金银珠宝给中央作经费的秘密后，他就打起了歪主意。这以后，一切都不可逆转地坠入下去，直到看着他心爱的女人赤条条死去。

总算到了天亮，起来梳洗一番，精心化装成商人模样，又叫了黄包车，车夫替他把大箱子搁在车上，他提着小箱子始终不离手。一路上，他竖起大衣领把脑袋缩进去，又把黑色费多拉呢帽压得低低的，两眼不住地看着周围的一切，车子跑了好一会儿，总算是看见码头了，那里人头攒动，喧哗声老远就传了过来，人们上日本，下南洋，去欧洲，跑美国，都从这儿乘外国轮船，那么个钢铁大家伙浮在江里，巨大的两只烟囱冒着团团白烟，一个长长的舷梯从上面甲板伸下来，吞噬着一个个渺小的人。柳俊人松了口气，终于可以离开上海了。

这一天，也是陈启民和李璐西乘这艘维多利亚号轮船去欧洲的日子，此刻却被特务困在了家里。此前，赵秉谦答应让汤队长送他们去码头，现在却动弹不得，陈启民一眼看穿他的诡计，对焦躁不安的妻子说："这哪是送我们出境，我们被软禁了，没有人身自由。"

李璐西不愿听，心里着急，打电话给爸爸，却一直不通，气得摔了电话机。陈启民安慰道："急也没用。我看我们是走不成了。不走也许倒更好。"

李璐西着急地说："什么？你又要变卦了！我们不是说好

了吗？”

陈启民从盒子里拿出一支雪茄，这是老丈人送他的，一直放在那儿当摆设，现在他切掉烟头，点燃后抽了一口，淡淡的雪茄烟味还是有些呛喉。他放下了雪茄，说：“不是我变卦，我看是他变卦了！你看看，现在几点了，离开船时间都不到一个小时了，我们还不离开这里，这能走成吗？”

李璐西神经质地说：“能。一定能。”

陈启民自嘲地说：“除非我们想办法逃出去。”

李璐西连连说道：“不。不行。”又一次走到窗前张望：“外面有特务把守，要是被发现了，我们可就真走不成了。”

“你这是怎么啦？”陈启民不解地看着她，说：“早些时候，我劝你去欧洲，你说什么也不愿意，现在又那么迫不及待地要走？”

李璐西靠在沙发上仰望着天花板，喃喃地说：“不这样，我们又能干什么？”

陈启民忽然挺身坐起，对她说：“我担心，我们会不会中了敌人的圈套。我们没有悔过自首，更没有出卖组织和同志。可是，赵秉谦就把我们放出来了，还答应让我们去欧洲，这是为什么？难道他真的是念及老同学旧情？不。他绝不是这种人！难道他想以此来离间我们和党的关系？可他又能从中得到什么？难道我们真的叛变投敌了？”他苦笑了一声，心想连自己都不相信自己了，又如何让党相信自己的忠诚？这也许就是赵秉谦想得到的。

李璐西安慰他：“启民，别这么折磨自己了。我不是说了嘛，是爸爸疏通了政府高层，赵秉谦不得不放了我们。”

陈启民摇了摇头：“不管怎么说，去欧洲总比被关在这里强。可我们得在走之前和党组织取得联系才行。要是你哥哥能来就好了。”

李璐西一惊，连连说：“不，不，我不想见他！”

陈启民愕然地看着她：“怎么啦？”

“我，”李璐西支支吾吾地说，“我不想看见他被特务抓走。”

这时汤队长带着特务闯了进来，对他们说：“走咧，俺这就送你们去码头。”

陈启民看了看手表，说：“去码头怕是时间来不及了，是押送我们回监狱吧？”

“陈先生是信不过赵处长哩。”汤队长指挥手下提行李，众人呼拥着走出客厅。

上了汽车，李璐西紧紧握住陈启民的手，心里忐忑不安。两侧车窗拉上了白色窗帘，看不见外面，只能从前挡风玻璃看出去，又被前座的人挡了视线。汤队长坐在司机旁边，不时地从后视镜里偷窥他们，还故意哼着小调，气氛显得十分诡异。陈启民不知道他们在玩什么花样，只能走一步看一步。

汽车一会儿就到了码头。陈启民和李璐西在特务们的前呼后拥下通过了检票口，只见江边停泊的远洋客轮正在上客，码头上挤满了出行人和送行人。客轮的舷梯旁船员正在检票，旅客们排队等着上船。

柳俊人也等在队伍里，恨不得立刻躲进客舱房间里，没想到舷梯前有这么多人排队等着验票上船，只得低了头祈祷老天保佑他平安。天色阴沉下来，江上吹来一阵冷风，他打了个寒战，把竖起的大衣领拉了拉，呢帽压得更低，右手拎着大箱子，左手紧紧握住小皮箱，恨不得立马上船。

这是个货运和客运混合的码头，离上船队伍不远就是一个堆货场，到处是小山包似的货堆，搬运工正扛包到码头停泊的货轮旁，船上的吊杆降下来，勾住装满了货物的大网兜往船上吊。这时候，码头入口处起了骚动，柳俊人紧张地回头看去，竟是汤队长一行人朝这边走来，一下子懵了，以为是来抓自己的，慌慌张张地朝前挤，想抢先上船。队伍被挤乱了，人们不满地叫喊着，警察跑过来把他拉出了队伍。柳俊人觉得不妙，看见一旁小山似的货物堆，就快步跑过去想去那里躲一躲。

李剑雄和吴霄葆等人早就埋伏在货堆后，见陈启民和李璐西在特务们的保护下从通道口出来，正准备动手，客轮舷梯那边却乱了起来，被赶出队伍的拎小皮箱的人匆匆朝这边跑来。李剑雄认出是柳俊人，原来陈慧梅的情报真是准确，忙对吴霄葆说："你看，柳俊人也想上这条船。准备动手干掉他！夺回党的经费！"

吴霄葆一愣，想起张德武的命令，看陈启民离得还远，柳俊人却正在靠近，一起动手把握不大，就说："不能动手。那样陈启民会跑掉的！"

李剑雄颇感意外，他反对自己的命令？冷静！陈启民离得较远，动手的话确实没有把握，可柳俊人提着的小皮箱装着党的经费，不能再让他从眼皮子底下溜走。怎么办？他一时难下决心。

送行的人们向上了船的亲朋好友挥手送别。舷梯旁等着上船的旅客不耐烦了，埋怨检票员动作太慢。汤队长忽然停下脚步，对那个被赶出队伍的人多看了一眼，还真像柳俊人，便叫了声："喂！你停下！"柳俊人装着没听见，脚步却更快了。这让汤队长越发怀疑，挥挥手让队伍停下。

李璐西看着近在咫尺的舷梯，着急地说："为什么停下？该让我们上船了。"

陈启民不无调侃地说："汤队长是不想让我们上船吧？"

轮船拉响了汽笛，呜！短促有力，一团白色的蒸汽从管子里喷出，像上万匹被勒住缰绳的马打着响鼻喷出的气息。

汤队长顾不上他俩，冲着那人喊道："柳俊人！站住！"他想诈一下那个人。

舷梯旁的人们都听见了喊声，纷纷朝那边看去。

埋伏在货堆后的吴霄葆紧张地对李剑雄说："动手吧。"

排队的人们不安地扭头张望。装卸车原地打转，马达轰鸣声夹杂着轮胎在地面摩擦的声音。飘来厚厚的云层把一片阴影投下，周围霎时暗了下来。特务们因为汤队长的命令原地不动，看护着陈启民和李璐西。

李剑雄见汤队长朝柳俊人追来，便下了决心，对吴霄葆说：“他们也发现柳俊人了。我们要抢先干掉柳俊人。”

李璐西被特务拦住不让上客轮，不满地说：“哪儿又冒出来的柳俊人，这是怎么回事？”

陈启民小声对李璐西说：“我看这就是赵秉谦导演的又一出好戏！”

李璐西愤愤地说：“他想干什么？爸爸怎么还没来？不是说好的要来送我的嘛。”

吴霄葆忍不住催李剑雄：“不能再等了。陈启民要上船了！”

汤队长终于等不及了，大声喊道：“你们几个留下来看着他们。其余的跟我来！”便朝柳俊人追了过去。

柳俊人回头见汤队长带人追来，撒腿就跑。陈启民早就料到会发生混乱，趁着特务们被汤队长那边的情况吸引，也悄悄地向货堆那边跑了。在这个空旷的码头上，只有货物堆场容易隐藏人，柳俊人和陈启民向货物堆场的不同方向跑去。

吴霄葆和李剑雄几乎同时开了枪，柳俊人和陈启民也几乎是同时倒在了地上。

枪声让特务们乱成一团，李璐西不顾一切地冲过去，抱住死去的陈启民，鲜血汩汩地从胸口弹洞处流出，染红了她的双手，她哭喊着他的名字。

汤队长指挥特务们包抄过去，嘴里狂叫：“快给我打！不要放走一个共党！”

刚从码头入口处进来的韩天强听见了枪声，远远看见陈启民倒下，知道自己来晚了，一时有些发懵。

李剑雄顾不得多想，命令吴霄葆掩护，猫腰朝倒在地上的柳俊人跑去。

汤队长看明白这个人是想抢走柳俊人手上的小皮箱，立刻下令开枪，带着人围了上去。

韩天强果断地朝敌人开枪。

汤队长腹背受敌，队伍顿时慌乱。

李剑雄趁机冲上去夺下小皮箱就往回跑，躲在货堆后的同志们开枪掩护，一时交战激烈，子弹嗖嗖地像炸了窝的黄蜂在空中乱飞。

李剑雄、吴霄葆他们被敌人死死咬住，幸亏韩天强在敌人腹背偷袭，才掩护他们成功地从码头撤离。

倒在血泊中的陈启民，看着李璐西，断断续续地说："就这么死了，值，值得……"

李璐西抱住死去的陈启民，失声痛哭。

4. 真相难以面对

李璐西被特务强行送回家，房子周围布满了暗哨。屋里空荡荡的，突然客厅的大钟发出咕噜噜的响声，像是一只猫头鹰飞了进来。李璐西跌跌冲冲地上了二楼，"嘭"地关上自己房间的门，一头倒在床上，泪水霎时染湿了床罩。

陈启民死在自己怀里这一幕，死死地粘在脑子里挥之不去。她不敢相信这一切都是真的，也不知道现在该怎么办。赵秉谦究竟要把自己怎么样？为什么拖着不让他们上船？为什么码头上发生枪战？这一切会不会是事先安排好的？启民和柳俊人同时被打死在码头上，会不会是哥哥他们干的？这个念头让她害怕。

阳台上忽然传出轻微的声响，李璐西一惊，抬头见一个人轻轻落地，是李剑雄。她一下子惊慌地叫道："哥哥！"

李剑雄忙做了个手势，让她不要出声，随手把落地窗掩上："把你吓着了？"

"没，没有。"李璐西疑虑地问道，"你来干什么？"

李剑雄警惕地朝窗外看了一眼，说："救你出去。"

"不……我是说，外面有特务监视，出不去的。"

"不用担心。我们的人就在下面，一有情况就会掩护我们的。"

李璐西不由自主地朝后退去。

李剑雄有点着急，说："你这是怎么啦？快走，要不然就来不及了。"

李璐西浑身发抖，说话有点神经质："启民已经死了，是你们打死他的。可他没有背叛组织，他没有！"

李剑雄又朝窗外望了一眼，说："现在不是说这个的时候，快跟我走！"

李璐西根本不听，激烈地说着："是你下令开枪的吧？也许就是你开的枪，你打死了启民！说呀！你不敢承认，你连这点勇气都没有。"

李剑雄铁青着脸，艰难地说："如果你想知道，我可以告诉你。是……我开的枪，这是组织的命令，我必须执行。"

房间里顿时安静下来，没有一丁点儿声音，吊灯的水晶坠子被风吹得微微摇晃，两个人站着一动不动，光与影变幻不定。

李璐西眨眨眼睛，眼皮沉重地翻起，又笨笨地落下，终于垮了似的说："还是让我猜着了。"

李剑雄不忍心看她这样，索性摊开来说："可是，我明明是对准柳俊人开的。我没想到，柳俊人死了，他也倒下了。"

李璐西掩面而泣："你别说了。我不想听。你还是走吧，走得远远的，再也别来见我。要不然，你还会做出让妈妈伤心的事。”

楼下响起了女佣的声音，冰裂般的刺耳，赵处长，你来了。空气中霎时弥漫起一股焦灼的气味，李璐西着急地说：“你快走！”

李剑雄再次叫她一块儿走，她反催他快走，上楼的脚步声越来越响，只得躲进阳台。李璐西刚掩上落地窗，赵秉谦就敲门进来了，两人对视着，各自打着各自的算盘。

李璐西极力掩饰内心的惊慌，扭过脸去，说：“你来干什么？”

赵秉谦迅速打量着房间，欲去阳台查看。李璐西有意无意地挡着。李剑雄已经翻下阳台，双手抓住挑出部位吊在空中。赵秉谦一把推开李璐西闯进阳台，空荡荡的。阳台下李剑雄抓住墙壁柱爬下楼。赵秉谦不死心又探头朝下看。李剑雄双手一放轻轻落地。

赵秉谦确信没有人，这才进房间，换了同情的口气说：“我是来告诉你，我手下的人亲眼看见开枪打死启民兄的是共党分子。”

李璐西内心挣扎着，大声说：“胡说！是你害死了启民！是你！”

赵秉谦自顾自地坐下来，温和地对李璐西说：“我是真心放你们去欧洲，去巴黎。熙熙攘攘的都市，充满梦影的都市，波德莱尔写得多好。你亲口对我说，你厌倦了打打杀杀的政治斗争，想去欧洲过轻松的日子。我答应了。我做到了。”

李璐西悲伤地叫道：“可你为什么迟迟不让我们上船？为什么你非要派人来送行？你说呀。”

赵秉谦装出推心置腹地说：“如果没有我的人，很可能今天你也会被打死在码头。”

“我宁愿我去死，这样倒好些。”

“事实上，他们应该打死的还真应该是你，而不是陈启民。”

“你胡说！”

“不是吗？是你向我提供了共产党的秘密联络点，让我们抓获了两个共党分子。作为交换条件，我释放你和陈启民，让你们安全离开上海去欧洲。这是一桩公平的交易。”

李璐西重重地跌坐在沙发上，身体蜷缩成一团。她不想听，但赵秉谦仍在喋喋不休地说着，他本来是不想让他们去欧洲的，是她求他才答应的。可惜共产党不放过他。如果他们知道了这件事的真相，也不会放过她。李璐西控制不住自己，叫道：“你究竟想怎么样？”

“让我保护你。我不想看到你被他们打死。”

“保护我？为什么？”

“我有比活了一千年更多的回忆。”

“又是波德莱尔。你这么喜欢他的诗？”

“因为我爱你而忧郁。”

“爱我？”

赵秉谦向她挪近了一点，滔滔不绝地说：“璐西，难道你还不相信我？早在巴黎留学时，我就深深地爱上了你。那时候陈启民也爱上了你，可我自信我爱得比他深！没想到，你还是选择了他。这让我很伤心，从此就喜欢上了波德莱尔。我发誓这辈子再也不想看见你们，可命运还是让我们重新相遇。现在，启民不在了，我们俩又能够走到一起了。”

李璐西再也忍不住了，歇斯底里地说：“别说了！赵秉谦，你以为我会相信你的鬼话吗！你的手下差点扒光了我的衣服当众强奸我，像那个可怜的女人那样任人糟践。难道你就是这样爱我的？”

赵秉谦连连摇手说：“不。他们绝不敢碰你一根头发丝！”

“真的？”

“你还不明白我的良苦用心。公事公办，我也是出于无奈才把你们抓来。我总得做做样子才好向上司交差吧。”

李璐西不相信地说：“这么说，这一切都是你精心安排的？让一个无辜的女人代我受过？想不到，你竟然变得如此残忍。”

赵秉谦跷起了二郎腿，说："那我又能怎么办？总要履行一下手续吧。既然我不愿让你们俩受委屈，那就只能找别人代劳了。那个女人本来就是风尘女子，这种事对她也不算什么，再说她也是有案在身，配合一下就能马上出狱。当然，手下人也做得太过分，我已经狠狠训斥了他们。璐西，听我说，别再去想它了，就当是做了一场噩梦。"

李璐西有些恍惚地说："噩梦？是的，噩梦。可是梦醒过来，一切都成了我的罪过。我本来以为这样做能救启民，没想到反而害了他。"

赵秉谦规劝道："这不是你的罪过，这是命。人是无法抗拒天命的。"

"天命？"

"是的。在我和启民又一次相遇时，我就感到了它的召唤，这一次我再也不会失去你。"

"你就不怕我和启民真的去了欧洲？"

"这绝不可能。"

"为什么？"

赵秉谦自知失言，忙掩饰说："我……我是说这已经不可能了。"

李璐西冷冷地说道："是不可能，因为你从一开始就布下了一个又一个的陷阱。你利用那个女人使我落入你的陷阱而不能自拔，你又利用我的软弱让启民死在自己同志的手里。现在你又想乘人之危，让我做你的情妇，你敢说不是这样吗？"

赵秉谦显得有些狼狈，说："你把我看作是一个十恶不赦的魔鬼了。"

李璐西恨恨地说："你比魔鬼还要魔鬼！"

赵秉谦不以为然地说："那你呢？你是那个把灵魂出卖给魔鬼的梅特涅？巴尔扎克的小说，在巴黎我们就热烈地争论过，你诅咒那个出卖灵魂以换取权力、财富和爱情的梅特涅，我却认为实际上每个人都是梅特涅，区别只在于谁是索取我们灵魂的魔鬼。你把灵魂给了共产主义，我把灵魂给了三民主义。你敢说不是这样吗？”

李璐西冷笑一声，说：“好一个魔鬼哲学的崇拜者！”

“魔鬼哲学？”赵秉谦掂量着说，“说得好极了。难道你不也是一个魔鬼哲学的崇拜者吗？当初，你因为爱情把灵魂出卖给了共产主义，现在，你又因为爱情而把灵魂交还给三民主义。你也是个梅特涅，不过我不嫌弃你。”

李璐西悔恨交加：“我，我好后悔。”

赵秉谦觉得自己的话她听进去了，继续劝说道：“璐西，难道你到现在还不明白吗？这一切其实都是空想出来的虚无之物！它一文不值。这个世界上，真正存在的是一个曾经爱过你而没有能得到爱的男人和一个曾经被爱过而没有接受那份爱情的女人。现在，再也没有什么能够阻挡我们相爱了。再也没有用共产主义勾引你的陈启民，也没有用三民主义威逼你的赵处长，只有一个为了那份失去的爱而疯狂的男人。让我们一起为这个社会做一点实实在在的改良，只要国家能够强盛，只要百姓能够富裕，管它是共产主义还是三民主义，我们要一个好政府主义，让人能过上好日子。”

李璐西恍惚地说：“真要能这样该多好啊。可是，这可能吗？”

赵秉谦轻轻搂住她的肩，轻声细语地说：“为什么不可能？你看，我已经买好去欧洲的船票。下星期你和我一起走。”

李璐西有些失望了，说：“又是去欧洲？”

“我们走吧，离开这发疯的祖国，走得远远的，去寻求我们自己的幸福。”赵秉谦说着，忽然疯狂地吻她，李璐西使劲挣脱着，吊灯明晃晃地照得人头晕眼花，她感到筋疲力尽。

这时，夜风吹开了落地窗，李剑雄从阳台走进了房间，举枪对准了赵秉谦。赵秉谦显然没有料到，身体僵硬，慢慢举起双手，却仍不死心地说：“我的人就在楼下，你只要一开枪就跑不了。”

李剑雄掷地有声地说：“可你首先得死。”

这个房间像温柔乡一般的舒适华贵，还有心爱的女人，但赵秉谦不想死在这里。现在他想起了太太和女儿，他不能失去她们。他故伎重演地说道：“别误会，我和璐西是巴黎留学时的老朋友。”

李剑雄不客气地说：“收起你这套甜言蜜语！”

赵秉谦眼珠一转，猜到了几分，说：“你早就来了。你一直躲在窗外，什么都听到了？璐西，我们的话他都听见了，他知道是你出卖了组织，他是不会放过你的。”

李剑雄不屑地看着他，说：“璐西，你告诉他，这一切全是他编造的谎话。你说呀。”

李璐西不安地叫道：“哥哥！”

“他是你哥哥？”赵秉谦像捞到了救命稻草，对李剑雄说：“听着，我说的全是真话。是她向我提供了共党联络点的情报。我们做个交易，你放了我们，我也放了你。”

李剑雄对她说：“我知道你不是那种人。你对他说那全是他编的！”

“全是编造的，全是谎话。”李璐西小声地说。

李剑雄愤怒地说：“你大声点说！大声说！”

李璐西说不出话，只是哭着。

李剑雄痛苦地把枪口对准了她，大喊：“你为什么要叛变？”

李璐西喊道：“我没有！那个联络点启民告诉我已经废弃不用了，我想，也许能用它拖延时间，好让爸爸营救我们。”

李剑雄阴沉着脸，说：“可是联络点又启用了，恰恰在这时你出卖了它！你怎么说得清楚？！”

“哥哥。你开枪吧，你打死我吧，我不想活了。”李璐西边说边向他走去。

李剑雄喊道："你站住！别过来，你给我站住！"

赵秉谦逮住机会猛扑过来，李剑雄的手枪被打掉了，两人扭打在一起。李璐西惊恐地退到墙角，手枪恰好落在了她脚边。两个男人搏斗着，一会儿李剑雄骑在赵秉谦身上挥拳猛揍，一会儿又被他翻过来掐住了脖子。李璐西惊恐得不知该怎么办，眼看着赵秉谦死死扼住李剑雄的喉咙，李剑雄极力挣脱不成憋红了脸，终于捡起掉落在地上的雅典娜女神铜像朝赵秉谦头上砸去。赵秉谦身子一软，李剑雄趁势挣脱出来，拔出匕首捅死了赵秉谦。他站起来，擦了擦嘴角上的血，朝李璐西走去。

现在轮到李璐西惊慌失措地举枪对准他："别过来！不，别过来！不然我要开枪了！"

李剑雄站住了，似乎有些绝望地说："说吧，这究竟是怎么回事。就因为你的出卖，陈启民含冤而死，联络点的同志和苏区来的同志都遭逮捕。你却说，你是用废弃的联络点来迷惑敌人，谁会相信？现在，你也可以说是手枪走火，打死你哥哥去向他们领赏！"

"我就这么坏吗？"李璐西痛苦地说，"你给我走！走哇！"

李剑雄向她走来，说："开枪吧。你还犹豫什么。"

"你别逼我，我真的要开枪了。你……"李璐西绝望地扔掉了手枪，掩面痛哭。

李剑雄捡起了手枪，铁青着脸说："你为什么要这样？为什么要这样！"

李璐西歇斯底里地喊道："我受不了。我受不了！他们逼着我看他们拷打一个无辜的女人。她的哭叫声让我受不了。他们还、还当我面侮辱那个女人，撕光她的衣服，在她身上到处乱摸，还……还强奸她。我再也受不了了，我只能用废弃的联络点迷惑他们。我没想到会有同志被捕。你开枪吧，就像打死启民那样打死我。我已经不想活了。”

李剑雄痛苦地举起了手枪，对准了自己的亲妹妹。

李璐西喊着：“妈妈，女儿找你来了！”

李剑雄的手颤抖了，终于扔下了枪，转身走向窗前。

李璐西从地上捡起了手枪。

李剑雄听到身后有响声，悄悄摸出了匕首。

李璐西对准自己的太阳穴扣动了扳机。

李剑雄一愣，转身奔向倒在地上的李璐西。她死了，血像一条小溪在地上止不住地流淌，手腕上的镯子也碎了，撒在血泊里闪烁着。枪声惊动了楼下的特务，听得见他们的喊叫声和上楼梯的脚步声。

一切都定格了，都不会再扰乱了。他想起那本带着玫瑰余香的《九三年》，那个关于朗德纳克、郭文和西穆尔登的纠结故事。他把妹妹抱到床上，拿过一条毯子轻轻地盖住了她。

特务们已经在撞门了，哒哒哒的子弹把门打得像筛子一样。时间又回来了，现实像疯子一样扑过来。

李剑雄冲着他们怒吼：“来呀！你们都来吧！”

枪声从四处响起，韩天强出现在窗外，催他快撤，李剑雄一点都没有要撤退的意思。

5. 死与生

陈慧梅和韩天强匆忙收拾东西，把家弄得乱七八糟。大橱敞开着，里面的衣服取走了，只剩下樟脑丸挥发掉后剩下的瘪纸包。所有的抽屉全翻得乱糟糟的，有的空空如也丢弃在地上。

陈慧梅边装箱边问："出什么事了？"没回答，再问："到底出什么事了？"

韩天强紧张地烧着文件，说："顾顺章在武汉被捕后叛变，中央机关正在紧急转移，通知我们也立即转移。"

陈慧梅有些着急说："这毫无准备的，我们去哪儿？"

韩天强提起两只箱子说："那些东西不要了。马上跟我走。"

陈慧梅只得带上一只小箱子，看着那些带不走的锅碗瓢盆，有些不舍："这刚刚学会做个家庭主妇，又要把吃饭家什都扔掉了。"

两人坐上黄包车，一路上默默不语，看着马路上百人千态地走着。韩天强摘下墨镜擦一下，从墨镜反射的影像看后面有没有人盯梢。

陈慧梅还是没忍住，担心地问："老李怎样了？为什么不是他来通知我们？"

韩天强戴上墨镜，不吭声，从未遇到过如此危急时刻，不知道接下来会发生什么。

陈慧梅急了："你倒是说话呀。"

韩天强轻声说："都这个时候了，你还要问他。"

"他可是我俩的上级。"陈慧梅争辩说，"上次参加行动，我就看他很痛苦。"

韩天强不说话，脑海里浮现出那天的景象：

墓园到处是茂盛的松柏，青苍中透出抑郁，大大小小的坟头、墓碑四散着，抑郁中多了阴森。李剑雄本来是一个人来的，但韩天强和陈慧梅不放心，跟着一起来，说万一有情况好应对。看着特务密布四处，他俩都劝李剑雄别过去。李剑雄只得匆匆在纸上写几个字，让陈慧梅去交给李明甫。韩天强在不远处的墓碑前假装祭扫，眼睛盯着周围，李剑雄躲在一棵老松树后，望着他的家人围在墓坑四周举行葬礼。

韩天强被她捅了一下，方才回道："他都不能最后看一眼，能不痛苦吗？"

陈慧梅嗯了一声，也想起那天她穿一身黑衣黑帽混入送葬人群的情景：

墓坑里已经放下了一口棺材。李明甫一脸悲哀地默立在墓坑边，身边有续弦和她生的儿女陪伴。心爱的女儿刚出狱就死在家里，淞沪警备司令部的人说是共党案，不肯交还遗体，要不是他动用了各方面的关系，女儿还不可能今天就落葬，女婿陈启民的遗体至今未交还，只能等以后再葬于李璐西墓旁了。

陈慧梅必须走到李明甫身边，才能和他说上话，但默哀的人群肃立着，现在任何人的走动都会引来不必要的注意，只得等待机会。李明甫信基督教，女儿的葬礼自然就安排成这样。身穿黑袍的牧师说着愿亡灵升入天堂的悼词，淳厚的男中音把痛惜之情渲染得格外戳心戳肺，肥短的手指在胸口画了个十字。李明甫伤心地把手里的白花扔到墓坑里的棺盖上，神情戚然地走到一边，接着其他人有序地一一把白花扔进墓坑。陈慧梅也跟着队伍扔下白花，画了一个十字，趁机走到李明甫身后。

两个工人开始挥锹填土，人们有些骚动不安，挤在一起画着十字祈祷。这时，李明甫抬头向四周张望，什么也没有发现，又失望地低头继续祈祷。陈慧梅抓住这个机会，迅速靠近李明甫，轻声对他说，有人托我给你捎来这个。说罢，悄悄地把一张折叠成十字状的纸条塞到他手里。她想迅速离开，不料被一把抓住手腕。她感到意外，但还是冷静地说："李先生，你这是干什么？"李明甫不动声色地问："他在哪里？"她想挣脱他的手，但显然做不到，故作气愤地说："我只是个送纸条的，我怎么知道？"他低声说："我知道，他一定来了，就是不愿见我。"她镇定下来，沉着地说："既然知道，为什么还不放手？"他看了看四周，不甘心地说："你去告诉他，来送一送他妹妹。”她很诧异，干脆地说：“这里到处是特务，你想再失去一个儿子吗？”李明甫一愣，不自觉地松开了手。陈慧梅转身离开，走出没多远，就发现特务跟着自己，顿时心就扑通直跳。

李明甫打开纸条，见上面写着：安息，妹妹。一时心乱如麻，想着他一定就在墓园的什么地方躲着，顾不得许多，漫无目的地走去，恰好是李剑雄躲藏的地方，特务马上跟了上来。陈慧梅看在眼里，顿时着急起来，想着如何把特务吸引到自己这边来，但转了几圈都没成功。

李剑雄见父亲朝自己这边走来，本想迅速转移，但看到陈慧梅被特务死死盯住摆脱不了，便果断地朝他们开枪，特务们果然放弃跟踪陈慧梅，转身向他扑来。韩天强见状，随即在他们身后开了枪，特务们受到前后夹击，阵脚大乱，参加葬礼的人们也尖叫着纷纷逃窜，现场一片鸡飞狗跳。陈慧梅趁机跟随逃窜的人们跑出了墓园，回头望一眼那边枪声时断时续，不由地担心起他们。

陈慧梅问：“后来你们去哪儿了？”

韩天强沉默了一会儿，说：“去天马山安葬他妻子。”

他们甩掉特务后，雇了辆马车去了天马山。到了山南坡下，他们钻进了一片枫杨林。李剑雄挑了一棵苍翠大树，在树下挖了个坑，埋下了周丽芳的打火机和那本《九三年》。这时候，一阵风吹得树上垂下的一串串翅形种子纷纷散落下来，每颗种子的两片翅叶打着旋地飘向更远的地方。斜阳的余晖照进了树林，一缕缕穿透晚来的薄雾，像是为牺牲者点上了无数支香火。

韩天强付了车钱，等车夫走远后，才对她说：“走吧。还有一段路呢。”

陈慧梅有些不解：“为什么不让车夫拉到新家呢？”

韩天强说：“那样不安全。走吧。”

陈慧梅恍然大悟，跟着他走了一段路，拐了个弯，穿过一条弄堂，这才到了新家。因为急着租房，他们只能暂时住在石库门的亭子间里。房间太小了，韩天强只能到门外去，等陈慧梅铺好床单被褥，才又进屋坐到床沿上，陈慧梅喘了口气，想起刚才说的事，忍不住又问：“那后来呢？”

韩天强悲痛地说：“敌人不肯交出陈启民的遗体。周丽芳更是被敌人随便埋在了乱葬岗，连墓地都找不到！你让李剑雄怎么能不悲伤？”

“那组织上对李璐西是怎么定性的？”

“顾顺章叛变，组织上暂时顾不上这个。听说中央考虑撤出上海。”

“到什么地方去？”

“你问的太多了。我们做地下工作的有严密的纪律，不该打听的不打听，不该知道的不要知道。”

陈慧梅开会时与她相识，想不到她竟会是这样的下场，半天才说：“她以为可以拿不用的联络站来糊弄他们，谁知联络站又启用了，她还是泄露了党的机密。”

韩天强不吱声。陈慧梅忽然感到身子不适，干呕起酸水。韩天强急忙端来痰盂，轻拍她的背，好一会儿她才喘过气来，脸色有些难看，却透出点异样的神色。

韩天强有些着急，问：“你怎么了？”

陈慧梅漱了漱口，说：“没事，就是胃有点难受。”

“吃坏了？”韩天强想了想说，“没吃什么呀。刚才就吃了碗阳春面，我也吃了呀，怎么就没胃疼？对了，你倒了很多醋，说你爱吃酸。那老板都看着你呢，心疼他的醋。”

陈慧梅扑哧一笑说：“傻样。”

韩天强不服气了：“我傻哪儿啦？”

陈慧梅撒娇地说：“不告诉你。”

韩天强半真半假地说：“不用你告诉我，吃面加醋不要钱，那就能当茶喝？喝了那么多还能不反胃？”

陈慧梅偏要抬杠，说：“山西人就这么喝醋的。怎么？不行呀。”

“那你是山西人吗？”

“我爷爷是山西人。我有四分之一的山西人血脉。”

韩天强连连求饶说：“我说不过你。我们别说了行不行？”

陈慧梅咯咯地笑了，招招手：“你过来。”

韩天强疑惑地说：“干吗？”

陈慧梅趴在他耳旁说：“我有啦。”

韩天强看了她一眼，说：“有什么呀？”

陈慧梅羞答答、喜滋滋地说：“我怀孕了。”

韩天强惊喜得跳起来，抱住她转圈子：“太好了！太好了！”

陈慧梅急得捏紧了拳头捶他肩膀：“放下我。”

韩天强赶紧放下她，看了看房间，说：“这儿有点小，我们去租间前客堂，你可以在天井里走走。这样对孩子有好处。”

正说着，李剑雄来了，说：“谁的孩子？嫌房间小，我们马上要去大天地了。”

韩天强忙问：“有任务了？”

李剑雄不让他打岔，说：“噢，你们有孩子了？”

陈慧梅羞涩地低下头说：“你怎么在门外偷听我们夫妻说话呀？”

李剑雄连忙声明：“我可没偷听。你们没把门关严实嘛。”说罢，哈哈大笑。

陈慧梅倒了杯水，说：“没有茶叶，你就凑合喝白开水吧。”

李剑雄豪爽地喝了几口，抹抹嘴说：“有任务了。原先是你们俩一起参加，现在小陈怀孕了，就不去了。”

陈慧梅急了，说：“不碍事。才两个多月，我能行。”

李剑雄看了她一眼，说：“也行。不过，韩天强要随我一起离开上海，你一个人留在上海行不行？”

陈慧梅极力争取，说：“那我也一起去。”

李剑雄摇摇头，说：“不行。这次任务艰巨，一路上又情况复杂，还牵涉安全保密，上级本来就没计划让你一起走。”

韩天强一直没说话，此时有些着急，说：“慧梅，实在不行你回家住一阵？”

陈慧梅固执地说：“不。我一个人能行。”

李剑雄摇摇头，说：“这件事我会为你安排好的。相信我，你在上海安心生孩子，我会向上级汇报，尽快安排你们前来和韩天强相聚。”

韩天强和陈慧梅相互看着，紧紧地靠在一起。

6. 送君一别

几天后，特殊行动开始了，李剑雄带着一行人来到火车站。

根据事先计划，他们来到了火车站旁的福缘茶楼二楼，李剑雄和几个领导同志在包间里等着，陈慧梅和韩天强在包间外看着不远处火车站的情况，那里有一个化装成小贩的同志正在叫卖香烟，楼下大堂有几个同志假装成客人在喝茶。

陈慧梅看了看手表，恋恋不舍地说：“马上要检票了。”

她坐在靠窗的八仙桌后，铺了桌布，椅子也有软垫，虽然比不上单间的雅座，但却能居高临下，眼观四路，耳听八方。桌子左首坐着西装革履的韩天强，斜条纹领带配白衬衫，身边放一只棕色皮箱，她则穿一身改良时装旗袍，墨绿色薄花呢黑盘扣镶边，高领掐腰大开叉，既美丽又庄重，看得出是来送丈夫上火车的。

韩天强朝窗外望去，正好看得清火车站进站口的动静。天气不好，早晨就没出太阳，一直阴云密布，满天空狰狞着，摆足风雨将临的架势，却又迟迟不下。好像两手叉腰发脾气的老板娘，正欲举起鸡毛掸子暴打学徒一顿。旅客照样熙熙攘攘，也不抬头看天，更顾不上东张西望。提箱子的肩膀歪斜地走过，看来箱子很重，出一趟远门不容易，里面一定塞满了东西。背包袱的低头走路，那粗布包袱实在太大，里面应该是些泡货，分量不重，只是压在肩上挡住了他的脸。挎坤包的女人一身阴丹士林蓝布旗袍，外套一件鹅黄绒线开襟背心，两只高耸的乳房顶着前门襟，显出凹凸有致的暧昧。送客的边走边和客人说不完的话，颇有古人十里长亭相送的淳厚。接客的站在人群里踮脚伸脖地朝火车站里张望，极力辨认熙熙攘攘出站旅客中有没有他要接的人。挤在进站口的绅士淑女，贩夫走卒，全都眼睛看着前方检票口，盼着早点儿放进去。再仔细观察一番，用男人的眼光冷静去看，用一种受过训练的心态去分辨，小贩守着自己的小货摊起劲地兜售香烟、糕饼、饮料，吆喝动作熟练，专盯那些可能的买主经过时提高了嗓门吆喝，其中有一个是自己人，时不时地朝他所在的二楼望一眼，报童晃着大脑袋、细胳膊细腿地四处跑着，身上显然是大人穿旧了的衣服改成的马甲前后左右地晃荡，尖声叫卖着当天报纸，卖花女挎着装满鲜花的元宝细篾竹篮，篾色陈旧被手抚摸出包浆，不时地拉一下遮盖鲜花的印花毛巾，有些旧但洗得干净，也算是锦上添花，银铃般的叫卖声不绝盈耳。一切正常，没有特务假扮混在里面。警察明晃晃地站在进站口查得很紧，四周有便衣特务，穿着黑色立领便装，训练有素地盯着行人，或是敞着大褂歪戴礼帽走起路来摇晃着肩膀，唯恐别人不知地在那儿窜来窜去，不时地拦下看不顺眼的旅客强行检查。

韩天强吸着烟，打量着这眼眉前闹哄哄、充满危险的火车站环境，说："不急。"

从楼梯口传来一楼茶客的喧哗声，因为是茶钱便宜的大堂，三教九流，人多嘴杂。不像二楼是雅座，茶钱虽贵，上来坐的都是求清净的客人，专等自己班次开始放人进站才去检票。倘使连这点喧哗声都不想听见，那就去包间，没人打扰。

包间里走出李剑雄，长衫礼帽，喊一声："堂倌，结账！"随手摘下礼帽挥了三下，又掀门帘进去了。

韩天强对陈慧梅说："行动了。老李发信号了。"

陈慧梅小声地叮嘱他："小心点！"

韩天强语气软中有硬地说："放心。做好你自己的事。"便拎起皮箱走下楼。

陈慧梅没有起身送他，听着坚实有力的脚步声嗵嗵嗵嗵地从楼梯上响起，一直到了大堂还听得见隐约的嗒嗒声，这才转身到窗口望出去，正好看见他出门走向进站口，便叫来堂倌结账，然后肩挎手袋，手拿长柄雨伞，一出门就远远地跟在韩天强后面。她知道身后还有李剑雄护着中央领导等她的信号，但她没有回身去张望，而是十分优雅地慢慢走向火车站。

韩天强来到进站口附近，正想着如何掩护中央领导安全进火车站，忽然前面有旅客被军警抓走，引起人们一阵惊慌，连小贩、报童和卖花女也惴惴不安地四散躲避。他似乎被惊吓到了，慌里慌张地从人群中挤出来，想折回去不进站了。他的异常行为立刻被便衣特务发现了，追着他粗暴地喊道："站住！讲侬呐！"

韩天强好像没有听见似的，只顾低头匆匆走着，直到被两个特务拦住去路，才有些愕然地说："你们这是干什么？"

一脸络腮胡子的特务一口苏北话，严厉盘问："先生是到辣块地方去？"

韩天强紧紧护着箱子，说："我乘火车去九江。"

络腮胡子瞪着猎狗般的眼睛，语气揶揄地说："吾滴个妈妈，火车要开了，你怎呢不去检票哕？"

韩天强拎着箱子说道："人太多，我去边上等等。"

边上那个白净面皮的特务，表情阴鸷，这时突然插话问道："侬去九江做啥？"

韩天强看了看他，用回答傻瓜的语气说："做生意啊，不做哪儿来吃的。"

白净面皮心中恼火，却轻声细语地说："拿箱子打开，吾要检查。"

韩天强没料到他这一招，不情愿地说："箱子里就是些衣物，你们也要检查？"

络腮胡子不耐烦地说："先生怎呢啰里八嗦，规矩点打开检查。"

韩天强似乎嫌开箱检查太麻烦，忙塞上钞票说："两位兄弟，拿去买包香烟抽抽。行个方便。"

络腮胡子装出不耐烦的样子，左手叉腰右手乱挥地说："打开，打开！先生不要妨碍公务。妈妈哎，懂不懂啊？"

韩天强好像听明白了，忙递上一支烟，给他点上。络腮胡子美美地吸了一口，趁势收了钱。

白净面皮装着什么都没看见，尖着嗓子喊道："侬听勿懂吾的咸话啊？拿箱子打开。"

韩天强连忙问络腮胡子："先生，还要检查啊？"

络腮胡子暗示道："先生也是江湖上跑的人，怎呢规矩也不懂？"

韩天强觉得被他耍了，不满地说："哎，你钱都收了，怎么也不帮我一把啊？"

络腮胡子抽着烟，耍赖地说："吾是帮先生了呀。没叫你开箱检查吧？"

白净面皮一个劲地催："快点，拿箱子打开，吾要检查。"

韩天强明白他们敲诈他，耿脾气上来了，偏不给钱，大声地对络腮胡子说："你看，他还要检查我箱子。"

络腮胡子干脆直说："那你就去搞定他。管我什呢事。"

韩天强觉得吃亏了，给钱了还不放过我？还想敲诈我？老子不干了。白净面皮坚持要开箱检查，韩天强就是不让，络腮胡子作壁上观，这就闹了起来，把进站口那边的人都吸引了过来，连警察也来看热闹。陈慧梅远远地注意着韩天强的一举一动，见进站口只剩下稀稀拉拉的人在检票进站，便果断地撑开长柄雨伞，长衫礼帽的李剑雄立刻带着几个人匆匆向进站口走去，很快检了票，进了火车站。

陈慧梅松了口气，收起了雨伞。韩天强看见雨伞撑起，愈加起劲地和特务纠缠，此刻见雨伞收了，方才打开箱子，两特务乱翻一气，没有发现什么，扬长而去。韩天强很生气地冲着他们喊道："哎，翻乱了也不整理好，你们就走啦。哎！"围观的人群起哄似的散了。韩天强知道中央领导已经安全上了火车，赶紧把箱子收拾好。

这时，陈慧梅优雅地走到他跟前，喊了他一声："天强！"

韩天强就像所有在火车站碰巧遇到熟人的旅客一样，分外高兴地说："慧梅。"一边警惕地看着四周，低声说道："有人过来了。"

陈慧梅随机应变，改口说："我的旗袍好看吗？咯咯咯咯。"还原地转了个圈让他看个够。

韩天强连忙制止了她，说："好看。好看。"

走过来的旅人好奇地看着他们，脚步也放慢了。

陈慧梅偏要问："旗袍好看还是我好看啊？"

韩天强故意说："旗袍好看。"见陈慧梅不高兴地噘起嘴，又说："你更好看。"

陈慧梅咯咯地笑着，好像是感到有人在看他们，忙收敛地转过身去。

那人显然听到了他们的对话，微笑着走过去，头也不回地走远了。

陈慧梅松了口气，说：“你可真会说话。”

韩天强回了她一句：“你也真会问问题。”

陈慧梅噘起了嘴：“我这不是想和你多说几句话嘛。”

韩天强拎起箱子说：“时间差不多了，我也要走了。”

陈慧梅依依不舍地说：“我送你进站吧。”

韩天强和她一起朝进站口走去，很快检了票，陈慧梅买了张站台票也跟进去。月台上站着很多人，都是来送行的。雨开始下了，淅淅沥沥的，风一吹就飘进了月台里，人们紧紧地挤在一起避着雨。陈慧梅撑起了雨伞，两人远离月台上的人群，在雨中站着。陈慧梅仰头看着韩天强，缠绵地说：“我们又要分开了，我……”

韩天强紧紧地搂住她，说：“你暂时留在上海，我也十分牵挂啊。”

陈慧梅的脸贴在他胸口上，听着怦怦心跳，说：“我想跟你一起走。”

“可这是党的决定啊。你去秘密文件库做交通员，这是革命工作。”

“我，我服从组织安排。只是你这一走，也不知道什么时候能再见面。”

“快了，你忘了你说过的话？”

“什么话？”

“只要有光，黑暗就会驱散，快乐就会到来。”

陈慧梅惊喜地说：“你还记得？那时候我只要一见到你，就像阳光下的花儿一般快乐。”

韩天强体贴地说：“我当然记得你说过的话，特别是昨天夜里你告诉我的。”

陈慧梅把他抱得更紧了，幽幽地说：“这个孩子来得真不是时候。”

韩天强安慰她说：“你就放心在上海生下孩子，到时候我们那边再相见。”

陈慧梅抬头看着他，叮咛道：“你要好好的，等着我啊。”

韩天强朗声说道：“你放心，我一定英勇战斗，不怕牺牲……”

陈慧梅捂住了他的嘴，说：“我要你活着来见我，你还要为我们的孩子起名字呢。”

韩天强从她的指缝间吐出字来：“我记住了。我一定会与你和孩子相逢的。”

火车头喷吐出大团大团的白烟和蒸汽，云遮雾罩中响起一声汽笛，尖厉刺耳，月台上的值班员一边催促旅客赶紧上车，一边挥动信号旗，吹着哨子，帮助车厢门口站着的乘务员收起踏板，关上车门。月台上的人们奔向各个窗口，和亲人最后告别。乘务长上了最后留着的车厢门，韩天强拎起箱子跟陈慧梅说了声走了，紧跟着跳上踏板，在车门处和陈慧梅招手，乘务长嘟噜了一句：“你倒是挺准时的，还不快点进去。”说着把他挤到后面去了，自己拉着把手，伸出半个身子前后瞭望。韩天强只得走进车厢里，他的身影消失了，又在窗口出现了。陈慧梅跟着往前走，看着他不断地消失在一个窗口又出现在下一个窗口，从不向她看一眼，只是走着找位子。终于他放下了箱子，出现在窗口，探出上半身，大声地向她喊道：“记住我的话，回去就找他们！”

火车开动了，整个月台开始感到震动，车头喷出的蒸汽弥漫在人群和车厢之间，涂着红漆的铁轮在汽缸杆的带动下转动起来，咔嚓咔嚓地向前缓慢移动，渐渐地越来越快，终于带着长长的车厢奔跑起来。陈慧梅想跟着火车跑，但她知道自己怀着孕，医生嘱咐不要剧烈运动。她只能站在原地挥着手，眼巴巴地看着韩天强探出窗外的身影越来越小，终于他缩进车厢里，只看得见长长的列车车厢蛇一般地扭动着向前，直到什么也看不见。

第五部

1. 秘密文件库

陈慧梅按照韩天强留下的地址，找到福开森路上的一幢西式独栋小楼。小楼前面带一个小花园，后门开在弄堂里。她机智地打量一下周围，没发现什么异常，又再次确认后门上挂的那串铃铛，韩天强叮嘱她敲门前一定要看清有没有铃铛，这是安全信号。她稳了稳情绪，上前按响门铃。一会儿门开了，随着铃铛发出的清脆声音走出一位三十岁左右的阔太太，浑身的少妇风韵，打扮得时髦入流，用一种体面人的语气问她找谁。陈慧梅无法把眼前的这个女人和党的秘密文件库联系在一起，怀疑自己是否走错了，正犹豫不决，看到太太要关门，这才说出联络暗号："太太，你需要女佣吗？"

太太看了她一眼，说："要啊，不过我雇的人需要担保，你有吗？"

果然她和自己对暗号，陈慧梅有了信心，沉着地回答："有。我是张老太爷推荐来的。"

太太一口回绝："我不认得什么张老太爷。你走吧。"

陈慧梅沉着回应道："就是张肃维老爷，太太想起来了？"

太太又看了她一眼，说："哦，是他啊。你进来说吧。"

陈慧梅进了门，见门厅地上有鞋子，就站着不敢往里走。太太关上门，热情地带她进了客厅，说：“张老太爷早就说要来一个女同志，你怎么到今天才来啊？”

陈慧梅打量着客厅，迎面是三张沙发围着前面放的长茶几，后面是英式壁炉，壁炉架上放着一尊釉彩白瓷财神爷，左手边是两扇花玻璃钢窗，右手边是一堵墙，墙上挂一幅字：狂风吹我心。不像是书法家的作品，落款是张志仁书，可能是这屋子的主人自书，想了想，下句应该是西挂咸阳树，是李白的《金乡送韦八之西京》。不明白为什么要选这句诗挂在墙上，小时候背诗为记住这个题目，编了个“金象耸尾巴至洗净”。这让她想起了自己的家，也有一个带壁炉的客厅，要比这大一倍，字画都是一些明清名家，摆设就更多了，母亲拜佛，摆了一尊白玉瓷观音，前面一只铜香炉，整日香烟缭绕。自从参加革命后，她就再没有回去过，也不知父母现在怎样了。陈慧梅不知该怎么说，一张口竟然是“我本不想来”，自己都吓了一跳，赶紧补充说：“我怕给你们添麻烦，可组织上说是让我来当交通员的，我才来了。”

太太招呼她沙发上坐，说：“快坐，别拘束。我叫李英，我先生叫张志仁。他出去办点事，一会儿就回来。”

陈慧梅这才摆脱了不自在，热切地说：“你比我年龄大，我就叫你英姐吧。”

李英爽快地说：“行。不过你在这里对外的身份是佣人，当着外人的面你要叫我太太。”

陈慧梅立刻站起来，调侃地用毕恭毕敬的语气说：“是。太太。”

李英哈哈大笑，一把拉她坐下，说：“现在又没外人，快坐下我们说说话。你有几个月身孕啦？”

陈慧梅本来还想瞒着，原来她都知道，只得老实说：“四个多月了。”

李英上下打量了一下，说：“看不出来，是头胎吧。你放心，我会给你安排好一切的。”

陈慧梅听着有些懵，好像自己就是来生孩子似的，急着问：“那我的工作呢？”

李英拉着她的手，说：“你呀，就在我这里好好养身体，工作嘛，生下宝宝再说。”

陈慧梅连忙说：“那不行，我是交通员，我是来工作的，你就布置工作吧。”

正在这时，开门进来一个男人，西装革履，头发铮亮，一副上海滩老板派头，看见家里来了一个陌生的年轻女人，便问李英：“来客人了？”

李英笑着说：“你前几天不是说张老太爷要派个女同志来嘛。就是她，陈慧梅。”

陈慧梅看明白他就是男主人张志仁，三十多岁的样子，长着一张轮廓分明的国字脸，眼光炯炯，略带疲惫，便调皮地站起来说：“交通员陈慧梅前来报到！”

张志仁笑着向她伸出手，说：“欢迎啊，陈慧梅同志。”

陈慧梅却没有和他握手，故意规矩地说：“老爷，你还是叫我阿慧吧，太太刚才吩咐过了，要遵守女佣规矩。”

李英笑骂道：“你这个死丫头，小嘴巴挺能说啊。”

张志仁也笑了，说：“好了。我们都是党内同志，欢迎也欢迎过了。为了让你尽快地适应新的角色，你就这么叫我们吧。”

陈慧梅眼珠子一转，又问道：“可是，我到底是交通员呢还是你们家的女佣？”

张志仁严肃而又随和地说：“都是。党内你是交通员，对外你是女佣。”

“我这就去打扫卫生。”陈慧梅便要去拖地板抹桌子。

李英高声喝住了她，故意说：“你怎么不懂规矩啊，没我的吩咐，你就随便乱动家里的东西。”

陈慧梅调皮地吐吐舌头：“是，太太。”又问张志仁：“作为交通员，我该干什么呢？”

张志仁笑着说：“现在没有任务，你就乖乖地当好我们家的客人。”

陈慧梅故作惊讶地说：“我怎么又成了客人，不是女佣了？”

李英似责怪又似玩笑地说：“少说两句会当你哑巴啊。走吧，我先带你去看看你的房间，有什么需要跟我说。”

陈慧梅现在算是弄明白了，自己被安排来这里是为了让她安心养胎，交通员其实只是个幌子。虽说她感谢组织的关心，但她还是想为党工作，毕竟离分娩的日子还早着呢，但事到如今她也只能跟着李英去自己的房间。虽说自己对外身份是女佣，但李英并没有安排她住佣人房，而是安排在客人房，不大但朝南，阳光充足，空气流通，房间里放一张床，床上是全新被褥，旁边是一床头柜，一桌两椅一壁橱，还有独立卫生间。

李英爽直地说：“这个房间小是小了点，但带卫生间，你是孕妇用起来方便，将来坐月子也方便。”

陈慧梅感激地说：“你想得真周全。英姐，预产期还早呢。我需要工作，不能就这么等着吧。”

李英拉着她的手说：“家里这点事我和你一起做，两个人有说有笑的也不寂寞。交通员的工作听志仁的安排，也就是去张老太爷家取个文件什么的，你正好出去散散心。”

陈慧梅有些失望地说：“就这么简单啊？”

李英纠正她说：“可不简单啊，你得一路注意有没有人跟踪，不能把特务带到他家和我这里，你去了之后，注意他家的安全信号，如果没有，千万不要进去。”

陈慧梅觉得这才像个党的地下工作者，高兴地说：“放心，我会做好的。”

几天下来，陈慧梅便弄明白了他们的生活。除了住的房子很有些富人气派，那也是摆场面让外人看的，打扫起来还费劲，其他方面都很节俭。每天三餐都是蔬菜米饭，李英却给她换着花样地上荤菜，这让她很不好意思，但李英却说她喜欢吃素，志仁也有荤菜当夜宵，白天就不吃了。陈慧梅这才知道张志仁每天晚上都要猫在密室里工作到拂晓才睡下，怪不得总见不到他来吃早饭，也不知道他在忙什么，又不能随便打听。这个李英平时大大咧咧，不像是大户人家出身，倒有几分女工的脾性，若是来外人又能摆出体面人的身姿语态，令她十分佩服。他们开了家绣品店作掩护，现在李英去店里照顾生意的时间多了，家里已经完全交由陈慧梅来操持。张志仁一般是下午去换她回来，他们的顾客大多是那些有钱的太太小姐，来逛店也是在下午，他去店里接待会比她做得好。但生意还是不好不坏的，大概只要有赚就行，反正是用来掩护身份，一切经费均是组织按时通过老太爷给他们。

终于，陈慧梅有了去老太爷家取文件的机会，这让她觉得自己是个交通员而不是个孕妇待在这里。不过她已显出身子了，腹部微微隆起，走路也有些慢，但这倒有利于她观察身后有没有尾巴。再说了，谁会注意一个孕妇，反而比别人更安全些也说不定。一路走过，梧桐树已经绿荫浓郁，阳光从叶子间隙处透过如一道道光柱在路面画出斑驳陆离的图案，她装出轻松愉快的样子看着这些梧桐树，不时瞄瞄身后，干干净净，没有人跟着，心里算了算差不多来了一个月，这是第一次接受交通员的工作。前面是十字路口，再次看了看身后，没发现什么人跟踪，这才突然穿过马路，向左拐去。又穿过一条横马路，看见老太爷家的房子了，西班牙风格的花园洋房，门对着马路，上面是圆拱形，两边有螺旋式门柱，厚重的橡木门上有一个铁条栅栏罩着的玻璃小窗，右手边是一排钢窗玻璃，宽宽的窗沿上摆着一盆盛开的月季花，这是安全信号。她上前按门铃，清脆的铃声在门里响起，一会儿在小窗后出现一个人脸，张望了一下，开门问她："你找谁？"

陈慧梅熟练地说出接头暗号："请问张老太爷住这儿吗？"

那人看了看她，冷冷地说："你认识他？"

"不认识，头一次来没见着。"

"那你还来做什么？"

"张老板让我来收货款。"

暗号对上了，那人这才让她进了屋，热情地说："你就是陈慧梅吧。快坐。"

陈慧梅有些惊讶，他怎么会认识自己的？一定是他只知姓名，没见过我这个人，就像我知道张老太爷却没见过他一样。她坦然坐下，习惯地四处看一眼，客厅里有落地玻璃门通向花园，看得见花园的草地绿莹莹的一片。

那人已经递上一杯茶，说："我就是张肃维。党内同志都叫我张老太爷。"

陈慧梅露出一脸惊讶，原来大名鼎鼎的张老太爷竟是个三十出头的年轻人，谁会想到呢？看他长着一张白净的瘦削脸，眉宇疏朗，不大的眼睛很魅，仿佛能看透人心灵，下巴方正，长着稀疏的胡茬，一头黑发浓密油亮，随意耷拉下的一绺搭在眉梢，焕发出青春的气息，怎么看都不是那种相貌老过年纪的男人，更没有老太爷的一丝丝样子，所以因为相貌苍老而被叫作老太爷的理由并不成立。难道是因为保密工作的需要，让外人无法知晓他是个什么样的人？她还是没掩饰住惊讶，嗤嗤地笑着说："你就是张老太爷？叫你张大少爷还差不多。"

张肃维笑笑，没多解释，只说："我这样子和你想象的对不上？你觉得我应该是个留着白胡子的老头，怎么能年纪轻轻的就叫老太爷。”

陈慧梅忙说：“我知道这是为了保密工作的隐蔽性。”

张肃维挺随和地说：“你说的也有道理。其实呢，是因为我办事认真，巨细无遗都要管，大家才叫我老太爷。”

陈慧梅心想，做老太爷的应该是百事不管享清福，怎么比当家的还忙？顾不得多想，她说道：“老太爷有什么文件要我带回去呀？”

张肃维笃悠悠地说：“文件当然有，不过我这里还有一封韩天强同志写给你的信。你是先看信呢还是先拿文件？”

陈慧梅没料到还有这等好事，激动地说：“先看信，”又不好意思地说，“不，不，先拿文件。”

张肃维严肃地说：“我怕你拿了文件，回去的路上就光顾着看信，忘了看有没有特务盯梢。”

陈慧梅涨红了脸，连连说：“不会的。不会的。”

张肃维笑了，说：“先看信吧。看过了就不会在路上再看了。不过，也说不定哦。”

陈慧梅急了，连连说：“我向你保证，决不在路上看信。”

张肃维拿出一封信，陈慧梅仔细看信封，上面写着宝通贸易行的地址和张老太爷转陈慧梅收，寄出地址写着本埠，显然是托人带到上海再投入邮箱寄出的。她拆开信封，取出信纸，熟悉的字迹顿时让她百感交集，热泪盈眶：

慧梅吾妻：

见字如晤！此处一切皆好，唯分手数月思念倍添，不知卿卿可好？在此之际，吾未陪身边，令卿卿辛苦，唯每日祈祷母婴平安。记得临别时，卿嘱吾为腹中儿取名，思之再三，男儿可叫志强，女儿则名小梅，若觉一般，该由卿另取名字。情长纸短，不胜依依。

盼不久全家团聚！

韩天强

短短数行字，陈慧梅读了一遍又一遍，全然忘了还有张肃维等着，直到他轻轻咳嗽一声才如梦方醒，面红耳赤地说："对不起，我，我耽误正事了。文件呢？"

张肃维体谅地说："不着急。信里没有具体说他在苏区的情况吧？"

陈慧梅有些惊讶地摇摇头说："就说一切皆好。"

张肃维看出她的疑惑，缓缓地说："我猜他也不会写苏区情况的。万一这封信没寄到我这里，也不会出什么事。韩天强同志做了多年的地下工作，这个他懂。"

陈慧梅点点头，又试着问："你知道苏区的情况？"

张肃维亲切地说："那边来人捎的话，苏区刚刚粉碎了国民党军队对苏区的第四次围剿，韩天强同志带领部队连打了好几个胜仗，已经是红军营长了。"

陈慧梅有点不相信自己的耳朵，连着问："真的？真的？"

张肃维说："这还有假。他还在李剑雄手下，李剑雄现在是团长了。"

"啊呀太好了，"陈慧梅说，"他身体好吗？"

张肃维故意问道："你问的是谁呀？"

陈慧梅急了："你真坏。明明知道我问谁。韩天强他身体好吗？"

张肃维笑着说："好！要不怎么带队伍啊？一个营交给他了，身体不好怎么行。"

陈慧梅不好意思地说："我，我就是想多知道点他的情况。"

张肃维和蔼地说："这下放心了吧？喝口水，定定神，拿着文件回去。"

陈慧梅赶紧喝了口茶，说："保证完成任务！"

张肃维递给她一本书，陈慧梅看清是线装书《唐诗三百首》，不禁露出惊讶的神色。张肃维催她，说："拿着呀。这就是文件。里面有密信。"

陈慧梅连忙翻开书，一时竟找不到密信在哪一页，只是说："原来这样啊。"

张肃维说："第 45 页。如果路上遇到情况，你要把这页毁掉。"

线装书是单面印刷，再折叠起来用线装订成册。陈慧梅翻到那一页，果然被小心地拆开，露出 45 页和 46 页背面的空白，上面端正地写了一封信，便小心地折了一个角，说："那我走了。"

张肃维想了想，又特意关照一声："路上多加小心。"

和张肃维握手告别，陈慧梅像只欢快的春燕一路飞回去，她没忘了燕子般地盘旋飞翔，观察身后有没有鹰隼跟踪，也没忘了身上带着的文件是党的机密，一旦有情况立即毁掉，哪怕牺牲自己的生命。忽然肚子里的孩子动了一下，这使她惊喜万分，在幸福感降临的同时更有了沉重的责任感，不，不能有丝毫的懈怠，不能出差错，她要保住文件和孩子。她忽然体会到张志仁一直不让她取文件的用心，原来是为了这个孩子，不让她担惊受怕，而今日让她来取文件，分明是为了韩天强的那封信。她不禁眼圈红了，赶紧用手绢擦了擦，机警地看了看四周，灵机一动招了辆黄包车，让车夫带她兜了一圈，确信没人跟踪才在福开森路口下了车，一路兜兜转转地回到了家。当她按响门铃的时候，她的心都要跳出来了。

2. 雪在没踩的地方白着

汗淋淋的陈慧梅听到那一声啼哭，如释重负，整个人就瘫软了。

护士小姐抱来刚出生的婴儿给她看，说，是个姑娘。她看到一个皱巴巴、粉嘟嘟的小东西，闭着眼睛响亮地哭。

现在，抱在手上的小梅又哭个不停，陈慧梅不由得想起在医院生产时的那一幕。这是她身上掉下来的一块肉，她恨不得整天捧在手心里，看着她笑呵呵的模样，可她奶水不够，女儿常常饿得直哭，再怎么哄也没用。

李英端着一碗刚熬好的鸡汤进来，碗里搁着一只热腾腾的鸡腿，欣欣然地对陈慧梅说："孩子给我，你快趁热把鸡汤喝了，放心，奶水会多起来的。"

陈慧梅有些不好意思，说："太太，怎么好麻烦你。"

李英抱过孩子，一边哄着一边说："这儿又没外人，别这么叫我。对外你是我家女佣，在党内我们是同志。"

陈慧梅真心诚意地说："我怕叫惯了英姐，到时候在外人面前说漏了嘴。"

这会儿要是有人进来，看见李英一身时髦款式的丝绒旗袍，掐腰托胸，脚蹬高跟鞋，亭亭玉立，陈慧梅站在一边，蓝布大襟衫，青布裤，黑布鞋，一身女佣打扮却难掩青春气质，准以为是少奶奶和女佣，完全看不出她俩是地下党的同志，若是陈慧梅不叫太太而叫英姐，那倒真是会引起外人怀疑的。李英也不再坚持了，抱着孩子逗乐，小梅还小不会说话，只会咯咯地笑。

这时，大门响了，张志仁回来了，有些兴奋地对李英说："你代阿慧去老太爷那里跑一趟，取个文件。"

陈慧梅放下鸡汤碗，说："老爷，还是我去吧。"

张志仁拦住她，说："你留下，我还有话跟你说。"

李英取笑他："这回不是老太爷有话跟她说了？"

张志仁笑着说："你又拿我开心了。"

李英也笑着说："开心还不好吗？"又对陈慧梅说："你把鸡汤

喝完，鸡腿吃了，放心，老太爷我熟。”便换双皮靴，穿上大衣，张志仁叮嘱她记住按时回家，她笑笑，和他抱了抱，转身出门。

外面下起了雪，一阵风卷着雪花直往门里扑。张志仁赶紧替她把围巾掖好，又一次叮嘱，李英嫌他烦，挥挥手走了。那红围巾又被风吹起，旗帜一样地飘在雪中。

陈慧梅把孩子放回摇篮，倒了一杯茶送来。

张志仁招呼她坐下，打趣地说：“伺候我这个老板还习惯吗？”

陈慧梅习惯了和他随意说笑，也解嘲地说：“你这还叫老板？什么都不让我做，还让英姐为我忙。”

张志仁宽慰她说：“你在坐月子嘛，李英照顾你是应该的。”

陈慧梅看他认真的样子，也认真地说：“多谢你们二位，要不我还不知上哪儿坐月子呢。”

张志仁喝了口茶，关切地问：“这几个月身体恢复得好吗？”

这让陈慧梅有点羞于开口，毕竟不是自己的丈夫，便涩涩地说：“还好。”

张志仁开始言归正题了，说：“慧梅同志，组织上安排你明天撤离去苏区。”

陈慧梅眼睛一亮，怀疑他是在跟自己说笑，看张志仁认真地点头，这才大叫起来：“真的？啊呀，太好了！”

张志仁笑着说：“这么急着离开我们啊。”

陈慧梅知道自己失态了，忙抱歉地说：“不是。我是舍不得离开你们呢。”

张志仁偏要逗她，说：“你不走，小韩他可是要失望的哦。快去准备吧，我还要出去一趟。”说着，拿起帽子，转身出了门。

屋里就剩下她一个人，女儿在摇篮里睡着了。陈慧梅看着她的小脸，嘴儿还在吮吸，分明梦里还在吃奶，眼睛闭得紧紧的，像天强的单眼皮，要是像她双眼皮多好。和韩天强离别前的那天晚上，他还跟她说要是生儿子就像他，生个女儿最好像你。她还故意问他为什么，真是故意逗他的，想想他的回答：因为你漂亮啊，心里都是美滋滋的，可当时她偏要说讨厌，这女人嘴上的讨厌两字含义很深的，有时候是真讨厌，有时候是假讨厌，还真是讨厌，他突然就趴到她微微隆起的肚子上，惊得她连连推他："你干什么？"韩天强侧着脸把耳朵贴紧她肚子，说："听听你肚子里的胎音。"现在还觉得肚子上痒痒的，孩子都生下来了，怎么感觉还在呢？陈慧梅抿着嘴嗤嗤地笑，说："才四个月哪来的胎音。"韩天强抬起头来问她："你说，孩子会像谁？"陈慧梅说："我哪儿知道啊。"现在知道了，等到了苏区见了面，你不就也知道了嘛。韩天强好像没有听见似的，自言自语地说："像谁都是我们的孩子。我不在身边，辛苦你了。"陈慧梅骄傲地说："你也知道啊。"韩天强有些歉疚地说："慧梅，我也想守在你身边，看着孩子出生，可这是党交给我的任务。"陈慧梅疼爱地撸着他的头说："我也是共产党员，不会拖你后腿。"他的头发很硬，像刺猬似的。她下意识地搓搓手，仍然感觉到手心里扎得慌。韩天强忽然一惊一乍地说："哎，我好像听见我们的孩子在说话了。"陈慧梅乐得合不拢嘴，说："你神经啊！胎音都还没有呢，哪儿会说话了。"摇篮里的女儿睡得很香，孩子太小，只会哭笑。韩天强一本正经地说："真的。他说，爸爸你放心，我一定乖乖地呆在妈妈的肚子里，等你回来。"陈慧梅连连呸呸啐了几口，说："乌鸦嘴！女人十月怀胎，总要一朝分娩，你让他不出来，要害死我和孩子呀。"韩天强连忙否认，说："这不是我说的，是孩子说的。我现在跟他说，孩子，记住你妈妈说的话，准时出来哦。"陈慧梅被他逗得扑哧一笑，说："满嘴胡话，就我信你。"

这会儿想起来，这一切就好像发生在昨天晚上，可昨晚她一个人与孩子作伴，连梦都没有，何来的梦中相会。不过陈慧梅当时却不是这么想的，心里挺傲气的，不管再怎么艰难，自己都能挺过来，没想到这一分手就是大半年，就来过一封信，害得她日思夜想。想狠了，有时候就怨孩子来得不是时候，拖累了自己，要不然此时她正和他一起在苏区战斗呢，可一看到小梅那可爱的小圆脸，尤其是那对像极了韩天强的单眼皮，她的心里又像灌了蜜似的，盼着团聚的那一天早点到来。没想到，明天就要跟着地下交通站的同志一起去苏区，很快就能见着他了。她轻快地在房间里忙着，轻声哼着歌，蔷薇蔷薇处处开，青春青春处处在，挡不住的春风吹进胸怀。这是银嗓子龚秋霞最近唱红的歌曲，收音机里时常放。那爵士乐的节奏和旋律，恰好抒发了她此时的快乐心情。

她也没什么东西可收拾，就几件换洗衣服和孩子的尿布，一会儿就归拢放进皮箱里。等人是最焦心的，时间过去了很久，怎么一个都不回来？这几年的地下党工作使她成熟了不少，她按压住焦虑淘米烧饭，正炒菜时忽然注意到门外有动静，果然是张志仁回来了：“阿慧，李英回来了吗？”

陈慧梅走出厨房说：“还没有。”

张志仁不由得皱起眉头，说：“时间已过，她怎么还没有回来？”

陈慧梅两手往围裙上擦着，宽慰他说：“雪天路滑，走得慢，不会有事的。你不也刚从外面回来，路不好走吧？”

客厅里的立式西洋钟此刻突然“当——”地敲响，声音格外刺耳。已经是十一点半了，李英倒是应该回来了。恰在此时有人敲门，嗵嗵的声音十分粗暴，显然不是李英回来。张志仁很镇静地示意她去开门，自己先回房间避过。陈慧梅过去开门，原来是个巡捕，扑打着身上的落雪，不满意地冲着她嚷嚷：“哪能勿开门啊？”

陈慧梅解下围裙掸衣襟，说：“我不开门，你怎么进来的？”

巡捕有点吃瘪，瞪着她说：“哟，碰着个凶啦吧唧的女佣。人呢？”

陈慧梅也不怕他这副阎王殿小鬼的吃相，说："我不是站在你面前，你眼睛不好啊？"

巡捕不屑地说："吾是问侬，侬个东家呢？"一边就往里面走。

陈慧梅早就注意着了，拦住他说："你来得真不巧，他们刚刚出门。"

巡捕一把推开她："到啥地方去啦？"

陈慧梅被他推得一个趔趄，跟在后面高声说："我一个女佣，怎么知道他们去哪儿了。"

"那吾就等伊拉回来。"

陈慧梅见巡捕朝沙发上一坐，就拿出府上女佣的腔调，缠着他问："先生，主人不在，你到底来干什么呀？"

巡捕敲敲手里的警棍，贼眼乌珠朝里张望，说："查户口。"

陈慧梅有些不信，说："雪下得这么大，你还出来查户口？"

巡捕翻毛腔，蛮狠地说："勿可以啊？"

这时，张志仁从房间里出来，仿佛刚刚知道似的，客气地递上香烟，说："巡捕先生，怎么又要查户口啦？"

巡捕眼睛一瞄是红锡包，就拿一支夹在耳边说："这是公务。侬是做啥行业的？"

张志仁又递上一根，帮他点上，说："开绣品店谋生。"

巡捕抽着烟，大模大样地问："侬太太呢？"

张志仁温和地说："小学老师，现在还没放学。"

巡捕忽然问道："侬有勿有参加共党的活动？"

张志仁不慌不忙地说："看你讲的，我生意都来不及做，怎么会去参加那种活动。"

巡捕瞄了他一眼，说："勿参加最好。"

陈慧梅在一边站着听巡捕有问没问地闲扯，又见他贼眉鼠眼地朝里面张望，真想撵他走，可见张志仁还是好说话地跟他周旋，便忍了。果然巡捕问不出什么来，就起身要走。张志仁恭敬地送出门，说声走好。看着巡捕走远了，想想不对，立刻转身跟陈慧梅说：“阿慧，你准备一下，我们马上搬家。”

陈慧梅虽对巡捕上门感到意外，但对张志仁要马上转移更感到意外，不解地问道：“为什么要搬家？”

张志仁严肃地说：“下雪天，巡捕怎么突然来查户口？一定是出了问题。”

陈慧梅不以为然地说：“也许他是进来躲雪的呢？”

张志仁摇摇头，说：“他一进门就东张西望，不像是偶尔路过进来躲雪的。”

陈慧梅有些担忧地说：“可是，英姐还没回来呢。”

张志仁脸色凝重，极不情愿地说：“约定的时间早就过了，她还没回来，很可能出事了。”

陈慧梅不由得大声说：“不，她不会的。老爷，我们等她一起走吧。”

张志仁摇摇头，痛苦地说：“我们不能心存侥幸。万一她被捕，这里就有暴露的危险。”

陈慧梅简直不相信眼前的这个男人会这么决绝无情，颤抖着声儿说道：“你怎么连你的妻子也不相信？英姐绝不会叛变，我们不能丢下她。”

张志仁脸色变得铁青，显然内心也受着痛苦的煎熬，却掷地有声地说：“我也相信她不会叛变，可是我们必须执行党的纪律，不让敌人有丝毫机会找到我党的秘密文件库。”

陈慧梅见他说得如此坚决，不禁声泪俱下，刚哭喊了一声英姐，只听张志仁厉声说道：“快去撤掉安全信号！”陈慧梅立刻捂住了嘴，走到门外摘下那串亮晃晃的铜铃，那就是安全信号。

张志仁已经打开了夹墙，取出六只皮箱。那是意大利制造的牛皮箱，深褐色泛着皮革的亮光，八个箱角包了厚厚的皮革，敲上亮铮铮的铆钉，拦腰是两道带洞眼的皮带，由克罗米扎眼方扣勒紧，把皮箱绑得结结实实。竖起来放在地上，便看得见左右两边克罗米搭锁和锁眼，皮拎手处吊着开箱的钥匙。接着，又从夹墙里搬出两只藤条箱和两只木板箱。这十只箱子里放着中共中央保存在上海的全部秘密文件，因为顾顺章被捕后叛变，中央机关转移去苏区走得急，暂时留在这里由张志仁夫妇保管，此刻因为情况突变，张志仁决定转移去事先准备好的另一处房子。立式西洋钟不合时宜地又敲响了，当——！当——！当——！催人似的一下比一下响，整整响了十二下。

张志仁吃力地一只箱子一只箱子地搬到门外，陈慧梅也要来搬箱子，被张志仁拒绝了，让她看好孩子，自己跑出去找黄包车。陈慧梅抱着小梅守在门外的十只装文件的箱子和两只放衣物的皮箱旁。雪下得大了，很快就白了她的头和肩，她浑然不知，用头巾严严实实地盖住怀中的小梅，不让雪花落到她的小脸上。

没一会儿，张志仁乘着黄包车回来了，后面跟了三辆空车。他跳下车，就将两只装衣物的皮箱放上黄包车，回头招呼陈慧梅上车，把车篷拉起，门帘扣住，又接着把剩下的箱子堆到另三辆车上，箱子还是太多，他差点都坐不上去了。领头的车夫嫌东西太多太沉，想加车钱，便磨蹭着不走，嘴里嘟囔着：先生，侬的箱子也忒多了点，落雪天勿好拉哎。张志仁心里只想着快点离开，爽气地说：我加你车钱。快走！车夫高兴了，中气十足地喊一声：好嘞。先生坐稳了。走喽！四辆车一溜地在雪中跑开，煞是壮观。

大雪漫天，寒风呼啸。这是今年的第一场雪，来得突然，下得又猛，一会儿屋顶和地面开始变白，连马路上都积起了雪。人们戴着帽子、裹着头巾，在风雪里匆匆回家。黄包车飞快地跑着，年轻的车夫们因为加了脚力钱，在雪中奔跑如舞蹈一般。警车刺耳地响着从旁边驶过，张志仁把黑礼帽压低了遮住脸，因为箱子太多，他这辆车没法拉起车篷，雪片哗啦啦地落了满身。有雪的马路上印着脏乱的脚印和车辙，雪仍在没踩到的地方白着。

3. 道是无情

忙乱了一阵，总算把十只装文件的箱子和两只放衣物的皮箱搬进了这个位于公共租界的新式里弄房子，和原来法租界的西式洋房比，差了一个档次，张志仁定下房子时，原是备着万一出事好转移来此，没想到这么快就用上了。

这次转移，他发现十只箱子还是太多了，沉重难搬不说，紧急情况下还很不方便，弄不好就会暴露。虽说他接手保管中央秘密文件库以来，已经着手整理文件并把二十箱文件逐渐压缩到十箱，现在看来留下的还是多了。但中央秘密文件库的文件本来就按照《文件处置办法》作过整理归类的，分别装在不同的箱子里：第一大类，最高机关决议及指示或材料，包括共产国际对中国问题的议案、致中央或全党的信，中国共产党全国大会及中央全会的议案以及记录。这一类中字体太大或潦草的原件，他都一一用小字重抄在薄纸上，已经无法再压缩了。第二大类，中共中央对外宣言、告民众书等。这些文件大多保存着起草稿，也舍不得把它们全都用抄件代替。第三大类，中共中央政治局记录及常委重要政治及组织问题记录。这些文件只能原件保存，所以也没动它，现在看来不行，要想把十只箱子压缩到六只，非得挑选一些重新抄写，才能压缩文件的体积。第四大类，中央决议及通告、宣传大纲、党员个人致中央的重要信件等。这些文件有许多是密写在各种小说、报纸、书籍上的，实在是占了很大的体积，大概有几大箱子。张志仁接手秘密文件库后，就主要是整理这些文件，把它们另抄在薄纸上。如此处理，一来缩小体积，二来密写字迹容易褪色，不便于收藏。但看着这些不同的小说、报纸、书籍，看着上面密写的字体，有的蝇头小楷，有的粗犷潦草，有的歪歪扭扭，他就能想象到那些同志是在怎样的环境下工作的，甚至能想象出这些同志长什么样。他拿起一份重新抄写过的文件，清楚地记得原来是写在《少年维特之烦恼》书里的，一手的蝇头小楷，端正圆润，写的人也许是个女同志吧，也许像绿蒂一样美丽？可是，一本小说得占多大的地方啊，要把二十箱文件精简到十箱就只能把文件抄下来，把书给扔了。他又拿起了另一份文件，也是他重抄的，他记得原件上的字写得粗犷潦草，当时就猜想一定是个性格直爽的男同志，随手就把这封重要的信写在报纸空白处了。他一定长得像雨果笔下的冉阿让，魁梧高大，正义善良。可是，张志仁把信抄下来，把报纸烧了，文件是压缩了，便于收藏了，却再也见不到这位“冉阿让”了。现在想想觉得可惜了，可是要把十箱压缩到六箱，还非得再痛下决心挑出一批这样的文件抄写下来，把原件处理掉……实在不忍心下手啊。如果这些原始资料能够保存下来，那是多好的党史见证。但有什么办法呢，环境变得越来越严峻，秘密文件库越往后可能搬家的次数越多，不把它们压缩到六箱，无论如何是不行的，思来想去，他还是决定再把原先舍不得替换的文件找出来，把它们抄录下来，烧毁原件，以此减少收藏箱子。这样的工作量是巨大的，那几个月他每晚都在绿色玻璃罩的台灯下用钢笔不停地抄写，仿佛“绿蒂”和“冉阿让”一直陪伴在他身边，虽然他把小说和报纸销毁了，可他把他们美丽、英勇的模样留下了，他的手指曾经为此累得弯曲不能伸直如鸟爪一样，让李英心疼得一再叮嘱他要保护好自己的手。他也曾按照她说的办法抄几个小时就停下来，握拳，放开，扳手指，握拳，放开，扳手指，做自己创造的手指保健操，然后用热水浸泡，可是这太费时间了，还有那么多的文件要抄写，他最后放弃了手指保健操。就这样，他还是整整花了几个月，才把二十箱文件压缩到了十箱。当时他松了口气，以为问题解决了，但这次的突然搬家还是暴露出来了，他原先舍不得去掉的一些书籍，还有一些字迹很大的原始文件，都要抄写下来，再把原件销毁，才能把十箱文件继续压缩。两天来，他白天到外面打探李英的消息，夜晚就在三楼密室里整理文件。他想把文件压缩到六只意大利皮箱能装下，这样转移起来就方便多了。皮箱结实，不怕水，比藤条箱、木板箱都轻，又好看，适合他伪装有钱人，他选中了它们。

今晚，他整理着文件，常走神想起李英，两天了什么都没打探到，心里清楚她凶多吉少，但还是抱着一丝希望，毕竟是多年患难与共的夫妻，那份情很深很缠绵。出事那天，如果不是巡捕来查户口，他也许会再等她一小会儿，然后就必须按照秘密工作纪律马上转移。可就这一小会儿，她说不定就回来了呢？这个想法固执地在脑中盘旋，几天来挥之不去。他那天是不是太敏感了，那个巡捕也许只是例行公事，也许真的是路过进来避避雪，装出一副公事公办的样子，可万一是巡捕房得到消息派他前来打探呢，那就早一分钟转移、秘密文件就多一分安全。他做得没错，但他依然自责痛悔，毕竟他和她经历过这样的事情，教训太深刻了。那时他在沈阳当满洲省委书记，李英带着儿子陪在身边，他们的家就是省委机关。没多久，有人被捕当了叛徒，供出了他家，幸亏敌人内部有我们的同志，赶在敌人前面送来了情报。情况十分危急，恰巧李英带着儿子出去串门了，他立刻烧毁文件，取下安全信号，可这时她们还没回来。他犹豫了一下，是立刻就走呢还是再等等她们？如果他就这么走了，她们怎么办？很可能一家人就此走散了，他再也见不着妻子和儿子了。他决定再等一会儿，哪怕是一分钟，如果她们还不回来他就一个人走了。就在这时，特务们破门而入，他立刻翻窗出去想从后门跑掉，但特务早就埋伏在此，几个人上前按住了他。到这时候，他唯一的希望就是李英带着儿子再也别回来，幸亏他撤掉了安全信号。可当他被押到屋里时，看见了李英和儿子也在，心里顿时凉了半截。趁敌人在屋里到处乱翻不注意他们时，他悄悄问李英，信号都撤了，你怎么还进屋？李英无奈地说，一进院子儿子就冲进了屋，她看见信号没了也晚了，如果转身出去儿子咋办，她只有硬着头皮进屋，只希望他已经跑了。特务发现他俩在说话，立刻把两人分开，儿子哭着一会儿跑到妈妈那儿，一会儿跑到他身边，他的心如刀绞一般。特务们什么都没有搜到，就把他们带走，年纪还小的儿子哭喊着跟着他们，被院子里的邻居看见了，就留下了他。现在想起来，当时就是因为他稍一犹豫，才酿成了后来的双双被捕。这个教训太深了，所以那天他才会如此果断地作出立刻转移的决定。

张志仁看看窗外，天已经完全黑了，今天什么收获都没有，一切只能等明天出去再打探了。他曾和李英约好如果两人断了联系，就去火车站留言栏里贴纸条。他天天去那里，没有她留下的纸条，也许明天就会看到了，想到这点，他就忍着心中的牵记整理着文件。

陈慧梅哄睡了小梅也来到密室，张志仁招呼她坐下，说："慧梅同志，文件已经安全转移到这里。你就按照组织的决定，明天带着女儿去苏区吧。"

陈慧梅看见箱子开着，一些文件摊得到处都是，张志仁和她说话时都没停下抄写文件，昨夜她第一次看到他工作情况时，就恍然大悟过去几个月里他一直在夜里做的竟是这个，现在再看看箱子里装得满满的文件，这个工作量是多么巨大，他一个人怎么行？想到这里，她就毅然地说："这个时候我不能走，这些文件需要人守护。"

张志仁抬起头，说："这里有我呢。"稍稍迟疑了一下，又说："还有你英姐。"

陈慧梅觉得心被揪了一下，说："那就等英姐回来，我再走。"

张志仁沉思良久，说：“她怎么会丢下我呢？放心吧，就这一两天，我会联系上她的。你要再不走，地下交通站的同志就会撤走的。”

陈慧梅见他如此说，才答应明天离开，又不放心留下他一个人，轻轻问道：“英姐真的能联系上？”她在月子里受英姐细心照顾，无论是同志友爱还是姐妹情义，她都想见到李英姐再走。

张志仁抄写不下去了，收起文件说：“你就放心走吧。去苏区的路上还会遇到许多难处的，你要有思想准备喔。”

她点点头，帮着收拾摊开的文件，但张志仁阻止了她：“不要动，我这是在做再次转移的准备。”

陈慧梅不明白，问：“怎么准备？”

“我要抓紧时间把文件再精简一下，最好六只皮箱能放下。”

“这都是党的重要文件，你怎么决定哪个留下哪个烧掉？”

“不，文件一份都不能烧掉。”

“那还怎么精简？”

张志仁拿起几份文件指给她看：“这些文件纸张太厚，字也写得大，潦草，如果用小字抄写到薄纸上，就能缩小体积，收藏和转移就方便多了。”

陈慧梅恍然大悟：“对啊。我怎么就没有想到呢？”

张志仁又拿起一本书，这是她前不久从张肃维那里拿回来的《唐诗三百首》，说：“这是你拿回来的。真想把它保留下来，可是没有这么大的地方啊。只能把信抄下来，把书扔了。”

陈慧梅有点着急了，说：“这也要扔啊？看见它，我就想起老太爷交给我时一再叮嘱的样子呢。”

张志仁翻到45页，忽然悟到了什么，激动地说：“等等，这是线装书，信件是写在书页的背面，字迹清晰，我可以撕下写有信件的这一页，原件留下来了，文件不也一样精简了吗？”

陈慧梅接过书，说：“啊呀，你真是聪明过人。”眼珠一转，又说：“这四边的空白很大，不如剪去，也不影响信件，又能减少收藏空间。其他的文件也可以照这样剪去四边空白，那能节约下多少空间！”

张志仁赞许地点点头，说：“你这个主意不错。喏，你来剪，我来抄。”

两个人就这么整整忙了一个通宵，终于清理掉一只箱子的文件，现在还剩下三只箱子，张志仁松了口气，拿起那本撕掉密信的《唐诗三百首》，想到以往都是把书烧掉的，至今还对《少年维特之烦恼》感到惋惜，便说：“还可留着读呢，不过得把撕掉的两页补上。我可是第一次这么抄写，谁让我很喜欢唐诗呢。”没一会儿，就抄写好这两页的唐诗，又用浆糊粘上，一本完整的《唐诗三百首》就复原好了。

陈慧梅接过来翻看，一时着了迷。张志仁颇有兴趣地问她，你也喜欢唐诗？陈慧梅嗯了一声，说，读书时就背了好多唐诗。张志仁一时兴起，说，那我们就来个唐诗集句，你看如何？所谓唐诗集句，可以是一个人用不同唐诗的诗句写成一首新诗，也可以几个朋友相聚时每人从不同的唐诗里抽取一句诗，组成一首新诗，很考验参加者对唐诗的熟悉和理解程度。陈慧梅高兴地说，好啊。两人就把满地的废纸屑扔进破脸盆，取来华光牌火柴擦一根，蓬，小小的火苗像颗枣似的在手里捧着，小心地凑近纸片烧了起来。火光映在他俩的脸上一闪一闪，张志仁有意让陈慧梅先吟诵，这样比较方便，随便哪一句都行。陈慧梅自然是知道的，偏要说，谁出的主意谁先来。张志仁只得说，好吧。不要说我欺负你哦。听着，这第一句是，*春蚕到死丝方尽*。陈慧梅把一团废纸丢进火里，火苗“嘭”地蹿了上来，没加思索地说道，李商隐的《无题》。心里却在想，这句诗原本是写爱情的，他此时用这句开头，不知是向李英表白呢，还是借用来表达革命意志的坚定，遂吟了一句：长使英雄泪满襟。既押了前句的韵脚，又在意思上接了前句，表达了李英的未归使他俩都不安的心情。张志仁脱口而出，好！杜甫的《蜀相》。略微思索，接着吟道：道是无情还有情。陈慧梅知道他这是在想念李英，为自己那天迅速撤离述说着不得已的心情，若是由她来说出便是对韩天强的思念了，当初离别虽无情，但那是革命的需要，却又情义更深。她轻轻地说，刘禹锡的《竹枝词》。接着吟道：除却巫山不是云。心想，自己明天要去苏区，马上就要和天强重逢了，而他一定会与李英联系上的，这句诗倒也道出了他俩的不同心情。张志仁凝视着火光，说，元稹的《离思五首》之四。这集句成的小诗道出了两人此时的心情，却也使两人再无心思集句下去了。

火终于熄灭，废纸全都成了灰，陈慧梅浇上水，把脸盆端去卫生间，冲入抽水马桶里。这时，屋外鸟鸣雀噪，晨光熹微。上海从夜梦中醒了过来，马路上人车热闹。张志仁推开窗，那些声音立刻响了许多倍，缭绕在斗室里。他迎着清晨的风深深吸了口气，又踢腿弯腰，舒展一下身体说，你去准备一下，吃过早饭就去地下交通站接头，他会送你去下一个地下交通站，然后你就要一个接一个地走下去，就能到苏区和小韩见面了。

陈慧梅掩饰不住喜悦的心情，起身去厨房做早饭，谁知小梅醒了，在摇篮里哇哇地哭。跟着下楼的张志仁就说，快去看看孩子。早饭我来做。她不让他插手，可小梅哭个不停，只得先去照顾孩子，摇篮里的小梅不停地蹬着两条小腿，原来是尿湿了，便换了尿布。孩子不哭了，吧嗒吧嗒眼睛看着她，她想着去做早饭，便把孩子放回摇篮里，立刻又哭了，这回是饿了，便给她喂奶。喂完奶后赶紧去厨房一看，早饭已经做好了，张志仁端着热腾腾的泡饭和馒头说，快来坐下吃早饭。

她拿了碗筷到客厅，张志仁正往八仙桌上放小酱瓜和腐乳，还特意剥了一只皮蛋，切成四瓣放在小碟子里，倒些酱油，淋上香油，大瓷盘里放着热气腾腾的两只馒头和一只肉包子，这是他们最丰盛的早餐了。陈慧梅知道他是用这顿早餐来为她送行，不由得眼眶一热。张志仁已经盛好一碗泡饭放她面前，又把肉包子推给她说，都吃了，吃得饱饱的出发。陈慧梅把肉包子推给他，说，你吃吧，男人不能饿着。张志仁说，你还有孩子呢，吃吧。他们的伙食一向节俭，对她却从来宽松，说是哺乳的妈妈要吃好点才有奶。那天走得急，剩下的鸡没有带走，她到现在都觉得可惜了，又不能回去取。眼下的这只肉包子还是她为张志仁准备的夜宵，搬来这里后，每晚他都抄写整理文件到清晨，她常去扬州人开的小吃店买馒头当做第二天的早餐，再多买一只肉包子给他当夜宵，扬州小老板常跟她开玩笑说，太太也太会做人家哉，买一只肉馒头给哪个吃。她理直气壮地说，当然是给当家人啰。没想到，他今天省下来给她吃了。

吃了早饭，陈慧梅抱起小梅，张志仁为她拎皮箱，送出门，叫来黄包车。陈慧梅坐上去，车夫便撒腿跑起来，已经很远了，回头望一眼，张志仁进屋了，不由得心里一酸，想了想，便吩咐车夫改道去她父母家。她已经好几年没有回家了，当年离家出走表面上是不满父母为她定的婚约，骨子里还是她参加了共产党，接受了革命任务。现在，她要去苏区，也许很多年都没有机会回家看望父母了，就想离开上海前让父母见一面襁褓里的小梅，这是他们的外孙女。

4. 惊　闻

黄包车轻盈地停在陈公馆大门前，陈慧梅抱着小梅下车，车夫帮着把皮箱拎到大门口，看门老仆有些不相信自己的眼睛，揉了再揉，说："小姐回家啦！？"陈慧梅认出是老王，她奶妈的丈夫，便问道："我妈在家吗？"老王连连点头说："在。我去回禀太太。"陈慧梅看着他急匆匆地往里面跑，没一会儿田淑芬大呼小叫地走来，顿时母女俩抱在一起痛哭，吓得怀里的小梅哇哇乱哭，这才引起了注意，问女儿："这是你的孩子？"陈慧梅点点头，嗯了一声。田淑芬欢喜得立刻接过去抱，谁知孩子怕生，哇哇地哭个不停，只得让陈慧梅自己抱。

陈光宗坐在客厅里，听佣人禀报小姐回家了，心头一愣，几年前女儿不辞而别，找了多年也无音讯，幸亏儿子回来做了帮手，公司越发兴旺，渐渐也就把她淡忘了。本以为再也见不到她了，没想到突然就回家来了，怕是遇到什么过不去的坎了吧？他不想在女儿面前透露出一丝内心的惊喜与焦虑，便不动声色地让佣人下去，自己坐在那里纹丝不动，直到陈慧梅抱着小梅进门，喊一声爸，那声音没有变，亲切悦耳如小时候一个样，心就不禁软了，面上还硬撑着父威的架势，等到见着襁褓中的外孙女可爱的小模样，脸上才稍有缓色，却又故作平静地问道："怎么你一个人回家啊？"

陈慧梅一见到父亲，就想起了当年因拒绝他为她定的婚约而暴怒的样子，心里早就做好了他会再次暴怒的准备，没想到他这么风轻云淡地问一句，只好尴尬地笑了笑说："他没在上海。"

陈光宗此刻最关心的是女儿究竟和怎样的男人结了婚，怎么又让她一个人抱着孩子回家？他鼻孔里哼了一声，不满地说："他是谁啊？"

田淑芬更着急了，追着问："孩子他爸丢下你一个人在上海？"言下之意是"是不是男人不要你了"。

陈慧梅有些哭笑不得，说："妈，你想到哪儿去了。我们感情很好，他只是在江西做生意。我回家来看看，你们担心什么呢？"

正说着，陈慧松从外面回来，一见陈慧梅就惊叫道："妹妹，我上南昌找了个遍，你到底住在哪里？"

陈慧梅随口一说："后来他做生意去了九江。"

陈慧松说："怪不得找不到你。"

陈光宗看了女儿一眼，说："都做陈家女婿了，怎么还没名没姓的他、他、他地叫？"

陈慧松也说："是啊，你说说他的情况。"

陈慧梅有意回避，说："哥，我还没问你的情况呢。你先说。"

陈慧松说："我有什么可说的。在曼彻斯特商学院毕业后就回来了。你呢？"

陈慧梅听出他们急于想知道她离家出走后的情况，就抱着孩子坐下，娓娓道来："他叫韩强，也是圣约翰大学的，比我高一个年级，我们在学校就相爱了，所以我不能答应你们定的婚约。毕业后我们就结婚，有了这个女儿。"倒全是实话，除了他的姓名删了一个字，她由他介绍参加共产党一事也隐去了。

母亲听明白女儿不是被男人遗弃才回家的，一颗悬着的心就放了下来，旋即又不放心地问："他家境如何？你们过得好吗？"

陈慧梅没法向他们说这几年他俩从事的革命工作，自然也没法说其中的甘苦，只得含糊其词地说："家境一般，毕业后他一直在打拼，如今在江西站住了脚，以后我们会越过越好的。"

陈光宗在上海滩工商界摸爬滚打了这么些年，知道去外省做生意多半是在上海没法立足，便话里有话地问："他打算常住江西了？"

陈慧梅趁势说出今天回家来的目的："他要我去江西与他同住，所以我走之前回来看看你们。"一句话又把父母说得满脸乌云。

母亲眼泪汪汪的，絮叨地说："你回家连椅子都没坐热，这就要走？就不能在家多住几天，让我多抱抱小乖乖？"

陈光宗阴沉着脸说："什么生意非得去江西？现在那里正打仗，写封信让他回上海做。有什么困难找我。"

陈慧松却疑惑地说：“你是说，你一直在上海，没跟着他去江西？那怎么爸妈说收到你从南昌写来的信？”

陈慧梅知道自己说漏嘴了，忙解释说：“我也是刚回上海没多久，谁知他又急着催我回江西。”

陈慧松更疑惑了：“你回到上海也不回家住？噢，你们在上海有房子。”

陈光宗打断了他的话：“好了。问那么多做什么。”

陈慧松执着地说：“我是说，既然妹妹已经回上海，又有房子住，为什么不叫他回来，反而要她去江西？做生意还是在上海好做。”

陈慧梅现在有点后悔自己临时起意回家了，父母一句话都不提当年逃婚之事，也没责怪她不跟家里说一声就结婚，反倒是哥哥留学好几年，本想听他谈谈法国的情况，谁知他却抓住她话里的漏洞不放，非要问出个子丑寅卯，要不是父亲拦住了哥哥，她差点不能自圆其说。她知道他们也是好意，要她留在家里别去江西，让孩子他爸回上海来做生意。她不能拒绝父母和哥哥的一片好心，但她却不能把实情告诉他们，这可难为死她了。如果她真留下来住几天，那边地下交通站的同志今天等不到她就会撤离，去苏区的事就泡汤了，而去苏区是党组织的命令，她不能违反。想了想，她还是对他们说：“我去了之后，会把你们的意思告诉他，劝他回上海来做生意。”这句话总算把大家说得乌云消散了。

田淑芬舍不得女儿这就要走，从手指上褪下一枚镶红宝石金戒指给她戴上。陈慧梅感到意外，脸上骤起疹子，下意识地推脱。

田淑芬絮絮叨叨：“你结婚也不告诉家里一声，连嫁妆都没给你准备。这是我结婚时娘家的陪嫁，你戴着吧。”

陈慧梅动情了，一下搂着妈妈说：“妈，我走到天边都会想你的。”

田淑芬流泪了，说："别说傻话，去什么天边，早点回家。"

她心口不一地答应着，知道自己这一去不知何时才能回家，眉宇间结了愁，又见母亲执意要抱抱外孙女，这回孩子看着外婆笑了，把她乐得一个劲地逗孩子，陈慧梅这才松了口气，回头看父亲陈光宗正拿着《申报》看新闻，好像不关心她的去留，却忽然又对她说："奇怪！今天这条新闻说江西共匪营长韩天强被国军击毙，你看，这个人和你丈夫的名字只多了一个字。"

陈慧松也觉得奇怪，要看报纸，但父亲不给，说他还没有看好呢。陈慧松只得嘀咕说："还有这种事，谁和我妹夫的名字多一个字？"

陈慧梅犹如一盆冰水从头浇下来，顺着脖领灌进前胸后背，无数条冰冷的蛇爬过，皮肤像火烧似的灼疼，很快又冷得浑身冻僵了。怎么可能发生这样的事？那是韩天强，和你有什么关系？韩天强就是我丈夫啊！你丈夫不是韩强在江西经商吗？你刚才就这么跟父母哥哥说的。那是我不想让他们担心，我还能怎么说？告诉他们我们的真实身份是共产党？天强啊，我马上要来和你团聚了，你却突然牺牲在战场上，为什么会这样？不，这条新闻说的不是你，一定是个和你同名同姓的同志，也许压根儿就是敌人故意放出来的谣言。她急不可耐地从父亲手里抢过《申报》，惹得陈光宗不满地说："我还没看完呢。你这是怎么啦？"陈慧梅什么都顾不上了，捧着报纸一遍又一遍地读着这条新闻，每一个字都如箭镞一般扎在她心上，流血，疼痛，心里明白这是真的，却无论如何也不愿接受。这不是真的，我要去找他。这是真的，你再也见不到他了。不，这不是真的。这是真的，真的。你要面对现实。你让我怎么面对现实？她强忍着内心的痛苦，冲进了卫生间，关上门就再也忍不住哭了出来。刚哭出一声，又强忍着噎了回去，她怕惊动了外面坐着的父母哥哥，掏出手绢死死地捂住嘴，哭声便从所有的缝隙中往外泄露出来，哽哽咽咽的像一条被大大小小的石头阻挡住水流不畅的小溪。

陈光宗显然被女儿的异常举动搞晕了，迟疑了一下就走到卫生间门口，又不知下一步该怎么办。陈慧松从地上捡起了报纸，急急地看着那条新闻，田淑芬着急地拍打着卫生间的门，高一声低一声地问："梅梅，你这是怎么啦？你开开门啊。"

陈慧梅强压住心中的悲痛，打开水龙头让水流得哗哗响，稳了稳情绪说："没事。我就是胃不舒服，吐了就好了。"

田淑芬将信将疑地跟陈光宗说："她说胃不舒服。"

陈光宗不置可否地嗯了一声，心想怕是有什么事不愿说吧。刚才的话里就有破绽，一会儿说去了九江，一会儿又说她刚回到上海，现在又要去江西。肯定是有事瞒着我们，难道和刚才那条新闻有关？韩天强和韩强是一个人，女儿故意编瞎话骗我们？嗐，瞎猜什么呢，还不如装着不知道好，女儿自己选择的路，让她自己走吧。

偏偏陈慧松把这一切都说出来了："这个韩天强会不会就是她说的那个人？"

陈光宗一句话就把他顶回去了："不可能。这人名还能差一个字？"

陈慧梅终于冷静了一些，脑子里痛苦地盘旋着一个问题，韩天强牺牲了，她还去苏区吗？去他的坟头烧纸祭奠，还是去告诉他有了女儿小梅？不管怎么说自己都是去晚了，除了大哭一场什么都改变不了。但是，党组织的命令她要执行，她这次去苏区严格来说是革命工作的需要，而不仅仅是去一家人团聚的，可这一路上丧夫的痛苦将啃噬着她的心，而且离苏区越近她就越思念他，痛苦也将加倍地折磨她，她能坚持下来吗？她看着镜子里的自己，泪流满面，心已破碎，这副模样是无法见父母的，她擦干了眼泪，仔细抹了些面霜掩饰有些哭肿的眼窝，可破碎的心却无法拼凑得严丝合缝。她开门走了出来。

父亲投来的眼光充满疑惑，哥哥手拿报纸看着她，母亲抱着小梅干脆拦在她面前，一个劲地问："你怎么啦?"

陈慧梅极力压制住内心的痛苦，双手下意识地绞着手绢，说："没事，妈，我这就走，你们要多保重啊。"

"这就要走啊?"田淑芬不舍地哭了起来。

陈慧松指着报纸上的那条新闻，说："你是为了他要走的吗?"

陈慧梅冷着脸说："说什么呐。他和我有什么关系。"

陈慧松说："我是好心关心你。这韩天强、韩强会不会是一个人?"

陈慧梅再也忍不住了，声嘶力竭地说："你这是关心吗?你这是在咒我!"

田淑芬埋怨儿子："你也是。别说多一个字，就是同名同姓也不一定是一个人。"

陈光宗暧昧地说了声："去了江西，有事就赶快回来，这里是你的家。"

陈慧梅听出了父亲的言外之意，心如刀绞，紧紧地抱着小梅，满脑子想着天强，却又不得不安慰父母："我会回来看你们的。很快，相信我。"她狠狠心，拿起箱子便走，立刻有佣人过来替她拿着，母亲陪着她一路唠唠叨叨，父亲也破例走出客厅送她到大门，只有哥哥傻愣愣地站在那儿把报纸捏成一团。

5. 竹器店

她又坐上黄包车，回头看父母仍在门口站着，哥哥匆匆从屋里出来送她，忍不住眼泪掉下来。车拐了个弯，她才让车夫掉头去了相反方向，一会儿到了华界地面，又接着往西南方向跑，终于见着了龙华镇的标志性建筑，相传三国时期造的龙华塔和龙华寺。再走一会儿，就进了龙华老镇，青石板路两边是本地人的瓦屋，开着各色店铺。陈慧梅下了车，付了车钱，看车夫拉着空车回头消失在远处，这才按照张志仁交给她的地址一路找去，原来地下交通站是个门面很小的竹器店，店堂里叠放着竹桌、竹凳、竹碗橱，竹塌床，梁上悬着的铁钩上挂着竹篮、竹匾、竹淘箩，地上放着竹板刷、竹饭镬刷、竹马桶刷子，竹扫帚，靠墙放着晾衣竹竿。

陈慧梅看了看四周，一脚跨了进去，对坐在小竹凳上正在埋头编竹篮的伙计说："小师傅，有竹篮子卖吗？"

伙计没抬头，一边手麻利地编竹篮一边说："有。你要什么样的？方底篮还是元宝篮。"

陈慧梅强调重音地说："我要买一只带盖的竹篮，竹篮上要有鸳鸯戏水图。"

伙计这才抬头看了看她，指着靠墙角放着的一摞竹篮说："鸳鸯戏水的竹篮卖完了，只剩下牡丹富贵图的。要不要？"

"一角钱一只我就要。"

"不卖。起码三角钱。"

"拿给我看看吧。"

伙计递上一只篮子，陈慧梅打开盖子，翻过来放在竹篮上。对上联络暗号了，伙计顺手掩上小竹器店的木板门，把她领到店堂后的一个房间，对她说："你总算来了，再不来我就要走了。"

"真对不起，"陈慧梅很关切地问，"你就是交通员？"

伙计爽快地说："对，叫我小刘就行。"

小刘很热情，忙着沏茶端水，让她先在房里歇着，还拿来一张当天的《申报》说："你喝口茶，看看报，歇一歇脚。从城里赶到这里，一定累了。"说完就回到前面店堂，上了排门板准备关店。

陈慧梅把小梅放到床上，看着安静的女儿，不觉心头一酸，本来是要带她去见爸爸的，可是如今却天人永隔了，女儿似乎懂得她的心思，手脚乱动，惹得她吧嗒一滴眼泪掉在女儿小脸蛋上，女儿嫩嫩的脸抽搐一下，眼泪就无所顾忌地流下来，赶紧用手绢擦了。她感到口渴难耐，端起茶杯喝了几口，瞟一眼小刘拿来的《申报》，真想一把火烧了，恰好小刘进来了，只得忍下心头的冲动，转身开窗，猛然看见了雄伟的龙华塔矗在眼前，正好借此转移心头之痛，喃喃说道："真漂亮，每个塔檐角上都挂着铜铃呢。真想上去看看，这可是三国孙权造的塔，可惜没时间了。"

小刘直爽地说："时间倒是有，但我们最好不要在街上抛头露面。"

陈慧梅想了想说："你是说，这儿离上海警备司令部不远。"

小刘说："不远，两三里路吧。出老街，过木桥，沿路一直走，拐个弯就能看见那个碉堡样的大门了。"

陈慧梅若有所思地问："交通站离得这么近，安全吗？"

"上级说，越是离敌人近的地方越安全，还说这叫灯下黑。"

"说的好。你刚才说我们有时间登塔？"

"是的。我们明天一早才走。"

"为什么要明天走？现在不行吗？"

小刘就说："你们怎么都那么性急。上次那些人也是一来就要走，我就问他们，这么着急为啥还要下火车从这里去江西苏区？你说，放着火车不乘倒来坐马车，这是为啥？"

陈慧梅随口说道："马车舒服呗。"

小刘被噱进，哈哈笑着说："你真会开玩笑，马车哪有火车舒服。"

陈慧梅这才问道："他们是谁啊？"

小刘摇摇头，说："我哪知道啊。不过，他们中有个叫韩天强的，我倒是记住了。"他刚看了《申报》新闻，勾起了对韩天强的回忆。

陈慧梅一惊："韩天强？"莫非他来过这里？真没想到能在这里听到有关他的事情。

小刘全然没有注意到她的变化，有些哀伤地说："是啊。当时他跟我说，要不是情况危急，怎么会不坐火车来这儿。我听了二话没说，立即出发。唉，就像是昨天发生的事。"

陈慧梅感慨地说："原来他们那天改走这条路了。"心想，自己今天好像是老天约好了似的跟他同走一条路，只是他先走了一步，从此就阴阳两隔了。

小刘也听出点苗头，迟疑地说："对啊……不是，你们认识？"

陈慧梅本不想说，但还是点了点头："他是孩子的爸爸。"

小刘惊呆了："韩天强？"

陈慧梅干巴巴地说："是啊。他走的时候孩子还没出生呢。"

小刘好像明白过来，忙改口说："你是……要去苏区和他会合呀。走，我们马上就走。你喝口茶，我收拾一下就出发。"他一边说，一边伸手想拿走刚才给陈慧梅的《申报》。

陈慧梅本想装着没看见，可还是忍不住要说："哎，别拿走啊。我还没看呢。"

小刘觉得有些尴尬，说："我……我们没时间了。你还是抓紧休息一下吧。"

陈慧梅这会儿就想把报纸留下，再好好看一眼那条该死的新闻，就说："我看看报也是休息啊。哎，你为什么又不让我看报了？"

小刘磕磕巴巴地说："那……那是昨天的报纸。"

陈慧梅知道他撒谎，偏要揭穿他，说："不对。你刚才明明跟我说，这是你刚买来的今天的《申报》，怎么一转眼就成昨天的了？"

小刘被逼急了，干脆耍赖："我……我反正不让你看报。"

陈慧梅偏不放过，说："为什么？小刘啊小刘，真没想到你这个地下交通员的权力这么大，还能剥夺我看报的权利。”

小刘没法子了，恳求地说：“陈姐，我是为你好。我真的是为你好！”

陈慧梅听明白了，小刘看过今天的报纸，知道韩天强牺牲的消息，所以不想让她看到那条消息心里难过，但这样一来，她就更想再看看这张《申报》了，便说：“奇怪了。不让我看报，居然是为我好。今天的报上登了什么？我不能看？”

小刘到底年轻，没掩饰住心情，说：“对。你不能看……你看了会伤心的。”

陈慧梅此时心情变得乖谬，本不想多说韩天强的事情，偏偏却跟小刘怼上了：“越说越没边了。我看报纸会伤心？报纸上登什么了？哪个电影明星死了？还是越剧皇后出事了？可是，这些八卦跟我没关系，我根本就不喜欢。你知道我喜欢什么吗？我就喜欢看书，托尔斯泰的《安娜·卡列尼娜》，高尔基的《母亲》。”

小刘挠挠头皮，说：“我……我这儿没这两本书。”

陈慧梅也被自己绕进去了，说：“我没问你要这两本书啊，我只是说我喜欢看这样的书。我怎么跟你说这些？我刚才跟你说的是《申报》，拿来。”

小刘这回很坚决：“我不给你。”

“真不给？”

“不给。”

“好。街上有邮电所吧，我自己去买。”

小刘没辙了，把报纸放下，说：“你……你拿去吧。”

陈慧梅拿起《申报》，翻到那一面，再次看到那条刺目的新闻标题，虽然已经知道，还是不相信地说道：“这是真的？”

小刘慌忙解释道：“不，不是真的，这是敌人在撒谎，在动摇我们的信心。”

陈慧梅拿起报纸说："这不是《中央日报》。《申报》是不会登假新闻的。"

"我是说，国民党军队打了败仗，故意散布假消息掩盖真相。"

"那你为什么不让我看报纸？"

"我……我只是觉得他有点像我见过的那个同志。"

"也许是两个人呢？他们同名同姓，这不是我的韩天强。"

"对，对。两个人。"

"你让我静一静，小刘。"

小刘不再说什么了，默默地开门走出去。下午要出发，他要去准备一下。他知道陈慧梅经历了这些之后，一定会更着急走了。

房间里只剩下她一个人，不，还有女儿小梅，睡着了，孩子还太小，不懂事，吃了睡，睡了吃。有人开门进来了，是两个人，一前一后，光线从他们身后射来，强烈得让人睁不开眼睛，但她认定有一个是韩天强，另一个人的身影也眼熟，就是想不起来，噢，也许是他的领导李剑雄，这么一想就越觉得像。脚步沉着有力，从门口一直响到窗前，背着手站着，窗子推开了，是韩天强还是李剑雄？龙华塔映入眼帘，明黄的塔墙围成八边形，东西南北各有门洞，黑色的木栏杆，翘檐角上的铃铎，清风徐徐吹来，发出清脆的响声，李剑雄和他并肩站着说话，可能是布置什么任务，表情十分严肃，看来遇到了意想不到的情况。他转过身来，脸在阴影里依然看不清，抬起右手摘下头上的黑色费多拉呢帽，铁灰色西服敞开着，左手叉腰，白衬衫束在西裤里，蓝色带白圆点领带被扯松了，领扣解开着，皮带是黑色的，铜扣紧扎住最后一个洞眼，裤管有点皱但还是裤缝笔挺，沾了些不起眼的泥渍，皮鞋灰尘蒙蒙，抬脚在裤管上擦一下，立刻有一道亮。一个低沉有力的声音在房间里响起：我们得马上走！这是韩天强的声音，没错，她太熟悉这个声音了，可看不清他的脸。他看到了床上的孩子，惊奇地问：这是谁家的孩子？她忍不住问：你到底是谁？为什么看不见我？还有你，也看不见我吗？霎时一切都没有了，房间里空荡荡的。陈慧梅麻木地拿起《申报》，自言自语道："同名同姓的两个人？我再看看，报纸究竟是怎么说的。"她又一次读着报纸上的新闻："共匪营长韩天强率部抵抗一天一夜，终被国军包围全歼，韩天强亦被击毙。"她再次陷入了痛苦之中，想起那天张肃维曾跟她说起过，韩天强当上了营长。这报纸上说的那位牺牲同志怎么和他的名字一模一样？还都是红军营长？是他，是他，我骗不了自己。陈慧梅失声痛哭起来："天强，你怎么就不等等我呢？你的信我看了，女儿就按你说的叫小梅。这说你牺牲的报纸我也看了，我就是不信，我不相信，我再看一遍，再看一遍。"她胡乱地翻着报纸，突然被又一条新闻标题吸引住了："共党分子李英在龙华处决。"什么？李英牺牲了，这不可能是真的！难道又是同名同姓的另一个人？她瞪大了眼睛再看报纸上的每一个字，仔细看，看仔细啰，没看错，是李英，不，不可能，难道敌人偏偏要在今天接二连三地造谣？是真的，两条新闻都是真的。这真是英姐，这对张志仁的打击有多大！就像韩天强的牺牲是真的一样，她和张志仁正是同病相怜了。英姐啊！要不是你替我去张肃维处，怎会遭此不幸。她想起了许多英姐对自己的好，坐月子时前前后后地照顾她，奶水少了熬鸡汤给她喝，等等，现在秘密文件库就剩下张志仁一个人了，他承受着英姐牺牲的打击，还和组织失去了联系，这个时候的他最需要帮助，需要有人和他一起并肩战斗，他需要抓紧时间与党组织取得联系……他需要我回去帮他！现在该怎么办？我还去苏区吗？

小刘背着包袱走进来说："陈姐，我们走吧。"

陈慧梅抱起孩子，果断地说："我不去苏区了，我要回去，家里出事了。"

小刘有些摸不着头脑，说："这是组织的安排，你就这么不去了？"

陈慧梅指着《申报》上的新闻说："李英同志牺牲了，那里需要人，我得回去。请转告你的上级，帮助我们和上级党组织取得联系。"

小刘有些为难了，搔着头皮说："可我们不是一条线上的，我只负责把你送到下一个地下交通站。"

陈慧梅想把秘密文件库一事告诉小刘，这样才能得到他的帮助，可是又不能说，不是一条线上的同志不能说，这是秘密工作的纪律。踌躇了一下，陈慧梅决定什么都不解释，只是说："我不去了。请转告组织，我要留在上海继续战斗。"

6. 命运相同的人

张志仁送走陈慧梅之后，就去火车站看留言板。

他站在角落里用火柴点着一根烟，噗，吹灭了火苗，趁机观察着周边的动静。火车站人来人往，都是匆匆过客，如果有人站在一个地方不动，很容易被辨认出来。小贩们忙着招呼行人买他们的东西，也没有东张西望的不顾自己的生意。附近的商店悬着各色店招，挂出促销的旗幡，门庭若市，顾客进进出出，没见有闲人晃荡。张志仁扔掉烟蒂，用脚尖碾了一下，然后慢慢走近留言板，迅速地扫了一眼，没有李英留下的纸条，不甘心又停下来仔细看，还是没发现李英留下任何暗号，心里明白一定出事了，但又不愿接受事实，就在火车站附近兜了一圈。报童手里挥着报纸卖力地喊着：卖报了！卖报了！快来看今天的新闻！他似乎觉出自己这么走来走去会惹人注意，便叫住了报童，买了一份《申报》，站在那里心不在焉地翻看起来，眼角不时地瞟着周围的动静，但很快他就被那两条触目惊心的新闻惊呆了，犹如当头劈下两个响雷，把一棵青翠茂盛的大树生生劈成了两半，还燃起了熊熊大火。有一瞬间，他完全麻木了，对周围没有任何反应，脑袋嗡嗡地响着，像有无数只黄蜂在耳边狂舞，突然有只黄蜂蜇了他一下，又一只黄蜂蜇了他一下，他感到了疼痛。毕竟是多年从事地下工作的人，他很快就恢复了常态，耳朵开始听见周围的喧哗声，眼睛机警地扫视着熙熙攘攘的人群，原来有个老翁摔倒在地上，引得路人围观。他十分镇静地把报纸塞进口袋，压低了礼帽匆匆离开火车站。回家的路上，他没忘了几次探看后面有没有尾巴。确信没有特务跟踪，才拐向他住的那条新式里弄。

一进屋，张志仁就背靠着门散了架似的滑坐到地上，痛苦万分地捶打着地板，他想喊，他想哭，他想叫，可是他喊不出，叫不出，一点眼泪也没有，只是麻木地从口袋里掏出那张揉皱的《申报》，一遍又一遍地看，好像要一个字一个字地吞下去，实际上一个字都没看进去，终于无比悔恨地说："我应该自己去见张老太爷的，那样你就不会出事了。"

张志仁挣扎着从地上站起来，漫无目的地在房间里来回地走，仔仔细细地回想着这整件事的前前后后，每一个细节每一个表情每一句话，是否存在着什么漏洞让他直想吃后悔药。他走到了窗前，呆呆地看着窗外的大香樟树。接到让陈慧梅立即去江西苏区的指示后，他能不留下她立即传达吗？不能，不可能。在这种情况下，难道还要她去张老太爷那里取文件吗？他不是那样的人，也不会那样做。他转身往回走，进入客厅，沙发上有凹陷的印痕，圆圆的宽宽的，那形状像是李英刚刚坐过站起来留下的。要么他让陈慧梅等着，反正她也不知道，等自己去张老太爷那里取回文件后再传达。不，他得让她早点知道，也好有充足的时间准备。他绕过沙发，走入过道，推开自己的卧室门。他没有做错什么，李英也没有做错什么，那就只能是张肃维那里被叛徒出卖了，敌人就守在那里等着有人掉进坑里。临走时他给她掖好红围巾，难道是一种莫名的预感？而她一走出门红围巾就被冷风吹开了，在雪中像一面旗帜飘扬，难道也是在暗示她即将牺牲？他不由得记起李英最后的那句话，开心还不好吗？他当然希望她像过去每一次去取文件那样开开心心地回来，可是这次却无法再开开心心了，无论是她还是他。

他走进了陈慧梅住的房间，她已经带着孩子走了，房间里空荡荡的，只剩下他一个人，分外的冷清。他有些后悔让陈慧梅走了，摇篮是空的，还散发出一股淡淡的奶香味，昨夜她还和自己一起整理文件呢，通往三层阁楼的楼梯就在旁边，他走上楼梯，来到密室，他们就是在这里工作了一个通宵，压缩了整整一箱呐，那些剪去空白边的文件就像是刚刚剃过头的小伙子那么精神，或是像姑娘绞了长辫子、改留短发那么迷人。还有他们一起做的集句诗，似乎每一句都有着从未想到的寓意。春蚕到死丝方尽，他怎么就会出这一句呢？难道那时就预感到李英的牺牲？可是他对她却不可能“丝（思）方尽”啊。陈慧梅吟的下句是长使英雄泪满襟，正是暗示着他今日的景象，虽非英雄却也泪湿衣襟，正应了下一句的道是无情还有情，但他必须为自己的行为付出代价，除却巫山不是云，李英不是像巫山云一样飘走了吗？陈慧梅也像巫山云那样飘走了，他只能孤零零地望着，默默地咀嚼着孤独的滋味。

回到客厅后，他坐在沙发上，想着下一步该怎么办，脑子里乱哄哄的，一时理不出头绪来，忽听到有人敲门，不由得一惊，这个时候会有谁来？敲门声继续响着，还有人叫着他的名字。他立刻从声音听出来人是陈慧梅，她怎么回来了？难道没联系上地下交通站的同志？不可能啊。他没顾得上细想，迅速地抹了下脸，整了整衣服，稳定了情绪，这才去开门，果然是陈慧梅抱着孩子站在门外。他惊讶地说：“你怎么又回来了？没有联系上？”

陈慧梅看了他一眼，脸上除了惊讶的表情，没有悲伤的哭痕，猜不透他是否看到今天报上的新闻，一时无法决定该不该对他说实话，只得强压住心头的悲痛，格外平静地说："没联系上。地下交通站已经撤走了。"

张志仁还是有些惊讶，三天还未到，地下交通站是不会撤走的，旋即猜出发生了什么使她回来的，但又不想点破，此刻真话让他们谁都受不了。他想了想说："他们不会撤走的，是你没找到他们。"

陈慧梅装出无所谓的口气说："也许是吧。"

张志仁说："什么叫也许是吧，接着找呀。"

陈慧梅抱着孩子，说："不想找了。"

张志仁叹了口气，说："你不该回来的。"

陈慧梅哄着躁动的孩子，说："我想过了，秘密文件库不能只有你一个人。"

张志仁强忍悲痛，说："怎么是我一个人？李英和我在一起呢。"

陈慧梅听了脸色惨白，不明白他是真不知道英姐牺牲的消息，还是对她有意隐瞒。她宁愿相信他是真不知道，故作生气地说："你是要赶我走吗？"

张志仁连忙说："不。我没这个意思。你坐。"

她一下子瘫软了，无力地跌坐在椅子上，怀里的小梅哭叫起来。张志仁连忙把摇篮搬来，让小梅躺下，轻轻地摇着。两人隔着摇篮坐着，谁也不看谁，低着头想同一个问题，该怎么开口让对方知道那个令人心碎的噩耗。

陈慧梅试探地问："我走后，你一直在家没出去？"说完，悄悄朝他瞥了一眼，只见他石头似的脸上毫无表情，莫非他真的没看到今天的报纸，不知道英姐牺牲的消息？那就不提它，让他暂时蒙在鼓里也好。

张志仁犹豫了一下，说："我，我刚想出去，你这不就回来了嘛。"他也在悄悄地打量她，靠着摇篮身体一动不动，脸上也无泪痕，便以为她没看到今天的报纸，还不知道韩天强牺牲的消息，本来还想着该如何安慰她，看来也不用提了，让她以后慢慢知道吧。其实此刻自己还在为李英的牺牲难过得心如刀绞，又何尝愿意自捅伤口呢？

陈慧梅受不了这样沉默相对，随口说：“中午想吃什么，我去做。”

张志仁正心绪大乱，口气免不了生硬：“我不饿。”

陈慧梅故作埋怨地说：“都什么时候了，你不饿，我也得吃啊。”

张志仁感觉到自己情绪不对，忙说：“你这么一说，我也饿了，你随便做吧。”

陈慧梅提高了嗓门说：“‘随便’怎么做呀？英姐她……”知道说岔了，连忙转身去厨房，一进厨房就再也忍不住了，捂着脸痛哭起来。忽然觉得不对头，回头见张志仁站在门口遭雷击似的，脸上的悲痛不忍目睹。这一瞬间，两个人都明白了，不约而同地从各自的口袋里掏出报纸，什么都不用说了，强忍着悲痛看着对方，就像是镜子里照见了另一个自己。张志仁到底还是想安慰她几句，却没想好该说什么，竟然慌不择言地说：“韩天强的消息不是真的，你千万不要相信。”

陈慧梅控制不住自己的情绪，冲他喊叫起来：“怎么？这不是真的？那英姐牺牲的消息也不是真的？那你为什么把报纸藏起来？为什么要瞒着我？”全然忘了他也失去了妻子李英，那也是她的好姐姐。

张志仁没有怪她，只是喃喃自责道：“怪我。怪我。”

陈慧梅听不得这几个字，扑到张志仁的肩头嚎啕大哭，一时间张志仁只觉得万箭穿心，从未有过的痛苦把他撕成无数碎片，但他还是硬撑着男儿有泪不轻弹，终于撕心裂肺的难受让他控制不住地痛哭起来。

陈慧梅哭诉着：“怪我，本来是应该我去的。她是代我去的。”

张志仁安慰道："是我让她去的。不怪你。"

一男一女抱头痛哭，各自哭自己的爱人，又哭对方的亲人，那哭声便是双倍的伤心，更令人悲痛不已了。好一会儿，心里的悲痛宣泄尽了，张志仁首先清醒过来，含泪地说："你该带着孩子去苏区。"

陈慧梅悲哀地说："他都牺牲了，我还去干什么？"

张志仁说："敌人发动第五次围剿以来，报纸上没少发假消息。韩天强有没有牺牲，你去了苏区才知道真相啊。"

陈慧梅摇摇头，说："《申报》不会登假新闻的。他们都牺牲了。"

张志仁轻轻地说了声："你还是应该走的。"

陈慧梅擦擦眼泪，说："我走了，你怎么办？秘密文件库怎么办？"

张志仁自然希望她留下，但又不忍心，说："你女儿还太小，还是走吧。"

陈慧梅摇摇头，说："没关系，这里需要我，就让我女儿在这里长大。"

张志仁知道李英的牺牲说明老太爷那里暴露了，他和组织的单线联系就此掐断，他现在太需要有个人帮他一起守护秘密文件，但接下来的情况会很艰难，她又带着这么小的孩子，实在不忍心，就说："老太爷那里暴露了，我们和党组织失去了联系，接下来要单独作战，你能习惯吗？"

陈慧梅急切地说："那我们明天就去找组织。"

张志仁紧紧握住她的手，坚定地说："我一定会找到组织的，陈慧梅同志。"

陈慧梅也握紧他的手，从这一刻起，他们两人的命运就连在了一起，再也分不开。

7. 金石般信仰

魏如臣见赵秉谦殉职而使处长位置空缺，就知自己的机会来了。正好陈光宗送钱贿赂他，他不是不爱钱，但与升官相比还是忍痛借花献佛，博得上司刘主任对他的好感。恰在此时，他又抓到了共党分子潘土根，于是顺利地升任处长。新官上任三把火，他决心在潘土根身上打开上海共党的缺口。他第一眼就看出这个人身上有江湖气，对这类人他自有一套办法，果然几番威逼利诱，潘土根就供出了中共在上海有个秘密文件库和领导它的重要机关。他迅速带人前去搜捕，等手下扼守住房子前后，才下令潘土根上前用暗号敲门。张肃维透过门窗看，只有潘土根一人，没察觉出什么异常就开了门，特务随后一拥而上，张肃维知道出事了，愤怒地欲端起窗台上的花盆砸向潘土根，趁机毁掉安全信号，但被魏如臣识破，一把拦下他，把花盆重新放回窗台。没多久，李英进门了，埋伏的特务一拥而上，当场抓住了她。

大鱼、小鱼尽数落网，虽然在张肃维处搜出一些共党秘密文件，那是事发突然来不及毁掉，肯定不是共党的秘密文件库，但魏如臣知道他离共党的秘密文件库越来越近了，仔细分析被抓的这两个人，他认定男人是共党重要人物，便首先突击审讯他。然而，金钱美女引诱他不屑一顾，严刑逼供他毫无惧色，这才暗自承认要他开口不容易。于是，魏如臣转而对李英下手，自以为一个女人容易突破，开始对她突击审讯。

李英被带进审讯室的那一瞬间，知道这回难逃牢狱之灾，心里只想着一件事，如何拖住敌人让张志仁有时间转移秘密文件。她呆呆地站着，装出一脸迷茫。魏如臣狼一般地盯着她看了一会儿，突然又斯文地说：“请坐。知道为啥要把你请到这里来吗？”

李英茫然地摇摇头，说："不知道啊。"

魏如臣依然绵羊似的温和问道："那你为啥要去张家呢？"

李英故作委屈地说："长官，我不是早就说了嘛，看错了门牌，走错了人家。"

魏如臣嘿嘿干笑几声，说："这也太巧了吧，偏偏在这个时候，你走错门进来了？"

李英后悔地说："是呀，我一个卖绣品的，去给刘家送货，怎么没看清门牌走错人家呢？"

魏如臣突然换了严厉的口气说："不，这是共党的秘密机关，你是来接头的，你带的绣品就是接头暗号。"

李英装出一副被吓到的样子，说："啊呀，我一个妇道人家，哪里知道你说的这些啊。"

魏如臣重重地拍了一下桌子，说道："你不知道？抓你的时候，问你叫什么，住在哪里，你说出的姓名和住址都是假的。我问你，为啥要撒谎？"

李英害怕地缩起脖子，说："我哪里见过这么穷凶极恶的人，我能告诉他们我是谁吗？"

魏如臣立马换了和蔼的表情问："那你现在可以告诉我你的真实姓名和住址了吧？"

李英惊讶地说："我不是告诉你了吗？怎么？我丈夫不在家？嗐，这个杀千刀的，又出去鬼混。"

魏如臣没有耐心和她周旋了，说："你就不要再演戏了。我给你看一个人，你就明白了。"

魏如臣敲了下桌上放着的一只高脚酒杯，杯里盛着香醇的红葡萄酒，敲出的声音也散发着酒香。潘土根已经换上了军装，神气十足地向魏如臣立正敬礼。魏如臣举起玻璃酒杯，示意他前去劝降她，自己怡然自得地抿了一口酒。潘土根斟酌了一下，向前劝道："太太，革命已经失败了，你守着那些文件有什么用?”

李英不为所动，很有腔调地说：“你说什么呀，我又不认识你。你怎么像疯狗一样乱咬人。”

潘土根被骂得灰头土脸，仍硬着头皮继续劝降：“我也曾是你的同志，我也曾参加武装起义，可是革命失败了，他们都跑去江西苏区，不，匪区，你又何必为他们守着秘密文件库，你这是何苦呢?”

李英无法忍受了，愤怒地骂道：“住口！你这个无耻败类！”

潘土根被骂得哑口无言，缩了回去。魏如臣在一旁看着始终不出声，这会儿忽然拍着手说：“好，骂得好。你到底还是承认你是共党了。俗话说得好，识时务者为俊杰，潘先生?”

潘土根毕恭毕敬地回答道：“是，长官。”

魏如臣从办公桌旁站起来，踱着方步，摆出一副苦口婆心的架子劝说道：“你们的《共产党宣言》我也读过。满篇都是暴力革命，阶级斗争，把好端端的中国搞得处处不得安宁。马克思、恩格斯都是德国人，孙中山先生才是我们的国父，我看还是三民主义才能救中国。”

李英蔑视地说道：“我问你，是谁背叛了北伐革命！是谁背叛了孙中山先生联俄联共、扶助农工的遗嘱！是你们国民党反动派！你们背信弃义，屠杀共产党人，这就是你们的救中国吗?”

魏如臣见争论不过她，便改用温文尔雅的语气说道：“好了，我们不谈政治，还是谈点轻松的话题，文学怎么样啊?《三国演义》里有个关云长，早年在桃园和刘备、张飞结拜兄弟，后来在长坂坡吃了败仗，他不是也归顺了曹操？还为曹操立下了温酒斩华雄的功劳。”

李英冷冷一笑，露出不屑一顾的脸色。

魏如臣疑惑地看着她问：“你笑什么？我哪里说错了?”

李英讥笑他说：“我笑你根本就不懂《三国演义》，听过天桥说书吗？还敢跟我谈关老爷。那说书人惊堂木一拍，准说他是为了保护刘备的两位夫人，暂时屈居在曹操那里，曹操待他再好也没用，一有刘备的消息，骑上赤兔马就走。千里走单骑那一回书真是过瘾啊。”

魏如臣仍不死心地说：“那你也可以做个身在曹营心在汉的关云长。”

李英反问道：“关公若是把两位兄嫂献给了曹操，他还是忠义之人吗？”

魏如臣碰了一鼻子灰，恼怒地说：“好了。我们不要兜圈子了，你只要说出共党的秘密文件藏在什么地方，我一定保你一辈子荣华富贵享用不尽。”

李英指了指站在一旁的潘土根，又换用体面人的语气说：“他没告诉你吗？”

魏如臣以为她上钩了，继续诱惑道：“你看他已经是国军少校了。只要你说出共党秘密，一样要官有官，要钱有钱。”

李英有意奚落潘土根，说道：“啊呀，这么高的悬赏，你怎么不都说出来呀？”

潘土根不甘心地说：“我知道的都说了，现在该你了。”

李英哈哈大笑，嗓门提高了说：“你知道的我也知道，你不知道的我也不知道。你让我说什么？”

魏如臣觉察到自己被耍了，咬牙切齿地说：“你，你不要以为我会对一个女人心慈手软！”

李英坦然地说：“该说的我都说了，不该说的我一句话也不会说。”

魏如臣一拍桌子吼道：“来人，给我用刑！”

8. 假作夫妻

陈慧梅起初还是以女佣的身份留在张志仁身边，白天忙着寻找组织，夜晚帮张志仁抄写剩下的文件，两人的关系没觉得有什么不妥。就是那晚张志仁终于把文件压缩到六只皮箱里，他们激动地抱在一起，也没觉得有什么不妥。他们公开身份是老板和女佣，党内则是领导和下属，类似的人际关系容易相处。

可是有一日，隔壁花枝招展的女邻居嗑着瓜子来串门，张口就说："侬哪能尬巴结啦，老是做勿停个做家务，也勿看到侬来搓麻将。"她屋里搓麻将三缺一，想动员她去补缺。

陈慧梅笑着摇摇头，说："我不喜欢搓麻将，四个人坐在麻将桌旁，面上客客气气的，心里却老是算计着别人的牌。"

女邻居冤枉鬼叫起来："噢哟，消磨辰光呀，算得尬精做啥啦。"

陈慧梅婉言谢绝："我带孩子都来不及，哪有空闲时间搓麻将。"

女邻居上下打量她一番，见她穿得像女佣，便啧啧地说道："侬先生也太抠了，让侬穿得像佣人一样，坍台伐。"

陈慧梅忙解释说："我本来就是他雇的女佣。"

女邻居摇摇头，不相信地说："那伊太太呢？从来呒没看见过伊嘛。"

陈慧梅搪塞道："我怎么知道东家的事呢？"

女邻居挑拨说："侬还帮伊带小囡，伊是勿怀好意吧。咯咯咯咯，侬勿要吃伊亏哦。"

陈慧梅反感地说："多谢你的提醒。"

女邻居笑着说："有空到吾屋里来白相哦，吾教侬哪能对付男人。"说笑着，一摇一摆地走了。

陈慧梅看着她的背影，像吞了只苍蝇似的，恨恨地嘟囔着："这个女人，说什么哪。”可静下来一想，不由得一惊，不对，难道她看出什么破绽了？女主人老不在家，男主人和一个女佣在一起，还有个几个月大的孩子？怪不得她要说什么吃亏，这还真是个漏洞，连她这样的女人都看出来了。

到了晚上张志仁回家，陈慧梅便把这事告诉了他，气愤地说：“你不知道隔壁太太今天过来说了些什么不三不四的话。”

张志仁没太在意，说：“上海有钱人家太太就喜欢嚼舌根。你别理她就是了。”

陈慧梅摇摇头，说：“可我觉得她好像怀疑我们的关系，老说些不堪入耳的话来试探我。”

张志仁其实早就觉出问题了，只是碍于开口，现在女邻居这么一搅和，只得把事情摊开来说：“原来这样啊。看来我们的身份暴露了，搬家，立刻离开这里。”

陈慧梅忧心忡忡地说：“搬了家，我们仍以这样的身份在一起，别人还是会起疑心的。”

这时，张志仁才慢吞吞地说：“我倒是有个主意，只是怕你觉得别扭。”

陈慧梅没听出来话里另有别意，说：“我们在一起工作也有很长日子了，什么主意让你觉得别扭了。”

张志仁看着她说：“我们只有假扮成夫妻，才不会引起别人怀疑。”

陈慧梅脸一红，好半天不说话。

张志仁看在眼里，说：“要不，你还是带着女儿走吧。”

“那你怎么办？”

“我一个人守护这六只皮箱，够了。”

“没事。只要革命需要，我会慢慢适应的。”

张志仁想了想，说：“那我去找房子，搬过去后就以夫妻身份对外，你和孩子单独住一间，只要在外人面前装得亲热一些，有孩子呢，容易做到的。”

陈慧梅没吱声，默默走到阳台上，凉凉的夜风吹着她发烫的脸，张志仁跟了过来，陪着她发愣。她忽然说道：“行。我把你当韩天强，你把我当李英姐。”

一轮残月当空，张志仁觉得月色特别明亮，心地坦荡地说：“我没这个意思。”

陈慧梅的脸微微发烫，说：“我是说，我只有把你想象成韩天强，我才能把假夫妻演像喽。”

张志仁叹口气，说：“我做不了你的韩天强，我也无法把你当成李英，我们一家三口的合影就放在相框里呢，我每天都能看到他们。”

陈慧梅听了更发窘了，连连说道：“我不是那个意思。啊呀，我都说不清了。”

张志仁知道误会了，忙说道：“对不起。我知道你常常看韩天强给你的信，一个人偷偷流眼泪。我们都有割舍不去的感情，用不着牺牲它来做假夫妻，那只是党的工作，只要有信仰，用不着表演就能做好。”

陈慧梅点点头说：“你这么一说，我就有信心了。”

月光洒在陈慧梅的身上，像镀了一层银，她浑然不觉，又问：“今天找到什么线索吗？”

张志仁有些激动地说：“今天我碰到了一个熟人，是老党员。也许通过他能和党组织取得联系。”

陈慧梅高兴地问：“真的？他叫什么名字？人可靠吗？”

厚厚的云团飘过来了，月亮渐渐遮没，夜又黑了。张志仁说：“他叫潘土根。那年组织工人武装起义时和他一起工作过，后来我调做秘密文件库工作，没有再和他联系，不知道他现在的情况。”

陈慧梅有些担心地问：“那怎么办？”

张志仁看见月亮从云层里露出来，像个大写的C，勾破了层层叠叠的云团，便说道：“前些天我特意去了以前我们住的房子，没发现什么情况，我还去房东那里要回了部分押金。”

陈慧梅趴在栏杆上，看着阒无一人的弄堂，说：“你可真大胆的。”

对面人家的朝北房间亮着灯，人影在窗帘上晃动，像演皮影戏似的。张志仁缓缓地说出自己的分析：“李英牺牲了，那里仍然是安全的，说明敌人什么都没有得到。”

弄堂里有人走过，离得远，陈慧梅看不清她的脸，只听见“笃笃”的高跟鞋声。她说：“可那个潘土根，你根本不了解他现在的情况啊。”

那家的窗帘掀开了一角，男人探头望了望窗外，又合上了窗帘。张志仁颇有把握地说：“不要紧。我和他约定明天在大世界见面，到时候我摸摸他的底。”

飘过来的云又遮住了残月。陈慧梅担心地说：“万一他有问题呢？”

张志仁看见对面的男人出门了，朝那个女人走去。月亮再次从云层里钻出来，明晃晃地照亮了弄堂，男人和女人在一起说着话。他沉着地说：“我们和党组织失去联系已经几个月了，现在只要有一线希望，我都要去试试。再说了，大世界那里人多拥挤，环境杂乱，万一出事也容易脱身。”

陈慧梅要求说：“我和你一起去，两个人也好有个照应。”

张志仁没吱声，算是默认了。

9. 大世界遇险

第二天，两人来到大世界。

真是个花花世界，来玩的人每天都那么多，穿西装的，着长衫的，有钱人家的太太小姐更是搭淘结伴前来白相，专找她们欢喜得神魂颠倒的越剧、评弹、沪剧、锡剧看。张志仁和陈慧梅穿过拥挤的人群，站在走廊上远远望过去，约定见面的露天剧场里挤满了人。舞台上十几个黑礼服、黑礼帽的女郎叉腰站一排，随着爵士乐扭动着身体，黑手套戴到肘弯的手搭在旁边女郎的裸肩，随着一声小号齐刷刷地斜过身，另一只手整齐地挥舞着司的克，穿着肉色玻璃丝袜的大腿高高踢起，然后迅速转过身去冲着观众扭屁股，卖力地跳着好莱坞电影里的性感舞蹈。剧场座位坐满了，连走道上都站满了人。人们兴奋地叫喊，吹口哨，还有人跟着台上的女郎扭屁股。陈慧梅忽然看见有一个男人靠着柱子，也不看舞台上艳光四射的舞蹈，只顾四处张望，便说，这个人真怪，不看台上的舞蹈，倒欢喜看观众疯。张志仁早就看见那个不看舞台的人，此刻低声对陈慧梅说，就是他。陈慧梅一愣，怎么没想到这一出呢，顿时很紧张地察看四周情况，没有发现什么可疑的迹象，还是不放心地说，再等等吧。张志仁点点头，说，等。就这么静静地等着，看潘土根越来越着急地看着四周，露出不耐烦的样子，张志仁有些犹豫了。又等了一会儿，见潘土根要离开，张志仁心想，再不出来和他接头，这个机会就错过了，不管怎么着也要试一试，就对陈慧梅说，不能再等了。我去走廊那头截住他，你在这里观察周围动静，一有情况，马上给我发信号。陈慧梅争着说，还是我去吧。他不认识我，如果情况不对，我可以装作认错了人，能及时脱身。张志仁说，他又不认识你，如何肯与你接头？陈慧梅说，到那时你再出来与他接头也不迟。张志仁摇摇头说，不行，你若有个三长两短，小梅怎么办？陈慧梅着急了，说，可要是你出了事，那秘密文件库怎么办？张志仁果断地说，不要争了。我是你的上级，你要服从命令。

陈慧梅默默地看着他向走廊那头去，心里替他捏了一把汗，格外警惕地注意着周围的情况，根本没有注意到舞台上已换了一群穿曳地红裙的女郎，随着音乐跳起了欢快的康康舞，百褶的红裙裾一会儿转成花朵儿似的，一会儿大腿高高踢起，旋成波浪状。台下的观众再次被点燃激情，全场沸腾，人群涌动。陈慧梅根本不看舞台上跳的康康舞，只盯着潘土根眼都不眨，见他也不为台上的艳舞所动，只顾着挤过狂热的观众往外走。突然，她发现潘土根停下来和一个可疑人说了几句话，很快又装作不认识似的走开了，立刻警觉起来，盯住那个可疑人，见他又和周围其他人耳语，知道出事了，赶快取下脖子上的纱巾，向张志仁挥动起来。偏偏这时，一群年轻太太涌进了走廊，恰好挡在了她和张志仁之间，她们是被台上红裙女郎热烈奔放的康康舞吸引过来的，此刻跟着台上的舞女郎挥动着她们的纱巾跳了起来。整条走廊里都飘着女人手里挥动的纱巾，张志仁看不见她发出的信号，继续向潘土根走去。这时，潘土根也看见了他，十分惊喜地向他招手。陈慧梅看见刚才那几个可疑人从暗处走出，慢慢向他靠拢，她正想大声喊张志仁赶快离开，但头脑霎时冷静下来，提醒她这样行不通，一个念头闪过，顾不得多想，她还是高声喊叫起来：有小偷！快抓住他！我的钱包！小偷偷东西啦！那群正跳着舞的年轻太太一下子乱了起来，捂着自己的拎包四处乱跑，挡住了追来的特务们。陈慧梅被冲过来的太太们裹挟着朝后走，扭头想看看张志仁是否脱身，却被一个太太撞了一下，她有点气恼，看到那个太太虽然衣着上和那群太太相似的时髦，举止和姿态上却透着一种未驯的粗野，此刻脸上浮现出一丝奇怪的表情，身边不断有太太逃过，顾不得多想，扭头再找张志仁，直到看见他混入惊慌的人群里下了楼，这才转身闪进一个剧场，又从另一扇门出去，三转两弯就出了大世界。

陈慧梅先回到家，惊魂甫定，才去隔壁人家的苏州娘姨那里抱回小梅。那娘姨见她回来得早，钱也没少给，高兴地说，下趟倷有事体末，还拿小梅送吾此地来。陈慧梅连说谢谢，想赶快回家。那家太太正是花枝招展的女邻居，刚好进来叫娘姨热碗白木耳，撞见她打扮得山青水绿，又去了大世界白相，以为昨天说的话她听进去了，便笑着说，做女人么，不好吃亏让男人占了便宜去。陈慧梅哪有心思和她瞎扯，赶快抱着小梅回家，给她喂了奶，又放到摇篮里，左等右等不见他回来，不免乱想起来，害怕他会遇到不测，不知下一步该怎么办。按照约定，如果到时候他不回来，她必须一个人把六只皮箱的秘密文件转移到安全的地方。她想到了自己家，父亲是上海滩有名的大老板，她带着七只意大利皮箱回家，应该不会引起注意，她只须当着父母的面打开她那只装满衣服的箱子，打消他们的疑虑就行。就在这时，张志仁从后门进来，陈慧梅这才松了口气，说："我还以为你被特务盯住了脱不了身。"

张志仁摘下黑礼帽，说："我也怕有特务跟踪，在外面兜了一大圈，确信没有尾巴才进来的。"

陈慧梅抱起手脚乱蹬的小梅，说："刚才真把我急坏了，要不是我叫抓小偷，把那群太太们惊得乱跑，我们真可能被那个潘土根害了。"

张志仁拿毛巾擦了把脸，说："是啊，看来我还是太心急，明明觉得有些不对劲，可还是想试试，差点坏了大事。"

陈慧梅不时地颠着哄着孩子，说："那群太太偏偏这个时候和我一起挥动纱巾，跟着台上跳康康舞，你肯定看不见我发的信号，我只能喊抓小偷，把她们吓得四处乱跑，你才能趁乱脱身。"

张志仁一愣，挂起毛巾问道："是你喊抓小偷的？"

陈慧梅把小梅放回到摇篮里，轻轻地摇着，说："是啊。那些太太朝我这边跑过来，有个太太还撞了我一下。"

张志仁想了想，说："你摸摸皮夹子还在不在？"

陈慧梅不明所以地说："怎么了？"她摸了摸口袋，皮夹子好好地在那儿，"在啊。"忽然觉得形状有些不对劲，掏出来一看，竟是一只陌生的皮夹子，惊叫道："这，这是怎么回事？"

张志仁平静地说："你打开看看有没有钱。"

陈慧梅连忙打开皮夹子，里面果然空空如也，赶忙再摸口袋，哪里还有自己的皮夹子："这，我的皮夹子呢？"

张志仁肯定地说："被那个撞你的太太偷走了。"

陈慧梅这时候想起了那个太太脸上的奇怪表情，原来是偷了她的皮夹子，还把一个空皮夹子塞给她，故而这么看着她，但还是不明白地问："她为什么要这么做？"

张志仁看着摇篮里的小梅忽闪着大眼睛，说："也许她正对那群太太下手，你一喊抓小偷，坏了她的事，她恼恨于你，趁乱要弄了你一回。你皮夹子里钱多不多？"

陈慧梅懊恼地说："钱倒不多，早上去菜场买菜剩下的零钱。我当时怎么没反应过来呢？她还故意看了我一眼，嘿。"

"这点钱就当是付的虎口脱险费，"张志仁想了想，说："这里不能再住了，看来我们马上就得转移。"

陈慧梅把睡着的小梅放进摇篮里，问："转移到哪里去？"

张志仁无奈地说："我们的经费不多了，没有这事也要搬到房租便宜的地方，现在顾不得许多，我去找房子，先搬过去再说。"

张志仁出去一连找了几家房东，不是房租太贵，就是环境太杂，不利于文件库的保密。一圈跑下来，他是又着急又疲乏，坐进一家茶馆慢慢喝着茶，心里想着下一步究竟怎么办。茶冲得很酽，喝多了有点苦涩，过一会儿才有了回甘。他喝着茶左思右想，和组织失去联系后手头就剩下这点钱了，无论如何也要精打细算才能坚持更多的日子，可该花的还得花，最后还是觉得秘密文件库的安全最重要，宁肯自己省吃俭用，也要把房租钱省出来。

房东见他又回来了，知道八成是相中了他的房子，便死咬住房租不肯降。张志仁知道碰着个上海人讲的精怪人，也不着急，站起身说：谈不成不要紧，买卖不成仁义在，回见。房东没想到他真的要走，怎能让煮熟的鸭子飞了，赶紧叫住他，说：侬是做大生意个，住吾迭个房子才有气派。房租吾把侬九五折。张志仁不动声色地说：一口价，八折。房东狠狠心说，九折，勿好再便宜了。张志仁说，我也让一步，八五折。你这房子空着也是空着，租给我你多少还有进账。房东说，侬真会砍价，张老板，吾服帖侬㖸。

付了钱，张志仁就搬进了这个弄堂石库门房子，两层楼，小天井，独门独户。陈慧梅和小梅住二楼前楼，张志仁住亭子间，楼下客厅有道板壁隔出一个后间，里面在楼梯下的三角空间修了个夹墙放六只皮箱。对外他们是夫妻，有个小孩，对内是上下级，守护着这些秘密文件。

起初，陈慧梅还有些不适应，骤然一下子变成了夫妻朝夕相处，怎么都觉得别扭，幸好没有什么外人来，也不必装出夫妻间的亲热劲儿，但张志仁倒是蛮喜欢小梅的，常常逗她玩。那孩子也不认生，只要他抱着就不哭了。她操持着家务，烧饭、洗衣、收捉房间，这让他们生活得像一家人，两人相敬如宾。她也去他住的亭子间打扫，看见书桌上放一小相框，夹着他和李英还有儿子的合影，细心的她发现每天它都被动过移了位置，便知他内心的痛苦至今未消，这又引得她想起韩天强的牺牲，想起她和韩天强未能如愿在苏区相会，心里仍隐隐作痛。时间是医治心灵创伤的灵丹妙药，慢慢地，他们之间的感情就正常了，既不感觉别扭，也不感觉心慌，就像舞台上演戏进入了角色，扮演一对假夫妻，不多不少，拿捏到位。有空的时候，她也会取出文件目录和查阅须知看，渐渐熟悉了这两万多份党内重要文件。张志仁做得仔细，除了继续保留四大类，还把每一类按文件形成的时间、地区、作者等分类编好目录，又分决议、会议记录、领导讲话批示、文件、信件、通告等归档，分别装进不同的皮箱。她心里暗暗佩服张志仁，那假夫妻的感情开始掺杂进一些别的什么，崇拜？敬佩？爱慕？痴嗔？体贴？感动？她也说不清。

10. 辗转不眠

有一天深夜，小梅突然发高烧全身抽搐，口吐白沫，急得陈慧梅直哭，抱起孩子便要下楼去医院。可是，她长时间的营养不良已使身子变得虚弱，再加上心急慌忙，没走几步就摔倒在地板上。张志仁在亭子间都听到轰嗵一声响，可见摔得有多重，着实把他吓坏了，赶紧过来敲门，见她跪在地上抱着小梅站不起来急得大哭的样子，二话没说抱起小梅就上医院。深夜里叫不到黄包车，只能走去医院，又怕耽搁了病情，越发地跑了起来。他跑得气喘吁吁，汗水顺着额头淌下来，刺得睁不开眼，仍坚持着往前跑。陈慧梅跟在后面跑不动了，蹲下身子呼哧呼哧直喘气。张志仁这才停下来抹一下眼睛等她，见她实在跑不动，又见怀里的小梅又开始抽搐了，便对她说，医院就在前面不远，你慢慢地走，我先去给小梅看病。陈慧梅还没匀过气来，只是点点头，看着他腾腾地跑远了，一下子眼泪涌了出来。她已经跑不动了，咬着牙快步走，渐渐地看见了医院，忽然就来了力气，又急慌慌地连走带跑了起来。等她进了医院，又不知他们在哪儿，多亏护士小姐将她带进了急诊间。

张志仁早已抱着小梅来到这里，护士量了体温，医生正戴了听诊器检查心肺，说是感冒引起的，再晚些来，女孩脑子就可能会烧坏。这几句话恰好被刚进来的陈慧梅听到，身子一晃差点晕倒。张志仁扶住了她，一边照顾孩子一边还要安慰她。医生见状说，不要急，打一针小孩就会好的。张志仁急忙抱着烧迷糊的小梅去护士那里打了退烧针，回来把小梅交给陈慧梅，又急匆匆地去药房拿了药，这才回到医生那里。医生看了看孩子的症状，说不要紧了，回去后记得按时吃药，多给孩子喝水。陈慧梅自从进了医院一直急得说不出话，此刻一颗悬着的心才“嗵”的一声放下来了，连声感谢医生。医生快人快语地说，这是我们医生应该做的，你有个好丈夫啊，要不是你丈夫及时赶来，就是扁鹊再世也没办法。陈慧梅听了顿时泪流满面，把医生都弄懵了，这不是丈夫应该做的嘛，何至于如此感动，便说，快回吧，你丈夫在催你了。陈慧梅听医生一再说她丈夫怎么了，想说明白又不能说，只得点点头离开，见张志仁抱着小梅在前面快步走，自己就拿着药跟在后面，回到家已经快天亮了。

陈慧梅看着睡安稳的小梅，心里就五味杂陈地翻腾起来，鼻子一酸，忽然就抱住了张志仁，哽咽地说：谢谢你！张志仁轻轻拍拍她的背，慢声细语地劝慰她：孩子睡了，你也快点休息吧。她擦着眼泪，点点头，要去给他倒杯水，被张志仁拦住了，说：不用了。亭子间里有热水瓶，我自己会倒水喝的。她有些依依不舍，又不知怎么开口。张志仁看出来了，说：要不，我先守着小梅，你去睡一会儿。便要把小梅抱到亭子间去。陈慧梅又舍不得小梅离开自己，又不能让他在这里看着小梅，自己去床上睡觉，就非要自己来照顾小梅。张志仁觉出此时两人相处的尴尬，转身回到了亭子间，关上房门。

看着他离去的身影，陈慧梅想，今晚要是没有张志仁帮忙，自己真不知怎么办，又想起了韩天强要是在身边就好了，可惜只有他写的那封信，便拿出来看，还是那熟悉的字迹一点没变，*吾未陪身边，令卿卿辛苦，唯有每日祈祷母婴平安*。平安么？今夜小梅就不平安，发高烧，惊悸，抽搐，可是他牺牲了，没法帮到她了，那就在天上保佑她们母女平安，可他都没有来梦里与她相会，越想越伤心，不禁哭了起来，哭累了竟迷迷糊糊地歪在床头睡着了。忽被敲门声惊醒，揉揉眼去开门，竟是韩天强来了，这么经不起念叨，一念叨就来了。她感动了，问他是怎么来上海的，他却远远地站着不说话，也不让她靠近。她不禁伤心地倾诉一个人带孩子的艰辛，讲今晚小梅突然生病自己的惊慌失措，讲他这么心狠甩下她娘儿俩自己先走了，讲她信了报纸上的消息，却原来他竟没有事，讲要不是张志仁帮她送孩子去医院，她真不知该怎么办。可是，无论她说的再多，韩天强就是不和她说话，还离她越来越远。她急了，使劲喊他，却喊不出声，眼看着他渐渐远去，她就拼了命地扯开嗓门喊，这一喊用尽了浑身力气，把自己喊醒了。原来是打盹做了个梦，她幸喜韩天强终于来到她的梦里。他都跟自己说什么了？使劲地想，却什么都想不起来。终于明白了，他在梦里什么都没跟她说。难道他是生气她没有去江西苏区？不，不会的。那是什么意思呢？

以前可不是这样的。他邀请她参加读书会，热情洋溢的男生，头发乌黑蓬乱，披下来又用力甩上去，说话滔滔不绝，男性浑厚的嗓音读着高尔基的《母亲》，她不能确定究竟是高尔基打动了她还是韩天强打动了她。《共产党宣言》，《国家与革命》，悬得很低、套个硬板纸做灯罩的电灯，慷慨激昂的他。在大世界屋顶花园向下面撒传单，警察发现后冲上来，他一把抱住她靠在墙角亲吻，躲过了追捕，后来的亲吻再也没有那种惧喜交集的感觉。孩子说话了，我一定乖乖地待在妈妈的肚子里等你回来。乌鸦嘴！女人十月怀胎，哪能让孩子不出来呀，这不是要害死我和孩子吗？他连忙否认，对着肚子说，孩子，记住你妈妈说的话，准时出来哦。满嘴胡话，就我信你。多么甜言蜜语的他，今晚的梦里却一言不发。

她站起来，侧耳倾听亭子间有什么动静。没有声音，寂静得好像整幢房子就她和小梅。他睡下了，折腾了一夜也把他累坏了。有些过意不去，想烧碗夜宵给他吃，可实在累得不想动，也只能心里想想，算是给他做了夜宵。她觉得好笑，想象一下就算做过了，又觉得两人已经做了夫妻，这点事是他应该做的，用不着说谢。可这个夫妻是假的，她应该对他说声谢谢，再做碗夜宵给他吃。缠绕不清的念头，身子却诚实得不想动，歪头看睡着的小梅，伸手摸她额头不再发烫，脱了衣服钻进被头筒里，浑身放松下来，忽又想到当时决定做假夫妻时自己说的那句话，看来真把他当韩天强了，小梅发高烧她依靠的不就是他吗？也不是啦，刚才抱小梅去医院看病的是张志仁，韩天强只是事后出现在梦里，连一句话都没说，怎么就把他当韩天强了？怪不得张志仁要说他当不了韩天强，也无法把我想象成李英。

那我该把你想象成谁呢？陈慧梅翻了个身，虽然很累但还是睡不着，干脆起来披上衣服，走到窗前仰望星空。今夜的月亮特别圆也特别亮，该是阴历十五了？月亮上的阴影像极了一棵桂树，嫦娥在哪儿呢？独自待在高冷的月宫里，一定寂寞了，所以得有个玉兔陪着，毛茸茸的抱在怀里就像抱着一个孩子，软软的肉肉的热乎乎的小东西让人的心都化了。哦，还有吴刚在那里陪着她，是怕她寂寞所以就有了他？还是桂树得有人砍所以才有了他？吴刚在月宫里是什么角色呢？嫦娥的丈夫？那不是后羿么。还是同为月宫的守护人，那他一定比嫦娥早来月宫，因为桂树早就在月宫里了。

陈慧梅关上窗户，脑子里乱哄哄的，夜空中飘着一朵云，炮仗啪地一声在空中炸响，雪花般地散落下来，那红围巾被风吹起，旗帜一样地飘在雪中，乌黑的头发被吹乱，开始朗读小说，高高的黑色烟囱，就像一根很粗大的手杖耸立在城郊的上空，十几个黑礼服、黑礼帽的女郎整齐地挥舞着司的克，渥伦斯基跟着乘务员向客车走去，在车厢的门口他突然停住脚步，韩天强伸出车窗向她喊：记住我的话，回去就找他们！那碗鸡汤清亮亮的诱人，奶水会多起来的，墙上挂一幅字：狂风吹我心，我们都有割舍不去的感情，用不着牺牲它来做假夫妻，那盆正开得刺眼的红月季，鲜花艳艳的，我爱你，就像一坨牛粪爱鲜花，她们跳起了康康舞，百褶的红裙裾转成花朵儿似的，一个皱巴巴、粉嘟嘟的小东西，闭着眼睛响亮地哭，我的钱包！小偷偷东西啦！做女人么，不好吃亏让男人占了便宜，不要急，打一针小梅就会好的，我把你当韩天强，你把我当李英姐……

11. 备受煎熬的人

张志仁独自回到亭子间，关上门，一下就倒在了床上。他太累了，这些天他白天四处寻找地下党组织，根据以往的党内工作经验，他听到哪家工厂在闹罢工就迅速找去，可是工人们却把他当作奸细轰了出来，又去找那几家拍过左翼电影的电影公司，人家却把他当追明星的影迷根本不见。晚上一个人关在亭子间，常常想起李英和儿子，想得整夜都睡不着。来上海之前，他曾任中共满洲省委书记，李英带着年幼的儿子前来协助他工作。那些日子里，他四处奔波，随时都有危险，但回到家看见亲人就不觉得累，心情也放松下来，尤其是儿子活泼可爱，只要他一回家就屁颠屁颠地跑来，用肉鼓鼓的小手摸他的下巴，他就亲儿子嫩嫩的笑脸，扎得儿子嗷嗷叫着跑去找妈妈。没多久，党内出了叛徒，他俩不幸被捕。记得那天他刚买了根白银打的长命锁给儿子戴上，想图个吉利让儿子无病无灾地成长，没想到就出事了，幸亏邻居好心收留了他。在监狱里的那些日子里，他总想着儿子，也不知他在邻居家里过得好不好。有一段时间，他被单独囚禁，每天能看见的就是墙上的阳光在慢慢移动。他就在墙上被第一缕阳光照耀的地方划一道痕，有时候阴天、雨天不出太阳，墙上就空出一段，慢慢地墙上的划痕就组成了一条线，有一天阳光又跳到原有的划痕上，开始了周而复始的旅行。终于他被移到大牢房去，有了狱友，他却几乎说不出一句囫囵话。放风的时候，他和李英见上面了，第一句话就只说出了儿子两字，李英伤心得泪流满面。后来，他说话利索点了，每次他俩就总是在说儿子会怎样，出去后一定要好好补偿儿子。两年后，经组织营救，他俩出了狱。一出来，他们就直奔原来的住处，没想到邻居早已搬家不知去处。本以为有长命锁可以找到儿子，可惜诸般努力都落了空，儿子再也找不回来了。后来，组织让他们到上海接手中央秘密文件库，他们就一直相依为命，谁也不提儿子失踪的事，直到那天出事。

张志仁又拿起桌上的相框，看着那张一只角泛黄的照片，那是有一次和儿子一起看照片，儿子不小心泼翻了碗里的汤，浸湿了照片的一只角，他赶紧用毛巾擦干了，还特意去买了一个相框把它装起来，但后来这里还是渐渐地泛了黄。他用手细细地抚摸着那平滑沁凉的玻璃，感觉不到了，那照片上涩涩的触感，就像她母子俩离他而去的感觉。他的泪水又忍不住夺眶而出，滴在了相框玻璃上，吧嗒一滴，吧嗒又一滴，粘不住，顺着玻璃滑下来，形成一道道泪痕，就像过去的日子。张志仁忽然疯狂地用手擦拭着相框玻璃上的泪水，仿佛这些日子积累下来的精神压力一下子释放了出来。啪，他把相框反过来扣在桌面上，看不见了，那甜甜的笑脸和美丽的面容，只有紧压的相框木板和撑架，那木纹一圈圈的，中间还有一个明显的木头疙瘩节。

现在，同样的日子又来了，张志仁甚至觉得比过去那些日子更难熬。那时领导省委工作担子重，压力大，但有组织在，心里就踏实，就有主心骨，就像孩子有母亲一样。后来到了上海，负责中央文件库的工作，起初也简单，就是给这些文件分类归档，为领导查找文件提供服务。后来，文件越积越多，工作量就成倍地增加。再后来，顾顺章叛变，中央领导被迫撤出上海，秘密文件库因为难以带走就留在了上海。这样一个庞大的秘密文件库很难适应如此恶劣的环境了，张志仁被迫作出决定，在保留全部文件内容的前提下压缩文件的体积。于是，他每天夜晚伏案抄写文件，抄得手疼腰酸，那中指第一个指关节明显变了形，磨出了厚厚的一层老茧，眼睛也近视了，背也驼了，但他心里是甜的，有组织在后面撑腰，有妻子在身旁相伴。每当他累了乏了的时候，李英总是温柔地陪在他身边，用那纺纱车间隆隆机器声里喊沙哑的嗓音轻声说，我帮你抄吧。她本是个不识字的女工，是他手把手地教会她识字写字，虽能看书看报，但写字还是像小学生一样歪歪扭扭。他真的让李英坐下，自己在她身后握住她的手，一笔一画地教她抄写，这场景又让他们重温了当年的相恋相爱，浑身的乏浑身的累就都悄悄地褪去了，他又生龙活虎起来，拼力挥笔写下一个又一个字。可是现在，他再也见不到心爱的妻子李英，而和陈慧梅组成一个假夫妻的家庭，要适应却很不易。他又和组织失去了联系，得不到组织的指示，经济上陷入了窘迫，付不起房租，常常一天只吃两顿饭，没有荤菜，有时候连新鲜的蔬菜都吃不起，只能就着咸菜萝卜干喝粥。他可以这样坚持，他不怕吃苦，可是慧梅不该跟着他一起吃苦，组织上已经让她撤离了，尽管是她坚持要留下来和他一起守护秘密文件库，可他为什么不坚持让她走呢？难道当时他们之间的相互怜悯催生出了爱意？不，不要这么拷问自己，何必非要找出今夜突如其来的爱情根源呢？他当时就是考虑到孩子太小让她离开的，只是没有坚持，因为守护秘密文件库确实缺人。小梅还是太小了，再不能这样和他们一起吃苦了，今晚孩子突然发病就是因为营养不良造成的，不能再这样下去了，不能让儿子的命运再一次落在小梅的身上。

张志仁翻来覆去地睡不着，脑子里乱哄哄的，过去的事像老电影一样黑白分明，还带着一丝丝划痕，吱吱呀呀地在老电影院里放映，眼前的事情又像平静的湖面倒映出的影子，明明清晰如画却经不起风儿轻轻一吹，那山那水那树那人便晃荡着，翻动着，摇滚着，看的真真切切又模模糊糊。他感觉到内心深处有一个声音轻轻地、纠结地叫着，留下她，慧梅是一个多好的女人，还有小梅，多么可爱的女儿。不，不，她是我的同志，是我的战友，我们俩是假夫妻，是为了完成党交给的任务走到一起来的，怎么能有其他想法呢？你不爱她吗？你敢说你对她的感情就那么纯粹吗？纯粹得一点杂念都没有吗？不，不，是纯粹得一点人情味都没有了，只剩下工作关系了？张志仁重重地翻了个身，眼睛瞪得老大看着天花板，黑暗中什么都看不清，只有枣红色纱线包裹的双股绞电线吊着的那盏玻璃罩子电灯，影影绰绰地悬在房间中央，那乳白色的翘花边玻璃罩在夜色中泛着微弱的反光。窗外天色已经微微泛白，突然他耳畔隐隐约约地听到一阵阵压抑的哭声，是女人的哭声，是陈慧梅的哭声。她怎么啦？还在为女儿的病担心？还是在为牺牲的丈夫伤心？他虽然不认识韩天强，但他知道陈慧梅深深地爱着他。那天《申报》带来了噩耗，从那一刻起陈慧梅的眉宇就没有舒展过，那股忧郁打了结似的始终没有离她而去。他是怎么知道的？莫非他一直注意着她的一举一动？没有，他怎么会去注意一个女同志的一举一动呢？那他是怎么觉察到的？不管，反正他就是这么觉得的。他觉得自己有责任让她从阴霾中走出来，也许在这份责任中就悄悄产生了爱，他只是不愿表露自己的爱，如果只是他一厢情愿而她还没有从过去的爱情中走出来，那他捅破假夫妻这层纸会给她带来什么样的感情负担，他们还怎么在一起相处、工作？而这又会给秘密文件库的安全造成什么样的影响呢？不，不该让她有感情负担，但他要担当起一个男人的责任，让小梅健康地成长，让慧梅在女儿的欢笑中走出阴影。可是，他能做到吗？

他烦躁不安地从床上爬起来，摸黑划了根华光牌火柴，刺啦一下爆出一大团火，又骤缩成一个摇曳的小火苗，点着一支烟，抽了一口立刻咳嗽起来，那是在奉天两年的牢狱生活留下的病根。他掐灭了烟，依然坐着，任黑夜缠住自己。过一会儿，他又划着火柴，驱散黑暗，照亮桌上的相框，借着温暖的光晕看照片，烧到手指了，留一根焦黑的小梗，默默地把相框放进抽屉里。不看了，对不起李英，对不起儿子，我现在就觉得那六只皮箱就像是六块巨石压在心头，搬不走也挪不开，我不能再每天想着你们而日渐衰弱下去，我必须打起十二分精神来面对这棘手的局面。你们能原谅我吗？原谅我吧，否则我真不知道还能不能坚持下去，但我必须坚持下去，李英你是知道的，这是党交给的任务，你已经为此付出了生命，而我若是有其他杂念无法守护好秘密文件库，岂不是让你的牺牲失去价值而徒具虚无的意义？那个白银长命锁又要命地在脑海里冒了出来，闪闪发亮，就像月光一样纯净，又像锥子一样扎心。儿子的脸蛋和小梅的圆脸重叠在一起，他感到支持不住了，一下子又倒在了床上，钻进被窝里，连头蒙上。周围一片漆黑，空气滞塞凝固，他感到透不过气来，一下掀开被子，呼哧呼哧地喘着。他觉得肺就像一只老旧的风箱突然被抹了几滴油，又能吭哧吭哧地吸进新鲜空气。

房间的一个角落里传来一阵奇怪的声音，吱吱吱吱，原来房间里有了老鼠，嗦落落一下子又溜了。这些躲在黑暗里的小东西又出来咬坏东西了。他紧紧地攥着拳头，使劲地捶一下床板，嗵地一声，老鼠一下子没了声音，房间里又恢复了平静。突然，房门响了一声，轻轻的，又响了一声，有人敲门。张志仁走过去开门，果然是陈慧梅站在门外。他什么都没说，让她进了房间，拉开椅子示意她坐下。陈慧梅默默地坐下，突然爆发似的哭嚎起来："我受不了了！我受不了了！"张志仁什么都没说，只是坐得离她更近一些，一只手轻轻握住她的手。陈慧梅一下扑到他的身边，把头靠在他的肩上，呜呜地哭着："这种日子什么时候是个头啊？"张志仁抱住她的肩膀，感觉到她浑身颤抖，轻声安慰她说："快了。明天你就带着小梅离开这里，好好带大女儿。"陈慧梅呼地一下站起来，看着他叫道："谁说我要离开的？我不走！"张志仁哄着她："是我说错了。我没轰你走。"陈慧梅一下子又软瘫了，搂着他的脖子，喃喃地说："不，你没错。有你这肩膀靠着，痛痛快快地哭一场，我这心里就轻松点了。”张志仁是真替她担心，怕她心理崩溃了，一动也不敢动，任由她全身的重量压在他肩上。他有点摇晃，伸出手臂搂住了她的腰，这样能稳住两个人的重心。两个人就这么默默地坐着，仿佛这个世界上只剩下他们两个人。好长一会儿时间，陈慧梅像睡熟了似的一动不动，忽然又哭了几声，终于站起来，向张志仁挥挥手，摇摇晃晃地开门走了。张志仁站起来，送她到前楼门口，关心地说了声：“好好休息。”

陈慧梅回头向他一笑：“我能挺过去！”门就掩上了，背靠着门，她轻轻地抽泣。

夜，寂然无声。

12. 白云飘过去

魏处长对这次围捕失败很是恼火，本以为抓到了张肃维和李英，这秘密文件库就手到擒来，谁知严刑拷打、威逼利诱都不起作用。他知道一旦时间拖长了，他们的上线和下线都会消失，必须想法迅速击溃他们的心理防线，从而破获中共的秘密文件库。

魏如臣受过系统的特工训练，自视甚高，对败给李英这么个女人一直耿耿于怀，事后他曾反复检讨自己的三步审讯法，第一步直接用三民主义击垮共产主义，岂料没能动摇她的信仰；第二步间接以谈文学来拉拢私人感情，企图以关羽降曹的故事引诱她背叛也没成功；第三步荆轲见秦王图穷匕见，严刑拷打迫使女人屈服，不料更是败招，她遍体鳞伤，几次昏死在刑具上，就是什么都不说。现在她伤痕累累地躺在牢里，再用刑很可能会死，不审讯又什么都得不到，这让魏如臣绞尽脑汁，终于想起陀思妥耶夫斯基在执行死刑的最后一分钟得到沙皇特赦的典故，决定也让这个女人陪绑刑场，亲身经历枪毙人的场景。这一计谋可谓狠毒，让一个女人去死亡边缘走一回，很可能会心理崩溃而精神失常，但他相信只要把握好尺度就能让其吐出深藏的秘密。如果这一次再不能如愿以偿，他就彻底输给了这个女人，这是他无论如何都不能接受的。

为此，魏如臣精心策划了这一行动。他到牢里再一次提审李英，浑浊的空气令他透不过气来，原先想好的一套说辞干脆就跳了过去，直接叫狱医给她简单处理一下伤口。李英一动不动地任凭狱医清洗伤口，敷上止痛药，原先剧烈的疼痛稍稍减弱了，人也有了些精神。魏如臣看在眼里，挥挥手让狱医离去，语气冰冷地对她说："你现在说出秘密文件库在哪里还不迟，我立即放你出狱，去医院疗伤，升官发财随你挑。你若还是拒绝不说，那就等着半小时后就地枪决。"浑身是伤的李英靠着墙壁坐在地上的干草窝里，压根就没瞧他一眼。头顶上的电灯光给她在地上留下一个阴影，魏如臣还是察觉到她的肩头轻微颤抖了一下，头发沾上的稻草掉了一根下来，于是满意地转身离开。他故意让她有时间考虑生死的目的达到了。

狱警哐当一声关上了铁门，那声音在空荡的牢房里回响得特别长，仿佛是阎王狰狞的笑声，李英再也忍不住肩头颤抖，一滴眼泪从眼角流淌下来。刚才听到魏如臣宣布她的死期到来时，虽说早有准备，但心还是被狠狠揪了一把。从参加革命的那一天起，她就做好了牺牲的准备，可当死亡真的来临，她还是对生充满了留恋。在这半个小时的生命里，她还可以想念一下她最亲爱的丈夫志仁。

她记得十六岁那年被人从农村家里带出来，进了一家纺织厂做包身工，吃了三年苦，她获得了自由，换了家纺织厂继续当女工。那会儿她有个要好的小姐妹常常去工人夜校听课，她受小姐妹影响也去了，这就遇到了工人夜校的老师张志仁。她和小姐妹在夜校里听他讲课，懂得了贫困不是命不好，而是这个社会有剥削，懂得了人与人的不公平不是天生的，而是这个世界有压迫。后来渐渐地懂得要知道更多的人生道理就要学会认字，学会看书。她鼓足了勇气拿起笔写字识字，没多久她就学会了写自己的名字。那时候她还叫李丫头，父母都是不识字的农民，见生下个女儿就取名丫头。李字好写，上面一个木，下面一个子。丫字像乡下打场用的二齿叉，城里人晒衣服用的铁叉。头字是一个大字上点两点。张志仁看她写的歪歪扭扭的字，跟她说，这是小名吧，现在你会认字写字了，应该取个大名。她瞪大了眼睛说，老师，你给我取个吧。张志仁想了想说，你就叫李瑛吧。这个瑛字是美玉的意思，你就是一块美玉。她被他夸得不好意思，低着头说，我配不上这个名字呢。张志仁鼓励她说，配得上。来，你学会写这个字。她高兴地点点头，一笔一画地写自己这个新名字，可是总也写不好那个瑛字，把它写成了王英。张志仁就手把手地教，她第一次被一个男人握住手，脸还靠得那么近，呼气都吹到她脸上了，顿时羞得满脸通红，完全不知道怎么写了。张志仁没办法了，只好改用笔画简单的英字，这一来她就记住了，划掉王字，英字就像模像样了。自此之后，她识字写字都有了灵气，本该高兴的事却让她高兴不起来，因为张志仁不再手把手地教她写字了，她反倒想念起和他贴得那么近的感觉。于是，她就故意把字写歪了，引他来手把手地教她。这时候，她就沉浸在一种无法控制的颤栗之中，手抖得无法捏住笔杆，字也写得更丑了，张志仁只能把她的手握得更紧。她享受着这种甜蜜，字也写得好了，还能得到他的夸奖。她常常仰着脸崇拜地听他讲述革命道理，没多久就由他介绍加入了中国共产党。不久，两人结了婚，双双调去奉天做地下党工作。那以后的生活，有幸福也有不幸福，有快乐也有悲伤，特别是有了儿子后，所有的幸福和快乐仿佛都和他有关，所有的不幸和悲伤也因失去他而至。李英想儿子了，那肉嘟嘟的小脸，那跑得跌跌冲冲的姿态，那被志仁的胡子扎得哇哇叫的兴奋。这个儿子来得真不容易，怀他的时候正值张志仁为了上海工人武装起义的事情忙得整天不着家，李英至今清楚地记得当时常常几天不见他，自己一个人挺着大肚子在家里，早上起来费力地拎个煤炉到弄堂里生火，弯不下腰只能半蹲着点火扇蒲扇，吧嗒吧嗒地熏得眼泪直流，才算生旺了炉子，把昨天留下的饭倒上水炖上，煮开了就当作早饭。邻居大嫂看见了，说她这样对付不行，会影响肚子里的孩子，她这才有时候去买根油条当早饭。那一天，她感到肚子疼得厉害，知道要生了，可是他不在家，没人送她去医院。幸亏邻居大嫂听见了她的叫声，和她丈夫一起过来帮着送她去医院，差一点就生在了路上。张志仁回来后才知道这一切，愧疚地对她说，我对不起你，怎么把这事忘了呢。

这时候牢门打开了，狱警喊着她的囚号，不由分说地把她推出了牢房。

沿着长长的监狱走道，李英戴着手铐脚镣沉重地走着。两边的铁窗露出一张张悲痛的脸，那是不认识的同志们在送别她，她关进这座监狱时间太短了，又被一个人关着，一个狱友都不认识，想不到现在他们都来为她送别。她默默地看着他们，极力想记住他们的脸。狱警在后面催着她快走，头顶上的电灯发出昏黄的光照着前面的路，迈过一道铁门，拖着脚镣接着走，又迈过一道铁门，她理了理头发接着走，这回打开铁门是一道刺眼的阳光。她来到了监狱后院的空地，那里已经靠墙站着两个犯人，李英从互望的眼光中认出了这两个是自己的同志，这使她想微笑。

魏如臣看到李英拖着沉重的脚镣走上刑场，精神状态不佳，心里有些得意，死亡的威胁起到了作用。他抓住时机走过去给李英再施加压力，目光温柔地看着她说："我再给你最后一次机会，想活命的话就告诉我中共秘密文件库在哪里，不想说你就走过去和他们站在一起。"

李英什么都没说，慢慢地拖动着脚步朝那两个同志走去，刚才一路走过来，脚镣已经磨破了她的脚踝。魏如臣使了个眼色，两个狱警上来想拖她走，被她愤怒地甩开。一步一个脚印，脚踝淌着血沥沥拉拉地一路滴着，李英这时候已不觉得疼，心里十分平静地向前走着，那脚镣太重了，拖着她没法走快，终于她站到了那两个同志的中间，位置早已给她留好了。她仰起头，就像当年仰着头看张志仁，她看见了蓝蓝的天，白云飘过来，又飘过去。

魏如臣这时候感到一阵失落，没想到李英那么镇静，能够自己走上刑场，现在能不能使她感到死亡的恐惧决定了他这个计划的成败。他想拖延一下时间，让他们在那儿多站一会儿，让他们体验到更多的死亡恐惧。老天似乎也在帮他忙，突然阴沉了下来，乌云翻滚着压在头顶上，阴风一阵阵地打着旋儿，仿佛为死神降临开道，这使他感到满意，但自己也寒栗几分，不由得竖起大衣领子。抬头看高墙前站着的那三个共产党，神色平静，似乎没有被吓倒，这使他陡然恼火起来，一挥手下令行刑队举枪。行刑队由六个士兵组成，事先他给他们布置好，只让他们枪杀两个男囚犯，留下那个女囚犯，但子弹要擦身而过，把她吓倒在地上。魏如臣再一次举起手，看了看短发凌乱的李英，果断地挥了下去，行刑队队长吼叫开枪，枪声骤然响起，那两个男囚犯倒下了，李英也慢慢地倒下了。魏如臣很满意地看着这一切，他相信李英这一次被吓晕了，等她醒来后就会说出全部秘密。不料，行刑队队长跑去验尸，突然大叫起来：处长，她死了！魏如臣阴沉着脸走过去，果然李英也被子弹击中死了。行刑队出了差错，这使他大为恼火，狠狠地追问士兵是谁把她打死的。六个士兵个个惶惶不安，他们一起开枪为的就是遮掩谁把谁打死了，以免给自己造成心理阴影。看来李英是被意外击中死了，他的计划就此流产。

事后，他在报上刊登了枪毙李英的消息，想以此来敲山震虎。但许多天过去了，社会上风平浪静，哪有什么蛛丝马迹可寻。他最后利用这个女人的死来达到目的，从而战胜她的心理也彻底失败了。本以为这个案子的线索就此断了，不料潘土根又来报告，说路上碰到一个过去的党内同志，想通过他和组织取得联系。魏如臣立刻敏锐地感到这个人很可能与共党秘密文件库有关，便在大世界撒下了天罗地网，只等这个共党分子钻进来。他亲自在大世界坐镇指挥，起初一切顺利，手下人潜伏在四周，耐心地等了好长时间，才见那个接头人出现，这令他兴奋异常，马上下令不要惊动接头人，等他命令慢慢收网。不料风波突起，来了一群年轻太太跳什么康康舞搅了局，现场乱成一团。那时他光顾着指挥手下人追捕那个接头人，对那个高喊抓小偷的女人没注意，等到后来猛然醒悟，再指挥特务去抓女人，却早已不见她的踪影。他有些不甘心，问潘土根是否认识这个女人，潘土根与陈慧梅本不认识，刚才又光顾着追张志仁，哪里看清了她的相貌，连连摇头。一无所获的魏如臣被刘主任狠狠训了一通，差点降了他的职，这使他对那个女人耿耿于怀，女人模糊的相貌在脑子里再也抹不去了。

一年过去了，共党的秘密文件库石沉大海，毫无消息，就像从未发生过似的，但在魏如臣心里却一直放不下。

13. 火灾突至

这事其实怪不得魏如臣不卖力追查，张志仁和党组织失去联系，又险遭叛徒出卖后，只能隐姓埋名地独自潜伏，守护着那六只看似再普通平常不过的皮箱。

本来日子可以如预见那样平静地过下去，可是事与愿违，偏偏这几天隔壁那栋拥有左厢房的大石库门房子被一家私营电影厂租下做了仓库，运来了一些布景道具堆放在里面。原以为这样一来，这里来往的人会多起来，不利于保密，想着又要搬家却没有足够的钱，不免愁苦不堪，谁知道几天观察下来，影厂人员往来稀少，倒让他暂时放下了心。

有一天，张志仁出门办事，看见几个工人正在往里面搬运一个个铁皮圆盒。他认得这个东西，知道盒子里装的是电影胶片，不由得吃了一惊，那电影胶片是易燃物，存放在这里很不安全，又一想，若是铁皮圆盒里没有电影胶片，只是个空盒子，也就没什么危险。可到底是有电影胶片还是空盒子，这个事得问问清楚。他找到那个正在指挥工人往里搬东西的管事，礼貌地问道："先生，你们这是在搬什么东西？"

那位管事戴着黑框圆眼镜，一副干练的样子，仔细看了他一眼，警惕地说："你是干什么的？仓库重地，闲人免进。"

张志仁忙说："我是隔壁的住户。你们怎么把这儿做仓库啦？"

管事颇为老成地说："啊，这样啊。这是我们厂过去拍摄的电影胶片，这东西娇贵，得存放好了，到时候才能派上用场。"

张志仁有些不解，说："既然这么重要，为什么不放在厂里，而要放在这里？"

管事斯斯文文地说："前几天，厂里发生点灯之灾，差点烧了放胶片的库房。老板怕再出事，这才决定暂时把这些胶片放到这里。"

张志仁一愣，问："点灯还能成灾啰？那得点多少灯。"

管事笑笑说："避讳。就是那个成语，只许州官放啥，不许百姓点灯。"

张志仁噢了一声，不满地说："那这里就安全了？这要是有事，岂不是城门失火，殃及池鱼？"

管事忙啐口唾沫在地，说："先生，这个字不好说的。你放心，等厂里库房修好后就搬回去，临时的。嘿嘿。"

张志仁还要再问，管事已经走进石库门里，原来一个工人不小心掉了一只铁皮盒，当啷啷地滚过来，盒盖掉了，里面的电影胶片撒了出来。管事急忙弯腰去捡，小心地把电影胶片放回铁盒里，盖紧盖子，冲着工人嚷道："小心着点，砸坏了东西你赔不起！"工人抱着一叠铁皮盒，直顶到下巴颏，连点头都困难。管事不耐烦地摆摆手，让他上楼去放下铁皮盒，自己拿着那只铁皮盒跟着上楼。

张志仁见没人守门，就迈步走了进去。客堂间和左厢房里到处乱堆着大型布景，全是用木檩条敲的，上面蒙一层帆布，帆布上用油彩画着城市的房屋，或是田野里一片金黄的菜花。他有些吃惊，这些东西堆放在这栋房子里有人看守吗？这可都是些易燃物品，再加上那些铁皮盒里的胶片，全是赛璐珞做的片基，更是一见火星就着，烧起来就不容易扑灭。他匆匆往外走着，心里已经在考虑着怎么办了。

陈慧梅见他刚出去又回来了，以为他忘了什么东西，又见他眉头紧蹙，就说："忘带什么东西了？"

张志仁摇摇头，说："隔壁的大房子给一家电影厂租下当了仓库。"

陈慧梅不明白，就问："这和我们有什么关系？"

张志仁忧心忡忡地说："我刚进去看了看，里面堆着很多布景道具，还有电影胶片，全是些易燃物品。这一旦着火了，就会烧到我们这儿来。到时候我们的六箱文件就会遭殃。"

陈慧梅不吭声了，这确实是有危险，可是现在该怎么办呢？这刚安顿下来没多久，难道又要搬家？张志仁坐在那里也在考虑，也许是自己多虑了，隔壁做了电影厂的库房，总会有人看管的，一定会火烛小心，怎么也不可能就着火吧。他知道自己有些侥幸心理，这很不应该，守护着这些秘密文件是不应该有任何侥幸心理的，必须确保万无一失。可是，现在要去找一所像这样的独门独户的房子，租金一定不便宜，他已经没有多少钱去租房了。

陈慧梅问他："我们是不是又要搬家？"

张志仁艰难地说道："可是，我们已经没有那么多钱去租房了。"

陈慧梅看了看他，又看了看家里，什么都没说，默默地褪下无名指上的那枚镶红宝石金戒指交给他，说："把它当了吧，也许够我们租房了。"

张志仁知道这是她母亲给她的祖传戒指，不肯接，说："不用。我去想办法借些钱来，把房子租下来，我们就搬过去。"

陈慧梅把戒指塞到他手里，说："为了保密，我们都已经和外面断了联系快一年了，你上哪儿找人借钱？"

张志仁不再说什么了，拿着那枚镶红宝石金戒指出门了。很快，他就当了戒指，用这笔钱租下了另一处的石库门房子。可是，还没等他们搬过去，隔壁的仓库突然就起火了。

原来，守夜人白天私自拦活干得累了，夜里不免犯困，就在仓库里偷偷抽烟提神，谁知刚吸上几口就听到有人敲门，忙猛吸几口，把长长的烟蒂扔地上用脚踩了一下，就匆匆下楼来，一看是老婆送宵夜来，不禁喜出望外，吃完夜宵就在楼下和她卿卿我我，搂搂抱抱，好一番亲热。

岂料楼上扔的烟蒂没踩灭，那火头忽明忽暗地燃着，门又没关好，咿呀地敞开了，一阵穿堂风，吹落了不知谁扔在桌上的废胶片，恰好落到了烟蒂上，像一条黑蛇盘成一团，赛璐珞做的电影胶片立刻就冒烟，吐出一股刺鼻难闻的气味，呼地一声引发了明火，黑蛇复活了，妖媚地扭腰撅臀，跳着袒乳露肚的艳舞，她看上了旁边堆放的那一叠废弃的电影剧本，伸出细长分叉的火舌挑逗这些一本正经的绅士们，成册的纸张燃起了激情，顿时变成了一条奔放不羁的火龙，顺势舔着了桌椅、木架、地板等房间里所有的木制品。满屋子的电影胶片盒，木架上放满了，就搁地板上，此时四周火龙翻卷，很快就烤热了铁皮盒，那电影胶片在铁皮盒里闷烧，大量的热气迅速膨胀，嘭地一声炸开了盒盖，那熊熊的烈焰猛地蹿出来，噼噼啪啪地狂烧，一个又一个电影胶片盒炸得满屋子乱窜，火光冲天，激情泛滥，等到守夜人发觉不妙，想上楼去灭火，大火已经烧到了楼梯口，几条火龙呼呼地吐着火舌直往楼下扑来，吓得他拉起瘫在地上的老婆就逃了出来。恰好此时又起夜风了，敞开的落地玻璃格子窗木门正好成了通风道，火借风势一下子就烧着了整个客堂间和左厢房，那些布景道具统统被大火吞噬。这房子虽然叫石库门，却是砖木结构，尤其是二楼朝着天井的墙只是一层木板，大火立刻就烧向了隔壁的张志仁家。

那天也是合该要出事，白天张志仁和陈慧梅忙了一整天，收拾好东西准备第二天搬家，所以晚上睡得特别死，等到大火烧到了屋檐下，张志仁才惊醒过来，睁眼一看，窗外火光熊熊，火舌已经舔着了他家的屋檐窗口，心里一瞬间闪过和李英立下的那句誓言“定以生命相护，宁可放火烧楼，与文件俱焚”，这下恐怕要成真了，心下倒也坦然。忽然想起这栋楼里还有陈慧梅和女儿小梅，顿时一跃而起，赶快冲上前楼敲门，哪知陈慧梅睡得比他还沉，好半天才叫醒了她。陈慧梅连忙披衣起身开门，只见张志仁冲着她喊：“不好了！隔壁着火了！快，你带着孩子先出去。”

睡眼蒙眬的陈慧梅抱起熟睡中的小梅，急匆匆地提起那只装衣服的箱子下了楼。张志仁已经拎着自己的箱子下楼等她了，那箱子里装着剩下的经费和几件衣服。此时，大火已经封死了通向后门的路，还烧毁了整栋房子的电路，他们只能借着火光穿过客堂间和天井跑了出来。张志仁把箱子交给陈慧梅，叮嘱好好看管，就又返身冲进去，一路摸到了墨黑的后客堂，噼噼啪啪地打开了楼梯下的暗室，从里面拖出了六只意大利皮箱。皮箱装满了文件，那纸张最吃重了，他吃力地拎起两只皮箱往外走，可又不放心剩下的那四只皮箱，石库门楼下完全是用木板隔开的前后客堂间，一着火就真成了火场，但他又没有办法一下子拿六只皮箱，只能快步往外冲。等跑出那两扇黑漆大门，来到弄堂里时，已经累得气喘吁吁。陈慧梅正抱着小梅焦急地守着两只皮箱，见他出来了，就问："还有四只皮箱呢？"

张志仁顾不得多说，把手里的两只皮箱交给她，说："你看好它！"说着又返身冲进着火的石库门，天井里还没有起火，但客堂间已经烟雾缭绕，他好不容易摸进了黑乎乎的后客堂，拎起两只皮箱再往外冲，刚冲到天井，就遇到冲进来的陈慧梅，他着急地骂她："你来干什么？快走！"

陈慧梅说："你一个人不行！我来拿皮箱啊！"

张志仁把手里的两只皮箱交给她，说："你快出去！看好小梅！"

陈慧梅咬咬牙，使劲拎起两只皮箱，说："没事，我找邻居帮着看管呢。"

张志仁凶狠地说："你不要再进来了。看住了小梅。听见没有？"转身又一头冲进已经烟雾弥漫的前客堂间，折腾了一阵又摸进了后客堂，那里面已经烟雾夹着红彤彤的火苗，火已经无情地蔓延到了这里，木楼梯烧塌了，火势正猛烈地烧着，剩下的那两只皮箱已经被包围在火里了。张志仁被烟雾呛得直咳嗽，脱下衣服裹住头捂住口鼻，不顾一切地冲进大火抢出皮箱，再次往外冲时，整个客堂间已经弥漫着浓浓的烟雾和火光，根本看不清该往哪儿走。他拎着皮箱好不容易跑到前客堂，烟雾裹着热浪一下子就把他呛倒在地上，一根烧断的梁柱不偏不倚地砸在他身上。张志仁极力想推开燃烧的木柱，无奈手上没有力气怎么也推不开。正在这时候，陈慧梅又冲了进来，看见他躺在地上浑身是火，赶紧抱住燃烧的柱子使劲往上抬，张志仁这才顺势往旁边一滚，扑灭了身上的火，陈慧梅手一松，柱子掉在了地上，砸出了一团直往上蹿的火球。张志仁艰难地想站起来，但两腿无力，脚底下直打滑，扑通一声又摔倒在地，陈慧梅赶紧去扶他，他却甩开她的手，声嘶力竭地喊道："快走！把皮箱拿出去！"

陈慧梅嘶哑着嗓子喊："那你怎么办？"

张志仁咬牙说道："救文件箱要紧！"

陈慧梅没再说什么，咬牙拎起了最后那两只皮箱，跌跌撞撞地冲出了着火的房子，身上衣服已经被火烧着了，周围的邻居赶紧上来扑打，灭了她身上的火。边上有人在议论："不要命了！就为了几只破皮箱，里面都是金条也没命重要啊！"陈慧梅顾不得跟那人解释，放下皮箱就要回头再冲进去，此时大火已经把黑漆大门封住了，赶到的消防员不让她进去，小梅也在哭喊着妈妈。陈慧梅搂住小梅，声嘶力竭地冲着燃烧的大门喊叫："志仁，你快出来呀！"在场的所有人都愣住了，到这时他们才知道大火包围的房子里还有人没出来，看来凶多吉少了。有人也帮着喊："里面的人快点出来！""东西不要了！人命重要啊！"

就在这时，张志仁满身是火地冲了出来，消防员立刻上前扑灭了他身上的火苗，陈慧梅抱着被烟熏火燎得浑身是伤的张志仁，失声痛哭。张志仁却扑到那六只皮箱上，对陈慧梅说："快去叫黄包车，把皮箱运到那边去。快呀！"陈慧梅方才醒悟过来，赶紧去马路上拦了三辆黄包车，张志仁艰难地把皮箱拎上车，陈慧梅抱着小梅，车夫奋力地跑起来，迅速地离开火场，越跑越远。

张志仁回头望，只见那条弄堂火势愈发地凶猛起来，消防水龙喷出的水柱哗啦啦地扑向火场。

14. 困境中的思考

经过这一场火灾，张志仁现在真的已经到了山穷水尽的地步，原先留下的经费维持了一段日子，后来电影厂赔给了他们一些钱，但也只能省吃俭用地勉强维持着。早年他坐牢受过严刑拷打，身子骨坏了，常常咳嗽发热，这次为了抢救出六箱秘密文件，又吸入了有毒的烟雾，肺部更是受到严重伤害，一直不停地咳嗽，因为没钱去医院看病，只能去济世堂买了几帖中药喝，止住了咳嗽就算了。尽管如此穷困，张志仁还是买了八仙桌椅放在楼下客堂间充门面，以便掩护自己的身份。就是这样，他们很快又到了有时候只能用一个蒸山芋充饥的地步，但为了保密，他们仍然蛰居不动，切断与外界的任何联系，忍饥挨饿地潜伏在鱼龙混杂的租界里。

尽管捉襟见肘，但中秋节来了，还是要从牙缝里挤出钱来买上月饼供在客堂间的八仙桌上，以便外人来能看到他们富裕的生活。张志仁是以商人身份掩护的，自然过中秋要有月饼吃，但这几块苏式月饼又只能放着看，不能吃，因为没钱再买了。小梅人还小，平时又没什么吃的，天天眼巴巴地看着月饼，稚嫩的小脸上露出的馋劲让陈慧梅于心不忍，只能骗女儿等到中秋节晚上才能吃月饼，小梅啃着蒸山芋问：中秋节还有几天啊？怎么还不来呀？其实中秋节已经过了，但月饼还得多充几天门面，要让人感觉他们家的月饼吃不完。张志仁忍不住了，拆开包装纸，拿起小刀把月饼切下一半，递给小梅。陈慧梅抢过来又掰成两小块，说：“你也吃点。看你这阵子瘦得只剩骨头了。”

张志仁把半块月饼全给了小梅，说：“吃吧。中秋节到了，我们小梅有月饼吃了。”

小梅高兴地亲了他一口说：“叔叔真好。”蹦蹦跳跳地上楼了。为了专心守护秘密文件，张志仁早已把全家照的相框收起来了，此刻却被小梅的一声叫勾起了思念，眼睛不由地湿了，赶紧掉过头去。陈慧梅也被女儿的这声叫触动了心思，竟没有发现他哭。她把剩下的半块月饼给他，说：“你吃了吧。”

张志仁推给她，说：“你吃。这儿还有呢。”

陈慧梅再也忍不住了，把其他月饼一一剥开包装纸，露出里面碎纸揉成的纸月饼，心酸地说：“这能吃吗？”原来张志仁实在拿不出钱来买月饼，就做了几个纸月饼冒充，只买了一只苏式月饼放在最前面。

张志仁尴尬地问：“你什么时候知道的？”

陈慧梅反问：“这有意义吗？”

张志仁想缓和一下气氛，自嘲地说：“看来我的手艺不灵啊。”

陈慧梅伤心地说：“我以为你是用来骗房东太太的，没想到你还来骗我。”

张志仁惭愧地说：“对不起，我没有本事，让你和小梅吃苦了。”

陈慧梅流着泪，逼他吃下这半块月饼。张志仁推脱不掉，只得掰下一小角，放进嘴里说：“我吃。你也吃。”把剩下的月饼塞到她嘴里。陈慧梅也咬下一小块，把剩下的月饼又塞回给他。就这样，不知传了多少回才剩下最后一小块，张志仁无论如何也要她吃了。陈慧梅含在嘴里难以下咽，慢慢地反复地咀嚼，要把所有的滋味都尝尽。

转眼过了年，到了六月还没联系上组织。这天，陈慧梅照例从夹墙里取出皮箱，翻晾里面的文件。皮箱蒙着一层薄薄的灰尘，她拿来干抹布小心地擦拭。皮箱有些年头了，四角磨损得有些发白，箱盖因为用力压着箱里太多的文件，鼓凸得有些变形，散发着一股淡淡的皮革味，上海的黄梅天潮湿，东西容易发霉，这刚出梅她就急着开箱翻晾了。文件的纸张有些泛黄，不能在太阳底下晒，她小心地在天井和客堂间的阴凉地儿铺上草席，再把文件摊开在席子上，让穿堂风轻轻地吹拂，还不能时间太长，怕有人来串门儿，到时候来不及收拢就暴露了。

张志仁一边帮着摊开文件，一边若有所思地说：“慧梅，我们还是要想办法找到党组织。”

陈慧梅听他提起这个，抬头看着他说：“我们与党失去联系已经两年多了。那次冒险去与潘土根联系，差点出事情。你不能再去冒险了。”

“现在白色恐怖是十分厉害，党组织又处在地下隐蔽工作，要找他们确实有很大的风险。”张志仁感叹了一声，突然问：“你喜欢李白的诗吗？”

陈慧梅一愣，说：“喜欢。这……和寻找组织有什么关系？”

张志仁仰头看天花板，缓缓说道：“他那句‘西忆故人不可见，东风吹梦到长安’，真是写尽了我此时的心情啊。”

陈慧梅很自然地接下去说道：“哦，下一句是‘宁期此地忽相遇，惊喜茫如坠烟雾。’”

张志仁看着摊在席子上的文件说：“那简直就是在写我们找到党组织时的心情。”

陈慧梅被触动了心弦，沉默了一会儿，深感寂寞地说：“志仁，与组织失去了联系，就像断线的风筝飘在空中，我总感到分外的孤独。”

张志仁安慰她：“还有我在你身边。”顿了顿又说：“还有很多同志在我们身后，我们不会寂寞的。”

陈慧梅撩起垂下的一绺头发，抬头看了看他，默默无语。张志仁似乎察觉到什么，也不说话了。两个人就像双股绞的灯头电线那样，虽然被绞在了一起，但各自外面包裹着绝缘橡胶，里面的许多细铜丝却通着电流，点亮着那盏电灯。然而绞在一起时间长了，总会磨破电线外面的橡胶，那破损的地方就会不时地擦出火花，倘若那火花大了发生了短路，那盏电灯就熄灭了。就这么相对无言地坐着，空气中凝固着一种看不见的东西，眼神不再交流，只看着天井、客堂间地上的席子上铺满的那些略微泛黄的文件，穿堂风不时地掀起它们发出一阵淅淅索索的声音，风停了，声音也没了，空气再次凝固，这时候穿堂风再起，大了，把文件都吹散了，陈慧梅站起来把它捡回来放回原处，其实已经移了位置，不过是没留心罢了。风显然又大了些，吹得文件哗哗直响，压在上面的石头、镇纸仿佛也压不住它们了，张志仁重重地舒了口气，说："时间差不多了，把文件收起来吧。"

陈慧梅点点头，收拢起文件重新放进皮箱，一边在文件中夹上烟叶以防蛀防霉。张志仁把皮箱收拾好，拎起来放进夹墙里，说："眼下已经支付不起这么贵的房租了。我得先去找一处便宜又安全的小房子，把家搬过去。今后我们得挤一挤住了，这样的客堂间不会再有了。"

陈慧梅见他要走，忙说："你等等，有一件事我一直想和你说。"

张志仁问："什么事？"

陈慧梅用商量的口气说："如果我出去找份工作赚钱，不就能暂时摆脱困境了吗？"

张志仁果断地摇摇头，说："我们做秘密工作是有纪律的，独址居住，独立活动，不参加党的会议，不参加示威游行、撒传单等公开活动，不到万不得已，也不能贸然出去找工作。现在我的公开身份还是老板，你是我太太，怎么能出去找工作呢？我们还是想其他办法来解决经费困难。"

陈慧梅没想到还有这样的纪律，迟疑地说："这个……"

张志仁穿上风衣，戴上礼帽，说："好了，我去去就回。"

咿呀关上黑漆大门，一个人坐在客堂间想心事。眼下的困难是明摆着的，光靠换房子、省吃俭用撑不了多久，又不能出去找工作，怕暴露身份，只靠他一个人在外面找些临时工作挣钱显然不行，还要硬撑着有钱人的空架子，只是为了便于隐藏那六箱秘密文件。那怎么办呢？陈慧梅一点头绪都没有，自己吃点苦倒也罢了，可小梅吃得太差怎么行，身体长得弱小还老是生病，这样下去也不是个办法。这就想到了小梅她外公外婆，能不能让她回到他们身边呢？不管怎么说，她总还是他们的外孙女吧。如果再能说动他们拿出钱来支持一下秘密文件库，张志仁就能活得好一点了，也不用常常饿着肚子工作了。只是，当初自己一气之下离家出走，现在要回家怎么转这个弯子？虽说上次匆匆回家一趟，解了这个心结，但又如何圆她撒的另一个谎呢？

正这么想着，就听有人敲门，原来是房东太太不放心自家的房子，又冷不丁地查看来了。

陈慧梅热情地陪着房东太太，说："你又来看房子啦。"

房东太太是个精明女人，东看看西看看，觉得客堂间后面的暗房间有点小，正要走进去仔细查看，陈慧梅故意把桌子上一碗蒸山芋弄翻了，引得房东太太转过身来看见翻在桌上的蒸山芋，就大呼小叫地说："噢哟，哪能吃这种么事。"

陈慧梅把蒸山芋放回碗里，说："医生说，吃点粗粮对身体健康有好处。"

房东太太偏要刁钻地说："吾看是侬先生的生意做得勿好吧，格又何必借吾一幢房子呢？"

陈慧梅心里一沉，说："太太，做生意场面还是要撑的。"

房东太太板起面孔说："吾有闲话讲了前头，吾勿允许侬做二房东赚钞票的噢。"

陈慧梅连忙说："你放心，我们不会把房子转借出去的。"

正说着，张志仁从后门回来了，看见房东太太在房间里到处转悠，忙去厨房端来一小碗清蒸青鱼干，故意放重脚步走进来："慧梅，快来尝尝青鱼干。哟，房东太太来啦。"

房东太太扫了一眼，捂着鼻子说："噢哟，又吃青鱼干啊。下个月的房钿勿要忘记脱。"说着一扭一扭地走了。

张志仁松了一口气，放下那碗青鱼干，坐在椅子上干咳了几声。陈慧梅关心地问："是不是累了？"

张志仁摇摇头说："不要紧。"

陈慧梅叹了口气，说："这碗青鱼干已经放了一个星期了，你就吃了它补补身体吧。"

张志仁风趣地说："我要是吃了，今天不就派不上用场了嘛。"

陈慧梅无奈，又问："房子找到了没有？"

张志仁不响，追问得紧了，才说："我是找到了，但房东要三十块大洋作押金。现在哪里拿得出呢。"

陈慧梅看了看他，用商量的口气说："我想过了，我还是回家一趟，找我爸妈要些钱来渡过眼下的难关。"

张志仁一愣，权衡一番才说："也好，你回到父母家，不管能不能要到钱，你都不要回来了，秘密文件库由我一个人坚守。"

陈慧梅摇摇头，近来她发现他常常咳嗽不止，便说："不，你一个人怎么坚守？"

张志仁又咳嗽了，说："你看女儿饿得哭个不停，不能再这样营养不良了。"

陈慧梅起身端杯热水给他，关切地说："你的身体也不好，再这样撑下去你也会累垮的。"

张志仁喝了口水，止住了咳嗽，说："我不要紧。回去后，好好带大女儿，让她长大后迎接一个新世界。我不想看到她重蹈我儿子的不幸。"

陈慧梅看着他说："我想过了，把小梅交给我妈带，我还回来和你一起守护秘密文件。"

张志仁摇摇头说："你本来就是来协助我的，现在任务完成了。"

陈慧梅固执地说："怎么完成了？这秘密文件还没有回到党组织那儿呢。"

张志仁耐心地解释："我并不是不让你再和我联系。你走后，我就搬家，我一个人住，房子不用很大，可以多撑一些时间。我们每个月联系一次，这样你就能主动联系党组织，同时也能确保秘密文件库的安全。"

陈慧梅有些舍不得，说："我不走。"

张志仁拍拍她的手，说："走吧。每个月的月初，你就在你家附近的马路电线杆上贴个帖子：天皇皇，地皇皇，我家有个夜哭郎。过路君子念一遍，小梅一夜睡到大天亮。我看到帖子，就知道你和女儿过得很好。我若有事就会在帖子上画个北斗七星，你就去火车站的留言板上找我贴的寻人启事，你看了就知道去什么地方和我见面了。"

陈慧梅担心地问："你一个人能行吗？"

张志仁又咳嗽了几声，拿手帕捂住了嘴，见手帕上有血痰，忙塞进口袋，稳了稳神说："你知道我为什么要这么做吗？"

陈慧梅迟疑地说："是为了秘密文件库的安全。我离开这里后，就不该知道这里的一切。"

"不仅仅是这个，"张志仁有些气促，停了停才说，"为了这个秘密文件库，我的妻子李英牺牲了，她知道有我在，我会为了秘密文件库而活下去。现在我要你回到家后，最重要的就是保护好自己，一切危险都由我来承担。现在只剩下我们俩了，如果我牺牲了，你就要忍辱负重地活下去，我们中终有人要这么做，现在轮到你了。"

陈慧梅很难过地说："你为什么要这么想呢？"

张志仁用爱抚的眼光看着她，说："你是秘密文件库的最后一粒种子，你必须长成一棵大树来遮蔽它。你是秘密文件库的守护女神，你必须好好地活着，直到找到党为止。"

陈慧梅被他的悲怆情绪感染了，不免担忧地对他说："志仁，你有没有想过，如果我们一直找不到党组织怎么办？”

张志仁没有立刻回答，独自走到天井仰看那一方蓝天，很远又很近，就像是盖在头顶上，却又怎么也触摸不到。他对跟过来的陈慧梅说：“想过。和组织失去联系后，我就整宿整夜地睡不着，想妻子和儿子，想你和小梅，想这六箱秘密文件。”

陈慧梅顺着他的眼光往上看，碧蓝的天空连一丝云彩都没有，不知他看到了什么，那么久久地凝视着。

张志仁终于低下了头，看见一只蚂蚁在水门汀地上爬，大概是寻找湿润的土壤吧。他好半天才说：“我和李英曾经立下过誓言：秘密文件，生命相护，人与文件，同生共死。我们甚至说过，宁可放火烧楼，与文件俱焚，也不能让秘密文件落入敌人之手。那一次电影厂库房着火烧到我们住的房子，我就想自己和组织失去了联系，经费又没有着落，干脆待在房子里不出来，与文件一起燃烧，也算是同生共死。可是不行啊，房子里还有你和小梅，你们不该和我一起死啊。我就把你们叫醒了，催你们赶紧出去。”

陈慧梅惊出一身冷汗，说：“你真的这么想过？”

张志仁悔悟参半地说：“也就是一闪念，事后我怎么也想不明白这是从哪儿冒出来的想法。”

陈慧梅悲愉交集地说：“我们不是活下来了嘛，文件也保住了。”

张志仁看见蚂蚁爬回到天井里种的那棵桂树下，声音低沉地说：“那时候，我头发一把一把地掉，人一天比一天瘦。我总在想，到底在什么情况下我和李英立下的誓言才能实行呢？”

陈慧梅忽然紧张起来，盯着他的眼睛，说：“你现在让我离开你，就是为了实行你和李英立下的誓言？”

张志仁摇摇头说：“不。我反复想过这个问题，个人的生命和秘密文件库究竟哪个更重要？”

陈慧梅毫不犹豫地说：“当然是秘密文件库更重要。为了秘密文件库，我甘愿牺牲自己的生命，就像你和英姐立下的誓言那样，秘密文件，生命相护，人与文件，同生共死。”

张志仁点点头，说：“我也是这么想的。我以为这是一个不可动摇的信念，可是再仔细想想，如果我死了，秘密文件库还是落到敌人手里，那我就没有信念了吗？”

陈慧梅急忙说道：“当然不是，你有信念。”

张志仁若有所思地说：“可我还是没有完成党交给我的任务。所以，死不是目的，也不是我的责任，我的责任是保证秘密文件库完整地回到党的怀抱。从这个意义上说，我的生命和秘密文件库一样重要，我不能轻易地去死。”

陈慧梅松了一口气，说：“你能这么想，我就放心了。”

张志仁看了看她，加重语气地说：“只有当我的死能换来秘密文件库回到党的怀抱，那我才死得其所，我愿意为此而牺牲自己的生命，这才是我的信念。如此看来，我的生命又比秘密文件库更宝贵一些，因为只有我还活着，秘密文件库才能安全无虞地存在。”

陈慧梅被他的想法吸引了，问道：“你真这么想？”

张志仁沉思片刻，又说：“我还想到了第三种可能，如果我死了，秘密文件库既没有回到党的怀抱，也没有落到敌人的手里，而是再也没有人知道它的下落，从此在人间消失了，那我的信念还在吗？”

陈慧梅眨了眨眼睛，问道：“你是说那个誓言吗？”

张志仁没有回答她，仍然沉浸在自己的思考中：“还在，我没做到和文件同生，但做到了共死。可仔细想想，仍然死得不值，因为我还是没有完成党交给我的任务。这么看来，我的生命其实并不那么重要，只是因为和秘密文件库连在一起才有了价值，有了意义。”

陈慧梅叫道："那我们该怎么做呢？"

张志仁似乎在作总结地说："我终于想明白了，想通了，找不到组织，那我就只有一条路可走，自己想办法把这些秘密文件保存好，等待重见天日的那一天。这才是我应该有的信念，与文件同生，不能同生也要用我的死换取它的生。"

陈慧梅听他如此慷慨激昂地说了这么多，简直像个哲学家那样地思考，把生与死说得那么透彻，心里很是佩服，但又偏要追问下去："可是，如果党内没有人知道有一个秘密文件库在上海，我们又该怎么办？"

张志仁看着天井里种的那棵桂树，因为高高的围墙阳光照不到而顽强地向上生长，终于迎接到阳光的照耀。他憧憬地说道："那我们就等到革命胜利的那一天，把它交给党。"

陈慧梅心烦意乱地说："这些天，报纸上常常有红军长征遭到围追堵截的消息，如果……不，不，革命一定会胜利的。我绝不会有一丝一毫的动摇。"

张志仁摘下一片桂树叶子，嗅了嗅，没有桂花香气，还没到开花的季节，那浓烈而又甜腻的香气不会飘散在这小小的天井里。他说："我已经记不清度过了多少个不眠之夜。在那些个睡不着的夜晚，我也曾想过，如果革命失败了怎么办？如果再也没有人与我们联系，保存这些秘密文件还有意义吗？"

陈慧梅连连摇头说："不，我从来没有这么想过。我不能有这样的念头，这是革命意志不坚定的表现。"

张志仁招呼陈慧梅和他一起在木门槛上并肩坐下，深情地说："要想的。只有想清楚了，最初的信念才能不变。这些秘密文件是我们党的红色档案，记录着党的光荣历程，不管遇到多少困难，我们都要让后人知道，有一群立志改变中国积贫积弱命运的共产党人，曾经不惜牺牲生命而为之奋斗。"

陈慧梅的心被打动了，偎依在他肩膀上，说："我一定要回来和你共同守护这些秘密档案。"

张志仁深情地说："那秘密文件库里，不是只有一份份秘密文件，而是有着无数党员为着理想而奋斗的生命。那不是一张张写满文字的纸，那是党员们的鲜活生命绽放出的花朵。"

陈慧梅抬头望着他，就像当年看着韩天强那样，充满爱意地说："你说得太好了！"

张志仁依依不舍地扶她起来，走进房间，取出那本《唐诗三百首》，说："送你留个纪念。盼望你早日带回好消息。"陈慧梅接过书，欲言又止。张志仁似乎来了诗情，吟诵起来："到那时，舍南舍北皆春水，但见群鸥日日来。"

陈慧梅随口接道："花径不曾缘客扫，蓬门今始为君开。这是杜甫的诗《客至》。"

张志仁深情地说："我就像杜甫先生迎接客人一样欢迎你。"

"我可不是客人。"

"对，对，你是这些秘密档案的守护女神。"

"我也不是女神，我只是个普通女人，一个渴望爱的女人。"

张志仁显然听明白她的意思，但想到自己身体越来越差，不能拖累她，就有意岔开她的话，问："我们做假夫妻有多长时间啦？"

"两年多了。"陈慧梅话里有话地说："你呀，连结婚纪念日都忘记了吧。"

张志仁幽默地说："啊，那就等你回来，我补你一个结婚纪念。"

陈慧梅高兴地说："太好了！英姐看见我们在一起，一定会高兴的。"

张志仁再次岔开说："是啊，我们在一起守护好这些秘密档案，她当然高兴了。"

陈慧梅有些郁闷，心想，说了半天，你怎么又绕回去了？却听张志仁在说："慧梅，记住我们的誓言：秘密文件，生命相护，人与文件，同生共死。"

陈慧梅点点头，想说什么，最终什么都没说。

第六部

1. 疑神疑鬼

魏如臣最近有点心烦意躁，报纸上报道某电影厂的仓库失火，整幢房子烧掉了还殃及隔壁房子，这条新闻并没有引起他的注意，但隔几天报上又登出后续报道，说隔壁房子的租客不顾大火危险，更把妻女丢在一边，几次冲进着火的房子里救出几只大皮箱，据在场人士说皮箱塞得鼓鼓的，一定是什么稀世宝贝才让主人如此不顾生命危险，这才引起了他的注意。接着各种奇文逸闻纷纷上报，有说电影厂老板付了一笔数额颇大的赔偿，此后租客就神秘消失，没有人知道他去了哪里。有说皮箱里藏着的是慈禧太后陵墓被盗的宝贝，此人定与盗墓人孙殿英有密切关系。这些说得有鼻子有眼的秘闻在报纸登出之后，顿时轰动了全上海滩。到了此时，魏如臣才本能地感到这桩失火案事有蹊跷，那几只塞得鼓鼓的大皮箱里究竟藏着什么，竟能如此吸引在场者的眼球？这个神秘租客如果不是事先安排好躲藏点，怎么可能神秘失踪？狡兔三窟啊，他希望这和共党的秘密文件库有关，因为谁会想到它就隐藏在电影厂的仓库旁边？他看过顾顺章的交代材料，深知在上海的共党中央是如何狡猾地隐蔽活动的，只是再派人去寻找失踪的皮箱主人，根本得不到一点线索，没有证据就是自己在那儿瞎想，只得作罢。

颓丧之余，他迷上了交际花姚曼丽。此时的姚曼丽，既失去了李明甫大班的宠爱，又挽留不住刘主任的花心，这才知道女人仅靠漂亮和妖媚是拴不住有钱有势的男人，要紧的是还要会和男人玩，满足他们对女人的各种奇幻怪想。于是，魏如臣每当被公事弄得心力交瘁时，就会去她那儿找乐子，而姚曼丽也不会令他失望，每回都会玩出点新花样，令他乐此不疲。令他惊奇的是上一回去她那儿，她竟跟他玩起了吉普赛女郎算命。她那本来闺房气十足的公寓，被用黑幔布遮住了窗户门洞，房里一切都黑绰绰的显得神秘莫测，天花板上的大吊灯关了，一盏黑玻璃罩子的吊灯垂在小圆桌上方，比围坐在桌边的人的眼睛还低，只照亮了灯下的小圆桌。她白嫩的小手在桌面上熟练地洗牌，这一切都抓挠得他心痒难耐。只见她刷地一收，掌心托着整叠牌让他摸一张，魏如臣把她小手握住，上摸下摸了一番，才抠出牌一张，竟是黑桃皇后。姚曼丽勾魂似的瞟了他一眼，娇滴滴地说，你心里藏着个神秘女人。他不置可否地笑笑，看着她把牌的一角竖起在桌面，拇指食指夹着一扭，黑桃皇后就转了起来，好像在跳芭蕾舞中的皮鲁埃特旋转，心想这种把戏岂能骗过我魏如臣？姚曼丽耐心地等转牌倒下，是背面朝上，图案竟是一只黑天鹅。她妩媚而又神秘地一笑，让他再摸一张牌。这回他更是故意使坏，手指灵活地摸着牌，小指头却在挠她的手心，痒得她手一抖，掉出一张却是草花爱司。姚曼丽又抛给他一个媚眼，嗓音一变，沙哑地说，你追踪数年不得，今夜心烦意乱。魏如臣惊讶地注意到她用的是追踪一词而不是追求，那就不是指爱情中的女人，而是他一直在查的共党秘密档案中的那个女人，顿时就对这个聪明妖冶的姚曼丽另眼相看，认定她会对他的特务工作起到神助的作用。只是找姚曼丽玩花销不菲，幸好他曾帮陈光宗要回被海关扣押的机器，得了一大笔酬谢，他才能潇洒地成为她的常客。

这天，魏如臣又被邀请去陈光宗府上参加上流社会的派对，酒喝多了，晕晕乎乎去上卫生间，结果错进了陈光宗的书房，一眼就看见桌上摆的那个镜框夹着的照片是一个美丽的姑娘，觉得有点面熟，可惜喝多了酒的脑子一时想不起来。正在这时，陈光宗不见魏如臣，一路找到书房，果然看见他在这里。魏如臣借着酒劲连声说对不起，掩饰自己跑错房间的尴尬。陈光宗顺水推舟地说，本来就要请你来书房说些事，正好留下喝杯咖啡。不一会儿，仆人端来热腾腾的咖啡，陈光宗边喝咖啡边向他打听起军政界的要事，原来他近来在交易所做股票投机，想借魏如臣了解国内战事的最新情况，以便决定究竟是在股票空头上还是多头上赌一把，狠狠赚它一笔来弥补工厂流动资金的不足。魏如臣却以为陈光宗是想借他攀上高官显贵，趁机吹嘘自己，还看似无意地问起桌上照片里的姑娘是谁。陈光宗误以为他看上了她，忙解释说，这是我女儿上大学时拍的。魏如臣立刻恭维地说，令千金真是上海滩上的大美人。陈光宗赶快挑明了说，那是过去了，现在跟着女婿跑去江西经商。女大不中留啊，家里人都见不着她。魏如臣“哦”了一声，以为找到了他打听前方战事的原因，原来是担心在江西的女儿女婿一家。

回到家，魏如臣酒醒了，忽然想起了这个姑娘为什么那么面熟，原来和几年前在大世界搅乱他诱捕共党行动的那个女人很像。他以为这是喝酒后产生的幻觉，但接下来的几天里他一直摆脱不了陈家大小姐是大世界女共党的想法，他知道这是自欺欺人，但他就是管不住自己，便又去找姚曼丽寻求解脱。这一回，姚曼丽一开门便让魏如臣激动不已，原来她打扮得竟和大世界那个神秘女人有几分相像，当时就愣在那里，磁石般的嗓音问她今夜为何这般打扮。姚曼丽眉飞色舞地说，你不是想见阔佬的女儿吗？魏如臣被说中了心思，压抑住心中的诧异，反问她，哪个阔佬的女儿？姚曼丽嫣然一笑，说，当然是上海滩上有名的阔佬了。你看我化装得像不像她？魏如臣被她的易容术搞得产生了幻觉，双手抓住她的肩膀，大声说，告诉我，你心中藏着的秘密！姚曼丽睇斜着眼神看他，说，你想知道我心中的秘密？魏如臣被激怒了，使劲地抓住她说，是。说出你的秘密！姚曼丽感到肩膀被抓得火辣辣的，有一种说不出的快感，喘着气说，你猜呀。魏如臣狠狠地在她肩膀上捏了一把，姚曼丽疼得尖叫起来，你放手！你抓疼我了！魏如臣抓得更紧了，嘿嘿地奸笑着说，你不是要抓小偷吗？他在哪儿？他在哪儿？姚曼丽疼得直讨饶，什么小偷！你把我当什么人了。我是曼丽。魏如臣这才猛醒过来，看清眼前的女人是妖魅的姚曼丽，不是大世界那个女人，更不是陈光宗的女儿。他心疼地抚摸着她肩膀上被他捏出的红印子，连连说道，对不起，曼丽。对不起，我把你弄疼了。姚曼丽惶惶然地看着他，说，你到底怎么啦？魏如臣忽然产生从未有过的兴奋，一把搂紧了她，伸出舌头舔着那一条条的红印痕。那一夜，他们玩得格外尽兴，姚曼丽像条海里的大鱼不停地活蹦乱跳，搞得魏如臣渔夫似的筋疲力尽，她才满足地睡去。魏如臣看着身边熟睡的女人，不禁想到自己怎么把姚曼丽也扯进来了，还把她们仨混淆在一起了呢。看来是神灵借姚曼丽来点醒他，这个世界上万事皆有可能，从此对陈光宗的女儿留了个心眼，反正这个阔佬常与他联络，这也是顺便的事儿。天下难道真有脸蛋如此相像的两个女人？魏如臣想想都觉得有意思。

2. 回家的秘密

陈慧梅抱着小梅又回家来了，还是仆人老王守大门，见到她十分惊喜地大喊道："小姐回家了！"也不知是向老爷太太通报，还是向陈慧梅打招呼。陈慧梅让小梅叫人，小梅害怕地紧紧拽住妈妈的衣角，死活不肯叫。老王和蔼地笑着说："孩子还小，快进去吧。"

陈慧梅知道这是为了秘密档案的安全，自己很少带她出去和外人接触，久而久之就怕见陌生人了，心头不由得一酸。

田淑芬还是那样急匆匆地走出来，正要搂抱陈慧梅，忽然注意到小梅，惊喜地问女儿："几年不见，小梅长这么高啦？"陈慧梅忙教小梅说："快叫外婆。"小梅胆怯地叫了声外婆，就躲到妈妈身后去了。

陈光宗也走出客厅，在门口等她。他对女儿一去几年音信全无，今天突然又回家来，心里直犯嘀咕，怎么女儿回个家也神神秘秘的，看她领着小梅向他走来，女婿又没陪她一起回来，心想这个人也太不靠谱了。陈慧梅喊一声爸，他没答应，小梅也跟着叫外公，倒把他叫得开心起来，忙着让她们进去坐。

陈慧梅搂着孩子坐下，不等父亲发问，便说起这几年自己如何与韩强在江西经商，全是假话却说得脸都不红，只是说到自己这次回家想请父母伸手援助，格外地真诚，一心想解张志仁目前的困厄，倒把母亲说得泪眼汪汪，搂着她说："女儿啊，你这些年受苦了。你怎么不早些回家呢？"

陈光宗抽着雪茄，脑子里的疑团随烟雾缭绕，慢吞吞地说："他怎么没跟你一块回来？"

陈慧梅犹犹豫豫地说："他在南洋还有些商务上的事要处理。"

陈光宗一愣，抓住疑点问："上次你不是说他在江西做生意吗？怎么又跑到南洋去了？"

陈慧梅无奈地说："还不是为了多挣点钱，朋友介绍说，那边生意好做，他就跟着去了。"

这时候，陈慧松一股风地从外面回来，人还未见声音已经传进客厅："妹妹回家了？怎么样？江西不如上海好吧。"

田淑芬不满地说："她又要去南洋找他了，这做的是什么生意啊，满世界地跑。"

陈慧松就问："南洋大了，他在哪个国家啊？"

陈慧梅看他还是几年前的万事忒顶真的样子，留洋的痕迹还没褪尽，便说："马来亚。"

陈慧松又问："马来亚哪个城市？"

陈慧梅知道不能出错，说："新加坡。"

陈光宗到底是大老板，头脑精明，打断儿子的话，问她："是不是资金周转不开，还是又债务缠身啊？"

陈慧梅点点头，艰难地开口说道："爸，能不能借我们三百大洋？"

陈光宗心头一震，一开口就是三百大洋，他们做什么生意需要这么多钱？

陈慧松又开始执着地问："这是一笔不小的数目，你是打算通过银行转给他还是邮局电汇？有他具体的账号和地址吗？"

陈慧梅被他问得有点焦头烂额，勉强地说："这个自然有啦。"

田淑芬插嘴说："嗨，什么借不借的。光宗，女儿的事你不能不管。"又对儿子说："你也是，刨根问底的干什么？也不知道帮你妹妹一把。"

陈光宗本来是想借儿子的追问弄清楚女儿的真实目的，被太太打断，突然就想起当年她逃婚给他造成的不堪，忿忿地说："当初给你定的亲事有什么不好，门当户对，现在徐成生生意做得好着呢，你却死活不答应，还离家出走，你有没有想过我们？"

田淑芬忙打圆场，说："好了。别提那些事了，女儿都回家了。小梅，快叫外公。"

小梅一直在看陈光宗手里夹着的冒烟小棍，不时地用嘴吸一口吐出白烟，就走到他跟前问："外公，你吃的东西烫嘴吗？"

陈光宗被逗乐了，抱起小梅说："烫。你看外公嘴上烫出胡子来了。"

小梅用小手赶着白烟说："别过来！我不要烫出胡子！"

田淑芬笑着说："外公跟你闹着玩的。快到外婆这儿来。"

陈光宗看着小梅摇摇晃晃地跑到她身边，说："好了，不说了。"

陈慧梅松了口气，知道父亲肯出三百大洋了。长久以来一直困扰着她和张志仁的经费问题解决了，他可以继续安心地守护秘密档案，只可惜她却不能回去了。刚才父亲又提起当年为她订婚的事，还特意提到徐成生，不由地勾起了她对那段往事的回忆。

那会儿在圣约翰大学，她偶然在校内看球赛时与徐成生见了面，至今印象深刻的是他浑身上下都透出上海滩小开的派头，不过对她还是挺绅士的，因为他知道她就是家里给他定亲的那个小姐。从那次开始，他就没少来找她，但每回都被她拒绝了。有一次，陈慧梅和韩天强一起从教学楼走出来，徐成生忽然就拦住了她，还对韩天强说了他俩订过婚的事，为此韩天强竟有些吃醋了，陈慧梅气得不理他，差点就只剩下同志之间的关系，幸亏参加五一大游行，两人才重归于好。陈慧梅每每想起这些往事，忍不住暗自好笑。

陈光宗回到书房里，陈慧松跟着进来了，追问道："爸，你答应给妹妹三百大洋了？"

陈光宗还想着刚才的事情，女儿又突然回家了，椅子还没坐热，张口就要三百大洋，这究竟是遇到了什么难处？但儿子这么一问，却又说："这事你别管了。"

陈慧松觉得自己被误解了，急忙解释说："不是。我是说，妹妹要这三百大洋恐怕不是还南洋什么债务，也不像是资金周转不开，也许是派另外什么用处。"

陈光宗皱皱眉头，说："她还能有什么别的用处？就算是贴补他们在南洋的生活，我能不给吗？"

陈慧松委屈地说："爸要给她钱，我也没说什么呀。"

陈光宗白了他一眼，说："好了。平时我给你的钱还少了？"

陈慧松忙说："我不是这个意思。我是怕慧梅跟共产党有什么关系。"

陈光宗板着脸说："这话你也敢随便乱说？她是你妹妹，你还想把她送进监狱？"

陈慧松一愣，说："我什么都没说。行了吧。"转身出了书房。

陈光宗轻声叹口气，这个儿子怎么脾性不改呢，非得把话说透了才罢休，哪像他妹妹涵养这么深，什么都深藏不露。想想她上次回家也是这么突然，抱着才几个月大的小梅，说是要去江西和丈夫团聚，而当时正是国军在江西围剿红军。现在红军到达陕北了，正在扩充势力，她又回来说丈夫去了南洋，做生意急需一大笔钱周转。这一切都太巧了吧，她一定有什么瞒着自己，上次她看到报上韩天强牺牲的消息就立刻要走，莫非他真的是她丈夫？她在圣约翰读书时就被巡捕房抓过，莫非她一直和共产党有关系？她要的三百大洋真的是给那边的？他不敢往这方面想，也不敢去问女儿，问明白了反倒不好办。他现在不想惹麻烦，日本人在上海屡屡挑起事端，中日之战早晚要在上海打起来，他正忙着把工厂搬往四川，实业救国虽说处处碰壁，但为国家保留一些工厂还是有用的。现在共产党呼吁建立统一战线共同打日本，他是赞成中国人不打中国人，如果女儿真是为那边做事，他拿出三百大洋支持一下也未尝不可，不过这一切都要在他不知情的情况下才行。如今政府还要剿共，他不能让工厂因通共罪名而毁于一旦。倒不如依了女儿说的，是去南洋经商需要钱，那是再好不过的借口了。慧松啊慧松，你怎么就不明白我的用心呢？

这天晚上，陈慧梅在裁好的两张红纸上用毛笔写了夜哭郎帖子，便出门去了。她顺着马路往下走，正是她从张志仁那儿回家的路，在十字路口的电线杆上贴了夜哭郎帖子，又去对面马路口上的电线杆子上也贴了一张。她四处张望了一下，没发现什么可疑人盯着她，这才松口气慢慢往回走。

几天后，她便在夜哭郎帖子上看到张志仁画的斗勺七颗星，心怦怦直跳，赶紧去火车站看留言板上的寻人启事，果然有碰头的地点，便带上三百大洋来到兆丰公园与他见面。一路上总觉得身后有陌生人跟踪，便去商场绕了一圈，又在女更衣室里试了几套衣服，买下后便不换下来了，放心地直奔兆丰公园。这里对面就是圣约翰大学，读书时她常常来玩。正值春天，各种鲜花争相怒放，园里游人如织，尤其是那欧式风情的蔷薇园里，开满了各色从欧洲引进的名贵花种，姹紫嫣红地热闹，引得沪上有钱人在此流连忘返。陈慧梅此时的心情也像这盛放的月季洋洋洒洒地绽开，一片红一片黄一片粉地纠缠，但她还是避开了热闹的花圃，穿过绿茵茵的大草坪，向偏于一隅的漆成铜锈绿的铜圆亭走去。这一路是条人烟稀少的小径，若是身后有人跟踪一眼就能发觉。她放心地拐个弯，远远就看见张志仁坐在空荡荡的亭子里，心里顿时涌起了久别重逢的感觉，脚步不知不觉地加快了。

张志仁明显消瘦了，人倒还精神，手捧一束红玫瑰对她说："送给你，纪念我们的假结婚。"

陈慧梅接过红玫瑰，欢喜地说："你真讨厌，什么假结婚，这红玫瑰可是真的啊。"

张志仁笑着说："在公园里，我不能空着手等一位名媛小姐来吧？"

陈慧梅不悦地说："你是为了掩护秘密工作才送我红玫瑰的？"

张志仁忙说："这倒不全是。我们在一起三年多了，你突然一走，怪想你的。"

陈慧梅听了心里一暖，坐在他身边愈加贴近他，远远看过去像是一对恋人坐在亭子里情意缠绵。张志仁伸手搂住她，刚想说什么，却被一阵风呛咳嗽了。

陈慧梅抬头关切地问："你怎么咳嗽总不见好？"

张志仁掏出手帕捂住嘴，等咳嗽停了说："我吃着止咳药呢。"

陈慧梅心里掂着那件事，也没太在意，急着问："家搬好了吗？"

张志仁点点头。

"在哪儿？"

"你还是不要知道的好。"

"为什么？怕我背叛你吗？"

"不是。我是为你好，一切风险由我一人承担就够了。"

陈慧梅不吱声了，把装了三百大洋的蓝布拎包塞给他，说："钱我要来了，你还是去医院看病，随便吃药怎么能治好病。"

张志仁激动地握住她的手，说："慧梅，你救了秘密文件库。"

陈慧梅深情地看着他，轻声问："要不要我回来帮你？"

张志仁眼里闪出一丝渴望，瞬间又熄灭了，缓缓地摇头说："你还不能回来。"

陈慧梅把头靠在他的肩上，深情地说："那你就来我家。我跟爸妈说了，你在南洋经商，他们想见你。"

张志仁有些惊讶地看着她，说："那秘密文件怎么办？"

陈慧梅仰脸看着他，说："把六只皮箱搬我家藏起来。"

张志仁想了想，摇头说："不到万不得已，我们不走这条路。你还是尽快联系上组织，一切都听党的安排。"

陈慧梅点点头，又叹口气说："我爸妈现在只允许我参加上流社会的社交活动，怎么找得到地下党组织？"

张志仁想了想说："你要想办法扩大你的活动范围。"

陈慧梅说："我都跟爸妈说了，老待在家里闷得慌，想去学校当个兼职老师，他们答应了。我正在物色一所学生运动活跃的学校，那里可能会有地下党组织。"

张志仁点点头说："这倒是个办法。不过你不要轻易和人联系，有什么情况及时和我见面。一定要做到万无一失。"

陈慧梅点点头。

一群赏花人嬉闹着朝铜圆亭走来，两人站起身出了亭子，沿着鹅卵石铺的小径走向假山，绕了一圈确信没有人跟踪才分手，一个往大草坪走去，一个钻进假山洞里消失了。

3. 新来的男老师

没多久，陈慧梅去了一所教会中学当国文教师，和社会上的人打交道的机会一下多了起来。

慈恩中学在上海很有些名气，设有初中部和高中部。整幢建筑是请了有名的外国建筑师邬达克设计的，欧洲古典主义风格，中间主楼耸起，屋顶处采用雅典的三角形立面，缀有耶稣像和十字架，左右副楼向两边对称延伸，顶端处又耸起如城堡，高度明显比主楼低，形成了中轴线对称。陈慧梅在初中部教一个班的国文，课时不重，每天上两堂课，加上坐办公室批作业，在校时间统共半天，倒是挺适合有钱人家小姐太太做的。其他老师都教两个班，这是学校规定的工作量，陈慧梅后来才知道，自己能进学校当老师，只教一个班的学生，全都是因为父亲给学校捐了钱、学校才同意让她来兼职的。她想想这倒也好，反正不是为生活来挣钱，而是借此打探地下党的消息。日本人发动"七七事变"以来，上海不断地掀起抗日活动，慈恩学校的学生救亡运动很活跃，这是她选定要来这所学校的真正原因。

一天，她上完课刚走出教室，迎面被人撞了，手捧的一摞学生作业本哗啦啦全掉地上了，抬头一看，原来是高中部国文老师苏勤义。他连声说着对不起，蹲下来捡作业本。陈慧梅不好意思，也蹲下来捡。不知是有意还是无意，两人同时抓住了一本作业本，苏勤义碰到她的手很快缩了回去，陈慧梅就把作业本捡了起来。苏勤义把捡起的作业本交还给她又再次道歉，陈慧梅连连说没关系，这时上课铃响了，他匆匆进了隔壁的教室。

陈慧梅对这个男老师有些印象，和她差不多时间进学校当老师，人长得成熟帅气，眼睛充满热情如一团火苗燃烧，思想颇有些激进，三十出头仍有着刚毕业大学生所特有的激情洋溢，不仅女生喜欢他而且男生也崇拜他，他的国文课因此深得学生们的欢迎。陈慧梅一心想着独自守护秘密档案的张志仁，起初并不留意他，即使再优秀再洒脱不羁也视而不见，不过后来发生的那件事终究还是让她注意到了他。有一次，他在课上脱离教科书讲起了法国作家都德的《最后一课》，顺带联系了中国遭日本侵略的严峻形势，批评国民政府的不抵抗政策，说中国人决不能像小说中那样沦落到上最后一课，全班同学群情激昂，在教室里高呼："打倒日本帝国主义！"结果被人告发，为此学校给了他警告处分。陈慧梅知道这件事后心里不平静了，她开始留心他平时的一言一行，渐渐地觉得他是个有理想的青年，便想法儿去接近他，但又不愿让周围人察觉，就常常躲在一旁偷看他和那些年轻得令人嫉妒的女学生在一起嘻嘻哈哈，或和精力旺盛的男学生在一起打球。那个时候，她恨不得把他的一笑一颦一举一动都看在眼里记在心上，即使被人认为她像个坠入爱河的痴情女子，那也不怕，甚至再好不过了。因为这些本来都是她刻意伪装出来的，在它后面始终藏着一颗警惕的心，紧张地思考着一个攸关性命的问题：苏勤义是不是地下党员？要不要试探他以此和党组织取得联系？

刚才本是个很好的机会与他搭讪，可惜上课铃响了。陈慧梅坐在办公室里批改作业本，心里仍在掂量着苏勤义的真实身份。他在课堂上宣传抗日，鼓动学生参加抗日游行，这有些像一个爱国进步青年的率性所为，但也不能排除他是地下党派到学校做抗日救亡工作的。她相信自己的判断不会有错，只是她不能主动去找他，那样显得自己轻浮不成熟，即使是在洋气十足的上海滩，上流社会也是流行富家小姐坐钓金龟婿，哪有主动去追男人的，再说了，那样也容易让同事们在背后议论，而她想做的事情根本就不宜张扬，更重要的是她还不能让他察觉到自己是去摸他的底，而不是爱上了他。这可真是难为死她了。

下课铃响了，走廊上都是同学们的轰轰脚步声，上午的课结束了，大家都忙着去吃午饭。陈慧梅收拾起作业本准备回家，下午她没课，这时苏勤义进了办公室，看见她就打招呼："陈老师，对不起，对不起。"

陈慧梅歪着头看了他一眼，说："苏老师为什么向我道歉呀？"

苏勤义手中捧着课本讲义，说："刚才不小心把你手里的作业本撞翻在地，我不是有意的，对不起啊，你千万不要误会我。"

陈慧梅明知故问："我误会你什么啦？"

苏勤义高兴地说："不误会就好。学校食堂的饭菜越来越不好吃，我请你去外面吃吧。"

陈慧梅故意婉拒："不用。我还是回家吃吧。"

苏勤义热情地说："都这个时候了，回家还不饿肚子。"

陈慧梅知道不好再推脱了，便跟他去了离学校不远的一家小饭馆。苏勤义点了百叶结烧肉和红烧鲫鱼，又殷勤地要她也点个喜欢吃的菜。陈慧梅就点了一个荠菜豆腐羹。一会儿菜上来了，苏勤义便往她碗里夹鱼肉，陈慧梅忙用筷子挡住，说自己来，想吃什么就吃什么。苏勤义筷子停在半空，说了声也好，就把鱼肉放到自己碗里，闷头吃起来。

陈慧梅看他吃得很香，就小心地劝道："你上课时注意点，不要让人抓住把柄，小心砸了饭碗。”

苏勤义听了，放下碗筷不吃了，问她：“学校警告我的事你都知道了？”

陈慧梅点点头说：“大家都在议论这件事。”

苏勤义颇为激愤地说：“我只是讲了都德的《最后一课》怎么啦？我又没讲中共要求停止内战一致抗日。”

这话让陈慧梅没法接下去，只得筷头点着菜盘说：“吃饭，你下午还有课呢。”

苏勤义扒了几口饭，忍不住又说：“国难当头，难道救国还有罪了？”

陈慧梅有意岔开话题，说：“小心鱼刺，鲫鱼的刺多。”

苏勤义还要说话，一开口还真被鱼刺卡住了，连连咳嗽，脸都咳红了，才把鱼刺咳了出来，若不是仔细找哪里能发现这根白色的小东西。

陈慧梅开玩笑说：“政府说了莫谈国是，你偏要谈，结果怎么样，被鱼刺扎喉咙了吧。”

苏勤义用筷狠狠戳鱼刺，说：“他们要封住民众的口，你这小东西也要封住我的喉咙。”

这顿饭给陈慧梅留下了很深的影响，一个人在家里思来想去拿不定主意，就盼着与张志仁见面，听听他对苏勤义这个人的看法，是否值得她进一步与他接近。陈慧梅贴出夜哭郎帖子，很快就得到指示，星期天下午去兆丰公园见面。

日子过得太慢，陈慧梅扳着指头数到了那天。一早起来，陈慧梅就坐在化妆台前，仔细地描眉擦粉，又去理发公司烫发，确信没人跟踪，才走进了兆丰公园。当她来到铜圆亭，张志仁已经坐在那里看着当天的报纸。她兴奋地在他身边坐下，和他说起了苏勤义。

张志仁微微蹙眉：“苏勤义？”

陈慧梅激动地说："对。我觉得他和地下党有联系，想和他进一步接触。"

张志仁一向谨慎，为守护秘密档案蛰居多年，还是差点上了叛徒的当，于是对外界和陌生人的疑心更重了，考虑再三才慎重地说："还是与他保持同事关系吧，不要和他谈时事政治，不能暴露自己的身份。记住，多观察少说话，不参加他组织的任何活动。"

"你上次还说要我尽快联系上组织，怎么又不让我和他接触了？"

"你刚去学校不久，还是先熟悉情况，不要急于找党组织。"

"可是，我不找党组织我去学校干什么？就为了当国文老师？"

"也不错嘛。"

"我父母不会让我待太久的。我得抓紧才行，否则怎么找到党组织？"

"慧梅，那年我就是着急与潘土根联系，才差点被抓的。我可不想你也出事。"

陈慧梅冷静了下来，沉着地说："你放心，我会按照你说的去做。"

张志仁认真地说："你不要对他太热情，我不放心。"

陈慧梅扑哧笑了："你吃醋啦？"

张志仁暧昧地说："我是怕你吃亏。"

陈慧梅把头靠在他的肩膀上，幸福地说："你就那么不放心我？"

张志仁忽然咳嗽了几声，忧伤地说："我的身体不好，我是不放心你啊。"

陈慧梅觉得他话里有话，自己是个女人又不便直接挑明，只得含糊地说："你还是去医院看病，不要耽误了……"她想说出她的一片心意，还是忍住了。

这以后，苏勤义果然常来找她，倒不是和她谈日本的侵华野心，谈国民政府的不抵抗政策，而是约她吃饭、看电影。陈慧梅觉得这一切不像张志仁猜疑的那样，但也感觉出他表现得比同事关系更亲密一点，便几次都拒绝了他。可这一次是同校的几个女老师来约她一起去看正热映的美国好莱坞电影《一夜风流》，可巧陈慧梅也正想看这部影片，便答应了她们。没想到进了大光明戏院，陈慧梅才发现那几个女老师不和她坐在一起，说是没买到坐一起的票，她也没太在意，看着呈现现代简约风的乳黄色墙面，穹顶上金色的卷草饰花，心情就放松下来。等到场子里黑灯瞎火了，忽然身边的空位子有人坐下，借着放映的微弱光柱看清是苏勤义，她不由得感到诧异，原来真的是对自己有意思啊。

银幕上光影闪动，富家千金爱莉欲坐长途巴士灰狗从迈阿密去纽约找情人金。这个开心果之前的表演陈慧梅一点都不欣赏，和父亲的抗争只是从豪华游艇上纵身跃入大海，既简单又浪漫，搔到了观众的胳肢窝，陈慧梅却笑不出来。爱莉上车太晚已没有座位，只得和丢了工作的记者彼得一起挤坐在车后狭窄的加座上。电影开始变得有趣了，爱莉尽量缩着身子和彼得之间留出空隙不碰到他，陈慧梅也下意识地挪了挪身子，离他尽量远点。不料，苏勤义侧过身子向她靠近，爱莉睡着了，靠在彼得的怀里，小声地说：“中国已到了民族危亡的时刻，我们要组织一些抗日救国的活动，想邀请你一起参加。”

爱莉醒来发现自己紧紧贴着彼得，手还抓住他的西服领子，感到太意外了，陈慧梅脱口问道：“什么活动？”

苏勤义似乎犹豫了一下，看着彼得很得意有个娇美人缠在身边，声音更轻地说：“是地下党组织的，具体情况过些天上面会通知我。”

巴士停在汽车旅馆过夜，爱莉行李被偷身无分文，只得和彼得同住一间房，她的窘态令观众嗤嗤发笑，彼得在客房中间挂了一条毛毯与她隔开。陈慧梅想起了和张志仁在一起的种种往事，嘴角露出一丝笑意，不动声色地说："这么隐秘的事情，你为什么要告诉我？"

一条毛毯岂能隔开有情人，但彼得接近爱莉是为了写出爆炸性新闻，苏勤义似乎被吸引了，电影院椅子的扶手毕竟比毛毯硬，无法随心所欲地撩开，只得身子凑过去说："我觉得你应该成为我们的同志。"

陈慧梅朝另一侧避开他，冷冷地说："你看错人了。我是陈光宗的女儿，不会对你那个党感兴趣的。"

苏勤义好像才明白似的，说："哦，给学校捐款的陈光宗先生是你父亲？"

陈慧梅不愿多说："是的。"

苏勤义很感兴趣地说："那你家很有钱啊，你为什么还要来学校当老师？"

黑白画面很优美，充满了远方和诗。陈慧梅看得入迷，一辆接一辆的福特车形成上班高峰时的车流，爱莉和彼得清早衣袋空空地来到公路旁，想搭便车去纽约。"在家带女儿觉得无聊，就来学校当老师，调剂一下我的生活。"彼得夸夸其谈如何跷大拇指来拦车，却没能让一辆车停下。"来吧，参加我们的活动，你的生活一定会变得很精彩。"爱莉站到公路旁撩起裙子露出穿黑丝袜的大腿，车子吱地一个急刹停在她面前。爱莉俏皮地说："我证明了大腿比拇指更有力。"引得全场观众大笑。

陈慧梅也大笑不止，说："今天看电影也是你们的活动吧？我不是已经参加了，你就让我好好看电影吧。"

苏勤义感觉到她不想再听到他说话，乖巧地闭上嘴，很快也被影片吸引了，只是没忘不时地偷偷瞟一眼身旁的陈慧梅。陈慧梅坐在那里一动不动，眼睛盯着银幕一眨不眨，似乎完全忘了银幕外的世界，其实内心早已飞出了影院。苏勤义刚才的话打动了她，他是在追求她的爱情还是在争取她加入组织？她有点无法分清爱情和政治了，她可以干脆地拒绝爱情，因为她心里早就有了张志仁。可如果是政治呢？是党组织在寻找他们呢？他们在离纽约十公里处的汽车旅馆再一次同房间过夜，爱莉终于忍不住越过挂在客房中间的毛毯，向彼得倾诉自己对他的爱。我爱你，其他的都不重要了。我不能让你离开我的生命。没有你我活不下去。滚烫的语言让她想到了张志仁，她要和他一起来看一场《一夜风流》，她早就渴望已久了，如果苏勤义真的是地下党员，真的是为了动员她加入共产党，别说是看一场电影，就是再看一场电影又何妨。她需要通过他找到地下党，让秘密档案回到党的怀抱里。可是，现在她什么都不能做，什么都不能表露，她需要倾听张志仁的意见，苏勤义这个人是不是值得信任。

4. 扑朔迷离

陈慧梅又一次贴出了夜哭郎红纸帖，张志仁很快就约她在外白渡桥见面。两只由粗大的铆钉衔接的钢桁架像巨大的鸟笼横卧在苏州河口，黑黝黝的河水从桥下急速淌过，流到不远处就汇入宽阔的黄浦江，在入口处形成一道黑黄分明的水线蜿蜒曲折地变化着。灰白色的海鸥不时地从黄浦江面飞来，穿过桥洞在苏州河上掠过，盘旋一圈又从桥架上空飞回到黄浦江面，没有一只海鸥会钻入鸟笼似的桥中穿行而过。

张志仁趴在铸铁的桥栏杆上，看着远处黄浦江影影绰绰的水岸线，陈慧梅紧挨着他身边，亲昵地勾着他臂弯，两人轻声地说着话。身后不时有行人走过，穿长袍的，着旗袍的，穿洋裙的，着西装的，叽叽喳喳地说着话，谁也没瞧他们一眼。黄包车吃力地上桥飞快地下桥，坐车的多是有钱的中国人，男人抽着香烟，女人打开粉盒补妆，偶尔有一辆四轮马车从黄包车旁跑过，才能引起他们的注意。瞧人家坐的车，黑缎般毛色的大洋马昂着头，翕张的鼻孔里喷着白气，一身仆人装的车夫坐在车头驾驭着马儿，华丽的车厢里坐着贵族打扮的外国女人和绅士，多少有派头。谁都不会注意到伏在桥栏杆的他们，不就是两个普通的中国情人在桥上约会嘛。

张志仁听了陈慧梅的汇报，反复思考着她提出的那个问题：这个苏勤义可靠吗？是不是要和他进一步接触？什么时候可以跟他表明我的身份？这些问题太难回答了，仅仅凭她这么一说，张志仁觉得很难下判断。他倒是很想与这个苏勤义见面谈一次，但是不可能这么做，秘密文件库必须绝对保证不与外界发生任何横向关系，所以他连陈慧梅都只见面、却不告之秘密文件库在何处，现在怎么可能为了证实苏勤义的身份而出面交谈呢？那么，在未见到苏勤义更没亲耳听到他侃侃而谈的情况下，他又如何做出决定既保证陈慧梅的安全又能摸清苏勤义的身份呢？这是一个不可能完成的任务，除非是掐指会算的诸葛亮复活再世、附身于他才行。

陈慧梅见他许久不说话，就提议一起去大光明戏院看美国影片《一夜风流》，可以边看边谈，还特意说这是苏勤义前几天组织几个女教师一起去看的电影。这让张志仁猛然醒悟，何不顺着苏勤义走过的地方走一遍？或许能发现他为什么要这么做。再一细想，不觉哑然失笑，怎么弄得像福尔摩斯侦探破案似的，这个突然出现的苏勤义究竟是个什么人？那就不妨像侦探那样推理一下，苏勤义难道真的是地下党派去慈恩学校开展工作的？如果真是这样，他知道应该抓住这个机会和苏勤义接触，小心谨慎地试探着和领导苏勤义的上级取得联系，最终把秘密档案交到党组织手里。但这似乎太顺利了，让人不敢轻易地相信。还有一种可能，那就是苏勤义仅仅是个热血青年，被陈慧梅的魅力或者她家的富有所吸引，一味地向她展开求爱攻势？这让他有些为难。和陈慧梅做假夫妻差不多三年了，说他们之间只有同志战友感情、没有产生爱情那是骗人的，也是在骗自己。起初的岁月里，他对她确实是同志战友的感情，那个时候他还沉浸在失去妻子的痛苦中，而她则走不出突然失去丈夫造成的心理创伤。由于和组织失去了联系，日子过得越来越艰难，两人相濡以沫地一路走来，爱情也随之悄悄地来到他们之间，只因为他感到自己的身体越来越差，咳嗽一直不停，痰里时不时地有血，为此他不想连累她而极力掩饰自己的感情。他清楚地知道，一旦两人的关系跨过了假夫妻掩护身份这道坎，他这个病怏怏的人很快就会成为她的累赘，到时候恐怕连守护秘密文件库的任务都难以完成，那就给党造成无可挽回的损失了。现在，他们为了守护秘密文件库毅然分开居住，没想到半路上杀出个苏勤义。还有最后一种可能，那就是苏勤义是乔装成地下党员的国民党特务，专门来刺探陈慧梅与秘密文件库是否有关系。张志仁自然最担心这种可能性，如果苏勤义是国民党特务又能伪装得这么好，那真是太可怕了。这会是怎样的特务机构花费如此心机来对付他们，那一定是和前几年在大世界追捕他的特务们有关系，难道他们又嗅到了什么气味追着陈慧梅来了？等等，张志仁突然眼前一闪，想到了一个至关重要的问题，扭头问陈慧梅："这个苏勤义是在你之前就在慈恩学校教书的，还是在你去了慈恩学校之后才来学校教书的？"

陈慧梅想了想，说："在我之后来学校教书的。怎么啦？"

张志仁看着她说："也就是说，苏勤义很有可能是冲着你去慈恩学校的。"

陈慧梅笑了，说："我和他以前又不认识，他怎么会冲着我来慈恩学校？你这么在乎我，那我就回去和你一起守护秘密文件库。"

张志仁严肃地说："慧梅，你好好想想，苏勤义真的是在你之后才去学校的？"

陈慧梅点点头，说："这个我不会记错。他第一天来学校，校长还亲自带他去教室，经过我教的班级时还和我打了招呼呢。"

张志仁听了不作声，半天才说："坏了！这个苏勤义十有八九是国民党特务。"

陈慧梅吃了一惊，问道："你怎么知道他是国民党特务？"

张志仁一本正经地说："猜的。"

陈慧梅扑嗤一笑，说："你这么说，就为了不让我和他接近吧。"

张志仁认真起来了："当然是不让你接近他，因为他想通过你接近秘密文件库。"

陈慧梅也认真地看着他，问："你有证据吗？"

"没有。"

"那你凭什么说他想利用我接近秘密文件库？"

"根据你给我的信息，我推测出来的。"

"推测？"

张志仁点点头，说："他是在你之后去慈恩学校教书的。你说过慈恩学校并不缺老师，你去慈恩学校教书是因为你父亲给学校捐了钱，他凭什么就能进来，学校还为此辞退了一个老师？除非是有特殊关系。他到学校后就几次三番地想和你接近，刚认识又有意在你面前大谈中共要求停止内战一致抗日，甚至在电影院里动员你加入地下党组织。如果你相信了他，他就离秘密文件库不远了。"

陈慧梅瞪大了眼睛看着他，说："那我明天就不去慈恩学校教书。"

张志仁摇摇头说："不，这个时候你突然不去慈恩学校教书，那就是告诉他找对了人。"

陈慧梅有些着急，问："那我该怎么办？"

张志仁想了想说："过去你怎样对他的，现在还怎样对他。你要在他面前表现出富家千金的脾气，对他爱答不理的，只对街面上流行的时尚感兴趣。他若是再对你说什么加入地下党抗日救国之类的话，你就不要再跟他搭讪下去，一走了之。如果他不是国民党特务，无论他是抱着什么目的接近你，都会知难而退。如果他真是国民党特务，就会对你死缠烂打。记住，无论是什么情况你都要泰然自若，不要露出破绽。”

陈慧梅对他的条分缕析连连点头，佩服不已。回到学校后，她便按照张志仁说的去做。果然苏勤义还时不时地来找她，说些抗日救国的时事新闻，动员她参加抗日救国活动。陈慧梅故意表现出没什么兴趣，只和他聊街面上最新流行的时尚。有一次特意跟他谈起鸿翔公司假百乐门舞厅举办的时装展示会，那些女模特长得个个赛过仙女，穿了身上的裙子好看的咪，其他码头的人想学都学不了。不是有只歌谣蛮流行的嘛：“人人都学上海样，学来学去学不像，等到学到三分像，上海已经变了样。”这桩事体轰动上海滩咪，没想到他根本就一问三不知，气得她一扭头走了，把他独个子掼了后头。那次之后，苏勤义果然没有表现出一丁点失望的情绪，还是继续有事没事来找她。这倒证实了张志仁的分析，这个苏勤义很可能是个伪装成地下党的国民党特务，陈慧梅愈发小心地防范着他，时时留意他的行动。不料，事情的发展出现了令人意料不到的结果，令陈慧梅猝不及防。

那天下了课，和往常一样，陈慧梅捧着一摞学生的作业本走出教室，迎面看见苏勤义从走廊那头向她走来。到楼梯口时，苏勤义忽然快步走上前，热情地和她打招呼。两人很自然地并肩下楼，陈慧梅仍是一副爱理不理的样子，苏勤义却轻声对她说“这几天报纸上说，要不分党派地建立抗日统一战线一致对外。”

陈慧梅装出一无所知的样子，故意问：“什么是抗日统一战线？”

苏勤义更加压低了声音说：“这是中共提出来的。可是政府方面依然要攘外必先安内，屡屡弹压社会上的抗日活动。”

陈慧梅不耐烦地说："你这是从哪儿听来的？为什么老跟我说这些？"

苏勤义迅速地从口袋里掏出一本小册子递给她，说："你有空读读这本书，你的疑团就会解开的。"

陈慧梅一看书名，是中共编写的关于建立抗日统一战线的小册子，刚要拒绝，不料突然冲上来几个特务，扭住苏勤义就往校外走，陈慧梅只得把小册子塞到学生作业本里面。苏勤义一边被推搡着，一边大声斥责特务："你们凭什么抓我！"

陈慧梅眼睁睁地看着他被特务带走，脑子里闪过一个念头：莫非他真的是地下党？她很自然地就想到，本来是可以通过他与地下党组织取得联系的，却因为怀疑他是国民党特务而迟迟不与他接头，结果被国民党特务抓走了，现在说什么都晚了，不由得悲从中来。

她和张志仁再见面时，说了苏勤义被捕一事，不解地问道："你不是怀疑他是国民党特务吗？怎么国民党特务来抓他了？"

张志仁不相信，问道："你没看错吧？"

陈慧梅情绪激动地说："怎么会！特务们当着我面把他抓走了。"

张志仁知道说不通，反问自己："难道他真是我们的同志？"

陈慧梅拿出他送的那本小册子，说："这是他在被捕前送给我的。"

张志仁默默地翻着小册子，还是忍不住批评她："你不该接受他的小册子，这么做违背了秘密工作的纪律。"

陈慧梅愕然地看着他："难道你现在还怀疑他是国民党特务？"

张志仁困惑地说："我也不知道该怎么跟你解释，即使是我怀疑错了，你也不该收下他这本小册子，你这样会引起敌人对你的怀疑。"

陈慧梅坚持说道："可是，我要是早点和他联系上，说不定我们就可能和组织联系上了。"

张志仁听她这么一说，也有些怀疑自己：“难道是我胆子变小了？白白错过了联系组织的一次机会？”

陈慧梅语气肯定地说：“难道不是吗？他肯定是我们的同志。”

张志仁沉默片刻，摇摇头，指着小册子说：“这是我党宣传抗日统一战线的小册子。他这么冒冒失失地塞给你，不是做事太鲁莽，就是有意要和你接近。幸好你没有和他说秘密文件库的事，否则后果不堪设想。”

陈慧梅激动地说：“你还怀疑他是特务？”

张志仁说：“我没有这么说。我只是为秘密文件的安全考虑。我们必须严格遵守秘密工作的纪律，不和任何人发生横向的联系，即使苏勤义是自己人，你也不能暴露自己去救他。”

陈慧梅想到他曾经不等李英回来毅然搬家撤走全部秘密文件，就不吭声了。空气突然变得凝重起来，仿佛一个火星子就能引爆。

为了缓和一下气氛，张志仁温和地对她说：“我们和党组织失去联系已经三年多了，越是在这种时候，越要保持警惕，秘密文件库有千斤重啊，可不能心急出了差错。”

陈慧梅也放缓了语气说：“你放心，我一定按你说的去做，严守秘密文件库的秘密。”

5. 寻 找

李剑雄回到了上海。

看着眼前这熟悉的租界建筑，他不由得感慨起来，当年在这里开展学运、惩处叛徒、保卫会议就像是昨天发生的事，却已经历了护送中央领导撤走苏区、参加长征、历经千辛万苦到达陕北，现在又被派来上海寻找秘密文件的下落，真正是一夜未眠天已亮。

临行前，首长找他谈话，详细说了留在上海的中央秘密文件库一事，要他利用当前国共第二次合作、建立抗日统一战线的有利形势，尽快找到失联的张志仁同志，只要他在，秘密文件库就在。李剑雄恍然大悟，当年安排陈慧梅去张志仁家，原来是在中央秘密文件库工作，转而又担忧陈慧梅当年没能来苏区是不是出了问题？首长似乎猜到他想说什么，指示他到上海后与组织接上头，共同对陈慧梅进行甄别，若没有问题再向她打听张志仁的下落。李剑雄心情沉重地来到上海，他知道如果陈慧梅出了问题，那秘密文件库十有八九是找不到了。他虽然坚信她不会背叛革命，可为什么她当年没有来苏区呢？难道没有接到组织的命令？这个问题始终纠缠着他，怎么也解不开此中的死结。

李剑雄下了火车，直奔三马路上的西湖茶庄，这是指定的联络点。他谨慎地看了看这单开间门面的茶叶店，在热闹的三马路上并不起眼，周围也没有可疑人转悠，这才走进店堂。迎面是三尺柜台，柜台后有个高高的货架，最上一层摆着数个白色搪瓷长圆筒，筒身上烧着“西湖龙井”四个蓝字，颇显时尚风气。下面一层则放着几只锡制茶叶罐，灰扑扑的颜色显得式样古朴，却敦实得密不透风。与柜台平行的隔板上，整齐地码了一排湖绿色铁皮罐，上面印着三潭印月照片和西湖龙井四个字。店里伙计见他进店来，忙用上海话热情招呼：“先生想买啥个茶叶？小店刚进个西湖龙井，按斤两称，价廉物美。”

李剑雄见店堂没别的客人，就说接头暗语：“我喜欢喝红茶，武夷大红袍有吗？”

伙计一愣，随即机灵地改用国语：“小店专做西湖龙井茶，没有武夷大红袍。”

“那就来一罐二两装的特级龙井。”

“对不起，二两装的刚卖完，一级龙井还有二两装的，要吗？”

“来一罐。”

伙计把他请进旁边的品茶间，关上门回到柜台。李剑雄等了一会儿，就见一人从里面走出来，有些面熟陌生，一时想不起来。那人却已经热情地握住他的手，说：“想不到延安派来的是你，老李同志。”

李剑雄恍然大悟，连连摇着他的手，风趣地说：“郑老板，怎么表不修了，改做茶叶生意了？”

两人哈哈一笑，坐了下来。老郑给他沏了一杯茶，说：“这次你回上海，要我们配合执行什么任务？”

李剑雄没有回答，品了一口茶，说道：“唔，好茶。好久没喝到它了。”

老郑眯起眼看着他，耐心地等着他说下去。

李剑雄又抿了一口，这才说道：“首长让我来找一位失联的同志。”

“谁？叫什么名字？”

“张志仁。”

老郑想了想，说：“没听说上海党组织里有这个人。”

李剑雄说：“这个人隐姓埋名做着一件重要的秘密工作，你当然没听说过。”

老郑不解地说：“那我们怎么帮你？你有线索吗？”

李剑雄摇摇头，说：“没有。”

老郑茫然地看着他，为难地说：“偌大个上海，这怎么找？我是说，我们从哪里着手寻找？”

李剑雄没回答，只问道：“你知道陈慧梅这个人吗？”

老郑露出一脸原来是她的表情，说：“哦，她是火柴大王的女儿，上海滩的游泳女皇，当年曾轰动一时啊。”

李剑雄淡淡地说：“她曾是我党党员，已经失联好几年了。”

老郑有些意外地说："哦。真没想到啊。"

李剑雄颇有兴趣地问道："她最近的情况，你了解吗？"

老郑胸有成竹地说："知道。她眼下在慈恩中学教书，我们在学校的同志想发展她呢。没想到她原来就是党员，那就容易了。"

"此事不能急，"李剑雄说："先要摸清她的情况，才能恢复她的组织关系。"

老郑连连点头，说："我们会谨慎的。"

"这样一来，"李剑雄似乎在说服自己，"眼下最要紧的事，就是把张肃维同志尽早从监狱里保释出来。"

老郑觉得有必要向他解释一番，说："我们接到延安发来的电报，就着手开展这方面的工作。我们向当局要求释放所有的政治犯，但国民党方面表示，只要有铺保，他们就放人。你知道，一下子要为那么多人找铺保有困难，国民党明显是在刁难，拖延……"

李剑雄摇手制止他说下去，问："那你们为张肃维找到铺保了吗？"

老郑犹豫地说："我们想用西湖茶庄来替他做铺保，又吃不准这样做行不行。"

李剑雄斩钉截铁地说："不行。这儿是组织的联络站，不能暴露给他们。"

"我们是这样想的，"老郑解释说，"现在不是国共合作了嘛，用西湖茶庄做铺保，虽然有暴露的风险，但能尽快让张肃维同志出狱。"

"这方面我们吃过亏，"李剑雄耐心地解释说，"第一次国共合作时，我们有很多组织公开活动，结果老蒋反共，这些组织立即遭到破坏，反动派一下子杀了我们很多同志。这是血的教训啊！"

老郑搔搔头，为自己考虑不周而歉疚，说："那我另想办法，不过这需要些时间。"

李剑雄毫无商量余地，说：“此事不能拖，越快把张肃维同志救出监狱越好。”

老郑点点头：“我这就去办。”

李剑雄站起身，说：“那就这样。有什么情况尽快告诉我。我还有事，走了。”

走出西湖茶庄，李剑雄看了看身后，没人跟踪，迅速拐向二马路，走进华尔登饭店。他要在这里见一个地下党同志，这是他考察陈慧梅的另一条路径。

6. 寿宴上的客人

没过几天，陈光宗老爷子六十大寿的正日子到了，家里佣人为了他的寿宴全都忙得脚底朝天。偏偏张志仁这时候在火车站留言板贴出了紧急联络的暗号，约的也是今天，陈慧梅想去见他，可是无论如何也无法脱身。一早上陈光宗就问她，怎么女婿还没到？陈慧梅趁机骗他说，南洋来的轮船是不是脱班了，我去码头看看。陈光宗不满地哼了一声，说，看有什么用，家里那么忙，你哪儿都不许去，在家陪我接待客人。陈慧梅说，不是有哥在嘛，让他陪你。陈光宗说，他另有事做。陈慧梅不能不答应，一时想不出办法，只能等待时机。客人络绎不绝地来了，都是上海滩上的名流大亨，她耐住性子陪着父亲笑脸相迎。不料，来客中竟有一位警备司令部的侦缉处长，着实让陈慧梅吃了一惊。陈光宗殷勤地招呼说：“哟，魏处长。大驾光临，蓬荜生辉啊。请，请。”

魏如臣虽说在姚曼丽那里做了心理准备，但看见陈慧梅的那一瞬间，心里还是咯噔了一下，几年前在大世界留下的印象毕竟模糊了，一下子无法和眼前的她对上，却又不敢贸然否认她就是那个女人。魏如臣一边绅士风度十足地应酬着，一边脑子里飞快地搜寻着各种印象："这位是……"

陈光宗笑着说："小女陈慧梅。"

魏如臣想起在陈光宗的书房里见过她大学生时期的照片，可眼前这位富家少妇浑身上下透出的风情，让他有些不敢认，便说道："哦，我们好像在哪里见过？你在大世界游乐场丢了钱包，对不对？"先来个有枣没枣打三竿，也是多年做特工留下的习惯。

他的话倒把陈光宗唬得一愣一愣的："你们见过？"

陈慧梅此刻也想起了三年前在大世界的那次追捕，心里微微一颤，沉住气说道："魏处长真会说笑。我一直跟我先生在南洋，两个月前刚刚回上海，来给父亲祝寿。"

魏如臣装作认错了人，连声道歉："这么说，时隔三年，我的记忆出错了？咦，你先生怎么不一起来啊？"

陈慧梅不卑不亢地说："生意忙，跑不开。"

陈光宗不满地说："只知道生意，都两个月了，也不寄封信回来。"

陈慧梅就说："爸，报纸上天天说日本人要进攻上海，市面上多少乱，他就是来信也不一定能收到。"

魏如臣趁机试探，说："是啊。如今国共要合作抗日，共党的重要人物张肃维也要释放，陈小姐知道他吗？"

陈慧梅心里一激灵，脸上却很平静，说："我人在南洋，怎会知道你说的事情？"

魏如臣看在眼里，心里却越加怀疑她就是那个喊抓小偷的女人。陈光宗哪里能听出玄机，反怪女儿不懂应酬，忙招呼说："魏处长，光顾着说话了，里面请。"

陈慧梅看着父亲陪魏如臣进了客厅，想不明白他怎么会来，莫非发现她追到这儿来了？想想也不对，今天是父亲做寿，请的客人那是冲着父亲来的。现在她到底去不去见志仁呢？留言纸上写的可是：家有急事，速于两日后回家。按事先约定，这是他急于和她见面的暗号。可现在既不能说服父亲让她出去一下，又怕魏如臣派了特务在暗中监视她，陈慧梅左右为难，偏偏这个时候又来了一个意想不到的客人，门房传话来说，有位先生找她。她匆匆到了大门口，没想到竟是苏勤义，惊讶地说："你出狱啦？"

苏勤义悄声说："要不是组织上请律师为我辩护，我还出不来呢。"

陈慧梅听他如此坦率地向她摊底牌，不知如何应答好，只问他："你怎么知道我家的？你来找我干什么？"

苏勤义吞吞吐吐地说："我去学校了，听说陈光宗先生今天六十大寿，校长也来拜寿了。我，我是来找校长的。"

陈慧梅哦了一声，说："他已经来了，在里面。你进去找吧。"

苏勤义跟着她来到客厅前，却不走了，把陈慧梅拉到一边，终于说实话："我是来跟你道别的。"

陈慧梅不解地说："跟我道别？"

苏勤义满脸诚恳地说："我觉得你是一个向往进步的青年，所以来跟你道别。"

陈慧梅觉得有些意外，问："你要去哪里？"

苏勤义激动地压低声音说："上海是待不下去了，我去苏北找新四军。"

陈慧梅心里一动，说："你要去找新四军？"

苏勤义点点头，左右看看，说："是。你有什么事要我办吗？"

陈慧梅犹豫了，也许该再试探他一下？眼前很可能就是个与党组织接上关系的好时机，稍纵即逝呵。虽然想到张志仁一再的叮嘱，但她还是没忍住，说："我能有什么事？"

苏勤义鼓动她说："你可以和我一起去苏北参加新四军啊。到了那里，你有什么事都可以说了。”

陈慧梅觉得这个主意不错，那样就能直接跟党组织接上关系了，但这事要跟张志仁商量之后才能决定，便说：“去苏北可不好走，你怎么去啊？”

苏勤义悄悄地说：“这事由组织安排，他们需要你我这样的人。”

陈慧梅见他逼得紧，赶紧推托说：“这事我得跟父亲说一声。”

苏勤义急了，说：“你一说，就走不成了。”

正在这时，走过来一个人，大声喊道：“陈慧梅，想死你啦！”一下就打断了她和苏勤义的对话。

陈慧梅一看，原来是自己在圣约翰大学的同学徐成生，油头粉面地像只花蝴蝶从大门口飞过来，心想终于还是见面了，怪不得父亲前些天会提起他，难道今天是……有些疑惑地看着他说：“你怎么也来了？”

苏勤义被人横插一杠子，有些不悦地问道：“他是谁？”

陈慧梅落落大方地说：“我圣约翰的同学徐成生。”

徐成生一副公子哥儿的派头，说：“学妹就算把我忘了，也不该忘了我们的父亲是生意上的朋友。伯父六十大寿岂能不来。”

陈慧梅哦了一声，用一种调侃的语气说：“令尊不来，让你来了？”

徐成生潇洒地说：“家父不巧人在国外，又赶不回来，就让我来拜寿。这位是……”

陈慧梅只得介绍说：“噢，我在慈恩学校的同事，苏勤义。”

徐成生伸出手，对苏勤义说：“苏先生也来拜寿？”

苏勤义握住他的手，暗暗使劲，说：“我哪有资格给陈老板拜寿，我是来找陈老师的。”

徐成生不甘示弱，紧一紧手与他较上了劲，还能平静地说话：“真不巧，陈老师今天很忙，她爸做寿，来了那么多宾客，都得招呼周全啊。”

陈慧梅见他俩如此较劲，故意装着没看见，客气地说：“你们聊，我还有事情要忙呢。”

苏勤义只得主动放手，殷切地对陈慧梅说：“看来今天真是够你忙的。还要接待老同学。”

陈慧梅满是歉意地说：“不好意思啊，让你白跑一趟。”

徐成生插话说：“哎，哪能让他白跑一趟啊，留下来一块儿聊聊？”

苏勤义见他硬要掺和，没法再和陈慧梅谈下去，只得说：“你们谈，我先告辞了。”又对陈慧梅说：“我要过几天再走。你有什么事，记得找我啊。”说罢，扭身走了。

事已至此，陈慧梅真有些头疼了，好不容易跟苏勤义要谈到关键点了，偏偏冒出个徐成生纠缠不休，又不好丢下他去追苏勤义，只得请他进去见父亲。偏偏徐成生非要缠住她问：“听说你结婚了，是韩天强吗？”

陈慧梅板着脸说：“你问这做什么？”

徐成生嬉皮笑脸地说：“当然是要问他是怎么抢走我们的校花和游泳女皇的。”

陈慧梅不想听他提起当年韩天强与他一起追她的往事，转身要走，正好与走来的魏如臣和陈慧松迎面碰上。

魏如臣看见陈慧梅和徐成生在一起，顿时颇有兴趣地问道：“哦，徐公子也认得陈小姐？”

陈慧松对徐成生说：“原来你们认识啊。我还准备介绍你跟小妹认识呢。”

陈慧梅不乐意地说：“他是来给父亲拜寿的客人。”

徐成生却洋洋得意地说：“魏处长有所不知，我和她是圣约翰大学的同学。”

魏如臣哈哈大笑，说：“这么巧啊。”

陈慧松觉得自己不该掺和在里面，便说："那你们谈，我还有事。"

陈慧梅本想借故一起离开，偏偏魏如臣说："既然是同学，你们谈。我怎么好喧宾夺主呢？"

陈慧梅见他不走，又不能赶他，还生怕徐成生提起当年订婚的事，令她在魏如臣面前尴尬，想走又走不了，心里只怪陈慧松怎么带他过来，嘴上却敷衍地问一声："老同学怎么不带夫人一起来？"

徐成生好像就等她这句话似的，讨好地说："不瞒你说，我至今未结婚。"

魏如臣顿时来了兴趣，在一旁插话说："可是她早已结婚，你还来找她，莫非另有所图？"

陈慧松以为她对徐成生有意、不便明说，心里就责怪魏处长多嘴，便帮徐成生解脱说："他是来祝寿的。"

陈慧梅还是脸色沉下来了，不高兴地说："魏处长是什么意思？"

魏如臣笑嘻嘻地说："陈小姐，你该问他是什么意思啊。"

"不用问，"徐成生一点也不尴尬，十分潇洒地说，"我家张老太爷让我来给伯父拜寿，他刚刚出院，不能亲自前来。"

他说这话是什么意思？陈慧梅觉得他话里有话，莫非真的不是来圆他提亲的梦？又怕自己听错了，有意重复道："噢，是张老太爷啊。"老太爷是张肃维在党内的绰号，难道徐成生是指他？他是组织派来的？还是自己想多了？又不能说得太明白，生怕魏如臣起疑心，只能点到为止。

魏如臣还是发现了破绽，问道："徐先生，你家老太爷怎么不姓徐，而姓张啊？"

陈慧松听得云里雾里的，徐家老太爷怎么姓张，没听说过嘛。这三个人在打什么哑谜？

陈慧梅很后悔自己多问了这一句，那不是在提醒魏如臣吗？

徐成生并没觉得魏如臣在给他挖坑，十分坦率地说：“噢，他是我外公，自然不姓徐而姓张。”

魏如臣没想到他这样说，也找不出破绽，嘿嘿笑道：“原来如此。”

陈慧松恍然大悟地说：“原来是外公，对，你妈妈姓张。”

陈慧梅留心了，想单独和徐成生说会儿话，一扫心里的疑问，但看魏如臣那架势，一时半会儿休想甩掉他，只得继续试探：“这么多年过去了，学兄为何还不结婚呢？”

徐成生看魏如臣像块嚼过的口香糖粘在鞋底蹭也蹭不掉，就不客气地说：“魏处长可否回避一下，让我们说会儿话？”

陈慧松听出点名堂了，忙说：“对，对。魏处长，我们走吧。”

魏如臣哈哈大笑，说：“久闻徐先生是风流场上的老手，还有什么话不好意思说？”

陈慧梅见没法摆脱魏如臣，转念一想，索性说开了：“难为学兄了，我带你去见我父亲。”

陈慧松赶紧帮着说：“你还没见我父亲？快去。”

魏如臣偏偏拦住不让他们走，说：“不，我就很想知道徐公子为何不结婚。你不也想知道吗？”

陈慧梅不悦：“我才不想知道呢。”转身又对陈慧松说：“你还不走？”

陈慧松连连说：“走。走。”真就先走了，恨得陈慧梅牙直咬。

徐成生拍拍魏如臣的肩膀，说：“真想知道？”

魏如臣话里有话地说：“当然啰。”

徐成生灿烂一笑，还是那副公子哥儿的派头，炫耀地说：“因为我爱上了学妹。这些年我一直在找她，没想到她嫁人了。”

魏如臣哈哈大笑，说：“原来你老兄还是个情种啊。”

陈慧梅一脸愠色，到底还是提了当年的事情，还当着魏如臣的面，多少年过去了他还是没变，甚至公子哥儿气更浓了，便板着脸说：“徐成生，你无聊不无聊。”

徐成生立刻一副献殷勤的模样，连连道歉：“慧梅学妹，我真不是无聊，我是旧情难泯啊。我可还记得我们的小张同学哦。”

他怎么突然提什么小张同学？谁是这个小张同学？陈慧梅有些猜疑徐成生的身份了，可是刚才苏勤义找自己分明也是想和我接上关系，怎么地下党突然会派两个同志来与我接头？她变得格外谨慎了，想仔细询问徐成生，毕竟他是当年家里给她订婚的那个人，会不会今天又来胡搅蛮缠还真说不准。可当着魏如臣的面她又不能问得太露，她决不能暴露自己，即使他真是组织派来的。但她实在不想就这么轻易放走他，失去弄清真相的机会，只得含糊地说道：“都过去那么多年了，怎么还记得清。”

徐成生却来劲了，口无遮拦地说：“今天当着魏兄的面，我也不怕出丑，竹筒子倒青豆（情窦），让你知道我的一番苦心。”

陈慧梅一愣，他还真是来旧事重提的？急忙阻止道：“过去的事了，你还说它干什么？”

“我都等了那么多年了，要说的，”徐成生劲头十足地娓娓道来，“当年我几次约你都被拒绝，我急得都火上房梁了，情急之下只好找他帮忙，请他把我的求爱信转交给你。”

陈慧梅听他说得云端雾里的，哪儿有什么转交求爱信的滑稽事，心里却隐约明白他是暗指什么，但又没一句落到实处，便顺着他的话说：“我没有收到啊。”

徐成生一拍桌子，说：“我就说嘛，你为什么没有给我回信。原来是他小子在搞鬼。”

陈慧梅故作惆怅地说：“若是我收到你的信，现在就不一样了。”

徐成生重重地叹了口气，略有遗憾地说：“好在我又找到了你，只是有些晚了。你都和他结婚了。”

陈慧梅背过身去，幽幽地说："那你还说这些做什么，现在你让我怎么办啊？"

徐成生说："没关系，只要你不拒绝我，一切都可以重新开始。"

她板起脸说道："我有丈夫和女儿。"

魏如臣一直在仔细琢磨他们的每一句话，也没听出有什么弦外之音，反倒被他俩的绵绵情话带进去了，渐渐地完全被他俩的情史迷住了，感叹地说："二位真是旧情复燃啊。"

正在这时，陈慧松陪着父亲来了，隔着老远陈光宗就喊道："徐公子，你怎么不进来啊？"

徐成生连忙迎上去施礼祝寿："陈伯，小侄给您拜寿。祝您老福如东海寿比南山！"

陈光宗高兴地拉着他的手，说："走，进去说。魏处长，请。"

魏如臣只得悻悻地说："请，老寿星。"

陈慧松紧紧跟上，心想自己去叫父亲来是对了，要不他们还死缠烂打呢。

寿宴开席了。陈光宗落座，大家端起酒杯，起起落落地说道："祝老寿星福如东海寿比南山。"寿宴便热闹了起来。

陈慧梅坐在女眷一桌，没机会和徐成生单独说话，还好徐成生借着敬酒来到这一桌，碰杯时匆匆和她说了一句："明天下午我在德大咖啡馆等你。"

陈慧梅微笑着和他碰了杯，抿了一口酒，觉得头有些晕乎乎的。

7. 闭门羹

第二天上午，陈慧梅去约定的地方见张志仁。一出门就发现身后有人盯梢，她迅速地拐进一条弄堂。天气很好，主妇们纷纷在自家后门口放了木盆，浸着全家人的衣裤床单，卷起袖子坐在小矮凳上，抵着木搓板往衣物上抹固本肥皂，一边搓出雪白的泡沫一边扯着家长里短。手脚勤快的主妇已经把晾满衣裤的长竹竿横在弄堂上空，滴滴答答地把整条弄堂搞得淌淌地，让过路人不好走。陈慧梅灵巧地从她们身边绕着穿过，急走几步出了弄堂。盯梢的特务急忙跟上，只顾躲避竹竿上的湿衣裳滴下来的水，一不小心撞到坐着的洗衣妇，以为是他有意吃豆腐，顿时劈头盖脸的一阵痛骂，等他抱头鼠窜，出了弄堂，早已不见了人影，只有一辆有轨电车“当当”地开走了。特务看见他盯梢的女人坐在车上，赶紧拼命追上去，哪里还追得上，眼巴巴地看着有轨电车越开越远，气得直跺脚。

摆脱了特务的盯梢，陈慧梅松了口气，心想这魏如臣还是怀疑上自己了，今后出门时要多加小心。找了个靠窗座位坐下，看着飞快过去的街景，马路两边的众多商店在门口挂起了长长的布幡，上面竖写着不同的大字：大减价，百年老店，提倡国货，南腿茶果，丝绒绸缎，一个个在风里飘发飘发。车厢里乘客很多，座位都坐满了，站着的人也不少，不过大家都蛮适意，西装革履的先生看报纸，情窦初开的女学生看风景，白发长髯的长者老人闭目养神，涂脂抹粉的时髦女郎伸手看涂红的指甲，夹着皮包的跑街先生掏出怀表看时间，看不出有特务盯梢。一会儿到站了，人们急于下车，拥挤在车门口。陈慧梅不顾一切地挤下了车，迅速打量一下四周，确信没有尾巴，这才走向指定的碰头地点。可是，原本约的是昨天，她没法出来，不知他今天会不会还来？如果见不到他，那就要再贴夜哭郎帖子联系了。会不会耽搁了什么重要事情？正在忐忑之际，有人从她身边走过，轻声说跟着我。她一抬头，认出是张志仁，心里还想着他是从哪儿冒出来的，两脚已跟着他上了另一辆无轨电车，一会儿下车，走入一条弄堂，又拐进另一条弄堂，弄堂套弄堂的，这才到了张志仁现在住的房子，石库门二楼，比过去住得小多了，但也适合一个单身老板的身份。楼下住着另一户人家，男的是银行职员，女的是百货公司售货小姐，白天都不在家。

坐定下来之后，陈慧梅就打量房间，竟然没看出有夹层，心想他把六只皮箱藏到哪儿去了，莫非放在亭子间了。张志仁显然身体不好，咳嗽不停，桌子上还放着汤药。陈慧梅关切地问道："你还好吧？"

张志仁轻微地喘着说："我的身体是越来越差了，所以才让你来这里。万一我撑不下去，你就来把皮箱拿走。"说完，拉开朝南窗台下的隔板，原来夹层做在了这里。

陈慧梅低头看，六只皮箱紧紧地挤成一排，上面蒙了一层厚厚的灰，便说："你快不要这么想，我带你去医院看病，你会好起来的。"

张志仁关上隔板，摇摇头说："不用。我自己的身体我知道。"

陈慧梅担心地说："你这样让我怎么放心的下。我还怎么和组织联系？"

张志仁急切地问道："找到组织了？"

陈慧梅便把昨天父亲做寿摆酒遇到苏勤义和徐成生一事说了，问："看来他们都是地下党派来和我们联系的。怎么会一下子派了两个同志和我联系？"

张志仁也觉得疑点重重，思考再三说："苏勤义若是再来联络，你还是摆足富家小姐的架势拒绝他，不能答应去苏北。徐成生话里有暗示，好像知道一些事情，又是你的大学同学，不过还是要小心，在没摸清他的底细之前不要提起秘密文件库，尤其是我把这里告诉你之后。"

陈慧梅想了想，说："你的意思是这两个人都拒绝？"

"地下党是不会同时派两个人分别与我们联系的。"张志仁肯定地说，"这里面一定哪里出了问题，我们不能轻易相信他们中的任何一个，即使是过去的熟人。”

“这个你放心，”陈慧梅说，“可是今天下午我要和徐成生见面，该怎么和他谈？”

张志仁想了想，说：“先不着急，你听他怎么说，你就跟着怎么说。”

陈慧梅问：“如果他提出要和你见面，我该怎么回答？”

“是啊，也该我出面了，”张志仁语气凝重地说，“不能总让你在前面挡着，我躲在后面保自身安全。”

陈慧梅急忙说：“不，我不是这个意思。”

张志仁笑笑，说：“我也不是这个意思。记住，万一我出了问题，你一定要把秘密档案转移到安全地方保存，绝不再与任何人联系，除非是张肃维同志。”

陈慧梅劝阻道：“你可以不出面的，一切由我来承担。”

张志仁胸有成竹地说：“我和张肃维同志还有最后的约定，如果徐成生真是张肃维派来的，那他一定知道，否则就是假冒的。”

陈慧梅忙问：“什么约定？你告诉我，由我去和他谈不是更安全吗？”

“你已知道秘密文件库在这里，谁去谈安全上并无区别。”张志仁摇摇头说，“你就告诉他，我约他在这儿见面。”便把时间、地点写在纸上，让陈慧梅看了后便划根火柴烧了。

临走时，陈慧梅再次问他：“我真的要这么跟他说吗？其实……你可以再等等出面。”

张志仁坚决地说：“不能再等了。我身体越来越差了，不如拼却这条性命来完成任务。”

陈慧梅含着眼泪说：“你放心，我不会让你去冒不必要的风险。”

“就按我说的去做。”张志仁斩钉截铁地说，“你要找好转移的新房子，如果我在约定的时间不回来，你就立刻转移秘密档案，隐姓埋名保护党的秘密。”

陈慧梅庄严地点点头。

下午，天时阴时晴，日光不炀，驱散不了厚厚的云层。风从弄堂里吹出来，带了一股莫名的阴气打着旋地冲向马路。走过的路人不由得背过身子斜着走过去，有的干脆竖起风衣领子，快步从风口穿过。陈慧梅坐着黄包车从风口经过，幸好车夫早就拉起了黑油布篷，阴风阵阵只能在油布篷外敲击着，偶尔有一些从缝隙中钻进来，提醒她外面起风了。到了德大咖啡馆，下车前她仔细看了看四周，没发现什么异样，刮风降温使人们不愿出来，马路上行人寥寥无几，行色匆匆，如果有跟踪盯梢的也藏不住行踪。陈慧梅放心地推门进去，室内暖乎乎的，喝咖啡的客人蛮多，大概都是被这阴湿的天气赶进来的。

徐成生早就坐在靠窗的位子等她，见她到了，忙要了杯咖啡，说：“我怕你不来了呢。”

陈慧梅尝了尝咖啡，香甜可口，说：“老同学请喝咖啡，我为什么不来？”

徐成生发一声感叹，说：“是啊，如今中日在上海又要打仗了，老同学能在一起叙旧不容易。”

陈慧梅话里有话地说：“真是不容易，毕业后就没再见面，没想到一下子又在一起喝咖啡了。”

又有几个客人进来，咖啡馆里顿时热闹起来，打破了原来窸窸窣窣的宁静。

徐成生警觉地皱起了眉头，立刻摆出公子哥儿的派头，满嘴蜜糖地说：“当年我反感家里为我订婚，向往自由恋爱，一口回绝，哪想到他们提亲的对象原来是你，早知道打死我都不会拒绝你的。”

陈慧梅没想到他突然提这个，反感地说：“怎么又说这些往日旧事？”

徐成生盯着那些人，心不在焉地对她说：“没想到这么多年过去了，我们还能坐在一起喝咖啡。”

陈慧梅见他一再重提往事，不得不板脸说：“你是请我来听你说这些的？好笑。”

新来的客人坐定下来，大呼小叫的，仆欧忙上前招呼，恭听客人点咖啡要点心。

徐成生还在注意着他们的举动，压根没留意她脸色变阴，有搭没搭地说：“有时候我想，如果我们在提亲之前就在学校里认识了，恐怕就不会彼此反感了吧？”

陈慧梅再也坐不住了，起身说道：“我还有事，先走了。”

徐成生这才意识到自己失态了，连忙道歉：“对不起。我不该再提当年的事，可我真的想知道你这些年过得怎么样。”

陈慧梅经他这么一提，不情愿地坐了下来，心里一酸，却淡淡地说：“孤儿寡母的，就这么凑合着过日子。你呢，这些年都在做什么？”

那边仆欧拿着点单走了，客人们轻声交谈着，咖啡馆又恢复了细碎声音构成的安宁。

徐成生放心地喝了口咖啡，意味深长地说：“做生意啊。我做的这个生意是别人做不来的。”

陈慧梅不以为然地说：“什么生意啊？这世界上哪有别人做不来的生意。”

“帮人寻找失散多年的亲人，”徐成生忽然凑近了说，“这生意别人做得来吗？”

陈慧梅听出他话里有话，微笑着说：“这是积德行善的事，怎么能当生意来做呢？”

那几个客人喝着咖啡，轻声聊着什么，不时发出低低的笑声，根本不朝这儿看，看来真是来这里喝咖啡的客人。徐成生不绕弯子了，直截了当地问：“听说你生孩子和坐月子都在张志仁家，由嫂夫人伺候，怎么现在回到自己家了呢？”

陈慧梅见他连这个都知道，强压住内心的激动，语带双关地说：“外面再好，也不如家里。原来和父母闹别扭离家出走，到这个时候就想着家里的好了。”

“家里人一直都不明白你为什么不去江西，你能跟我说说吗？”徐成生忽然严肃地问道。

陈慧梅不习惯他突然变了态度，加上若要细说必然会涉及秘密文件库，便含糊其词地说：“他家出了点事，我擅自做主留下帮忙。你为什么要问这个？”

徐成生认真地说：“我因为和你熟，家里就把这事交给我来办了。张志仁还和你有联系吗？”

陈慧梅想起张志仁的再三叮嘱，镇定地说：“我一回家，就问爸妈要了一笔钱送给他，谢了他的人情，以后就没再联系了。”

徐成生感觉到她情绪抵触，不得已放软了口气，但问题提得仍很尖锐：“他就没有约你去见他？”

“这……”陈慧梅心里转着念头，反问道，“你觉得我还会去见他吗？”

徐成生说：“组织上想了解这一切。”

陈慧梅心想，他还是忍不住捅破这层纸了，便说：“什么组织？我听不懂你说什么。”

徐成生说：“李剑雄让我来找你的。”

陈慧梅暗暗吃惊，这和张志仁说的完全对不上呀，旋即冷静地说：“你说这些做什么？我不认识他。”

徐成生有些着急地说：“这是真的。他要我了解你与组织失联的经过。”

陈慧梅想起张志仁的话，如果不是张肃维派来的，那就是假冒的，冷冷地说道：“老同学越说越离谱了，你的组织和我有什么关系。我真的要走了。”说罢，起身就走。

徐成生追了出去，看她头也不回地走远了，心里纳闷：什么地方出错了？

8. 华尔登饭店

徐成生急匆匆来到华尔登饭店。与陈慧梅接头失败，无法得知张志仁的消息，使他急于向组织汇报，以便确定下一步的行动。

大堂不大，进门就看见对面有架被水磨石楼梯环抱的电梯，内部整个用橡木板装饰，空间显得富丽逼窄，刨去开电梯的服务生，一次最多能上三个客人。这会儿电梯里已有一对男女，男的比女的大十来岁，女的妖媚地缠着男的，徐成生抢在关门前一步跨进来，顿令他们局促不安。服务生哐啷啷拉上外面的铁栅栏门，再关上里面的玻璃电梯门，揿下按钮，电梯哐当一声开始上升。徐成生看着大堂地面渐渐下降，厚厚的楼板从头顶出现，在眼前经过，再被踩在脚下，就像此刻他颠簸不安的心情。那对男女紧紧搂在一起，把电梯里另外两个男人当成空气，一到楼层就抢先下去，电梯宽敞了，可惜徐成生也要下去，他要去的房间和那两个男女恰巧在同一楼层。这让那男的多了心，不时地回头望一眼，生怕是太太雇的私人侦探。徐成生有些后悔跟他们一起下电梯，又不能回去，干脆绕了一圈甩开他们，才来到约定房间，按了门铃，一长一短。

里面开了门，露出一张脸，是李剑雄。徐成生跟着进了房间，见坐着一个不认识的人。李剑雄介绍说：“这是张肃维同志，刚从监狱出来。”

徐成生紧紧握住他的手，说："你受苦了！"

张肃维有些虚弱，只说："一切都过去了，我又可以为党工作了。"

李剑雄急于想了解情况，问徐成生："快说说，谈得怎么样？"

徐成生一时不知从何说起，气馁地说："没谈成。她竟然不相信我。"

这让李剑雄感到意外，本来考虑他们是熟人所以才派他去，没想到陈慧梅连徐成生也不相信，不知道问题出在哪里。李剑雄微微蹙眉，问："你没有跟她提到我？"

"提了，"徐成生不解地说，"她反倒起身就走。我都来不及问张志仁的情况。"

李剑雄看了他一眼，说："怎么会？她连我都不相信了？"

徐成生说："是啊。我也觉得奇怪。你不曾经是她的领导吗？你能证明她是中共党员啊。"

坐着的张肃维一直没吭声，此刻却突然冒出一句："他们很谨慎啊。"

"什么？"徐成生有些不明白地说，"他们是谁？"

张肃维说："自然是陈慧梅和张志仁。他们一起守护秘密文件库是我安排的。现在与组织失联三年多了，他们能轻易相信别人吗？"

"事先我估计到这一点了，"李剑雄在房间里踱着方步，对徐成生说，"所以才找你去和她联络，就是看中熟人容易沟通，可以直接了解她当年没去苏区的原因，没想到她倒反过来审查你了。你想想，你哪里做得不对？"

经他这么一提，徐成生想起了昨天发生的那件事，便说："有件事我觉得很奇怪，昨天她的同事苏勤义也来找她，好像提起要去苏北找新四军，还动员她一起去。我觉得事有蹊跷，就打断了他们的谈话。莫非他是你上次说的我们在慈恩学校的同志？"

李剑雄连连摇头，说："我已向老郑证实过，苏勤义不是我们在慈恩学校的同志。"

"那他一定是其他条线上的同志，"徐成生着急地说，"问题是他的出现打乱了我们的计划，令陈慧梅不愿意和我谈了。可是不对呀，今天她还是来和我见面了。"

李剑雄摸着下巴，陷入沉思，过了一会儿才说："短时间内，我们还无法查清楚苏勤义这个人到底是哪方面的。我就怕在这之前陈慧梅和他联系上了，张志仁和秘密文件库会不会有危险？"

话虽未挑明，但大家都明白李剑雄担心苏勤义万一是国民党特务，而陈慧梅又相信了他，那整个事情就复杂危险了。现在该如何提醒陈慧梅防着点苏勤义呢？只有取得她的信任，她才能听得进我们的话。如此看来，只能先把她当年没去苏区一事放一放，想办法争取她的信任，找到张志仁和秘密文件库的下落。李剑雄知道，这样做有违地下工作的原则：任何一个失联的同志要归队，必须经过组织的审查，以杜绝国民党派叛徒潜回组织进行破坏活动。但现在情况紧急，他必须承担起这个责任，尽快找到秘密文件库。

此时，张肃维忽然问徐成生："你和她提到过我吗？"

徐成生觉得莫名其妙，说："在进门之前我都不认识你，我怎么跟她提起你？"

张肃维点点头，说："看来问题就出在这里。"

什么？李剑雄和徐成生双双看着他，急于想听他解释这是怎么回事。

张肃维走到窗前，看着外面的街景，说："当年我和张志仁有过约定，如果他与组织失去联系，再来与他联系的同志一定要用我和他约定的暗号。"

"原来是我心急了。"李剑雄恍然大悟说，"你是说该让她知道你要与张志仁见面？"

张肃维转过身来说："是。"

李剑雄想了想，说："这样做太冒险了。万一陈慧梅有什么问题，那会危及到你的安全。再说，你刚从监狱出来，身体尚未康复。"

"我们还有其他办法吗？"张肃维耐心地说，"没有。现在我们只能通过陈慧梅打听张志仁的下落。"

李剑雄考虑再三，对徐成生说："这事还得你去约陈慧梅。"

徐成生说："行。我马上去她家找她。"

"等等，"张肃维拦住他说，"你能不能说说你和陈慧梅在圣约翰读书时的那些事？"

徐成生不解地问："你对我的罗曼史也感兴趣？"

张肃维笑笑说："我是想弄明白为什么她不信任你。"

徐成生也不避讳，说："不就是因为爱情，我和韩天强发生过一些误会嘛。"

李剑雄说："我可没少听韩天强说你横刀夺爱。"

徐成生连忙说："这都是过去的事情了，这和她不信任我有什么关系？"

"有。"张肃维一本正经地说，"事隔多年，你一见面就和她提这段往事，她自然就提防你了。"

徐成生辩解说："可那时候咖啡馆突然来了一群人，我不得不这么做。"

张肃维也不解释，回头对李剑雄说："我建议，还是由徐成生与陈慧梅联系，然后你出面和陈慧梅谈，这样能打消她的顾虑，提供张志仁的情况，最后由我和张志仁接头，启动当年定下的暗号，尽快使秘密档案回到组织手中。"

徐成生听了说："这怎么有点像当年让我约她去兆丰公园见韩天强。"李剑雄和张肃维听不明白，他便讲了那段往事。

张肃维笑着说：“所以，你知道该结束这场恋爱了。”

徐成生也不辩解，只说：“闹出这些事，也是让人以为我是个不务正业的风流小开学生，以便掩盖我地下党身份。”

张肃维不信地问道：“你是说，你原本就不爱陈慧梅？”

徐成生不说是，也不说不是，呛他一句：“你这还是在考察陈慧梅同志吗？”

李剑雄笑着对张肃维说：“你这个张老太爷管得太宽了。”

张肃维辩解说：“我只是担心她拒绝见你，怕听你再提往事。”

“不会。”徐成生认真地说，“这次给她父亲祝寿，我当面向她半真半假地说了这段往事，这才趁机给她传递了某些消息。”

李剑雄满意地说：“怪不得你能当面骗过魏如臣这个大特务。真话里面掺假话，假话里面掺暗语，他岂能分得清？陈慧梅是值得信任的同志。”

徐成生迫不及待地问：“那我就去约她出来见面？”

张肃维笑着说：“别再提过去的事，免得她又把你赶走。”

徐成生叫了起来：“啊呀，我还能再犯第二次错啊！”

9. 重　逢

陈慧梅对徐成生再次找上门来并不感到意外，但听他说有个老朋友想见见她，忍不住问道：“谁？”

徐成生说：“你去了不就知道了嘛。”

陈慧梅不满地说：“你又来这老一套，能不能换点新鲜的招儿？”

“相信我这一次，”徐成生恳切地说，“你去见了他，一定不会后悔。”

不就是喝杯咖啡嘛，陈慧梅还是跟他去了德大咖啡馆。刚坐下，李剑雄就突然出现了。陈慧梅毫无心理准备，只会激动地反复说："你，怎么是你？"

徐成生解释说："上次我就说是李剑雄派我来的，你不信。现在你信了吧？"

李剑雄温和地看着她，说："我们去外面走走吧。有些事我要单独和你说。"

陈慧梅惊讶地看着他，心里掀起了狂风巨浪，什么话都说不出来，只是轻微地点点头。

李剑雄轻声说："走吧，我怕你听了会受不了，这里不能哭。"

三人出了咖啡馆，李剑雄和陈慧梅并肩走着，徐成生在后面跟着，就这样沿着大马路来到外滩，站在江堤的围墙旁望着涨潮的黄浦江。李剑雄心情复杂地说："我终于能亲口告诉你韩天强牺牲时的情况……"

一瞬间，仿佛又回到了过去，第五次反围剿的每一仗都打得异常艰苦。

山坳扼守着通往清水河的路，红军主力队伍正撤往那里过河。李剑雄团长与韩天强告别，神情悲怆，军旗被硝烟熏黑弹片扯碎，在山风中猎猎扬起，悲壮的气氛雾岚似的积聚。李剑雄带着队伍过河了，青山笼罩，暮霭中的小树林微微抖动，咔嚓咔嚓地挖土，韩天强和他的营在这里构筑战壕。天色渐渐阴暗下来，主力队伍早已过完，那条土路被山风吹得沙尘直打着旋儿。

江水打着旋儿从脚下流过，一艘木船咿咿呀呀地摇过，海关钟声像炮弹爆炸似的响起，攒动的人头在路上一起一伏，油亮的黑马驮着国民党军官狂奔，圆滚滚的马臀抖动着结实的肌肉，尾巴散开黑亮如漆地甩来甩去，烫头发的女士，披散长发的姑娘，戴礼帽的男士，光头光膀的车夫，走着，跑着，铁蹄翻飞，泥土四溅，有一瞬间四条精瘦得皮包骨的马腿全都离了地面，士兵四散地溃退犹如潮水，远处驶来了一艘海船，巨大的铁壳船体激起涌浪向着堤岸打来，白色的浪花溅湿了她的衣服。他卷起袖子，挥动着手中的驳壳枪，嘶哑的声音响彻阵地，给我狠狠地打！

记不清是第几次打退敌人的进攻。战死的士兵仰面躺在壕沟里，趴在烧焦的枯树下，弯曲着身体栽倒在石头旁，黑色空气里飘散着浓烈的血腥味，仍有战士活着在顽强地抵抗，韩天强的眼睛充满血丝，左臂被子弹打中流着血，阵地一再地调整缩小，但仍像一把尖刀插在路口，谁也过不去，敌人的尸体以两倍三倍的数量横七竖八在阵地前的斜坡上。山炮又响了，炮弹把阵地前的死尸炸飞，也把守在战壕里的红军战士埋在浮土下，敌人又开始新一轮的进攻，机枪哒哒哒地扫过来，烤焦卷曲的树叶嗖嗖地掉下来，壕沟上的土堆被打得溅起一股股烟尘，子弹贴着头皮嗖嗖飞过。

海鸥飞过来了，贴着江面飞，像子弹一样精确地掠过，带来了海的腥气。他的声音那么低沉，那么有力，像摄影机镜头一般对准着她：慢摇，宽阔的清水河从远处波浪翻滚地流过来，截断两岸的来往，让人不得不借助于木桥，可惜没有不知是被炸了还是本来就没有能够在如此宽阔的河上架桥，只得渡船过河。横移，几条小船，载着满满的红军官兵，艄公摇着橹，前后分散地向对岸划去，渐渐到了浅水滩，官兵们纷纷跳下水，向岸上走去。推近，对岸河滩地上整队出发的队伍，战马嘶鸣，枪管闪亮。拉开，山坳阻击阵地上血战继续，硝烟弥漫，悬崖峭壁，山岭邈远。近景，鲜血从胸口涌了出来，染红了军服，她仿佛看到了韩天强被炮弹片击中，嘴里吐着血沫，她仿佛听到了他对身边的人说，时间到了，任务完成了，撤。特写，他半阖着眼睛，散了神的眼光像天边的云翳消失着。画外音，你放心，我一定英勇战斗，不怕牺牲……

陈慧梅噙着眼泪，全身趴在围墙上，肩膀抽动着。我要你活着回来见我，她在过去的时空里说过的话，又一次在现在时空的耳边响起。

李剑雄在一旁安慰她："哭出来吧，这样会好受些。"

陈慧梅茫然地看着不远处的徐成生，终于没在昔日的领导面前哀哭自己的丈夫，脸上毫无表情，冷漠地看着黄浦江汹涌地涨潮。

李剑雄仰望长天，好半天才问："你和张志仁现在还有联系吗？"

陈慧梅点点头。她现在确信自己已经和党恢复了组织关系。

李剑雄热情地对她说："记住我说的话，不要再和苏勤义发生任何联系，他不是我们的人。我们会派张志仁认识的人和他交接秘密档案。"

陈慧梅惊讶地看着他，说："你怎么会和张志仁有一样的看法？"

李剑雄说："这并不复杂，因为我们都对秘密档案抱有坚贞的信念。张肃维刚从敌人的监狱出来，身体还很虚弱，不便和张志仁当面交接。"

陈慧梅听到这个熟悉的称呼，激动地连连点头："这下就对上了。"

"请你转告他，我会派徐成生前来交接。"李剑雄接着又忍不住问道："我什么时候能知道见面的确切消息？"

陈慧梅这才把张志仁约定的见面时间和地点告诉了他。李剑雄在心里默默地念了几遍，说："谢谢你能信任我。"

与李剑雄分手后，陈慧梅就迫不及待地回到张志仁的住处，把事情的经过告诉了张志仁，但对李剑雄说的韩天强牺牲一事只字未提。

张志仁激动地握住她的手说："慧梅，我们终于找到组织了！"

陈慧梅也激动地说："走，现在我带你去广慈医院看病！"这是她想到的第一件最迫切要做的事，她已经失去了韩天强，不能再失去张志仁。

两人像一对夫妻似的搀扶着出了门，叫了黄包车去了广慈医院。

张志仁觉得浑身发冷，虽然已经是春天了，陈慧梅给他裹上一条毛毯才使他有了些暖气。医生拿着听筒前胸后背的仔细检查，又让他去做了X光透视，等拿到X光片后一眼就看出病人肺部的空洞，这才明确地告诉她，他得的是肺结核，空洞音很明显，已经是晚期了，很难治愈，让她给他多补充点营养多注意休息。陈慧梅听了很伤心，把他送回家后，就跟他说："我要回来和你一起住。"

张志仁知道自己病得重，不想连累她，说："等秘密档案交接后，我的任务就完成了。你还回来做什么？"

陈慧梅生气地说："你不是答应我要像杜甫那样迎接我吗？"

张志仁看了看家徒四壁的房间，说："可惜我这里，盘飧市远无兼味，樽酒家贫只旧醅。"

陈慧梅想到他病得这么重，还有心思说笑，鼻子一酸，喉咙有些哽咽。

张志仁开玩笑说："怎么，忘了最后一句了？"

陈慧梅不服气地说："肯与邻翁相对饮，隔篱呼取尽余杯。原来你宁与邻居老头喝酒，也不欢迎我回家。"

张志仁深情地说："你要回家，我怕没有好菜好酒招待你。怎么会不要你回家？"

陈慧梅一下扑到他怀里，说："现在你就安心养好病。"

张志仁说："行，我听你的。"

10. 浮出水面

苏勤义来到这家位于霞飞路上的通海贸易商行，一个普通不起眼的店面，大路货的生意不温不火，偏偏挤在租金昂贵的法租界街上，让人有些吃不准它的路数。他在门口停下来，掏出香烟点着，抽了一口，顺便看了看身后左右，便一步跨了进去。

商行伙计身穿长衫，透出精干模样，见来者是熟客，忙请了进去，又看了看马路上一切正常，便又回去整理货架。这是以商行作掩护的一个秘密联络站，设点已经好几年了，只有少数人知道底细，今天苏勤义要在这儿与他老师见面，接受下一步任务的指示。他轻轻敲了敲门，里面传出让进去的声音，这才推门进去，见他西装革履地坐在大班桌后，忙恭恭敬敬地施了一礼："老师。"

魏如臣抬头看了他一眼，示意把门关上，严厉而又亲切地说："你说说吧。事情进展得怎么样了？"他一直是南京调查科在上海的联络站站长，以前还在淞沪警备司令部侦缉处挂个副处长的名，没有实权，现在升职成了正处长，可以同时调动两边的人马。苏勤义是他在训练班教过的学生，善于伪装成共党分子进行活动，这次派他去接近陈慧梅，就是利用他的这个特长，让他取得信任，弄清楚她与共党秘密文件库究竟有没有联系。

苏勤义对这位曾是他老师的站长一向敬畏尤甚，言听计从，不过自从接手这个任务，进展就一直不顺，即使他不折不扣地执行老师的谋划，还是处处碰壁。这个陈慧梅虽是个富家女，但几次接触下来觉得她城府颇深，怪不得老师仅凭数年前混乱中的一瞥就怀疑上她。可仅凭这么点直觉，怎么可能找到她的破绽呢？他深知在特务机关里下级必须隐忍不发，可万事总有个适可而止，就拿前几天突然在学校当着陈慧梅的面把他抓进了侦缉处，事先也不和他打招呼，搞得他十分被动。那几个特务是真把他当共党分子使劲捆绑，人到了侦缉处审讯室时都已经手臂发麻了。尽管魏如臣当即喝退手下，亲自给他松绑，但他搓着被手铐勒疼的手腕，还是压不住气愤地说："老师，我不明白为什么他们要把我这么抓来？"

魏如臣听出他的埋怨，不满意地说："因为你至今没有拿下陈慧梅，我只能帮你推一把了。"

苏勤义毕竟是他的得意门生，听出了他的计谋，但还是有些疑问："这样她就能信我了？"

魏如臣说："所以，假戏也要真做，委屈你受皮肉之苦了。"

苏勤义反应极快，脚跟一碰说："是学生愚钝。"又不失时机地拍马屁："她一定逃不出老师的锦囊妙计。"

魏如臣得意地说："谁能怀疑亲眼看见发生的一切？即使陈慧梅再狡猾，也不会怀疑被当面抓走的你不是共党分子。"

苏勤义不得不佩服老师的老谋深算，但还是对遭到自己人的暴打感到不满，说："那也不要真打呀。"

魏如臣拍拍他的肩膀，说："事先告诉他们，你是我派去的卧底，他们能表演得那么逼真吗？只要有任何一点点纰漏，就会让她一下子看穿你的真实身份。"

苏勤义不得不承认他是对的，可还是说："这样做真能使她相信我？"

魏如臣很有信心地说："现在这样，当着她的面把你抓起来，即便她过去怀疑过你，现在也会转过来怀疑她自己了。"

苏勤义不得不佩服老师的谋略过人，说："那接下来我干什么？你还真让我去坐牢？那她相信我了，又有什么用？难道我还要演一折出狱找她的戏码？"

魏如臣点点头，说："马上我就把你从这里放出去，就说是取保候审。这样，你必须要离开上海，临走前找她就很正常。"

事情果然这样做了，苏勤义告诉陈慧梅，自己是共产党，准备去苏北找新四军。可是，陈慧梅并没有完全信任他，更不会跟他去苏北参加新四军。这一招完全落空了，他不得不来向老师汇报，他现在完全吃不准陈慧梅对他的态度。

魏如臣真想狠狠骂苏勤义一顿，他都已把开场锣鼓敲了三遍，这个得意门生就是不能把女共党手到擒来。他气急败坏地说："作为党国的间谍高手，你还是没有理解他们做事的逻辑。”

苏勤义只得小心翼翼地问：“请老师指示，我该怎么做？”

魏如臣看了看他，转身指着墙上挂的上海市区图，说：“根据以往几次对陈慧梅的跟踪被她甩掉都发生在这几处，把这几个点围起来看，她要去联系的人就可能躲藏在这里。”

苏勤义立刻明白了，说：“老师放心，我这就去查这片区域，只要陈慧梅再次出现在这里，就一定能找到隐藏的共党骨干。”

魏如臣摇摇头，说：“不。我要你再去找陈慧梅，继续扮演共党分子。”

苏勤义说：“这有用吗？现在连我都看出来，她是在敷衍我。”

魏如臣说：“我就是要你去逼一逼她，看她会有什么动作。”

苏勤义顿时明白了，说：“是，站长。我这就去逼陈慧梅动起来。”

11. 曙光初现的一刻

陈慧梅一出门就发现特务又跟踪上来，阳光灿烂，碧空如洗，只作没看见继续去逛大马路。这条上海滩最繁华的马路上，有着最时尚的四大百货公司，那儿来往人多，货品也多，好玩的地方更多。

乘有轨电车来到大马路，她先去永安公司兜一圈，特务跟在后面，再穿过大马路拖着尾巴去大新公司，直奔底层大厅中央的扶手电梯，特务还跟在后面。扶手电梯是个时髦机器，外表像楼梯一个台阶一个台阶由马达带着滚动上升，人站上去不用抬腿、迈步就到了楼上，关键是还不收钱，上海人亲切地叫它自动扶梯，这个新鲜货色不要说在中国，就是在远东也是绝无仅有的一台，所以每天这里都挤满了光乘自动扶梯、不买店里商品的顾客。陈慧梅本想借着乘自动扶梯的人多、局面混乱甩掉身后的特务，没想到他也机敏地挤了上来。随着电梯慢慢上升，快到二楼时她回头看一下身后电梯上的攒动人头，一下就认出那个一路跟踪她的特务。那特务看见她在注视自己，忙心虚地低下头来看前面小姐的大腿。陈慧梅不由得嘴角牵一丝笑，下了自动扶梯就故意躲起来，看着特务急慌慌地从自动扶梯出来，心焦如焚地寻找她，这才又从暗处走出，故意让他跟了上来。

慢悠悠地一个个柜台逛过去，七转八转，陈慧梅就到了关勒铭金笔小姐立柜台的地方。这个女售货员起初被老板看中专卖关勒铭金笔，没想到她的美貌每天吸引众多小开前来捧场，一时成了上海滩上的新闻。老板趁机把她当作大新公司招牌，让她为各路商品做销售。今天，关勒铭小姐正替某名牌领带搞促销，光滑玉润的手臂上搭着一条条各种颜色花样的领带，在往自己白嫩细长的脖子上比试，引得小开们齐声叫好。她问围着她的小开们："有先生想试试哦?"立刻众小开抢着要试，分明是借着刚刚贴过她颈脖的领带要与关勒铭小姐来个肌肤之亲。她便把领带往对面一个小开头颈上一套，手指灵巧地打起领带结，小开装出被领带牵着靠近她，想趁机贴一下她脸颊，谁知她打好结一收紧，像套牢了一条宠物狗，牵着他走了一圈，立刻引起众人的喝彩。

陈慧梅走近柜台时，另一个小开又被关勒铭小姐套上领带牵着走，不由得笑那些小开们没有头脑。此时，身边有人跟她搭讪献殷勤，回头一看，正是刚才被关勒铭小姐套领带的那位小开，俏眉花眼地请她喝咖啡。后面跟踪的特务看见这一幕欣喜若狂，死死地盯着和她搭讪的小开。陈慧梅计上心来，笑着跟小开一同走，特务压低帽檐紧跟不放。这时，陈慧梅就跟小开发嗲地说，后面有个人老跟着我们，讨厌。小开回头一看，嘿，还真有人跟着，拍拍胸脯讲，吾去摆平伊。转身走过去拦住特务："先生，贼头狗脑跟牢阿拉做啥？”特务不理他，蛮横地一把推开他。小开自然要在漂亮女人面前摆威势，一把揪牢特务说，侬想做啥？不放他过门，逼得特务亮出证件，小开见了吓一跳，赶紧拔脚要溜。此时特务再看四周，哪里还有陈慧梅的身影，立刻上前把小开抓了回去交差。

陈慧梅摆脱了特务跟踪，来到张志仁家，按照事先商定，她在这里等他消息决定下一步的行动。她收拾了一下房间，打开朝南窗台下的隔板，试着拿里面的皮箱，皮箱很重，很费了些力气才拖了出来，不由地心想，如果真的到了由她来转移秘密档案的话，单单把这些皮箱搬下楼就很吃力了，何况还要搬运到新房子去。她坐在皮箱上微微喘气，觉得事情绝不会发展到这一步，即使真到了这一步，她也相信张志仁会给她留下充足的时间去转移，再说搬皮箱的事也不能由她亲自动手，她若双手拎着皮箱吃力地下楼，反倒让人怀疑了。

擦去皮箱上积的薄灰，又放了回去，陈慧梅坐立不安，想到凡事要作两手准备，怎么能尽往坏处想呢。如果他和徐成生接上了组织关系，秘密档案回到了党组织那里，她就这么干坐着什么都不做，哎呀，岂不是连口汤都不能让他喝上？陈慧梅决定去附近菜场转转，买些小菜回来给他做顿晚餐，祈祷一切都心想事成。她立刻去菜场买了小排骨、鸡蛋、番茄和茄子，回到家就把蔬菜洗净，番茄切片，做了个番茄鸡蛋汤，茄子切成随刀块备用，小排焯水开油锅翻炒，加水、盐、冰糖和酱油炖上，就一边留意着炉子上的小排一边焦急地等张志仁回来，心里就胡乱思量，和徐成生接头会怎么样啊？为什么要安排在轮渡上见面？时间就算得这么准？万一错过了呢？哎呀，我应该坚持一起去的，起码我和两个人都认识，他们可是谁都不认识谁。难道接头有特殊的暗号？张志仁还有什么没告诉我？他和张肃维究竟还有什么约定？差点把糖醋小排烧干了，赶紧加醋收汁盛起。饭也煮熟了，就等着他回来烧油焖茄子。张志仁安排我在这里等着，莫不是已经打算回不来了？他还是怀疑徐成生是国民党特务？怎么可能。我房子是找好了，哎呀，现在是不是该准备搬家？陈慧梅看着房间里的挂钟，离约定的时间越来越近了，全无心思做什么油焖茄子，她想起之前一次又一次的搬家都是张志仁亲力亲为，这次竟轮到自己了。搬，还是不搬？这是个问题。陈慧梅正无法决定时，就听见楼梯嗵嗵地响起，这才松了口气，知道是他回来了，等他一进屋就迫不及待地问："顺利吗？"

张志仁喘不过气来，坐下后说不出话，脸色非常难看。

陈慧梅的心一下子提到嗓子眼，不相信地问："你没见到他？"

张志仁终于喘过气来，使足了劲说："见到了。一波三折呢。"陈慧梅追着问，张志仁缓过气来，终于能把事情经过说一遍。

原来他早早到了约定的摆渡轮码头，这里来往过江的人很多，一旦出事容易脱身，难的是必须掐准时间上船，才能与徐成生正好在一条摆渡轮上碰着。他不时地看手表，确认就是这艘徐徐靠码头的摆渡轮，回头看排在他后面、准备上船的男女老少开始蠢蠢欲动，心里想着陈慧梅描述的徐成生相貌，在人群中寻找，没有长得像他的，他有些失望，但还是抢先进了码头。他必须坐在那个座位上，徐成生才会上前和他对暗号。

摆渡轮已经在解缆准备开船，徐成生沉稳地走来，朝四周扫了一眼，上了轮渡。刚才摆渡轮靠岸时，他看着人们匆匆下船出码头，接着上客的铁栅栏门打开，排队的众人抢着上船，他想在人群中找到那个人，但没什么结果，只得赶在最后上了船。进了船舱，果然看见那个约定的座位上有人在看报。徐成生站在角落仔细打量，这个人脸色灰黯，颧骨处泛起潮红，身子明显消瘦，看上去显老，眼光疲惫但透出坚定的神色。他没犹豫，走过去坐到他身边，问："先生看的可是《申报》？"

看报人正是张志仁，听到有人来和他对暗号，不由得一喜，抬头看了看徐成生，说："不。是《新闻报》。"

徐成生看了看四周，上船的人们有寻找空位子坐下的，也有去甲板上眺望江景的，谁也没有注意他们，就眼看别处说："有什么新闻吗？"

张志仁指着报纸说："有个寻人启事，说家人走散，望见字后联系。"

徐成生歪过头去，颇有兴趣地问："谁登的寻人启事？"

张志仁脸上露出笑容："是老太爷的女儿。"

两人对上了张肃维当年留下的接头暗号，张志仁激动地握住徐成生的手，说："我终于找到你们了。"

徐成生看了看周围坐得挤挤的人，轻声说："走。我们到外面说话。"

两人来到甲板上，人不多，散在各处倚着船栏杆，有的面朝江面，脚踏最下面的铁栏杆，往外探出上半身，有的则背靠栏杆，双肘搁在船帮的木扶手上，仰头看二层甲板上的人。渡轮起航了，船打着横离开码头，掉头向对岸驶去，船尾泛起浪花如一匹白练向陆地挥舞告别。他们肩并肩地依着栏杆，望着宽阔的江面，恰有一艘几千吨的轮船驶过，江波立时汹涌地撞来，船身摇晃不定。

徐成生低声对张志仁说："你再坚持一下，组织上安排好接替的人，就和你交接。"

张志仁被一阵江风呛得猛咳起来，好一会儿才捂着嘴说："我们都坚持了这么久，没问题。"

徐成生体贴地转过身来，挡住扑面而来的江风，说："陈慧梅说你身体不好，希望组织尽快派人接手。今天一见，你还真是病得不轻。这样吧，我明天带人去你那儿，看看能不能先把秘密文件库转移，让你安心养病。"

张志仁背着风，看着船尾蜿蜒曲折的江流，说："请组织放心，我们一定完成任务。”

两人又回到了船舱，找了个空位坐下。徐成生把一个信封交给张志仁，说：“这条线暂时由我和你单线联系，信封里有电话号码，有事打这个电话。你不要再与其他人发生关系。”

张志仁关切地问：“那陈慧梅呢？”

徐成生轻声说：“她还协助你工作，一切等上级领导最后决定。”

张志仁把一张写着他住址的纸条塞给他，说秘密档案就藏在家里。徐成生迅速把纸条看了一遍，就用它点着烟斗，悠然地吸着。

船到了浦东码头，他们下船分手，徐成生上了一辆黄包车，张志仁转了一圈又乘渡轮回到浦西。也许是终于找到了组织，他一下子觉得身心轻松下来，连每天下午发热的症状也不见了。

陈慧梅听完他说，高兴地说：“我去做个油焖茄子，好好庆祝一下。”

张志仁故意逗她：“就油焖茄子来庆祝呀？”

陈慧梅笑着说：“你呀，糖醋小排已经做好啦，知道你最爱吃。”

张志仁咂着嘴巴，说：“好久没吃到你烧的菜了，嘴正馋呢。”

陈慧梅一边炒菜一边说：“也不知道你一个人过是怎么做菜的。”

“胡乱炖呗。哎，我在东北待过，乱炖可是道东北名菜。”张志仁嚷嚷着，“有没有酒？今天要喝两盅庆祝一下。”

陈慧梅端上菜，说：“酒我从家里带来了。我爸藏的茅台酒，别喝醉了。”

张志仁见酒眼开，说：“不会醉。我酒量好着呢。”

陈慧梅便取来两个小酒杯，白瓷蓝花，斟了酒递给他。张志仁和她碰杯后仰脖灌下，开口就是诗：“重阳独酌杯中酒，抱病起登江上台。”

陈慧梅皱了皱眉，悠长地抿干杯中酒，说：“诗是好诗，杜甫的《九日》，只是你用错了地方。今天明明是我陪你喝酒，怎么能说是独酌呢？”

张志仁高兴地说：“今天也不是重阳，借用罢了。明天我就能把秘密档案交给组织了。抱病起登江上轮，徐君不啻接头人。”

陈慧梅激动地说：“太好了，明天我也来。”

张志仁一口喝了酒，说：“来。一定要来。我等你。”

陈慧梅忙劝道：“慢慢喝，你这样会醉的。”

张志仁身体轻盈起来，竟用韵白说道：“醉了好呵。好久没有这样轻松快活了，今日卸下了千斤重担，我就不能醉它一回？”

陈慧梅半是埋怨半是怜爱地说：“你今天这是怎么啦？”

张志仁瞅着她说：“我答应要像杜甫迎接客人一样欢迎你。我错了，因为你不是客人，你是秘密文件库的守护女神。不对，你说你只是个普通女人，一个渴望爱的女人，那李白的诗更适合你。”

陈慧梅感兴趣地问：“哪首诗啊？”

张志仁摇摇晃晃地吟诵道：“两人对酌山花开，一杯一杯复一杯。我醉欲眠卿且去，明朝有意抱琴来。”

陈慧梅夺下了他的酒杯，说：“不许再喝了。喝醉了要赶我走啊。”

张志仁说：“我，我这是高兴……”话没说完，人就趴下了。

“叫你慢点喝慢点喝，醉了吧？”陈慧梅扶起他说，“要睡去床上睡。”吃力地架他到床上，给他脱了鞋袜，盖好被子，又倒了杯浓茶放在床头柜，想留下来照顾他，又想着小梅在家里等着她，放心不下，这才依依不舍地走了。

陈慧梅一走，张志仁就感到身体又发烧了，勉强从床上起来喝了口热茶，又躺下胡思呆想。刚才他只想着让她早点离开，现在他又希望她还留在身边。自从医生下了不治之症的结论后，他就一直在考虑如何了断与慧梅的感情纠葛。现在找到党组织了，明天秘密档案就有人来接走，那么他和慧梅的假夫妻也就做到头了，可是他心里早就深深地爱上了她，怎么舍得就此分手呢？他是多么希望能和她成为一对相亲相爱的真夫妻，然而他已经病入膏肓，肺结核这种病是治不好的，他只能拖累她，毁了她的幸福。幸福是来得多么不易啊。在经历了那么多天的隐居日子，尝尽了那么多失去组织带来的孤独，压抑了那么多本该尽情享受却只能埋在心底的爱情之后，他却必须让她忘了他，远离他，因为他不会在这个世上活多少日子了，给不了她应有的幸福生活。他唯有保住这层还未捅破的窗户纸，把一切统统都藏在心里，远远地看着她去寻找属于她的身心健康、充满活力的爱人。

他又剧烈地咳嗽起来，额头烫手，浑身乏力，刚才喝酒更加剧了身体不适。痰盂里飘着血痰，令他一阵心寒。抬头看窗外的夜空，阴沉沉的没有月亮，白天的阳光照不进黑夜，连月亮的反光也没有。从天井传上来楼下那对年轻小夫妻的欢声笑语，那么放肆，那么张扬，却是生命强有力的蓬蓬勃勃。他们情意绵绵，每天晚上都有说不尽的话儿，却听不清在说些什么。没有了内容的人声，便成了纯粹的声音，只传递着情感的宣泄。痴声，笑声，嬉闹声，怒声，泣声，私语声，唉声，骂声，叹息声，有声，无声，胜有声。这样一个活生生的世界，就要离他而去，或者更准确地说是他要离开这个活生生的世界。他是个无神论者，不需要考虑死了去往哪里，雁过留声，人过留名，张志仁不觉得遗憾，因为他完成了一个看起来根本不可能完成的事情，这就足矣。

他勉强起来关上了窗户，周围安静下来了，无论如何也要坚持到明天，把秘密档案亲手交给组织派来的人。

12. 误　会

陈慧梅回到家。

母亲告诉她有一个自称是学校同事的年轻男人来找过她，父亲在一边问，他是什么人？她有些感到意外，这个家伙又跑到家里来，想干什么？难道他真的以为能说动她跟着他去找新四军？联想到今天出门就有特务跟踪，陈慧梅断定苏勤义十有八九是来看看她是否回家了。这说明他们是不会轻易放过她的，今后再要去见张志仁会更难，必须想办法来个一次性解决。她意兴阑珊地告诉父母，这个家伙是慈恩学校的老师，过去的同事，现在刚从监狱里放出来，以后再来家就不要理他，不放他进门。母亲有些可惜地摇摇头，似乎对苏勤义的潇洒留下了好印象。父亲则趁机劝她不如辞了慈恩学校的教书工作，回家来过无拘无束的日子。陈慧梅心想，这倒真合了自己的心意，笑笑说，明天就去学校辞了工作。她没有向父母挑明这个苏勤义其实是个国民党特务，也没有挑明她辞去工作是想有更多的时间去照顾张志仁。这些都是秘密，父母不知道就让他们永远地不知道好了。

第二天，陈慧梅先去学校辞职。校长是个虔诚的基督教徒，听她说要辞职很是吃惊，关切地问："书教得好好的，为什么要辞职？"挽留之意溢于言表。

陈慧梅早就想好了理由，平淡地说："我教得有点累了，不想再做了。"

校长还想着让陈光宗给学校捐款，当然要极力挽留她，说："同学们都喜欢听你讲课。你就舍得丢下他们不管了？"

陈慧梅一副无奈的样子说："舍不得也没办法，身体吃不消。"

校长直截了当地说："你才教一个班就吃不消了，我还想下学期让你教两个班呢。"

陈慧梅连忙说："我可不能跟苏老师比。他上两个班级的课，还挺受同学们的欢迎，可惜受了学校的警告。"

校长显然不愿意提起这件事，说："我也不愿意给他这个警告，可是上头不放过他。”

陈慧梅安慰他说：“他从监狱里放出来了，那天我爸做六十大寿，他还来我家找你呢，怕是想回学校教书吧？”

校长惊讶得金丝边眼镜从鼻梁滑到鼻尖，眼光朝上翻地看着她，说：“没有啊。他什么时候来找过我？”

陈慧梅心里确认苏勤义那天跟她说了谎，也不感到意外，却装出吃惊的样子说：“怎么会没有呢？他亲口告诉我的。”

校长挥挥手，说：“算了，别说他了，你就告诉我，想不想留下来继续教书。”

陈慧梅笑笑说：“多谢校长抬爱，只是我真的身体吃不消，需要休息一段日子。”

校长知道留不住，握住她的手，说：“什么时候想回来教书，我这里随时欢迎你。”

陈慧梅感觉到他的大手绵软温热，感动地点点头。

出校门的时候，陈慧梅突然转身看了看身后，果然那个一直跟着她的家伙迅速地躲到走廊柱子后面，心里笑他的愚蠢，只悠闲地朝家走去。

回到家，陈慧梅心里就盘算开了，现在她怎样再次出门甩掉特务的跟踪呢？看来只有再次离家出走，可这样一来她就要丢下女儿小梅了，想想心里有一万个舍不得，但不如此做，怎么摆脱特务的跟踪呢？秘密档案今天就要移交了，万万不可在此时出什么纰漏成了党的千古罪人。

主意打定，陈慧梅就静下心来做准备，还像昨天那样在商场里找个机会甩了特务是不可能了，也许他们会一再犯错，但同样的错误不会犯两次。既然跟父母说自己是去南洋看丈夫，那就必须带行李箱，这是去南洋，不是去南京坐上火车一个通宵就到，这得漂洋过海几个月。那就带上行李箱，堂而皇之地坐船离开上海，然后到宁波下船，再折返回上海。根本行不通，今天秘密档案就要交接了，哪有时间绕这么大一个圈子再回上海。

陈慧梅去跟父母说去南洋的事，看见小梅正在一旁搭积木，心里犹豫了，但还是说了。

田淑芬有些意外，眼泪汪汪地说："说走就走啊。听说那里很热，我们这边人不习惯的，弄不好会生疟疾。"

陈慧梅一语双关地说："妈。他在那边做事，我得去和他一起生活。"

田淑芬看了看小梅，说："那你把小梅留下，孩子太小，去南洋要吃苦的。"

小梅丢下积木，跑到陈慧梅的跟前说："妈，你带我去。"

田淑芬一把抱过小梅，说："不行。"

小梅挣脱开外婆，一不小心碰到搭好的房子，"哗啦"一下全塌了。

陈慧梅知道不能拖泥带水，硬硬心肠说："好吧。小梅交给你，我也放心。"

小梅叫起来了："妈！你不要我了！"使劲地扔积木，满地的五颜六色。

陈慧梅心疼地说："小梅，妈妈怎么会不要你呢。妈妈是去南洋看你爸。"

小梅犟头倔脑地说："不是。你是去看叔叔，我也要去。"

田淑芬大惊失色，说："叔叔，哪儿来的叔叔？你这孩子尽胡说。"

陈慧梅看着被女儿碰塌的积木房子，心都碎了，厉声喝住："小梅！"

一直没说话的陈光宗拦住了她，和蔼地问小梅："你告诉外公，你爸爸在哪儿？"

小梅看着妈妈，怯怯地说："爸爸去南洋了。"

田淑芬不满地说："慧梅不是说了嘛，你女婿在南洋做生意，她要回去照顾他。"

陈光宗没理她，继续问小梅："你爸爸不在家，你们和这个叔叔一起住？"

小梅点点头。陈慧梅狠狠地瞪了女儿一眼。

田淑芬惊慌地说："哎呀，你就别问啦。小梅，刚才的话不许说。听见吗？"

陈光宗转身问慧梅："你说要去南洋，今天就要走，哪儿来的船票？"

陈慧梅撇撇嘴说："不是你给买的半年内签票有效的船票吗？我改签好了。"

陈光宗怀疑地说："不是去找那个叔叔？"

陈慧梅被问得噎住了，气得一把拉过小梅，狠狠打她的屁股："妈妈是怎么跟你说的？要你多嘴！叫你多嘴！"

小梅哭喊着："妈妈，我再也不说了。"

"别打孩子了。"陈光宗连连摇头，无奈地说，"你外面有人了？"

田淑芬唉声叹气："唉，你做的这是什么事！"

陈慧梅没想到事情会被女儿搅和了，连忙解释说："爸，妈，你们误会了。"

陈光宗鼻孔里哼了一声："误会？你们都住在一起了，还误会。"

陈慧梅当面被父亲这么说，脸上挂不住了，说："不是你想的那样。他是我老公的好朋友，韩强去南洋做生意，托他照顾我和小梅。我们只是合租一个石库门房子，我和小梅住前楼，他住亭子间。"转脸对小梅吼道，"你说话呀，是不是？"

小梅吓得哇哇大哭。

陈光宗咳嗽了一声，说："我也是个开明的人，这上海滩像我们这样的人家离婚、另娶、改嫁的也不是没有。他总是让你在上海一个人过，你外面有人，我不会怪你的。”

陈慧梅觉得跳进黄河洗不清了，想解释也解释不了，总不能兜底把真相都说出来，只能委屈地说道：“爸，妈，你们把我想成什么人了！”

田淑芬一边替小梅擦眼泪，一边说道：“没事就好。没事就好。”

陈光宗不信地说：“那你怎么不回家住呢？”

陈慧梅百口莫辩地说：“这都是韩强安排的，我要回家不也得跟他商量嘛。你看他这个人，说好了回来给你拜寿的，也都没回来。我不得去南洋找他呀。”

毕竟是自己的女儿，有些话不能问，问出来大家都尴尬，但陈光宗还是没忍住，说：“你到底是去南洋见丈夫，还是去见他的朋友啊？”

陈慧梅气得甩手就走：“爸！你说这种话，还像我爸爸吗？”

这么一闹，大家心里其实都明白了，只是谁也不点破。陈慧梅可以名正言顺地留下小梅，一个人去张志仁那里帮助交接秘密档案，然后留下来照顾他。陈光宗夫妇知道没法管女儿的事情，她爱找谁找谁，只要外孙女小梅留在身边就行。

13. 交际花姚曼丽

魏如臣很快得知陈慧梅辞了学校教书的工作，断定她要离开家去找那个神秘的男人，而那个神秘男人很可能和共党的秘密文件库有关。为此，他重新布置了任务，发誓要盯住她找到那个神秘男人。然而，现在委员长也在公开说国共合作共同抗日，这件事若做得太露骨难免招来指责，他为此感到烦恼。他当然知道官场也需要走捷径，趁目前形势变化不妨与上海滩大佬们多走动，瞅准机会捞它一把孝敬上司，但他也知道上司更需要能为党国做事的人，尤其在他们这个圈子里，忠诚是第一位的。所以，魏如臣结交陈光宗这样的大老板需要一个冠冕堂皇的理由，这就是他的女儿陈慧梅必须有通共的嫌疑。但谁都明白，这样的理由谁都可以编，而他魏如臣若真能从她那儿挖出共党的秘密文件库，那就能堵住所有人的嘴。他当然明白自己是在变着法儿地骗自己，其实他没有证据能证明陈慧梅就是那个在大世界大喊抓小偷的女人，退一步说，就算能证明她是那个女人，难道就一定和那个前来接头的男共党是一伙的？但是，他一定要坚持下去，他要死死地盯住这个陈慧梅，直到能证明他的想法是对的。

这样的一种执着无论如何也是对党国的一片忠诚，魏如臣坚信这一点，但有时候也怀疑，也动摇，自己是不是患病了？他不得不去找交际花姚曼丽，相信她能帮助他消除怀疑和动摇。魏如臣向下属布置好一切后，那种熟悉的怀疑和动摇就又出现了，怎么压也压不下去，他知道，今晚他必须去见姚曼丽，就像是一个赌注，或者是一个预言，能帮助他看清这次行动的结果。

夜晚降临，魏如臣换了西装，打 40000 叫了祥生汽车，悄悄去见姚曼丽。开门的一瞬间，魏如臣愣住了，站在他面前的竟是一个男人，不由得妒火中烧，谁他妈的吃了熊心豹子胆，敢跟老子抢女人。那个男人显然看出了他的醋意，得意地冲他笑。魏如臣哪受过这个，仔细看那个男人，西装革履，鸭舌帽，太像那个在大世界逃脱的男人了，莫非又是姚曼丽猜到了他的心思？然而，他手上夹着雪茄烟，让魏如臣瞬间明白是怎么回事了。这是姚曼丽假扮的，不是他日思夜想都想抓住的那个神秘男人，那支雪茄破坏了他的幻想，那个共党是不会喜欢抽雪茄的，尤其是昂贵的古巴雪茄。魏如臣一下子明白了，姚曼丽不过是个有着异装癖的交际花，借此来迷惑男人罢了，今晚改扮成男人不过是想给他一些新奇的刺激，岂料被他一眼看穿这个小小的把戏。魏如臣索然无味地看了她一眼，真想转身就走，可还是给了姚曼丽一点面子，其实也是给自己留一点面子，他曾经那么迷恋过的女人如果真是这么不堪，那也是自己扇自己一个耳光。他想到来之前还准备把她当作吉卜赛女郎来算一卦呢。如今这个抽雪茄的男人，只能是他的情敌，也许还真是她的相好。

姚曼丽毕竟是个聪明女人，魏如臣脸上的表情变化都没有逃过她的眼睛，她笑着说，你不喜欢我装扮成男人？魏如臣舒舒服服地坐在沙发上说，我整天都和手下那帮男人打交道，难道还要到你这儿来看假男人？姚曼丽趁势坐在他的大腿上说，那你帮我脱掉这身男人装，还我女儿身。魏如臣嘿嘿笑了起来，原来这个交际花在玩这个花样。他的心情顿时好起来了，慢慢解开她的西装纽扣，她扭着肩膀让西装滑落下来，可仍穿着男人的衬衫。魏如臣拍了一下她圆鼓鼓的屁股，她故作讨厌的样子叫一声。一切都是在演戏，不过恰如其分。他笑着说，你去换了衣服再来陪我。姚曼丽娇滴滴地说，那你等我哦。说完，就走进更衣间，重新打扮自己。她原本想让他好好享受给女人脱衣服的乐趣，没料到魏如臣会腻味这一套。

穿上睡衣的姚曼丽走出来，傻眼了，人呢？

客厅里空荡荡的，魏如臣不声不响地走了，这可是从来没有过的事情。

姚曼丽失落地倒在沙发上，哪里出了纰漏，竟使他索然无味以至不辞而别？是她不该女扮男装吗？这确实有些冒险，她本能地感到像他这样的男人不会喜欢女人扮成男人的，除非他有奇怪的癖好。权衡再三，她还是打扮成那个男人的模样，也真的使魏如臣一进门就醋意大发。那是什么使他失去与她共度良宵的兴趣了呢？她打开储藏室的门，里面黑洞洞的，伸手扳下墙上的开关，电灯亮了，瞬间把储藏室照得明晃晃的，原来这里被布置成一间化妆室，一边是挂着各种各样衣裙的衣架，另一边是敞口的柜子，每一格放着不同款式的高跟鞋和女士包。对面贴墙放一张梳妆台，梳妆镜上贴着许多照片和纸条，有李明甫的照片，旁边贴一张写满字的纸条，还有他与现在的妻子、儿子和女儿的合照，以及被打上红叉的死去的妻子、李璐西和陈启民的照片。这是她为了钓李明甫花钱买来的材料，可惜一片痴心付了流水。镜子左下角贴着刘主任的照片以及有关他的隐私、性癖以及以往艳情史等，她从一开始就没把这个男人当作金龟婿，她只是为了李明甫而去勾搭刘主任的，想不到反被李明甫当作理由抛弃了她。好在这件事上她既赚了不少钱，又通过刘主任搭识了魏如臣处长，这可是无意插柳的一件好事。姚曼丽从搭识了魏如臣的那一天开始，就暗下决心把他当作金龟婿来钓，为此她收买了魏如臣的一个手下，正是这个人提供了魏如臣的情况，才使她每次都能摸准他的心事，把他迷得神魂颠倒，眼看就要上钩了，谁知今晚他却脱钩跑了。她疯狂地撕下镜子上贴着的照片和纸条，一把一把地扔进废纸篓。她想要嫁入豪门哪怕是做姨太太的愿望，就这么骤然破灭了。

姚曼丽寂寞地扯一下带子，睡袍无声地掉在地上，灯光下一个裸女疯狂地跳着舞，可惜无人欣赏。

14. 跳黄浦江的女人

陈慧梅带着一只皮箱去码头，司机孙孝山送她，陈光宗还是心疼女儿，再三关照她路上小心，又说钱已存进汇丰银行，上哪儿的分行都能取。陈慧梅明白父亲多少猜出自己要去干什么，却没挑破，也没阻拦，感激地点点头。刚一出门，就发现周围有特务，不是一个而是两个。原来魏如臣见手下又跟丢了陈慧梅，大骂一通之后，立即下令派两个人监视跟踪，再要跟丢执行军纪家法。

陈慧梅坐上奥斯汀轿车，孙孝山便径直往码头开去，扭头看那两个特务跺脚挥手的样子，不由微微一笑，不料斜刺里开出一辆吉普车，两特务跳上车，跟着就追了上来。陈慧梅急忙招呼司机开快点，甩掉后面那辆吉普车。孙孝山答应了一声，一脚油门踩到底，汽车像飞起来一样穿插在车水马龙之间。后面那辆车也不是吃素的，跟得那个紧好像贴到屁股上的膏药，撕都撕不下来。这时候车到了十字路口，只见左边马路上一辆卡车抢着过路口，孙孝山猛踩油门，嗖地一下穿了过去，卡车司机吓得一个急刹车，卡车后轮打滑横在路口，挡住了后面的吉普车，那吉普车司机骂了一声他奶奶的，猛打方向盘从卡车前绕了过去。就耽搁了这么一小会儿，奥斯汀轿车已经甩掉了身后的吉普车。

孙孝山忽然问："小姐，现在去哪儿？"

陈慧梅感到奇怪，说："码头啊，我得赶上轮船去南洋。"

孙孝山看了她一眼，说："时间有点紧，怕赶不上。"

陈慧梅一脸着急，说："你开快点，别误了船。"

孙孝山欲言又止，把车开得飞快，总算及时赶到了码头。

陈慧梅下了车，孙孝山巴结地从后盖箱里取出皮箱，要跟着上船。陈慧梅说："你回去吧。箱子我自己拿就行了。"

孙孝山提着箱子说："这箱子沉，还是我帮小姐拎到船上吧。"

陈慧梅本来想到码头后就掉头离开，现在见孙孝山执意送她上船，就只能上了船再说。

到了她住的舱房门口，陈慧梅便让孙孝山把箱子放下，说："你回去吧，告诉我爸一声，我已经上船了，一切都好。"

孙孝山答应着转身离开。陈慧梅开门进去，看见哥哥坐在舱房里，惊叫道："你怎么在这里？"

陈慧松笑笑说："这个月我忙着工厂西迁，今天一到家，爸爸就说你今天去南洋，我急忙赶过来为你送行。”

陈慧梅疑惑地问：“你是怎么上船的？怎么知道我住这间舱房？”

“你是不相信我？”陈慧松有点不愉快地说，“舱房号是我从轮船公司查询的。我就是要告诉你，我给新加坡的朋友发了电报，请他去码头接你。”

“知道了。”陈慧梅着急地说，“你快下船吧，马上要开了，你还要跟我一起去新加坡啊？”

陈慧松一点也不着急，说：“我可不去，那儿太热了，不习惯。”说着提起她的皮箱，要搁到行李架上。

陈慧梅忙拦住，说：“放下面吧。我拿东西方便些。”

陈慧松犹疑地说：“箱子这么轻。你不是去新加坡？”

陈慧梅掩饰道：“你胡说什么。快走吧，船真的要开了。”

陈慧松固执地说：“爸爸让我别问你的事。好，我不问。可我看见船上有特务，这是怎么回事呀？”

“我哪儿知道啊？”陈慧梅说，“你快走吧。”

等陈慧松走后，陈慧梅迅速打开箱子，取出一套男西服换上，再戴上礼帽、金丝边眼镜，从镜子里看到一个连自己都认不出的男子，才沉着地出了舱房，想趁着送客的人忙着下船时，混在里面下船。她看见不远处陈慧松被几个特务拦住盘问，急忙转身而行，没走几步发现后面有人跟了上来，不由得加快步伐，心想特务是怎么知道她在船上的？难道是哥哥告诉他们的？不，他不会做这种事，再说他也没有看到她换男装，他们又怎么能一眼认出是她？一定是他们知道她住哪间舱房，看见陈慧松出来就拦住，见不是她又返回来，正好看见又出来一个男人，便追了上来。但她还是没想明白，他们怎么能跟到船上来了？她沉着地向前走，心里考虑怎样甩了尾巴好再次脱身，忽然看见前面是孙孝山和几个形迹可疑的人在一起，顿时明白一定是特务收买了司机孙孝山，刚才路上飙车、摆脱跟踪都是为了造成赶不上轮船的假象，引她暴露出张志仁的住处，好一举破获秘密文件库。

陈慧梅看了看四周，前后都有特务，想回舱房也不行，他们不会放过她，但是张志仁还在等着，她岂能束手就擒？徐徐吹来一阵江风，阳光在江面上跳跃出点点金光，港口内停满了船舶，有些拥挤，看来今天只能试一试了。她迅速摘下礼帽抛向江面，那礼帽在空中转着圈儿地往下落，特务们没有反应过来，远远地看着，等她甩掉皮鞋，翻过船栏杆，纵身一跃跳进黄浦江，才如梦初醒地追了过来，一个个低头朝江面搜寻，哪里还有她的身影。带队的汤队长气恼得朝黄浦江里连打了几枪，特务们赶紧跟着胡乱地朝江里放枪，子弹嗖嗖地往水里钻，什么都没有浮上来，只有一件西服漂上了水面。

陈慧梅憋着气潜在水下，子弹在她周围激起一串串水泡，咕嘟咕嘟地往上冒。她奋力挥舞着手臂划水，两条腿使劲拍打着，借着停泊在周围的船只作掩护，迅速游离了这片水域。江流渐渐急了，刚跳下水时脱了西服，现在男西裤灌满了水十分碍事，她把皮带解开，在水下蜷曲起身体，挣脱了裤子，像一条美人鱼似的游去，那条西裤水草一样地漂浮在水里。她不时地浮出水面换气，又潜入水下奋力游着，估摸已经出去了很长一段，这才浮出水面，发现自己已被冲到江心，回头看码头，特务们还在江边搜寻她，于是加快速度向下游泅渡。虽说当年得过游泳女皇称号，但毕竟多年未再训练，要在黄浦江里野游还是有些体力不支，只能顺着江流漂去，只希望能近点上岸。忽然，她的右腿抽筋了，疼得身体失去了平衡，人直往水下沉，就像被落水鬼拽着往江底拖。有一瞬间，她想到了死，但她不能就这么淹死，张志仁还在等着她，秘密文件库还在等着她。她两手拼命地划水，左腿蹬水，这才浮出水面吸了口气，右腿剧烈地疼痛，人又沉入水里，赶紧团起身子用手扳住右脚，咬着牙使劲蹬出去，这一下又疼得她沉了下去，但右腿又能动弹了，只是力气还使不上，急忙用左腿打水勉强侧泳，人在波浪里时沉时浮，任由湍急的江流把她推向下游，江面越来越开阔，她几次用力划水想摆脱激流，但都没有成功。幸亏这时一艘摇橹木船驶过，船老大眼尖，看见了水中漂浮的她，忙抄起长长的竹篙向她伸来，但她无法抓到竹竿。船老大就用竹篙头上的铁钩将她勾住，迅速地拉上船来。陈慧梅湿漉漉地坐在船甲板上，惊魂甫定。热心的船娘帮她擦干头发脸蛋，絮絮叨叨地劝她做人要想得开，世上没有过不去的坎，莫要跳江寻短见。她也就顺口编了个失恋跳江的催人落泪故事，引得船娘一个劲地抹眼泪，赶紧把她领到船舱里，拿出自己的干衣服让她换上，船老大已把船靠了岸，船娘把她换下的湿衣服打包让她带上，陈慧梅掏出仅剩的几块银元给了他们，千恩万谢地下了船。

上岸后，陈慧梅这一身船娘打扮，正好掩人耳目。走过几条马路，穿过几个弄堂，这才来到了张志仁的家门口。

15. 此情可待

苏勤义接到汤队长跟丢了陈慧梅的消息之后，立刻去了她家，打听到她确实还没有回来，断定她是去见那个神秘男人，于是带上俩手下直奔魏处长说的跟丢她的那几个地点。到实地一看，都是人群拥挤的热闹岔路口，要判断她从这里会往哪条路去，他是完全没有头绪了，心里明白老师的查案办法是对着地图想出来的，不能真当回事儿，否则跑断脚筋也白搭。他有些气馁，不知下一步该怎么办，想到自己也跟丢过她，而且是在一个不起眼的弄堂里，就又有些鄙夷自己，和他们比也高明不到哪儿去。他突然心血来潮，要去那个弄堂看看，兴许能找出陈慧梅去哪儿的线索。

那个时候，弄堂里喧闹非凡，放学后的学生们聚在一起白相，两个大一点的男孩在玩斗鸡游戏，右腿金鸡独立，用架起的左腿去撞倒对方，另一群男孩趴在地上斗香烟牌子，一个鸦污脸的小学生正撅着屁股使劲拍地上的香烟牌子，两个女生高高举着橡皮筋，啪一根皮筋弹起，右脚一勾就到了脚下，两脚前后左右地交替跳着，旋出令人目眩的花式。大人们匆匆地回家，左手臂膊搿着皮包，右手拎一尾稻草绳串进鱼鳃的花鲢，脸上也是活蹦乱跳的神情。陈慧梅最后瞟一眼身后，确认没有人注意到她，便闪身进了一家的后门。没过几分钟，苏勤义就来到了这里，他不知自己和陈慧梅前后脚错开了，执着地在周围转悠，寻找她可能去的地方。

露天的走道一边贴墙装着水斗，对面是厨房，有人用水时要侧着身才走得过去，幸好厨房里没人，她扶着墙吃力地走到楼梯口，人一下子就瘫坐下来，再没有一点力气走上这狭窄陡峭的木楼梯。终于可以见到张志仁了，就是手脚并用爬楼梯也要上去，只是这样太狼狈了，还是歇一歇喘过气来再上去。她抬头望去，亭子间门紧闭着，楼梯到了那儿就向左拐弯，从敞开的后阳台门射下来的光线照亮了灰蒙蒙的板壁，前楼一片寂静，不知道他怎么样了。

隔着那扇薄薄的房门能听见前客堂的小夫妻在说笑，大概是刚下班回到家，还没来得及上厨房做晚饭吧。以前碰见过前客堂的少妇，每次她都要搭讪几句，陈慧梅知道无论如何该上楼了，免得被撞上又要问个不停。她刚站起来要上楼，就听见门吱呀一声开了，出来的果然是那个打扮妖娆的少妇，只见她一脸惊讶地看着她。陈慧梅不想说一个字，扶着楼梯往上走。

少妇眉毛一挑，发话了：“侬找啥人啊？”眼睛在她身上滴溜溜地转。

陈慧梅往自己身上看了一眼，明白是这身船娘打扮引起了她的怀疑，便笑着说：“吓到你了？是我呀，你怎么忘记了？”

少妇这才恍然大悟，笑得咯咯的，回头向屋里喊道："达令，侬快来看呀。"

陈慧梅竖起一根手指放在嘴上："不要喊，你也可以试试，让你的先生惊喜一下。"

少妇惊讶地捂住嘴，轻声说："阿姐勿要忒会白相。啥地方有买船娘的衣裳?"

陈慧梅说："不用买了，我上去换了衣服送给你。"

少妇笑着走进厨房，说："张先生格腔身体勿大好，交关辰光勿看见伊下楼了。"

陈慧梅这下有点慌了，忙说："我先上楼了。"说罢匆匆上楼。

一进门，陈慧梅就听见他在剧烈地咳嗽，慌忙问了一声："你怎么啦?"张志仁见她进来，赶紧用手帕擦了擦嘴，把痰盂藏到床底下。陈慧梅还是看见了手帕上的鲜血，便不顾他阻拦拿出痰盂，只见满是血痰，顿时痛心不已地说："你病成这样，怎么不告诉我，走，我们去医院看病。"

"不用了，"张志仁摇摇头说，"徐成生就要来交接秘密档案了，我不能离开。我一直担心撑不到他们来。现在好了，你来了，我可以放心地交给你了。"

陈慧梅刚被人从江里救了上来，心惊胆颤还未过去，本想对他倾诉一番，见他病得如此重，全都咽了回去，伤心地说："志仁，你一定要挺住啊。"她把张志仁扶起来靠着枕头坐在床上，又倒了杯热水，拿了药片给他，说："吃药吧。"

张志仁不想吃，说："我知道是肺结核，这药也治不好，不过是安慰人罢了。"

陈慧梅半是责备半是心疼地说："你怎么连医生的话都不相信呢？快吃药。"

张志仁乖乖地吞下药片，又喝了几口水，稍稍平静下来，问道：

“你今天怎么穿成这样?”

陈慧梅掩饰地说:“你认不出我了?”

张志仁看看她说:“是不是特务盯上你了?”

陈慧梅见瞒不住,就把事情经过说了一遍,还故作轻松地说:“我是跳黄浦江来找你的。”

张志仁感动地说:“我都想象不出你在黄浦江里游泳的样子!”

陈慧梅走到窗台边,拉开紧闭的窗帘,又把窗户打开一条缝,外面的新鲜空气像一只看不见的手伸进来抚摸她的脸,轻轻柔柔的感觉爽极了:“要不我带你一起去黄浦江游泳?”

张志仁挪了挪身子,说:“我床都起不来,还能游泳?刚才还担心等不到你来呢。”

她转身走到脸盆架边,把热水瓶里的水全都倒进脸盆里,绞了一把毛巾,说:“我回不去了,留下来陪着你,养好病,我们一起去游黄浦江。”

张志仁笑笑,转移话题说:“我们的女儿小梅好吗?”

陈慧梅拿着热毛巾走过来,给他擦把脸,说:“好。她在姥姥家一切都好。”

张志仁感觉到热毛巾的温热柔软,身子似乎又有了力气,由衷地说:“我真想见见她呀。”

陈慧梅在脸盆里搓了把毛巾,挂起来,说:“那我去把她接回家来。”

张志仁又剧烈地咳嗽起来,陈慧梅轻轻拍着他的后背,好半天他才咳出一口痰,说:“不用了,我不能传染给她。”

陈慧梅心疼地说:“那你就好好养病,等你好了,我让小梅来看你。”

张志仁身子虚坐不住,只得躺平,眼睛看着房顶,那里有一束阳光照着脸盆里的水折射上去的光影,好像池塘里的清水荡漾,涟漪无穷。他喃喃自语地说：“有句话我藏在心里已经很久了，总想着能有机会跟你说。现在看来不必说了。”

陈慧梅眼里含着泪，说：“你不说，我怎么知道啊？”

“这么说，是我不好。”

“不，你好。”

“我不好。我是在尽我的职责完成党交给我的任务，你却是党组织让你撤，走都走了还非要回来陪我吃苦受累。我没坚决地赶你走，是我不好。”

“你好。你让我有缘与你一起守护秘密文件库，还一直关心我照顾我，你待我多好呀。”

“我不好，我把你当作了心中的女神。”

“你好。你待我如你心中所爱的女生。”

“慧梅，这辈子我们能在一起做一场假夫妻，我知足了。”

“那是工作需要。我们一起生活了三年，除了工作，你就没有其他要说的？”

张志仁看着她，说：“有啊，就想吟诵唐诗。还记得李商隐的《锦瑟》吗？”

陈慧梅点点头，说：“记得。第一句是锦瑟无端五十弦，一弦一柱思华年。”

张志仁喘着气说：“我只记得最后两句了。此情可待成追忆，只是当时已惘然。”

陈慧梅再也忍不住了，说：“志仁，你为什么不把那句话说出来呀？我想听，我想听。”

张志仁开始大口大口地吐血。陈慧梅急得直说：“走！我们去医院。”

张志仁停住了吐血，虚弱地说：“没有用了，不要再浪费钱了。”

陈慧梅坚决地说：“你不要管，你的病一定要治好。我带钱来了，我们现在就去医院。”

张志仁呼哧呼哧地喘着，一时接不上气，陈慧梅急得抱起他，捶着他的后背，他这才喘过气来，伸手指了指窗台下，断断续续地说：“你，你，打开。”

陈慧梅强忍着悲痛走到窗前，刚才阳光灿烂，这会儿老天却阴沉着脸，还刮起了一阵风，透着一股凉意。她关上了窗户，弯下腰拉开隔板，惊讶地发现皮箱已经擦得纤尘不染。

张志仁聚集了全身力气，发出微弱的声音说：“我把秘密文件交给你了。这是徐成生的电话号码，你马上打电话问他，什么时候过来。”

陈慧梅伤心极了，悲悲戚戚地说：“你不要这样。我回来了，我来照顾你，你会好的。”

张志仁无力地看着她，好半天才说：“还记得我们的誓言吗？”

陈慧梅擦了擦眼泪，说：“记得。秘密文件，生命相护，人与文件，同生共死。”

张志仁欣慰地点点头，吃力地说：“慧梅，我爱你。”

陈慧梅伤心地扑到他身上，哭着说：“我也爱你。”

张志仁自言自语地说：“这句话说得是不是有点晚了？”

陈慧梅擦干眼泪，说：“不，不晚。”

张志仁拼尽最后一点力气说：“慧梅，假如有来生，我一定和你做一场恩恩爱爱的真夫妻。”说完就咽了气。

陈慧梅不顾一切地喊着：“志仁，志仁，志仁！”她不相信他就这么走了，那张坚毅的脸庞没有一点血色，白得像戴上了面具。

张志仁死在心爱的女人身边，安详得像一个睡着的孩子。陈慧梅搂着他泣不成声，泪眼婆娑中看见那六只皮箱在窗台下闪着皮革特有的亮光，张志仁的手还紧捏着写有徐成生电话的纸条。该去完成他未竟的任务，她擦干眼泪，从志仁的衣箱里翻出一套他的西服，穿到身上感觉自己已化身为张志仁了，双肩顿时沉甸甸的。

陈慧梅关上窗台下密柜的暗门，匆匆出了门，恰好被转悠到这里的苏勤义看见，觉得此人穿的西装有点大，甚是滑稽，再仔细一看，原来是女人装扮的男人，刚想笑就被一个念头摄住，这个人会不会是陈慧梅？啊呀，真是踏破铁鞋无觅处，赶紧指挥两个手下隐蔽地跟上，全方位无死角地盯住。

陈慧梅来到马路边的电话亭，关上玻璃门拨打电话，传来一个陌生的声音："喂！你找谁？"

陈慧梅迟疑了一下，轻声说："我找徐成生先生。"

"真不巧，他已经出去了。"

"他去哪儿了？"

"不知道。"

"请你务必转告他，张先生刚刚病故，我一个人没法应付。"

电话挂断了。陈慧梅紧紧抓着电话筒，里面传来嘟嘟嘟的声音让她脑子一片空白，过了好久才醒悟过来，放下话筒，慢慢走出电话亭。

16. 红　恋

陈慧梅心乱如麻地往回走，一路上伤心极了，根本就没注意周围的情况。现在该怎么办？心爱的人走了，渐渐发凉的身体就躺在床上，她需要找人帮忙料理后事。可是她不能离开这里半步，秘密档案还没移交，还放在那六只皮箱里，刚才打电话给徐成生，那边却说他出去了，她现在该怎么办？只有等徐成生按约定过来一起处理手头诸事。可要是他有别的紧急事务处理，来不了呢？不可能，有什么事比秘密档案移交更重要，可万一真出了什么事把他拖住了呢？该死的电话打通了也等于白打，他人不在那儿了，那就只能自己先转移秘密档案，反正房子已经找好，现在就叫黄包车把六只皮箱运走。可是张志仁怎么办？不能把他一个人留在这里，还是先打电话给殡仪馆，让他们来运走，死者为大，应该先处理志仁的后事。可他在生命的最后时刻还在不断重复那个誓言，秘密文件，生命相护，人与文件，同生共死。他是不会同意把秘密文件丢在一边，先来安葬他的。她记得那天他们曾反复讨论过个人生死和秘密文件哪个更重要，几乎上升到哲学的思辨高度，没想到现在却赤裸裸地呈现在眼前。

陈慧梅克制着心中的难过，独自回到了家。她刚在床头点上一支寄托哀思的白蜡烛，房门就哐地一声被踢开了，冲进来两个陌生人，训练有素地守住了房门两边，后面跟进来的竟然是苏勤义。陈慧梅大吃一惊，他怎么会跟踪我到这里？不，我是从黄浦江游过来的，难道他能未卜先知？她愤怒地喊道："苏勤义，你要干什么？"

苏勤义得意地对陈慧梅说："我来看看你是和谁幽会？"

这让陈慧梅无比愤怒，指着房门喊道："你给我出去！"

苏勤义丝毫不加理睬，继续表演他的厚颜无耻："哟，还躺在床上没起来。"

陈慧梅拎起床底下的一桶火油朝他掷去："你混蛋！滚出去！"火油桶咣当一下扔到他的脚下，火油从掉了塞子的桶口溅出来。苏勤义迅速跳到一边，才没溅到身上，但火油已经流得到处都是，那股浓烈的气味溢满了房间的每一个角落。

这时候，苏勤义才发觉不对劲，房间里都闹翻天了，他却仍一动不动地躺在床上。怎么可能？苏勤义靠近仔细观察，发现床上躺着的人早已死了，他吃惊地向后退去："你，你来这儿是为了他？一个死人？不对。你们赶快搜查房间，看有没有共党文件！"

陈慧梅沉着地站起来，她现在离床头刚点着的白蜡烛很近，只要举手就能打翻它，在它下面还有一只火油炉，她只要踢翻它就能燃起大火，刚刚扔出去的那个火油桶流出的火油就会把大火引向窗台下的秘柜，秘柜里的秘密档案就会和整幢楼一起烧起来，她做好了最后的准备，与秘密档案同生共死。

“他是得肺结核死的，这个病会传染人，无药可治。”她站着伤心地诉说，试图最后一次劝阻他们。

两个搜查房间的特务果然停了下来，害怕地向门口退去。苏勤义恼怒地喊道：“搜！继续搜！”两个特务东瞧瞧，西敲敲，已经怀疑到窗台下的隔板发出的空洞声，正在想方设法地企图打开它。

陈慧梅伸脚把火油炉踢翻了。

这时，楼梯上响起杂乱的脚步声，上来了五个人，走在前面的两个穿着白大褂，手里提着一副担架，陈慧梅霎时愣住了，这不是徐成生吗？怎么穿成这样来了？啊，张肃维张老太爷也来了，秘密档案有救了。

走在最后的人脸上露出悲哀的表情，问满房间的人：“谁仙逝了？”

陈慧梅就是被黑布蒙上眼，也能听出他是李剑雄，都来了，秘密档案真的有救了。她哭哭啼啼地说：“你们终于来了。”

“对不起，路上堵车，来晚了。”李剑雄问苏勤义三人：“你们也是家属吗？让一让，让我们先把逝者抬下楼。”

苏勤义一直在疑惑地打量着这伙人，终于忍不住说：“你们真是殡仪馆的？”

李剑雄直视着他，说：“这还能有假。要不你去殡仪馆走一趟。我们为丧家提供全套服务，包你满意。”

苏勤义被气得掏出手枪，狂喊道：“都别动！我们在执行公务。你们都给我出去！”

徐成生拿着担架，假装害怕地说：“我们这就走，你别拿枪对着我们，小心走火。”

“你等等。我们好像在哪儿见过？”苏勤义忽然认出他来了，皮笑肉不笑地说，“徐公子怎么成了殡仪馆的人？”

“什么徐公子，”徐成生沉着地说，“你认错人了！”

苏勤义奸笑着说：“我能认错别人，也绝不会认错你！”

陈慧梅紧张地看着他俩，无意中碰倒了白蜡烛，火一下子烧了起来，房间里所有的人都乱了，就在这同时，徐成生用手中担架横扫过去，撂倒了一个特务，张肃维则勒住了旁边另一个特务的脖子，李剑雄飞起一脚，踢掉了苏勤义手中的枪，拔出匕首割断了他的颈动脉，血飞溅出去，像杀猪放血一样，苏勤义身子一软倒在了血泊里。李剑雄对慌乱扑火的陈慧梅说：“别扑火了，快走！”

陈慧梅激动地抱住他，说：“李剑雄，你终于来了！”

徐成生打开担架，挥手让门外站着的两个人进来抬张志仁，说：“你们把他抬下楼。”

李剑雄着急地问陈慧梅：“放秘密文件的皮箱在哪儿？”

陈慧梅推开窗台下秘柜的暗门，使劲拖出一只皮箱。徐成生赶紧上前，说：“我来！”猛力地拖出其余五只皮箱，拎起两只就腾腾地下楼，李剑雄和张肃维拎起剩下的皮箱跟着下楼。

陈慧梅走在后面，李剑雄小声对她说：“你带着他们走前门。我走后门。”到这时，陈慧梅才明白为什么他不让灭火，原来是要从前客堂穿到前门分散走。

徐成生已经在敲门了，嘭嘭嘭！陈慧梅朝门里叫道：“着火了！你们快出来呀！”

房间里的小夫妻心急慌忙地开了门，看见火苗从二楼窜下来，吓得抱头鼠窜。陈慧梅带着徐成生他们拎着六只皮箱，迅速穿过前客堂，打开天井的大门，跑到了弄堂口，冒充殡仪馆的汽车停在那儿，那两个同志已经把担架放进了车厢，他们迅速地把皮箱放进另一辆车里，人刚上车，司机就一脚油门开跑了。

六只意大利皮箱紧紧挤在车厢中间，李剑雄、张肃维、徐成生和陈慧梅分坐在两边座位。陈慧梅和徐成生正好面对面，眼光不时地碰到一起，她不自在地回头望，那幢石库门楼房冒出熊熊大火，烧红了一大片黑沉沉的天空。陈慧梅仿佛看见映红的天空中韩天强、李英和张志仁在向她招手，眼里顿时含满了泪水，车子一颠簸就吧嗒一滴掉在光滑、陈旧的皮箱上，又一滴掉在她扶着皮箱的手背上。

一块手帕塞到她的手里，陈慧梅抬头看，是坐在对面的徐成生递给她的。

张肃维伸手放在他俩手上。李剑雄也伸手放在他们仨的手上。四个人的手紧紧握成一个巨大的拳头。

2019 年 6 月 14 日初稿于上海欣园
2020 年 1 月 9 日至 3 月 28 日完成增补
5 月 6 日完成大改
10 月 3 日润稿
10 月 18 日再作补充
12 月 24 日扩充完稿
2021 年 1 月 30 日修改完毕
3 月 1 日再作调整
10 月 10 日起另起炉灶，作大幅修改
2022 年 5 月 14 日大改完毕
8 月 27 日开始再改
10 月 19 日完成
11 月 25 日再次修改
2023 年 1 月 26 日完成最后修改

后记

《红恋》终于要付梓，遵嘱写一篇后记。那就回顾一下本书的创作过程，不由得感慨万千，原来自己走出了这么远。

1982 年夏，我从复旦大学中文系毕业，偶尔从《支部生活》上看到一篇党史小故事，讲 1930 年代中共特科的红队惩处叛徒白鑫的事件，引起很大的兴趣。不久，我据此素材创作了话剧剧本《红队，行动在上海滩》，题为“谨以此剧献给中国共产党七十周年诞辰”。经上海青年话剧团创作室主任刘永来的推荐，剧本得到陈少泽团长的肯定，有幸参加市文化局创作中心组织的创作会议，后刊登在《上海剧稿》1991 年第 5 期。眼看就要排演该戏了，不了突遭团里艺委会的否定，犹如一盆冷水兜头浇下，创作激情顿时烟消云散。

我继续从事文艺理论、文艺评论和教学工作，到 2010 年又读到一篇党史故事，讲 1930 年代中共党员陈为人在妻子被捕、与组织失去联系的情况下，坚持守护中共中央留在上海的秘密文件库的事迹。时值中国共产党诞辰九十周年前夕，我又一次燃烧起创作激情，但吸取二十年前的教训，只写了剧本《红色档案》的梗概，就与多方联系，可惜没找到愿意接受这个本子的院团，只好再次偃旗息鼓。建党九十周年纪念日很快就过去了，但我的创作激情仍在。此时我已退休，陆续创作了长篇小说《陆机：乱世文豪》和《戆大阿二传》（两部），空余时间仍在搜集 1930 年代中国共产党在上海的革命活动史料。2016 年，经著名昆剧导演沈斌的牵线搭桥，我与某剧团签下剧本《红色档案》的创作合同，目标是向党的百年诞辰献礼。我投入到紧张而又激情的创作中去，剧本在不断修改中得到很大的提高，但因种种原因迟迟不能进入排演阶段。眼看 2021 年就要来临，我不甘心就这么拖着，怕像前两次一样最后黄了，遂心生改写成小说的念头，以为多一条路走总比待在原地干等强。由于一个戏曲剧本的容量大致相当于一部中篇小说，所以起先我写了两万八千字左右的小说寄给某著名杂志社，第二天就得到编辑的热情回复，令我很是欣慰，以为这回能发表了。可惜，几天后该编辑又回信说，经研究决定不予采用。我不死心，决定突破真人真事的束缚，加重虚构分量，调整人物关系，把小说扩写成一部小长篇，以此向建党百年诞辰献礼。数月后，我写成十万余字的长篇小说，经人介绍、辗转给了某出版社编辑室主任。差不多等了半年左右，有一天该编辑室主任打电话给我，告之第二天和我签出版合同。这个消息令我激动万分，多年的心血终于得到了回报。没想到，第二天一早该主任又打电话给我，抱歉不能与我签出版合同了。但她很热情地建议我以个人的名义去申报上海文化发展基金会重大文艺创作项目基金。我已退休在家，申报材料的准备存在很大困难，何况刚刚有一个长篇小说申报没有成功，不免有些顾虑。在她的鼓励和协助下，我鼓足勇气申报，竟顺利地得到了基金会的赞助，可该书的出版仍然没有着落。

摆在我面前的是两条路：要么就此打住，要么继续修改，争取出版机会。我思考再三，决定把小长篇进一步扩写成几十万字的长篇小说，用扩充的篇幅来探索小说艺术的创新。经过一年多的努力，我在原有的基础上把 1980 年代创作的《红队，行动在上海滩》揉了进来，又新创作了陈慧梅如何接近共产党外围组织而一步步走向革命的历程。至此，长篇小说《红恋》就成了现在读者所看到的模样。

全新的小说《红恋》浓彩重墨地塑造了陈慧梅这个人物，在坚持现实主义创作的基础上，糅入了意识流、心理现实主义、新小说、悬疑类型小说、试验性叙述语言等多种手法，意在尝试对红色题材文学创作进行创新，努力写出有血有肉的、能为现在年轻人接受的、真实感人的英雄。我拿着这修改后的全新书稿，再次多方联系出版事宜，朋友、战友、同事、学生，可说是只要有联系的都一一询问过来，有表示爱莫能助的，有不回复的，也有热心介绍的，此中黄诗韵编辑热情地想出版此书，虽最后没能如愿，但她对此书的热爱给了我很大的鼓励。

说实话，在多次遭受挫折之后，我有点灰心了。建党百年纪念日早已过去，这部书稿看来命运就是如此了。后来发生的新冠疫情，使我有时间静下心来思考，思来想去终究不甘心，于是趁着关在家里不能出门的日子，拿起笔来再次修改，几经反复，终于在上海社会科学院出版社得以出版。

这部长篇小说如果从 1980 年代写《红队，行动在上海滩》算起，创作花费了我四十多年的时间，差不多从我的青年到老年，此中酸甜苦辣唯有自己知道，不必全都说出来，亦可说一些聊作读者在看完小说后还想了解的背景材料。

最后，感谢所有帮助过我的朋友，感谢刘永来先生、陈少泽先生，感谢李霞女士，感谢汤拥华先生、黄诗韵女士，感谢陈如江先生。

2023 年 6 月

图书在版编目(CIP)数据

红恋 / 邹平著 .— 上海 ：上海社会科学院出版社，
2023

ISBN 978-7-5520-4187-3

Ⅰ. ①红… Ⅱ. ①邹… Ⅲ. ①长篇小说—中国—当代
Ⅳ. ①I247.5

中国国家版本馆 CIP 数据核字(2023)第 142138 号

红恋

著　　者：邹　平
责任编辑：陈如江
封面设计：孙豫苏
出版发行：上海社会科学院出版社
　　　　　上海顺昌路 622 号　邮编 200025
　　　　　电话总机 021-63315947　销售热线 021-53063735
　　　　　http://www.sassp.cn　E-mail:sassp@sassp.cn
照　　排：南京理工出版信息技术有限公司
印　　刷：浙江天地海印刷有限公司
开　　本：890 毫米×1240 毫米　1/32
印　　张：13
插　　页：1
字　　数：336 千
版　　次：2023 年 8 月第 1 版　2023 年 8 月第 1 次印刷

ISBN 978-7-5520-4187-3/I·502　　定价：68.00 元